BARBARA BARALDI

Scarlett – Die Liebe hat Augen wie Eis, der Tod hat Augen wie Feuer

BARBARA BARALDI

SCARLETT – Die Liebe hat Augen wie Eis, der Tod hat Augen wie Feuer

Roman

Übersetzung aus dem Italienischen von Barbara Neeb und Katharina Schmidt

BAUMHAUS

Dieser Titel ist auch als E-Book erschienen

Baumhaus Verlag in der Bastei Lübbe GmbH & Co. KG

Titel der italienischen Originalausgabe:
»Scarlett. L'amore ha occhi di ghiacco, la morte di fuoco.«

Lektorat: Christina Neiske, München
Einband-/Umschlagmotiv: © 2010 Arnoldo Mondadori Editore S.p.A., Milano; Graphic design by Eleonora Bassi; Frames by Michele Frigo
Satz: Dörlemann Satz GmbH, Lemförde
Gesetzt aus der Century Schoolbook
Druck und Einband: GGP Media GmbH, Pößneck

Printed in Germany
ISBN 978-3-8339-0048-8

5 4 3 2 1

Sie finden uns im Internet unter www.baumhaus-verlag.de
Bitte beachten Sie auch www.luebbe.de

Für dich,
mit einer gebrochenen Rose
hast du
mein Leben
verändert

Prolog

Strömender Regen. Die Nacht umhüllt mich mit ihrem dunklen Samtmantel. Ich habe mir die Kapuze meines Sweatshirts tief in die Stirn gezogen und fühle mich wie ein triefnasser, in Tränen aufgelöster Streuner. Zweifel und Angst quälen mich: Ich habe keine Ahnung, was ich glauben soll, *wem* ich glauben soll. Ich zittere, aber nicht nur der Kälte wegen. Meine Gefühle entladen sich stoßweise, so wie die Blitze, die immer wieder den Himmel durchzucken.

Der Park wirkt, als stamme er direkt aus einem Albtraum. Die gespenstischen Silhouetten der Bäume, die undurchdringliche Schwärze, die die Umrisse des Gebäudes verschluckt. Eine Weile bleibe ich wie gelähmt stehen, ich hatte nicht erwartet, die Tür angelehnt vorzufinden. Auf Zehenspitzen bewege ich mich vorwärts. Und ehe ich es wirklich merke, bin ich schon hineingegangen. Der glänzende Marmorboden reflektiert matt mein Spiegelbild. Jetzt wird mir klar, was für einen schrecklichen Fehler ich begangen habe. Ich sollte nicht hier sein, aber dennoch balle ich die Fäuste und gehe weiter. Ich muss Klarheit gewinnen, ich brauche Antworten.

Das Handy, Scarlett, los, hol es schon raus!

Ich nehme es in die Hand, den Finger auf der Taste mit der Notrufnummer. Wie in Trance folge ich einem Geräusch, das mich zu der Wendeltreppe am Ende des Ganges führt.

Ein Donner, dann erhellt ein Blitz die Nacht. Wie das Blitzlicht einer Kamera. Ich kann meinen Schrei nicht aufhalten. Mein Herz rast wie ein außer Kontrolle geratener Zug.

Ich taste mich an der Wand entlang und suche nach dem Schalter. Und da steht er vor mir.

Gierige rote Augen wie die eines Raubtiers. Sie gehören zu einer dunklen, mindestens zwei Meter großen Schattengestalt. Sie versucht mich zu packen, aber ich weiche aus, fange an zu rennen. Ich schreie, und es fühlt sich an, als würde man mir mit Schmirgelpapier die Kehle streicheln.

Ich keuche, schaue zurück, sehe den Schatten nicht mehr. Vielleicht habe ich ihn ja abgehängt.

Noch bevor ich diesen Gedanken zu Ende bringen kann, steht er vor mir.

Ich versuche zu flüchten, stolpere und knalle mit den Handflächen auf den Marmorboden. Ein stechender Schmerz. Das Handy schlittert einige Meter weg. Keine Zeit, es aufzuheben. Ich stehe auf, rutsche wieder aus und schlage mir das Knie auf.

Die dunkle Gestalt ist jetzt über mir. Weil es so dunkel ist, kann ich das Gesicht nicht genau erkennen. Nur die Augen, die wie Blutstropfen glänzen. Der Schatten holt sofort aus und schlägt mich, ein brutaler Hieb. Ich fliege ein paar Meter weg wie eine schlaffe Gliederpuppe. Der Schmerz raubt mir den Atem.

Ich lande krachend an einer Wand und sinke mit einem dumpfen Geräusch zu Boden. Ich huste, in meiner Brust fühle ich stechende Schmerzen. Ich beiße die Zähne zusammen und stehe auf, aber das hilft nichts. Der Schatten ist schon vor mir. Seine Hand schließt sich wie eine Zange um meinen Hals und hält mich an der Wand fest. Seine Berührung ist kalt wie Stahl, und vom stechenden Geruch seiner Haut tränen mir die Augen.

Ich strampele mit den Füßen, kratze, trete um mich. Alles umsonst. Ich kann nicht mehr atmen. Der stählerne Griff seiner Hand, die meine Kehle gepackt hält, wird immer enger. Schmerzhaftes Röcheln. Ich bereite mich darauf vor, mich vom Leben zu verabschieden, mit einem letzten flüchtigen Blick auf den schwarzen Himmel, der fast vollständig hinter einem dichten Regenvorhang verschwindet. Ein salziger Tropfen löst sich von meinen Wimpern und rinnt zu den Lippen herab.

»Mikael«, flüstere ich.

1

Der Sommer hat sich davongemacht wie ein wunderschöner Schmetterling mit bunten Flügeln. Gerade noch hatte er sich auf der Blüte meiner Erinnerungen niedergelassen, und schon ist er weitergeflattert. So, nun ist er also gekommen, der schicksalhafte erste Tag in der neuen Schule. Mein Herz klopft ununterbrochen, meine Gefühle sind gemischt. Letztes Jahr um die gleiche Zeit bin ich geradezu vor Vorfreude geplatzt, schließlich sollte ich gleich meine Klassenkameraden wiedertreffen, darunter Manuela, die den Sommer am Meer verbracht hatte und nur darauf wartete, mir ihre spannenden, manchmal auch pikanten Erlebnisse zu erzahlen, und Matteo, meinen besten Freund. Oder vielleicht war er auch viel mehr als das. Dieses Jahr dagegen bin ich absolut panisch. Vor mir liegt ein kompletter Neubeginn, ich muss bei null anfangen. Ich wasche mir das Gesicht mit der flüssigen Heidelbeerseife, und aus dem Spiegel blickt mir jemand entgegen, dem man die schlaflose Nacht nur zu deutlich ansieht. Ich kneife die Augen zusammen und versuche in dem Repertoire meiner Gesichtsausdrücke einen zu finden, der Entschlossenheit demonstriert. Doch dabei kommt nur eine klägliche

Grimasse heraus, also schnappe ich mir meine Bürste und striegele damit energisch meine Haare. Ich werde diesen Tag mit hocherhobenem Kopf beginnen und versuchen, meine Ängste und meine Traurigkeit zu kontrollieren, die mich ab und an zu überwältigen drohen. Cremona ist weit weg, und damit alle meine alten Lehrer, die ich schon so gut kannte, dass sie mir nicht mehr viel Angst machten. Manuela mit ihren guten Ratschlägen ist ebenfalls weit weg und Matteo mit seinen Blicken, es ist einfach alles weit weg, was ich bis heute als mein »Zuhause« betrachtet habe.

Der Umzug war anstrengend, und vor allen Dingen kam er so überraschend. In dem einen Moment denke ich noch darüber nach, wie wohl die Sommerferien werden und was in den letzten Schultagen Aufregendes passiert ist. Und im nächsten erfahre ich, dass mir ein Umzug mit all seinen Konsequenzen bevorsteht.

»Warum habt ihr mir das nicht früher gesagt? Jetzt kann ich mich nicht mal mehr von meinen Schulfreunden verabschieden ... Ich gehöre auch zur Familie, falls euch das noch nicht aufgefallen ist!«

»Schatz, versuch das doch zu verstehen. Wir haben dir nichts erzählt, um dich nicht zu beunruhigen. Ich weiß doch, wie du dir alles zu Herzen nimmst, und ich wollte nicht, dass sich das auf deine schulischen Leistungen auswirkt, vor allem jetzt am Ende des Schuljahres«, meinte Arrigo, mein Vater. Wenn ich sauer auf meine Eltern bin, nenne ich sie immer beim Vornamen.

Ich habe versucht, ihnen zu erklären, warum ich

auf keinen Fall Cremona verlassen kann, vor allem nicht jetzt. Dabei dachte ich in erster Linie an Matteo und diesen flüchtigen Kuss im Physiksaal wenige Stunden zuvor. Aber die Entscheidung war schon gefallen, und ich musste mich damit abfinden.

»Du kannst dich doch jeden Tag mit deinen alten Schulfreunden unterhalten, wenn du willst. Am Telefon oder übers Internet.«

Was weiß mein Vater schon übers Internet?

»Scarlett, mir ist klar, dass es für dich hart sein wird, dich in einer neuen Stadt einzuleben, aber du wirst sicher schnell neue Freunde finden«, hat er gesagt und mich mit seinen großen blauen Augen angesehen. Da spürte ich auf einmal so ein ziehendes Gefühl in der Magengegend, das ich gar nicht weiter beschreiben könnte. Ich hätte ihm zu gern gesagt, wie frustriert ich mich fühlte, aber die Worte dafür kamen mir einfach nicht über die Lippen.

Es fällt mir nie leicht zu beschreiben, was ich gerade empfinde, und genauso wenig kann ich meine Gefühle zeigen. Wut oder andere Emotionen übermannen mich einfach, und dann steigen mir die Tränen in die Augen, es genügt ein einziges Wort, und ich fange unweigerlich an zu heulen. Und weil ich nicht in Tränen ausbrechen möchte, breche ich das Gespräch lieber ab und hülle mich in trotziges Schweigen.

»Scarlett, beeil dich, sonst kommst du zu spät!«, ruft mir meine Mutter von unten zu und reißt mich aus meinen Erinnerungen. Ich stöhne laut und werfe den x-ten kritischen Blick in den Spiegel. Was stimmt denn bloß an mir nicht? Glatte blonde schulterlange Haare. Gut, die Spitzen sind ein bisschen gespalten. Manchmal sind meine Haare eben etwas empfindlich. Ich fahre mir über das Muttermal über der Oberlippe. Ein Erbe meiner englischen Großmutter.

Alles völlig normal, ich bin einfach zu normal, *das* ist das Problem. Vielleicht sollte ich mir die Haare färben, denn wenn ich schlecht drauf bin, kommen sie mir eher mausgrau vor als aschblond. Einfach mal ein hübsches Feuerrot wie die Tönung, mit der Manuela letztes Jahr nach den Ferien in die Schule gerauscht ist. Alle haben sie bewundert. Ich könnte mir auch einen Stufenschnitt zulegen und sie tiefschwarz färben. Dann kämen meine blauen Augen bestimmt auch besser zur Geltung: Sie sind so groß wie die meines Vaters, aber mit grauen Einsprengseln und ...

Die Badezimmertür öffnet sich sperrangelweit, und Marco, mein kleiner Bruder, kommt hereingeschossen. »Machst du mal voran? Da hilft sowieso nichts mehr, du bist und bleibst hässlich!«, zieht er mich auf. Er springt einen Schritt auf mich zu, reißt mir die Bürste aus der Hand und streckt mir die Zunge heraus, dann dreht er sich um und rennt davon.

»Komm her, dann bist du dran!«, schreie ich und verfolge ihn die Treppe hinunter. Er lacht und rennt in die Küche. Bevor ich nachkomme, werde ich langsamer und überkreuze abergläubisch die Finger, ich hoffe, dass meine Mutter wenigstens heute einmal gut gelaunt ist. Das wäre allerdings ein Wunder.

»Guten Morgen«, sage ich und zwinge mich zu einem Lächeln. Marco sitzt jetzt an seinem Platz neben dem Fernseher, aber von meiner Bürste keine

Spur. Sicher versteckt er sie unter dem Tisch. Ich sehe ihn betont gleichgültig von oben herab an, woraufhin er mir eine seiner Grimassen schneidet. Mein Platz ist am Fenster. Von dort kann ich die Welt da draußen und die kaum wahrnehmbaren Bewegungen eines großen, einzeln stehenden Baumes beobachten, der seine Äste wie Arme nach oben streckt, als würde er sich ergeben. Ich denke darüber nach, dass ich mich genauso fühle.

»Wie siehst du denn aus? Ich dachte, du wolltest einen guten Eindruck bei deinen neuen Schulkameraden hinterlassen und wenigstens am ersten Schultag einigermaßen passabel aussehen. Siehst du nicht, dass dieses T-Shirt total ausgeblichen ist?« Mama wirkt so gehetzt wie immer. Sie lässt mir nicht einmal die Zeit, etwas darauf zu erwidern, schon fügt sie hinzu: »Jetzt muss ich doch wirklich mal deine Anziehsachen durchsehen. Du würdest ja nie etwas wegschmeißen, genau wie deine Großmutter.« Ich muss wohl nicht extra betonen, dass sie und Oma Evelyn, die Mutter meines Vaters, sich nie so recht vertragen haben. Meine Großmutter lebt von Erinnerungen, und jeder Gegenstand verkörpert eine für sie.

»Das T-Shirt habe ich letztes Jahr an meinem ersten Schultag getragen. Ich … hatte nur gehofft, dass es mir Glück bringt, das ist alles«, murmele ich. Ich schütte mir Milch und Müsli in meine Schüssel und esse mit Appetit. »Außerdem hast du es falsch gewaschen, mit deinem Spleen, dass alles bei 60 Grad in die Maschine muss.«

»Sprich nicht mit vollem Mund!«

»Außerdem ist Vintage dieses Jahr total in.« Gleich geht sie ab …

»Mach, was du willst, Scarle-tt.« Bingo! Wenn meiner Mutter der Geduldsfaden reißt, betont sie die zwei »t« am Ende meines Namens immer wie eine Drohung: Scarle-tt. Ich kann leider nicht auf dieselbe Tour kontern: Sie heißt Simona.

Ich mag meinen Namen, obwohl ich mich erst an ihn gewöhnen musste. Scarlett hieß meine Urgroßmutter. Ich habe sie nie kennengelernt, aber Oma Evelyn sagt, dass sie mir sehr ähnlich war und dass sie so gern eine Enkelin gehabt hätte, um ihr Geschichten aus ihrem langen Leben zu erzählen, Geschichten wie aus einem Roman. Als ich auf die Welt kam, war sie gerade erst ein paar Monate tot, verloschen wie eine Kerze, die von einem Leben voller turbulenter Liebesabenteuer verzehrt wurde. Ich stelle sie mir ein wenig wie eine Gothic Lady im Ruhestand vor, stets in schwarzen Kleidern und mit den extravaganten Schleiern über dem Gesicht, die sie auf den Fotos trägt.

Selbstverständlich hat sich Simona mit Händen und Füßen dagegen gesträubt, dass ich, eine hundertprozentige Italienerin, einen so exotischen Namen tragen sollte. Aber mein Vater kann sehr überzeugend sein. So wie ich ihn kenne, hat er sie bestimmt darauf aufmerksam gemacht, dass wir dann den gleichen Anfangsbuchstaben hätten. Wie auch immer, letzten Endes hat meine Mutter akzeptiert, dass ihre Erstgeborene einen Namen wie ein Hollywoodstar tragen würde.

»Und Papa?«

»Der ist schon vor einer Stunde weg.«

Seit wir nach Siena gezogen sind, macht mein Vater fast jeden Tag Überstunden und kommt gerade noch zum Schlafen nach Hause. Ich denke, so was ist wohl normal, wenn man einen neuen Job übernommen hat, zumal einen mit viel Verantwortung. Also übe ich mich in Geduld, obwohl ich eigentlich Ruhe bräuchte. Aber wenn Simona so gereizt ist und sich wegen nichts und wieder nichts aufregt, ist das gar nicht so einfach.

Die wichtigste Eigenschaft meiner Mutter ist ganz klar ihre Entschlossenheit. Die jedoch ganz schnell in Aggressivität umschlagen kann. Sie ist einen Meter sechzig groß und trägt einen Pagenkopf in ständig wechselnden Tönungen. Sie ist Friseurin mit Leib und Seele, und vor ein paar Jahren hat sie es endlich geschafft, ihren eigenen Salon aufzumachen, wobei sie ein außergewöhnliches Organisationstalent bewiesen hat. Ich kann mir schon vorstellen, dass es ihr schwergefallen ist, ihn aufzugeben! Für sie bedeutete der Umzug nach Siena, dass sie auf alles verzichten musste, was sie sich mühsam in langen Jahren aufgebaut hatte. Jetzt sind ihre Haare schokobraun, aber ich möchte wetten, dass sie in ein paar Wochen mit einer neuen Farbe nach Hause kommt, ganz bestimmt irgendetwas Auffallenderes. Meine Mutter liebt leuchtende Farben, trotz ihrer schmalen Lippen trägt sie immer einen Hauch feuerroten Lippenstift.

»Dann gehe ich mal.« Ich stehe auf und schnappe mir meinen Schulrucksack.

»Ciao«, sagt sie zerstreut.

Mein kleiner Bruder Marco springt auf und läuft zu mir, um mir einen Kuss auf die Backe zu geben, in der einen Hand den milchverschmierten Löffel und in der anderen die Bürste, die er mir stibitzt hat.

»Ciao, du kleiner Frosch«, murmele ich.

Er verzieht schmollend den Mund. »Ich hab ein bisschen Angst vor dem ersten Schultag«, meint er leise.

»Du bist doch jetzt ein großer Junge. Wird schon alles gut gehen.« Wenn er wüsste, dass ich mich mehr fürchte als er, würde er mich bestimmt nicht mehr als sein leuchtendes Vorbild ansehen.

»Und wenn es mir nicht gefällt?«, fragt er und starrt auf seine Schuhspitzen.

»Dir wird es supergut gefallen, und du wirst jede Menge neue Dinge lernen.«

»Okay«, brummt er und setzt sich wieder an den Tisch.

Ich atme einmal tief durch und gehe dann nach draußen, wo die toskanische Herbstsonne mich mit einer Kraft küsst, die ich nicht gewohnt bin.

»Wird schon alles gut gehen«, wiederhole ich leise und durchquere mit großen Schritten den Garten.

2

Das Haus, in das wir gezogen sind, ist so anders als unsere Wohnung in Cremona. Es ist sehr geräumig, wirkt aber irgendwie düster, mit großen Fenstern, die einen wie neugierige Augen ansehen. Es ist von Bäumen und merkwürdigen Büschen umgeben, die so rund sind wie Baisers. Von dem oberen Stockwerk, wo die Schlafzimmer liegen, geht ein abschüssiges Vordach aus Holzlatten ab, das sich wie der traurige zahnlose Mund einer älteren Dame über einen mit Margeriten übersäten Rasen erhebt. In den ersten Tagen nach dem Umzug habe ich mich abends oft auf dieses Holzdach gesetzt und in den Himmel gestarrt, in der Hoffnung, eine Sternschnuppe zu entdecken und mir dann etwas wünschen zu können. Ich wusste genau, was ich mir wünschen würde: nach Cremona zurückzukehren und das neue Schuljahr mit den üblichen Freunden zu beginnen. Sogar der Balboni trauerte ich nach, meiner stets strengen und ein wenig missmutigen Mathematiklehrerin, die Blondinen generell nicht ausstehen konnte, weil eine von denen ihr den ersten – und letzten – Freund ausgespannt hatte, zumindest sagte sie das immer. Ich vermisse mein Viertel mit den pastellfarbenen Wohnhäusern und den kleinen Grünanlagen, die für Hunde verboten sind. Ich vermisse Birillo, den Hund unseres Nachbarn, der jeden Morgen um zwanzig vor sieben pünktlich wie die Eieruhr losbellte, und den kleinen Balkon, auf den ich mich immer zum Lernen zurückzogen habe.

Hier in der Toskana dominiert die Natur, es herrscht eine unnatürliche Stille, die nur von den nächtlichen Geräuschen und den Lauten der Tiere unterbrochen wird, die sich in der Dunkelheit verbergen. Hinter dem Haus erhebt sich eine kleine Anhöhe mit zwei Schaukeln, von denen man auf eine Kette sanft geschwungener Hügel blickt. Auf einem von ihnen steht ein hoher schlanker Turm, den ich auch vom Fenster meines Zimmers sehen kann. Er wirkt irgendwie melancholisch und dekadent, sodass mir bei seinem Anblick Geschichten von geraubten Prinzessinnen und tapferen Rittern, die sie retten wollen, in den Sinn kommen, von Drachen und Zauberern, Hexen und sprechenden Katern. Bei Tag verliert der Turm zumindest einen Teil seines romantischen Flairs, das er in der Nacht ausstrahlt, wenn sinnliches Mondlicht ihn umschmeichelt. Ich grüße ihn mit den Augen und beschleunige meinen Schritt. Jetzt kann ich es nicht mehr vor mir herschieben: Heute beginnt ganz offiziell mein neues Leben in Siena, mit neuen Lehrern und neuen Mitschülern.

Ich hätte nichts dagegen gehabt, wenn mein Vater mich hingebracht hätte, aber na ja, man kann nicht alles haben. Stimmt schon, die Schule ist ziemlich nah, sodass man sie auch bequem zu Fuß erreichen kann. Und Simona hat ja sogar angeboten, mich zu fahren, aber wenn ich das angenommen hätte, wären wir uns bloß wieder in die Haare geraten. Irgendwie kommt mir das wie ein schlechtes Omen vor – dass ich mich diesem neuen Abschnitt meines Lebens so ganz allein stellen muss, jagt mir Angst ein. Aber dann sage ich mir, dass ich schließlich schon in der elften Klasse bin und auf eigenen Füßen stehen kann. Da ist es ja auch schon, mein neues Gymnasium, es heißt San Carlo, weil es auf den Ruinen eines gleichnamigen Klosters erbaut wurde. Eine Privatschule mitten in einem Park mit uralten Bäumen. Ich muss zugeben, als ich zum ersten Mal dort hinkam, war ich schon ziemlich beeindruckt, allerdings hatte ich auch eine leichte Gänsehaut.

Ich rücke die Träger meines Rucksacks rechts und links auf meinen Schultern zurecht. Noch nie habe ich mich so uncool gefühlt. Wahrscheinlich bin ich in ganz Italien, ach, was sag ich da, auf der ganzen Welt die Einzige, die ihren Schulrucksack noch auf diese Weise trägt. Und das bloß wegen meiner Grundschullehrerin und ihren Vorträgen über die Folgeschäden von falscher Haltung, außerdem hatte ich als kleines Mädchen eine leichte Rückgratverkrümmung. Mein Rücken ist mir wichtig! Selbst wenn mir das vor meinen Mitschülern leicht peinlich sein sollte. Aber vielleicht bemerken sie es nicht einmal. Oh mein Gott, mir wird klar, dass mir bloß Unsinn durch den Kopf geht. Ich streiche meine Haare hinter die Ohren und suche wieder nach dem entschlossenen Gesichtsausdruck, den ich schon heute Morgen vor dem Spiegel nicht finden konnte.

Wie gern wäre ich selbstsicherer und würde die Klasse mit einem breiten Lächeln auf den Lippen betreten, den Kopf hoch erhoben und mit kerzengeradem Rücken, auch ohne die Hilfe meines Rucksacks. Stattdessen schaue ich auf den Boden, lege viel (zu viel?) Wert auf das Urteil anderer und halte mich für eine unbedeutende graue Maus.

Ich bin da. Ein kleiner Spaziergang am frühen Morgen war genau das Richtige, um meine Nerven zu beruhigen. Aber wen will ich damit täuschen? Ich bin angespannt wie ein Flitzebogen und habe ein flaues Gefühl im Magen. Plötzlich habe ich meinen Platz in der Bankreihe in Cremona vor Augen, der dieses Jahr leer bleiben wird, und meine Augen füllen sich mit Tränen. Ich schlucke einmal heftig und schaue nach oben, um sie zurückzudrängen. Komm schon, Scarlett!

Der Schulhof ist voller Schüler, fremde Gesichter, die einander überlagern. Ein großes Durcheinander, Geschrei und Gelächter. Freunde, die sich nach den Sommerferien zum ersten Mal wiedersehen, und ein paar Eltern von Schülern im ersten Jahr, die ihre schüchternen Sprösslinge bis zur Haupttreppe begleiten. Ich gehe zu den Aushängen in der Eingangshalle. Ich bin in der Elf Z, Zett wie Zorro, der Held mit der Maske. Und was bin ich? Eine unbeholfene Heldin ganz ohne Maske oder Ruhm. Ich schiebe mich durch eine verschlafene Schülermasse zu den Treppen, die in den dritten Stock hinaufführen. In einem mir noch unbekannten Klassenraum im linken Flur wird mein neues Leben beginnen.

3

Ich blicke nach unten, sodass meine Haare mein Gesicht bedecken wie ein Schild, hinter dem ich mich verstecken kann. Ich halte mich am Handlauf fest und nehme immer zwei Stufen auf einmal, mit der anderen Hand umklammere ich meinen Glücksbringer. Früher oder später werde ich mich wohl entschließen, ihn ganz nach hinten in eine Schublade zu verbannen, ich bin schließlich kein Kind mehr. Aber noch ist es nicht so weit, und heute spüre ich mehr denn je das Bedürfnis, meine Hand um die mir so vertraute Sternenkugel zu schließen. Eigentlich ist es nur ein ganz gewöhnlicher Gummiball, ein Flummi von der Sorte, die extrem hoch springen, wenn man sie kräftig auf den Boden wirft. Gewöhnlich für andere, aber nicht für mich.

»Wenn es dir schlecht geht oder wenn du traurig bist, drück diese Kugel ganz fest. Das ist dann so, als würdest du die Sterne berühren, das ist dein ganz persönlicher Himmel in Griffweite, der alles viel klarer erscheinen lässt«, hat mir Oma Evelyn an jenem längst vergangenen Tag gesagt, als sie sie mir feierlich überreichte. Damals muss ich sechs Jahre alt gewesen sein, nicht viel älter, meine verstrubbelten blonden Haare verfilzten sich in den Spitzen, und ich blickte mit zwei riesigen Augen neugierig auf die Welt. Mein Monat Ferien in London ging zu Ende, und es war der Moment gekommen, in dem ich Abschied nehmen musste von Oma Evelyn, von ihrem leckeren Schokoladenkuchen und ihren wunderbaren Gutenachtgeschichten. Ich habe diese durchscheinende Kugel gegen das Licht gehalten und die bunten Sterne betrachtet, die immer neue Muster bildeten, je nachdem, in welchem Winkel man sie hielt. Dann habe ich gelächelt, und plötzlich schien der Abschied mir nicht mehr so schlimm. Seit dem Moment sind meine Glücksbringerkugel und ich unzertrennlich.

Auf dem Flur biege ich links um die Ecke, wie es in dem kleinen Plan eingezeichnet war. Vergeblich versuche ich die Angst zu ignorieren, meine ständige und lästige Begleiterin.

»Pass doch auf, wo du hinläufst!«, schreit eine schrille Stimme. Jemand rammt meine Schulter, kreischendes Gelächter ertönt um mich herum, und Sally, meine Sternenkugel, fliegt mir aus der Hand. Sofort greift jemand nach ihr, und ich schaue auf.

»Entschuldige, ich war mit meinen Gedanken ganz woanders«, sage ich automatisch. Vor mir steht ein Mädchen, das geradewegs dem Cover eines Hochglanzmagazins entstiegen sein könnte. Sie ist ungefähr zehn Zentimeter größer als ich. Hautenge Jeans und eine weiße Bluse, an der die obersten beiden Knöpfe ganz bewusst offen gelassen wurden, bringen ihre Figur eines Pin-up-Girls noch besser zur Geltung. Sie hat lange platinblonde Haare, und ihre Lippen glänzen purpurrot. Ihr strahlendes Lächeln enthüllt blendend weiße Zähne.

»Du solltest besser aufpassen, wo du hintrittst.«

»Ich habe mich doch schon bei dir entschuldigt. Könnte ich meine ...«, ich verstumme. ›Meine Sternenkugel‹ zu sagen kommt mir reichlich kindisch vor, und zuzugeben, dass ich einen Glücksbringer mit mir herumtrage, ist sicher mindestens ebenso uncool. Daher beschränke ich mich darauf, einfach nur auf Sally zu zeigen, die sie mit ihren perfekt manikürten Fingernägeln festhält.

»Du möchtest dein Gummibällchen wiederhaben?«, fragt Lavinia. Ihren Namen erfahre ich, weil eines der Mädchen, die um sie herumschwirren und an ihren Lippen zu hängen scheinen, sie so nennt, ehe sie laut loskichert.

Oberpeinlich! Ich sehe mich um und suche fieberhaft nach einer schlagfertigen Bemerkung, mit der ich mich aus der Verlegenheit retten könnte, doch ich sehe nur in lauter spöttische Augen. Diese Mädchen sind topmodisch gekleidet, duften nach Parfüm und sind so geschminkt, wie ich das niemals hinbekäme. Angesichts ihrer offenkundigen Perfektion fühle ich mich unwohl.

»Ja«, stammele ich verlegen.

Als Antwort wirft Lavinia Sally dem Mädchen mit den langen schwarzen Haaren zu, das neben mir steht.

»Bitte, könnte ich sie wiederhaben?« Ich versuche ruhig zu bleiben, obwohl das gar nicht so leicht ist. Meine Wangen röten sich, und meine Hände schwitzen.

Das schwarzhaarige Mädchen wirft Sally einem anderen Mädchen mit einer sorgfältig geföhnten goldblonden Mähne zu, deren Locken sich so schön einrollen und nach Vanille duften wie Zuckerkringel. Da greift ein muskulöser Arm ins Geschehen ein, schnappt sich die Kugel, und eine dunkle Männerstimme löst die gespannte Situation auf: »Lavinia, wie ich sehe, lässt du keine Gelegenheit aus, um dich in Szene zu setzen.«

»Umberto, was für eine Freude. Du hingegen lässt keine Gelegenheit aus, den Ritter für hoffnungslose Fälle zu spielen«, antwortet Lavinia, dreht sich auf dem Absatz um und verschwindet, gefolgt von den anderen.

»Das hier gehört wohl dir.« Der Junge reicht mir Sally.

Schnell nehme ich die Kugel und lasse sie hinten in einer Tasche meiner Jeans verschwinden. Er hat wunderschöne schlanke Hände, das ist das Erste, was mir auffällt, auch weil ich mich noch nicht getraut habe, hochzuschauen. »Danke«, flüstere ich und hebe den Kopf, um ihm in die Augen zu sehen.

Gar nicht so übel, der Typ. Breite Schultern und der drahtige Körper eines Sportlers. Er hat braune Augen und Haare und ein unwiderstehliches Lächeln. Wenn es auf seinem Gesicht erscheint, bilden sich zwei Grübchen in den Wangen, und seine Augen leuchten noch intensiver.

»Ich heiße Umberto.«

»Scarlett.« Ich schüttele ihm energisch die Hand. Meine Großmutter sagt immer, dass ein kräftiger Händedruck wichtig ist, weil einen sonst keiner ernst nimmt. Sie sagt, es sei ein Zeichen für Aufrichtigkeit und Charakterstärke.

»Du hast einen wunderschönen Namen, Scarlett. Bist du neu hier? Ich würde mich bestimmt erinnern, wenn du mir schon mal über den Weg gelaufen wärst.« Er lächelt wieder und sieht mir tief in die Augen.

Ich werde rot. »Ja. Ich bin erst vor Kurzem umgezogen. Eigentlich wäre heute mein erster Tag in der elften Klasse in Cremona, und stattdessen bin ich hier, eine Fremde in Feindesland.« Seit ich meinen geliebten Glücksbringer zurückhabe, ist mir auch wieder nach Scherzen zumute, auch wenn es mir immer noch einen Stich ins Herz versetzt, von meiner Heimatstadt zu sprechen.

»Stets zu deinen Diensten, um dir diese Gegend weniger fremd und freundlicher erscheinen zu lassen. Apropos, achte nicht weiter auf Lavinia, sie ist nun mal so. Es macht ihr Spaß, die Neuen zu quälen.«

»Kennst du sie gut?«

»Sie geht in meine Klasse. Ihr Vater ist der Ingenieur Locatelli. Der Name sagt dir nichts? Auf jeden Fall wirst du bald von ihm hören, du musst bloß in die Turnhalle gehen.«

»Ein Ingenieur, der Sportunterricht gibt?«

Umberto muss lachen. Wieder erscheinen die Grübchen, wieder denke ich, dass er wirklich gut aussieht, und wieder werde ich rot.

»Er ist steinreich. Ein Industrieller aus der Gegend, der durch bedeutende Stiftungen an die Schule hervorgetreten ist. Unter anderem hat er die Turnhalle gesponsert.«

Wir laufen nebeneinander her. Umberto ist der erste freundliche Mensch, den ich treffe, seit ich hier bin. Ich lächle vor mich hin.

»Du weißt doch sicher, dass hier früher ein altes Kloster stand? Der Grundriss der Schule ist derselbe geblieben, genauso wie die Hauptfassade. Eines der wenigen Dinge, die den Umbau überlebt haben, neben den alten Handschriften, die in der Bibliothek aufbewahrt werden, und dem uralten Park. Ach, entschuldige … Du fragst dich sicher schon, ob ich einen Reiseführer zum Frühstück verspeist habe. Das liegt daran, dass ich mich leidenschaftlich für Geschichte und Archäologie interessiere.«

»Ach was. Das ist alles sehr interessant«, stottere ich. »Ich bin nur nervös. Es ist mein erster Tag …«

»Und es wird alles super laufen. Was hast du gesagt, du bist in der elften?«

»Elf Zett.«

»Genau gegenüber von meiner Klasse. Wir werden uns wohl noch öfter sehen, Scarlett.«

Oh Mann! Ich weiß nicht, was ich sagen soll. Vielleicht ist es besser, wenn ich schweige. Ja, Scarlett, halt einfach den Mund.

»Dann könntest du mir mehr über das Kloster erzählen, über die alte Bibliothek und all diese anderen interessanten Dinge.« Nein! Das hört sich jetzt so an, als würdest du ihn aufziehen.

»Ich habe dich gelangweilt, stimmt's? Aber ich verspreche dir, dass ich beim nächsten Mal über etwas anderes reden werde.«

»Nein, ich wollte sagen, du hast mich nicht gelangweilt. Ich mag Bücher. Auch Geschichte. Also entschuldige.«

»Mach dir keinen Kopf.« Er lächelt. Und ich stelle fest, dass er nicht nur ganz gut aussieht, sondern ausgesprochen attraktiv ist.

»Erzähl mir was über Lavinia. Ist sie Mitglied des Begrüßungskomitees für die Neuen?«, frage ich, um unpassende Gedanken zu vertreiben.

»Was soll ich sagen? Sie weiß, dass sie schön ist. Sie ist reich und daran gewöhnt, immer das zu kriegen, was sie will. Abgesehen von der Tatsache, dass alle Jungs hinter ihr her sind und die Mädchen sich darum reißen, in die ausgewählte Elitetruppe der Lavinia-Girls aufgenommen zu werden.«

»Der Lavinia-Girls?«, frage ich und muss losprusten.

»So habe ich sie genannt. Sie sehen doch aus wie aus einem Hochglanzmagazin und entstammen allesamt den reichsten Familien der Gegend. Sofia, das Mädchen mit den langen schwarzen Haaren, ist die Tochter des Rektors. Dann hattest du das Vergnügen, Federica kennenzulernen, die – so leid es mir tut – in deine Klasse geht, außerdem ist sie Lavinias Cousine. Und da wären wir, das hier ist dein neues Klassenzimmer.«

Die Unterhaltung mit Umberto hat mir sehr geholfen, meine Nerven zu beruhigen. Ich danke es ihm mit einem breiten Lächeln. Er winkt einem Mädchen zu, deren braune Haare von einem Haarreif gebändigt werden. Sofort scheint ihr Gesicht zu strahlen, und sie kommt auf uns zu.

»Hallo, Umberto! Wie geht es dir?«, fragt sie schüchtern.

»Nicht schlecht. Ich wollte dir eine neue Freundin von mir vorstellen, die eben erst nach Siena gezogen ist. Scarlett, das hier ist Caterina. Caterina, das ist Scarlett.« Wir reichen uns die Hände, sehen einander an und finden uns sofort sympathisch.

»Sie hatte soeben eine Begegnung der unangenehmeren Art mit Lavinia. Du kennst das ja, stimmt's?«

»Wechseln wir lieber das Thema. Woher kommst

du, Scarlett?« Wenn sie spricht, klingt sie kontrolliert und freundlich. Sie hat ein süßes Lächeln und zwei große braune Rehaugen.

»Aus Cremona«, antworte ich mit einem gezwungenen Lächeln, während in meinem Kopf wieder die Bilder von meinen ehemaligen Mitschülern auftauchen. Da läutet es, und Umberto schaut mich an und lächelt mir aufmunternd zu. »Dann viel Glück, Scarlett.«

Ich mag es, wie er meinen Namen ausspricht.

Dann wendet er sich an Caterina. »Kümmerst du dich um sie?«, fragt er augenzwinkernd.

Sie wird rot und antwortet aufgeregt: »Keine Sorge, sie ist in guten Händen.« Zwei Mädchen lächeln mir zu, während wir durch die Klasse zu den einzigen beiden leeren Plätzen laufen.

»Ist das hier okay für dich?«, fragt mich Caterina.

»Aber sicher!« Vierte Reihe, neben dem Fenster. Die toskanische Sonne küsst mich durch die Scheibe und wärmt mich. Ich werfe einen Blick nach draußen in den Park und auf die Hügel im Hintergrund. Sie sehen aus wie gestürzte Schokopuddings mit Pistazienstückchen. Ich hole meinen Kalender und mein Federmäppchen aus dem Rucksack und seufze tief. Das erste Kapitel meines neuen Lebens ist geschrieben. Ich habe zwei sehr nette Menschen kennengelernt, die ersten seit dem Umzug nach Siena. Mit ein bisschen gutem Willen wird mein Trennungsschmerz nachlassen, auch wenn der Gedanke an Matteo und das, was aus uns hätte werden können, immer noch wehtut.

4

Die große Pause sorgt für einen Moment Ruhe in der Hektik dieses emotionsgeladenen Vormittags. Caterina hat ihr Versprechen gehalten, das sie Umberto gegeben hatte, und sich auf jede erdenkliche Weise darum bemüht, dass ich mich wohl und angenommen fühle. Zwischen den Stunden hat sie keine Gelegenheit ausgelassen, mich neuen Leuten vorzustellen. All diese unbekannten Namen wirbeln nun durch meinen Kopf, zusammen mit den Namen der Lehrer und all den neuen Informationen, die ich noch nicht verdaut habe. Ich hoffe, dass ich mich an alle Namen erinnere und sie nicht durcheinanderbringe.

Fassen wir noch mal zusammen: Genziana ist das Mädchen mit der wilden roten Mähne. Sie hat zwei Dreadlocks, die sich in der Masse ihres karottenroten Haares verlieren. Die hat sie sich selbst mit der Häkelnadel gemacht, und sie stehen für die beiden geliebten Menschen in ihrem Leben: ihren Vater und die kleine Schwester. Nach ihrer Mutter habe ich sie nicht gefragt; da sie von sich aus nichts erzählt hat, schien mir das nicht angebracht. Sie ist sehr sympathisch und wirkt, als sei sie einem Dokumentarfilm aus den Siebzigern entsprungen: sportliche Figur, Sommersprossen über das ganze Gesicht und schmale grüne Augen. Sie spricht ebenso selbstverständlich über kosmische Energie wie über den Italienischlehrer oder eine Mathearbeit, sie ist Vegetarierin und glaubt fest daran, dass die Sterne unseren Alltag beeinflussen. Sie hat gesagt, dass mein Sternzeichen, Widder, ein Feuerzeichen ist. Vielleicht bin ich deswegen so impulsiv und starrköpfig; wenn ich an etwas glaube, dann bin ich sofort Feuer und Flamme dafür, und nichts kann mich davon abbringen. Da bin ich genauso stur wie meine Mutter, die Löwe ist, auch ein Feuerzeichen.

»Feuer und Feuer, da sprühen die Funken«, hat sie lächelnd erklärt und damit, ohne es zu wissen, bildlich die Situation zwischen meiner Mutter und mir beschrieben. Dann hat sie noch gemeint, dass Schüchternheit und die Sensibilität, die man mir anmerkt, typisch für Luftzeichen wären und bestimmt mit meinem Aszendenten zusammenhängen.

»Ich habe keine Ahnung, was mein Aszendent ist«, musste ich zugeben.

»Du kennst deinen Aszendenten nicht? Wie ist das möglich? Der Aszendent, oder auch der aufgehende Grad, ist das, was allgemein als ›erster Eindruck‹ bezeichnet wird. Der ist von grundlegender Bedeutung! Oder um es einfacher zu sagen, er entscheidet darüber, wie dich die anderen wahrnehmen. Wir müssen unbedingt deine Wissenslücken füllen!«

Sie hat mir versprochen, mir in den nächsten Tagen dabei zu helfen, ihn zu errechnen, und außerdem noch Mond, Sonne und einen Haufen anderer komplizierter Dinge, die an meinem Geburtstag »im Haus« gestanden hätten, wie sie das nennt.

Dann gibt es da noch Pietro mit dem gutmütigen Blick, groß, dick und schweigsam, und Lorenzo, den Schönling der Klasse, auch wenn er nicht mein Typ ist. Er ist Stürmer in der Schulmannschaft, hat tiefschwarze Augen und Haare und Schultern wie eine griechische Statue. Dann habe ich noch Laura kennengelernt, Loredana und schließlich Livio.

Livio ist dieses Jahr neu ans San Carlo gekommen, genau wie ich. Er ist schüchtern und hat ein paar Pickel zu viel. Seine Augen versteckt er hinter einer rechteckigen Brille, und auf den ersten Blick wirkt er wie der klassische Streber, der von den anderen nicht akzeptiert wird. Aber das ist nur ein erster, oberflächlicher Eindruck. Ich selbst würde total sauer werden, wenn man mich nur nach so einer spontanen Momentaufnahme beurteilen würde.

Livio hat sich von Unterrichtsbeginn an immer abseitsgehalten, daher habe ich ihn als Erste angesprochen, was ich normalerweise nie tue. Ich habe versucht, freundlich zu ihm zu sein, obwohl er so ein merkwürdiges T-Shirt trägt. Ständig wurden meine Augen von der Aufschrift in riesigen Großbuchstaben angezogen: I'M AN ONLY CHILD …

»Ach, du bist also Einzelkind?«, habe ich gefragt, um ein Gespräch in Gang zu bringen.

Er schien überrascht und starrte mich nur mit einem unergründlichen Gesichtsausdruck an. Daher habe ich auf sein T-Shirt gezeigt.

»Ach so …« Er hat ein paar Sekunden überlegt und dann geantwortet: »Ja.«

»Das ist also auch dein erster Tag«, habe ich hastig weitergeredet.

»Ja.« Mein guter Wille stand in offensichtlichem

Gegensatz zu seiner Unfähigkeit, eine Unterhaltung aufrechtzuerhalten. Daher habe ich aufgegeben, ihn nur noch angelächelt und den Daumen gehoben, um auszudrücken: »Das wird schon!« Darauf hat er als Antwort ebenfalls den Daumen hochgestreckt und mir den Rücken zugedreht. Erst da habe ich bemerkt, dass die Schrift auf der Rückseite des T-Shirts weiterging: … I KILLED MY BROTHERS.

Da musste ich laut lachen. T-Shirt hin oder her, ich verstehe Livio und kann mir vorstellen, wie einsam er sich fühlen muss.

Wir sitzen unter einer großen Eiche und genießen die Pause. Der Baum ist riesig und hat eine mächtige Krone, seine dicht belaubten Äste hängen tief herunter und hüllen uns ein wie ein Vorhang aus grünen Haaren. Genziana isst irgendetwas Undefinierbares aus Soja, Caterina und ich haben uns einen süßen Snack aus einem der Automaten gezogen. Meiner schmeckt gar nicht mal schlecht, er ist weich und mit Kirschmarmelade gefüllt.

»Diesen Sommer habe ich einen Jungen kennengelernt.« Genziana lächelt anzüglich, beißt sich auf die Lippen und pickt mit dem Zeigefinger die Krümel ihres Imbisses auf. »Er heißt Elia und kommt aus der Schweiz. Blond, blaue Augen, also genau mein Typ. Wir haben uns auf einem Strandfest kennengelernt, in dem Strandbad neben dem FKK-Strand.« Hier unterbricht sie ihre Erzählung und lächelt wieder so anzüglich.

»FKK? Also so ein Strand, wo man ohne …« Caterina wird rot und beendet ihre Frage nicht.

»FKK wie Freikörperkultur. Wir kommen nackt

auf die Welt, und es ist nichts Schlimmes an der Harmonie eines menschlichen Körpers. Erst seine Kommerzialisierung durch die Medien führt zu einer verzerrten Wahrnehmung von Nacktheit.«

»Kann schon sein, aber ich schäme mich sogar im Badeanzug. Da muss man schon sehr selbstsicher sein, um sich so zu zeigen, wie Mutter Natur einen geschaffen hat.«

»Das kommt alles nur daher, weil alle einem perfekten Ideal nachstreben, das im Fernsehen und in den Hochglanzmagazinen präsentiert wird. Dieses Modell will die Originalität und die typischen Eigenheiten von jedem von uns einebnen, um Schönheit auf ein einziges Raster zu reduzieren: große Titten, pralle Lippen und eine kleine Nase. Und außerdem habe ich bloß gesagt, dass es in der Nähe von einem FKK-Strand war, und dann ist die Fantasie mit euch durchgegangen.«

»Meine Fantasie ist heute Vormittag schon genug strapaziert worden und hat sich daher keinen Zentimeter von der Stelle bewegt«, meine ich dazu.

Da müssen wir alle gemeinsam lachen. Genziana hat recht: Wie gern wäre ich zufrieden mit meinem Aussehen, wie gern würde ich mich voll und ganz so akzeptieren, wie ich bin, und meine Unvollkommenheiten einfach ignorieren.

»Aber jetzt wieder zu Elia. Supersüß, intelligent. Das war Liebe auf den ersten Blick. Glaubt ihr an die Liebe auf den ersten Blick?«, fragt Genziana verträumt.

»Ich glaube eher an ein Gefühl, das jeden Tag wächst, und zwar mit gegenseitiger Achtung und Respekt. Für mich muss Liebe nicht unbedingt mit

Aufregung und Gefühlsstürmen einhergehen; ich sehe sie eher wie ein Nest, in dem man sich wohlfühlen kann, sicher, beschützt und geliebt«, sagt Caterina.

»Wenn es so wäre, würde das ja bedeuten, dass du dir den Mann zum Lieben mit dem Kopf und nicht mit dem Herzen aussuchst.«

»Wenn ich es mir wirklich aussuchen könnte, wen ich lieben möchte, würde ich nicht ein Jahr darauf warten, von jemandem bemerkt zu werden, dem anscheinend noch nicht mal aufgefallen ist, dass ich ein Mädchen bin«, seufzt Caterina.

»Dann bist du also doch verliebt!«, ruft Genziana aus und setzt sich begeistert auf.

»Kann schon sein, aber ich werde euch *niemals* sagen, wer es ist! Fragt mich also erst gar nicht.« In einer komischen pantomimischen Darstellung tut Caterina so, als würde sie sich die Lippen zusammennähen.

»Oje, jetzt sind ihre Lippen versiegelt. Sie kann nicht mehr reden. Was sollen wir bloß machen, Scarlett?«, witzelt Genziana.

Ich bin froh, dass sie mich nichts zu dem Thema gefragt haben. Ich habe schweigend zugehört und gehofft, dass sie mir keine direkten Fragen stellen. Offen gesagt macht dieses ganze Gerede über die Liebe mich verlegen, ich habe kaum Erfahrungen auf dem Gebiet. Oder besser gesagt, gar keine. Und das nicht etwa, weil ich keine Gelegenheit dazu gehabt hätte. Mein Problem ist einfach, dass ich viel zu sehr an die Liebe glaube und immer warten wollte, bis ich wirklich verliebt bin, selbst für den ersten Kuss. Bis die Lage ganz vertrackt wurde.

Mit Matteo hat mich immer ein starkes Gefühl der Zusammengehörigkeit verbunden. In Cremona war er mein bester Freund, mein Vertrauter. Wenn ich mit meiner Mutter gestritten hatte oder wenn ich Oma Evelyn zu sehr vermisst habe und in der Schule alles schiefging, wusste ich, dass ich auf ihn zählen konnte. Ein Wort oder eine Umarmung von ihm genügte, und schon kam alles wieder ins Lot. Ich weiß nicht wie viele alte Schwarz-Weiß-Filme wir uns am Nachmittag auf seinem weißen Sofa, das so weich wie eine Sommerwolke war, reingezogen haben, anstatt zu lernen. Und was haben wir für Diskussionen geführt über den Sinn des Lebens, ohne je zu einem Ende zu gelangen …

Matteo, Manuela und ich, die unzertrennlichen Freunde. »Forever friends« haben wir uns eines Tages geschworen. Wir haben unsere kleinen Finger ineinander verhakt, um unseren Schwur zu bekräftigen, und dazu aus vollem Hals eine etwas abgewandelte Version dieses wunderschönes Songs gegrölt: »Forever friends, we want to be forever friends …«

Wer weiß, ob wir trotz allem wirklich Freunde bleiben. Oder ob die Entfernung das Band zwischen uns zerreißen wird und alle Versprechungen sich auflösen wie Tränen im Regen.

Ich habe diese Szene wieder vor Augen, sie läuft wie in Zeitlupe vor mir ab. Der letzte Schultag, die letzte Stunde beendet vom letzten Klingeln. Die Schule ist aus, und die Sommerferien fangen an! Und ich habe noch keine Ahnung, was mir mein Vater ein paar Stunden später über den Umzug erzählen wird.

»Ich muss mit dir reden«, hatte Matteo gesagt.

Wir warteten, bis unsere Mitschüler und ihr fröhliches Stimmengewirr verschwunden waren. Dann war der Physiksaal leer, und wir standen ganz allein zwischen Messgeräten und Reagenzgläsern, den stummen Zeugen von etwas, das ich niemals erwartet hätte.

»Was hast du mir denn so Wichtiges zu sagen? Hast du dich als freiwilliger Entwicklungshelfer für Afrika gemeldet, oder hast du dich endlich entschieden, per Anhalter durch ganz Europa zu trampen?«, fragte ich. Doch dann erstarb das Lächeln auf meinen Lippen, als ich seinen ernsten, beinahe besorgten Gesichtsausdruck sah.

»Ich glaube, dass ich mich in dich verliebt habe.«

Ich stand wie vom Donner gerührt da und brachte kein Wort heraus. Er kam näher und hielt wenige Zentimeter vor meinen Lippen inne. Ich stand immer noch völlig reglos da, vollkommen unfähig zu reden, ja sogar zu atmen. Ja, ich habe tatsächlich die Luft angehalten, bis seine Lippen sich sanft auf meine legten. Ein hingehauchter Kuss, wie eine schüchterne Liebkosung.

»Denk darüber nach ...«, sagte er. Dann verließ er den Raum und ließ mich zwischen Zweifeln und Ungewissheit, zwischen Thermometern und Messgeräten stehen.

In mir ging alles durcheinander. Matteo war immer mein bester Freund gewesen, fast wie ein großer Bruder, auch wenn er bloß ein paar Monate älter ist als ich. Sein plötzliches Geständnis so kurz vor dem Umzug war wie ein Tiefschlag des Schicksals, und auch heute kann oder will ich meine Gefühle nicht näher analysieren. Deshalb habe ich gar nicht mehr versucht, mit ihm zu reden. Nicht mal am Telefon. Er genauso wenig, vielleicht fühlte er sich zurückgewiesen oder es war ihm peinlich. Es ist also dabei geblieben, bei diesem Moment im Physiksaal, und seitdem herrscht Funkstille. Ich habe Manuela gebeten, ihm zu sagen, dass ich umgezogen bin. Ich weiß, manchmal bin ich einfach feige.

»Scarlett, bist du da?« Das ist Genziana.

Ich schüttele die Betäubung ab. »Entschuldigt, ich war … in Gedanken woanders.«

»Gib's zu, du hast dich so darüber gefreut, dass du dir nicht mehr Caterinas Geschwätz anhören musst, dass du ganz in die meditative Betrachtung der Stille versunken bist!«

Caterina geht auf diese Spitze gar nicht weiter ein, sie hebt nur stumm die Hände und verweist darauf, dass ihre Lippen versiegelt sind.

»Hallo Mädels! Na, amüsiert ihr euch?«, mischt sich Umberto von hinten in unser Gespräch, und Caterina, die hier nicht mit ihm gerechnet hatte, wird auf einmal rot wic eine Tomate. »Na klar! Und du?«, flötet sie.

»Ja, alles super, sieht man das nicht?«

»Waren deine Lippen nicht gerade noch versiegelt?«, stichelt Genziana.

Caterina tut so, als hätte sie nichts gehört, und schlägt die Beine sittsam übereinander.

»Und Cat, ist Mathe für dich immer noch Ansichtssache?«, fragt Umberto und zeigt dazu sein schönstes Lächeln.

Caterina stammelt: »Nach deinen Nachhilfestunden bin ich deutlich besser geworden.«

»Gut. Dann kann ich ja, wenn sich meine Zukunftspläne zerschlagen, immer noch eine Karriere als Privatlehrer anstreben.«

»Und du kannst immer auf eine treue Kundin zählen«, sagt Genziana.

Caterina kneift sie in den Arm.

»Scarlett, möchtest du gern noch weitere ›Wunder‹ von San Carlo besichtigen? Sagen wir ... morgen in der Pause?«

Da mich Umbertos Vorschlag unvorbereitet trifft, werde diesmal ich rot. »Okay«, sage ich.

Zum Glück ertönt jetzt die Klingel und erlöst mich aus der Verlegenheit. Umberto verabschiedet sich von uns, und wir drei gehen Richtung Klasse. Caterina ist wieder schweigsam geworden.

5

Unterrichtsschluss! Ich brauchte dringend Ruhe, daher habe ich mich hierhin geflüchtet. Ich wandere umher und schaue mich begeistert um. Bücher. Berge von Büchern oder besser gesagt, jede Menge Bücherregale, die Gänge bilden, in denen die Werke nach einem wissenschaftlichen System geordnet sind. Das reinste Paradies. Lesen ist meine Flucht, nur zu gern verschwinde ich in unbekannte Welten, Abenteuer und Gefühle. Nach einem wütenden Streit mit meiner Mutter, nach einer großen Enttäuschung oder wenn ich mich einfach ohne erkennbaren Grund so fühle, als würde mir ein Stückchen aus dem Herzen fehlen, dann flüchte ich mich in ein Buch. Das war schon immer so.

Oma Evelyn mit ihren Gutenachtgeschichten hat mir beigebracht, Geschichten zu lieben, die man Seite an Seite mit ihrem Helden durchleben kann. Ganz egal, ob Liebes-, Abenteuer- oder Gruselgeschichten. Es zählt nur, dass man der Realität entfliehen kann. Manchmal nur für kurze Augenblicke, manchmal für lange Stunden, die ganz allein mir gehören und mich untrennbar mit demjenigen verbinden, der sich diese Geschichte ausgedacht hat, und mit der Figur, die sie in dieser Welt aus Papier und Träumen erlebt hat und dort für immer leben wird.

Ich habe noch nie eine so gut bestückte Bibliothek gesehen. Von englischer Literatur über die des Mittleren Orients, Bücher in Übersetzung oder in der Originalsprache, Fachbücher und Belletristik mit einer ganzen Thriller-Abteilung. Oma würde ausflippen. Sie liebt Krimis, meist weiß sie schon nach den ersten paar Seiten, wer der Täter war. Keine Ahnung, wie sie das macht.

Ich gehe durch den langen Gang aus hell gemasertem Marmor, auf dem in Abständen schwere Tische aus Nussbaumholz stehen, an denen Schüler sitzen, die still lesen.

Stille, was für ein schönes Wort. Vor allem, nachdem so viele Eindrücke auf mich eingestürmt sind.

Ich gelange in einen kleinen Raum, in dem ein DVD-Player steht. Unglaublich, es gibt sogar *Nightmare before Christmas*, den Film, aus dem ich den Namen für meinen Glücksbringer habe, Sally. Mir wird bewusst, dass ich über das ganze Gesicht strahle wie ein kleines Kind.

Als ich wieder in den Hauptgang zurückkehre, möchte ich am liebsten über den glänzenden Boden schlittern wie auf einer Eislaufbahn. Von hier aus kann ich die gesamte Bibliothek überblicken, und ich stelle fest, dass es ein weiteres Stockwerk mit einer Galerie gibt. Dort oben sind noch mehr Bücher, sie werden in Bücherschränken aus Massivholz mit Intarsienarbeiten aufbewahrt, die aus einem Gemälde des neunzehnten Jahrhunderts stammen könnten. Eine Wendeltreppe führt nach oben. Ich gehe durch einen engen Gang, der zwischen zwei Regalen hindurchführt, die von den Vertretern der Aufklärung überwacht werden. Ich lese einige Titel auf den Buchrücken, die an die Vernunft appellieren und gemahnen, aus dem metaphorischen Dunkel der Unwissenheit zu treten. Auf diese Weise nähere ich mich der Treppe. Doch leider ist der obere Bereich *off-limits*. Ein rotes Samtband, das von einem Ende zum anderen gespannt ist, versperrt den Zugang. Und als würde das nicht genügen, hängt da auch noch ein handschriftliches Plakat: ZUTRITT VERBOTEN. Deutlicher kann man es wohl nicht ausdrücken …

Was ist wohl so Besonderes an den Büchern, dass sie dort oben aufbewahrt werden? Ich versuche, einen Blick auf sie zu erhaschen, als eine Stimme hinter mir ertönt und mich zusammenfahren lässt.

»Eigentlich weiß man nur, wenn man wenig weiß; mit dem Wissen wächst der Zweifel.«

»Goethe!«, rufe ich begeistert aus.

»Ich verneige mich vor Ihrer Bildung, Mademoiselle«, sagt der Unbekannte, ein hochgewachsener, schlanker Mann mit leicht gebeugtem Gang. Die randlose Brille auf seiner Nase kann das Funkeln seiner meerblauen Augen nicht verbergen. Er trägt ein blassgelbes Hemd und eine lachsfarbene Fliege um den Hals. Sein silbergraues Haar und die tiefen Falten in seinem Gesicht bilden einen Gegensatz zu dem kindlichen Lächeln, das seinen Ausdruck belebt.

Er ist mir auf den ersten Blick sympathisch, und so gebe ich freimütig zu: »Eigentlich hat das gar nichts mit Bildung zu tun. Vor ein paar Jahren hat mir meine Großmutter ein Buch mit Aphorismen geschenkt. Die habe ich auswendig gelernt für peinliche Momente. Wenn man schüchtern ist, ist es nämlich gar nicht leicht, im passenden Moment immer den richtigen Spruch parat zu haben.«

Er biegt sich vor Lachen.

»Edoardo, Bibliothekar aus Leidenschaft«, stellt er sich vor, nachdem er seine Fassung wiedererlangt hat. »Ich verrate dir jetzt ein Geheimnis«, fährt er bedeutungsvoll fort. »Ich bin fast so alt wie die Bücher, die im ersten Stock aufbewahrt werden.«

»Ach, genau, die Bücher. Kann man die nicht einsehen?«

»Oh nein, dafür braucht man eine Genehmigung. Das sind alte Handschriften aus dem Bestand des Klosters, das einst an dieser Stelle stand. Das Mobiliar dort oben gehört zu dem wenigen, was den Umbau überlebt hat.« Bitterkeit schwingt in seiner Stimme mit. »Die Gegenwart missachtet oft die weise Stimme der Vergangenheit und zieht es vor, ihre mahnenden Appelle zu übergehen, anstatt sie zu beherzigen.« Während er das sagt, berührt er mit der Daumenspitze den goldenen Ring, der an seinem linken Ringfinger glänzt. Es ist eine Art Wappen. »Im Archiv der Schule werden alte Fotografien aufbewahrt, auf denen man sieht, wie es hier früher einmal ausgesehen hat. Aber ich merke, dass deine Augen schon auf der Suche nach anderen Geschichten sind.«

Oh Mann! Dem entgeht aber auch gar nichts. »Ja, ich habe gerade Ihren Ring bewundert. Er ist sehr eigenartig«, sage ich und kann nicht verhindern, dass ich dabei erröte.

»Das ist eine Balzana. Das alte schwarz-weiße

Wappen, das Symbol von Siena. Oder besser gesagt, eines der Symbole, denn da gibt es noch die Wölfin, die die Zwillinge säugt, genau wie in Rom. Der Ring war das Verlobungsgeschenk meiner Frau. Ein Stück aus dem vorigen Jahrhundert … Und übrigens, du kannst mich gerne duzen.«

Ich lächle. Ein wirklich sympathischer Mensch. »Und worum geht es in den alten Handschriften?«

»Um das Leben, um das alte Wissen, um Geschichte. Früher konnten sich nur wenige Bildung leisten, sie war längst nicht allen zugänglich. Wissen ist und bleibt das wertvollste Gut auf der Welt, weil es uns Freiheit schenkt. Die Mönche zählten zu den wenigen, die dieses Privileg genießen durften.«

Meine Augen wandern wieder zur Wendeltreppe, die ich nicht betreten darf. Was würde ich dafür geben, ein Stückchen Geschichte in Händen zu halten!

»Ich werde öfter hierherkommen. Lesen ist für mich so wichtig wie essen, schlafen und atmen. Ich weiß, das klingt etwas übertrieben. Meine Mutter sagt immer, dass ich in der falschen Zeit geboren wurde, weil ich alles zu intensiv erlebe, auch die kleinste Kleinigkeit kann für mich ein Drama sein. Vielleicht hat sie gar nicht mal unrecht, ich hätte mich zur Zeit von Baudelaire wesentlich wohler gefühlt. Langweile ich dich?«

»Du könntest mich niemals langweilen, wenn du über Bücher sprichst. Apropos, du hast mir immer noch nicht deinen Namen verraten, neugieriges Mädchen.«

»Scarlett«, antworte ich. »Ich finde Fliegen toll«, füge ich hinzu und zeige auf seinen Hals.

Er bricht wieder in schallendes Gelächter aus, und

ich denke, dass es leicht sein wird, sich mit diesem Mann anzufreunden, der in einer Fantasiewelt zu leben scheint, mitten zwischen den Romanfiguren und den Welten, die aus den Träumen der Schriftsteller entstehen.

»Dann also bis bald!«

»Bis bald, Scarlett, und denk immer daran: Ein Buch ist ein Freund, der dich niemals hintergeht.«

»Und von wem ist dieser schlaue Spruch?«

»Von Edoardo Tacconi, Bibliothekar aus Leidenschaft«, antwortet er mit einer höflichen Verbeugung.

6

Na, was machst du Schönes?«, frage ich meinen kleinen Bruder, der auf der Schaukel hinter dem Haus sitzt. Er schwingt beim Schaukeln die Füße so weit nach oben, dass es aussieht, als würde er jeden Moment abheben.

»Ich spiele, dass ich die Wolken berühre«, antwortet er mir ganz ernst. »Hier in Siena sehen sie einfach größer aus.«

Ich setze mich neben ihn auf die andere Schaukel und betrachte meine Fußspitzen. Ich trage meine Lieblingsschuhe, schwarze Chucks mit rosa Rand. An der Ferse ist ein großer Stern. Ich liebe Sterne, ich zeichne sie überallhin, davon bekomme ich gute Laune. In meinem Zimmer in Cremona hatte ich mir einen Sternenhimmel geschaffen. Papa hat mir dabei geholfen, denn selbst wenn ich auf Zehenspitzen auf dem Stuhl stand, kam ich nicht an die Decke heran.

Wenn ich das Licht ausmachte, tauchten die Klebesterne in allen Größen das Zimmer in einen zarten Schein. Und wenn ich nachts einschlief, träumte ich von der großen Liebe und dem Nordlicht, von Himmeln, die sich violett verfärben und von den endlos vielen Möglichkeiten, wie mein Leben verlaufen könnte, eine für jeden der funkelnden Sterne an der Decke. Wer jetzt wohl in meinem Zimmer wohnt? Ein Träumer? Oder vielleicht jemand, der es dumm und kindisch findet, den Himmel in einem Zimmer zu suchen?

»Wie war dein erster Tag?«, fragt Marco.

»Gut. Aber ich wäre lieber zu Hause geblieben und hätte gezeichnet.«

»Ich doch auch, was denkst denn du?«

Marco macht mir alles nach. Ich glaube, das ist seine Art, mir zu zeigen, wie gern er mich hat.

Zeichnen ist mein Ein und Alles. Schon als kleines Mädchen habe ich überall etwas hingekritzelt; so habe ich mir die Dinge angeeignet, manchmal auch nur in der Fantasie. Ich habe Mama gezeichnet, Papa und Oma Evelyn, unser Haus und das Spielzeug, das ich gern gehabt hätte. Auch den Hund und die Katze, die meine Mutter mir nie erlaubt hat, habe ich gemalt.

»Es kostet zu viel Zeit, sich um so ein kleines Tier zu kümmern«, sagte sie immer und hob mahnend den Zeigefinger.

»Aber ich werde mich darum kümmern! Ich werde ihm eine gute Mama sein, das verspreche ich dir«, beschwor ich sie und sah sie mit großen Augen an, wie ich es immer tue, wenn ich jemanden erweichen will.

»Jetzt schau mich nicht mit diesen großen Augen an! Wie lange wirst du dich um das Tier kümmern? Ein, zwei Tage höchstens – und dann bleibt es an mir hängen. Und ich habe schon zu viel um die Ohren.«

Also habe ich nie ein Haustier bekommen, und auch wenn ich gar nicht so genau weiß, wie es ist, eines zu haben, fehlt mir doch etwas.

Ganz plötzlich geht die Sonne unter. Die weißen Wolken lösen sich auf, und am Himmel entzündet sich eine rote Farbenpracht in allen Abstufungen von violett bis rosa.

Am liebsten würde ich Manuela anrufen und sie fragen, wie ihr erster Schultag in Cremona war. Haben sie mich dort zumindest ein bisschen vermisst? Ich möchte Matteos Stimme hören. Aber ich schließe die Augen und unterdrücke eine Träne.

»Bist du traurig?«, fragt Marco. Er ist zwar erst sechs, aber sehr aufgeweckt für sein Alter.

»Nein, ich schaue mir den blutroten Himmel an. Und ich frage mich, ob es ihm wohl wehtut, wenn er der Dunkelheit seinen Platz überlassen muss.«

»Der hat sich nicht wehgetan, der isst nur ein Erdbeereis«, sagt mein Bruder so ernst, dass ich beinahe selbst daran glaube.

Obwohl ich todmüde bin, kann ich nicht einschlafen. Wahrscheinlich ist dieser aufregende Tag daran schuld. Oder vielleicht liegt es auch daran, dass die da unten sich mal wieder streiten, und daran kann ich mich einfach nicht gewöhnen. Seit dem Tag des Umzugs geht das jetzt so. Und immer aus demselben Grund: Papa arbeitet rund um die Uhr, und Mama muss endlos viele Dinge allein entscheiden.

Papa antwortet natürlich immer: »Mein neuer Job bringt neue Verantwortung mit sich. Du könntest mich ruhig mehr unterstützen, jetzt wo du dich den ganzen Tag der Familie widmen kannst. Du könntest zum Beispiel damit anfangen, nicht gleich auf mich loszugehen, sobald ich einen Fuß in dieses Haus setze.«

Und damit geht der Krach erst richtig los. »Als ob ich eine Wahl gehabt hätte! Du hast mir lediglich erzählt, dass du befördert worden bist, und ich musste dann auf alles verzichten, um mit dir hierherzugehen! Was ist denn mit *meinem* Laden? Und *meiner* Verantwortung meinen Angestellten gegenüber? Und was ist mit *meinem* Glück? Denkst du mal daran?«

»Wie könnte ich das vergessen, schließlich haust du mir das jeden Tag um die Ohren.«

»Dann solltest du gewisse Dinge lieber nicht sagen! Aber es war ja schon immer so, dass meine Arbeit hinter deiner zurückstehen musste. Du wurdest befördert, und wir mussten zurückstecken! Ich habe meine Träume und ein mühsam aufgebautes Leben aufgegeben, um dir zu folgen, und jetzt bin ich hier und soll nur noch Hausfrau spielen. Und obendrein soll ich dir wahrscheinlich noch dankbar sein und dich nicht mehr mit den dummen Problemen deiner Kinder belästigen.«

»Schließlich arbeite ich doch auch für sie von früh bis spät. Wir haben gemeinsam eine Entscheidung getroffen, und zwar zugunsten ihrer Zukunft. So langsam habe ich das Gefühl, dass dich der Entschluss reut, wegen deiner Kinder auf dein Geschäft verzichtet zu haben, und dass du eine Egoistin bist!«

»Ich … eine Egoistin? Das ist ja wohl die Höhe!«

Ich ziehe mir das Kissen über die Ohren und denke an glücklichere Zeiten. An die Mittagessen am Sonntag und das Eis danach, immer Schoko und Pfefferminze, vom Kiosk in der Nähe unserer Wohnung. An die Fotos, auf denen meine Mutter mir die Haare macht, ich als kleines Mädchen mit lustigen kleinen Zöpfchen, die sich im Lauf der Jahre in immer neue Frisuren verwandelten. Wie lange ist es her, dass Simona plötzlich hinter mir gestanden hat und mich frisieren wollte? Jedes Mal, wenn sie mir die Haare gebürstet hat, habe ich ihre Liebe gespürt. Ich klammere mich an diese Erinnerungen wie an schwarz-weiße Momentaufnahmen aus einem früheren Leben. Die Sternenkugel in meiner Hand. Sicher, irgendwann werde ich mich dazu entschließen, sie irgendwo in der hintersten Schublade zu vergessen. Aber nicht heute. Ich hoffe, dass ich von den Sternen träumen werde, die im Dunkel meines alten Zimmers leuchten und bei deren Funkeln ich immer alle Probleme vergessen habe.

7

Heute benimmt sich Caterina irgendwie komisch. Sie spricht nicht mit mir, und ich habe den Eindruck, dass sie mich anstarrt. Ich drehe mich unvermittelt um, um sie anzusehen, aber sie wendet sich ab. Was hat sie denn nur? Ich hoffe, dass sie das nicht den ganzen Morgen durchzieht. Es fehlt nicht mehr viel bis zum Ende der Stunde, jetzt noch mal zehn Minuten Konzentration und dann ab in die Pause!

Mathematik wird dieses Jahr einen Gang härter, da bin ich mir sicher. Man muss nur die Zini ansehen, um das zu merken. Ganz offensichtlich liebt sie ihre Arbeit. Sie scheint eine geheime alchimistische Verbindung zu Zahlen und deren verborgenem Kosmos zu haben. Und vor allem hat sie keine Scheu vor Schülern. Sie ist jung und brillant, hat einen dunklen Lockenkopf und grüne Augen, ist einen Meter fünfundsiebzig groß und kleidet sich ein wenig gothicmäßig. Sie trägt hautenge Jeans und ein schwarzes T-Shirt, so schwarz wie der Kajalstift, mit dem sie ihre Augen umrahmt, was ihr einen geheimnisvollen Touch verleiht. Die heutige Stunde hat sie den Zahlen und ihrer symbolischen Bedeutung in der Geschichte gewidmet. Sie meint, das würde uns bei den Gleichungen helfen. Tja, wenn sie meint …

Beim langen Ton der Pausenklingel springe ich auf.

»Hast du es eilig?«, fragt Cat.

»Nein, ich will mir nur unbedingt die Beine vertreten.«

»Mit Umberto …«

»Was meinst du?« Eigentlich habe ich genau gehört, was sie gesagt hat, aber …

»Ach, nichts. Ich hab mich nur gefragt, warum du dich von Umberto durch unsere Schule führen lässt, wenn du sie doch inzwischen sowieso besser kennst als wir alle.«

»Keine Ahnung, ich wollte einfach ein bisschen rumlaufen.«

Ich sehe, wie sich ihr Gesichtsausdruck verändert, als sie Richtung Tür sieht. Ich folge ihrem Blick und erkenne Umberto, der mich anlächelt.

»Ich geh dann mal«, stammele ich verlegen.

Ihre einzige Reaktion darauf ist, dass sie mir den Rücken zudreht.

»Hallo, Scarlett!«

»Hallo, Umberto.«

»Stimmt was nicht?«

»Ach was, nichts. Nein, eigentlich geht es mir gut.«

»Genau dieses *eigentlich* macht mir Sorgen. Aber sieh mal, das hier ist für dich.« Er hält mir eine weiße Papiertüte entgegen, aus der mir ein süßer, würziger Duft entgegenkommt und meine Nasenlöcher streichelt.

»Was ist da drin?«

»Cavallucci.«

»Jetzt bin ich genauso klug wie vorher.«

»Probier sie einfach, und dir wird sich eine neue Welt auftun. Süß und doch mit einer würzigen Note ... wie ein Flirt.«

»Und das alles in einem Keks?« Verdammt, was für eine blöde Frage! Natürlich wollte er nur nett sein. Um meine Verlegenheit zu überspielen, esse ich einen. »Hmm, lecker«, murmele ich undeutlich mit vollem Mund. Wenn jetzt meine Mutter hier wäre ...

»Das ist eine von Sienas typischen Spezialitäten.« Anscheinend hat Umberto mein nicht ganz einwandfreies Benehmen nicht bemerkt. Oder er ist zu gut erzogen, um sich etwas anmerken zu lassen.

Ich schiebe noch ein Plätzchen in den Mund und denke kurz nach. »Sehr würzig, aber gut. Darf ich dich etwas fragen?«

»Na klar«, sagt er und lächelt, wobei ich erneut feststelle, dass es tatsächlich untertrieben ist, wenn man von ihm behauptet, er sähe ganz gut aus.

»Bist du zu allen Neuankömmlingen so nett?«

Wir laufen nebeneinanderher. Ab und zu streift mich sein Arm und dann schaue ich nach unten auf meine Schuhspitzen. In diesem abseits gelegenen Stück Park war ich noch nie. Die unglaublich hohen Bäume scheinen mit ihren Zweigen den Himmel zu berühren, pastellfarbene Blumen bilden zarte bunte Tupfer auf dem Grün der Wiese. Von fern hört man das Stimmengewirr der Schüler, so leise wie das Summen von einem Insektenschwarm. Ich bin gern hier. Ich bin gern mit Umberto zusammen.

»Wundere dich nicht, dass ich so nett zu dir bin. Wenn ich an eine andere Schule wechseln würde, wäre ich froh, wenn mir jemand helfen würde.«

»Okay«, sage ich. Vielleicht ein bisschen enttäuscht.

»Aber trotzdem, ich bin nicht zu allen Neuen so nett. Nur zu unwiderstehlichen Mädchen.«

Ich bleibe stehen und sehe ihn neugierig an: »Aber warum bist du dann so freundlich zu mir?«

»Du hast wunderschöne Augen, ein atemberaubendes Lächeln und einen tollen Namen. Muss ich noch mehr sagen?«

Ich werde glühend rot, aber ich laufe betont lässig weiter.

»Und außerdem muss ich dir etwas gestehen: Mein Vater ist Konditor.«

Wir lachen beide los. »Hahaha! Also macht dein Vater die Arbeit, und du heimst die Lorbeeren ein.«

Ich schaue ihn von der Seite an. Das Lächeln vertieft die Grübchen in seinen Wangen und zaubert goldene Lichter in seine kastanienbraunen Augen.

Plötzlich finde ich mich vor einer Reihe von blühenden Büschen wieder. Rote, gelbe und cremefarbene Rosen verströmen einen betörenden Duft. »Wunderschön!«, rufe ich aus.

»Ich stelle dir meinen geheimen Platz vor. Eine Legende erzählt, dass ein barfüßiger Mönch diese Rosen gehegt hat. Außerdem heißt es, ihr Duft hätte eine heilsame Wirkung. Hast du das gewusst?«

»Ach, wirklich?«

»Nein! Das war nur Spaß. Also zumindest, was den barfüßigen Mönch betrifft, denn mein geheimer Platz ist das wirklich. Ich habe bisher nur ganz wenige Leute hierhergebracht. So etwas Schönes teile ich nur mit ganz besonderen Menschen.«

Ich erröte heftig, seine Komplimente sind wirklich entwaffnend. Aber ich sollte mir besser nichts darauf einbilden. Schnell gehe ich zu der Bank hinter dem Busch roter Rosen und setze mich, die Tüte mit den Plätzchen auf den Beinen. Ich esse einen nach dem anderen, so versuche ich, die Stille auszufüllen.

»Bist du Lavinia noch mal begegnet?«

»Nein, zum Glück haben wir uns nicht wiedergesehen, seit …« Ich verstumme. Ich kann nicht von Sally sprechen, ich will doch, dass er vergisst, dass ich mit einem Kinderspielzeug herumlaufe. Also räuspere ich mich und fahre in einem sachlicheren Ton fort: »… seit dieser unangenehmen Begegnung.«

»Unangenehme Begegnung?«, wiederholt er. Dann deutet er auf die Kekse.

»Entschuldige, ich hab dir nicht einmal einen angeboten. Manchmal bin ich richtig unhöflich. Das heißt aber nur, dass sie mir wirklich gut schmecken.«

Lächelnd fischt er sich einen heraus. »Da bin ich aber froh! Nicht darüber, dass sie dir schmecken. Gut, das auch. Aber ich meine eigentlich Lavinia. Ich hatte Angst, ich würde dich in Schwierigkeiten bringen.«

»Warum das denn?«

»Es ist mir etwas peinlich, dir das zu erzählen, aber … Letztes Jahr hatte ich was mit ihr. Lavinia ist sehr besitzergreifend, und ich glaube, sie betrachtet mich immer noch als ihr Eigentum. Ich möchte klarstellen, dass ich nur wenige Wochen gebraucht habe, um zu begreifen, was für ein Mensch sie ist, und … sie zu verlassen.«

»Und das ist dir peinlich? Jeder andere würde damit angeben, dass er mit einer wie ihr zusammen war. Also, ich meine, sie ist doch wunderschön.«

»Schönheit ist nicht alles. Es gibt unendlich viele Dinge, die mir wichtiger sind. Außerdem kann ich Oberflächlichkeit nicht ausstehen.« Er greift mit der Hand in die Tüte, dabei streift er zufällig meine Hand.

Ich zucke vor der Berührung zurück und entschuldige mich hastig. Dieser unerwartete Kontakt hat mir einen Schauer über den Rücken gejagt. Unwillkürlich muss ich daran denken, wie zart seine Hände sind, und erröte wieder.

Dann stehe ich auf und halte ihm die Tüte mit den letzten zwei Plätzchen hin. »Die hier sind jetzt aber für dich. Und danke für die Besichtigungstour.«

Ich drehe ihm den Rücken zu und entferne mich hastig. Was ist denn bloß mit mir los? Zurzeit gerate ich beim unschuldigsten Körperkontakt mit dem anderen Geschlecht in Panik.

Ich bin durcheinander. Umberto ist wirklich nett. Ich lösche die Erinnerung an seine Hand aus meinem Gedächtnis und haste die Treppe zum Eingang hinauf, immer zwei Stufen auf einmal nehmend. Als ich das Klassenzimmer erreiche, klingelt es, genau zum richtigen Zeitpunkt. Caterina sitzt auf ihrem Tisch, lässt die Beine herunterbaumeln und schaut ins Leere.

»Grüße von Umberto«, sage ich, nur, um ein Gespräch anzufangen, und von jetzt auf gleich geht ihr angespannter Gesichtsausdruck in ein Lächeln über.

»Wirklich?«

»Sicher! Er hat es mir extra aufgetragen.« Das ist

eine kleine Lüge. Ich weiß nicht, warum ich das gesagt habe, vielleicht instinktiv. Denn eine innere Stimme flüstert mir zu: *Caterina ist in Umberto verliebt.*

Federica, Lavinias Cousine, wirft mir von ihrem Platz aus der ersten Reihe einen schiefen Blick zu. Weiß sie etwas, das ich nicht weiß?

8

Unser Italienischlehrer Herr Vanzi hasst mich. Er hat mich vom ersten Tag an abgelehnt, da ist nichts zu machen. Das habe ich sofort daran bemerkt, wie er seine werwolfartigen Augenbrauen hochgezogen hat, als er von mir verlangte, ich solle ihm mal so in groben Zügen meine Vorkenntnisse schildern. Ich habe ein bisschen herumgestottert … und dann kam überhaupt nichts mehr. Vor mir die große Leere. Ich war stumm wie ein Fisch.

Wie peinlich! Aber wenigstens benimmt sich Caterina allmählich wieder normal. Vielleicht ist sie wirklich in Umberto verliebt. »Ich werde euch *niemals* sagen, wer es ist! Also hört auf mich deswegen zu löchern.« Ich weiß es nicht genau, aber die Anzeichen sprechen eine deutliche Sprache. Man braucht nur »Umberto« zu sagen, und ihre Rehaugen leuchteten. Sie hat mir die Zettelchen gezeigt, die zwischen ihr und Genziana in der Chemiestunde hin- und hergegangen sind, mit den Bemerkungen zu Herrn Lanzoni. Genziana findet ihn tatsächlich toll! »Dieses Brave-Jungen-Image kauf ich ihm nicht ab«, hat sie geschrieben. »Seine Augen funkeln, und außerdem trägt er keine Armbanduhr.« Ja, und? Wenn man Genziana glauben mag, zeigt das, wie frei er ist, trotz seiner Position an der Schule. Na ja, kann sein … Aber ich hatte keinen Nerv, darüber nachzudenken, weil ich versucht habe, mich auf die Atome und die Periodentafel der Elemente zu konzentrieren. Hilfe!

Ich beiße in einen Apfel und laufe in Richtung Bibliothek. Dort möchte ich ein paar ruhige Stunden verbringen, bevor ich nach Hause gehe. Ich habe keine Lust, meiner Mutter früher als nötig zu begegnen. Heute Morgen beim Frühstück herrschte am Tisch dicke Luft. Papa war schon gegangen, und Simona hatte diesen finsteren Blick, den, der ein heftiges Donnerwetter ankündigt. Dann bleibt man am besten so lang wie möglich weg.

Manchmal glaube ich, dass Marco von uns allen am meisten unter der Situation leidet. Er ist zu klein, um selbst zu entscheiden, ob er ein paar Stunden länger fortbleibt. Zu klein, um sich die Kopfhörer aufzusetzen und sich bei voller Lautstärke einen Song von Opeth reinzuziehen, nur um die Streitereien da unten nicht mehr hören zu müssen und die nötige Ruhe zu finden, um einschlafen zu können. So wie ich es gestern Nacht getan habe.

Wenn du sechs Jahre alt bist, kannst du dich noch nicht vor der eigenen Familie schützen, die ja eigentlich dich vor der Welt schützen müsste.

So in Gedanken versunken bemerke ich die allmählich näher kommenden Stimmen hinter mir nicht, und als ein Finger mir plötzlich auf die Schulter tippt, hätte ich beinahe aufgeschrien. Als ich mich umdrehe, blicke ich in Lavinias dunkle Augen, die mich von oben herab ansehen. Neben ihr steht Sofia, die Tochter des Rektors, und etwas weiter weg Federica aus meiner Klasse. Doch die weicht meinem Blick aus und scheint sich für das, was hier geschieht, zu schämen. Aber was geschieht hier eigentlich?

»Genau dich habe ich gesucht«, sagt Lavinia. Sie trägt beige Wildlederstiefel, Ton in Ton mit den Leggings. Goldener Lidschatten auf den Augen, die Lippen glitzern in Altrosa. Perfekt gestylt.

»Was ist? Ich hab's eilig.«

»Habt ihr gehört? Sie hat's eilig …« Ein mehrstimmiges schrilles Gelächter. »Also, normalerweise vermeide ich es ja, mich unter Leute zu mischen, die ich nicht kenne. Jedenfalls wenn es geht. Aber wenn so eine kleine Schmeißfliege mich belästigt, bin ich gezwungen, entsprechende Maßnahmen zu ergreifen.«

Ich ahne, dass mit dieser lästigen Schmeißfliege ich gemeint bin. Stumm und verlegen bleibe ich stehen. Sofia macht einen Schritt auf mich zu. »Wir wissen, dass du dich an die Jungs aus der Schule ranmachst. Und dass du mit einem flirtest, mit dem du das besser nicht tun solltest …« Sie spuckt die Worte förmlich aus, lässt sie zischen wie giftige Klapperschlangen. Ich suche Federicas Blick. Ganz bestimmt hat sie verraten, dass ich mich mit Umberto getroffen habe. Sie spielt verlegen mit einer ihrer Locken und weicht meinem Blick aus.

»Ich habe mit niemandem geflirtet!«

»Du solltest dich lieber nicht mit mir anlegen«, sagt Lavinia in drohendem Ton.

»Alles in Ordnung bei dir, Scarlett?«, fragt Pietro mit rotem Gesicht. Er ist größer und breiter als jede von uns, und in seinen sonst so sanften Augen scheint etwas wie Wut zu liegen, aber vielleicht ist es auch Sorge.

»Ja, alles in Ordnung.«

»Noch so ein Hündchen, das gleich angelaufen kommt, um sie zu retten«, meint Sofia mit hämischem Kichern.

Sie verziehen sich so rasch, wie sie gekommen sind. Pietro und ich wechseln stumm einen langen Blick.

»Haben sie dich belästigt?«

»Halb so schlimm. Aber ich bin froh, dass du gekommen bist!«, gebe ich zu.

Später, in der Bibliothek, suche ich mir ein paar Bücher aus, um sie nach Hause mitzunehmen, und ein Werk über Kunstgeschichte, in dem ich gleich hier stöbern will. Ich verspüre das Bedürfnis, mir etwas Schönes anzusehen.

Ich blättere und lese darin. Pietro beobachtet mich stumm. Ein seltsamer Junge. Er wirkt wie der gute Riese aus dem Märchen. Im Unterricht hängt er immer mit Lorenzo zusammen, der das genaue Gegenteil von ihm ist, denn der sieht gut aus und ist sich seiner Wirkung voll bewusst, er hat die typische Lässigkeit eines Sportlers. Wenn man die beiden beobachtet, hat man den Eindruck, dass immer bloß Lorenzo redet und Pietro ihm einfach zuhört.

»Wo ist Lorenzo?«, frage ich Pietro.

»Er ist nach Hause gegangen.«

»Und warum bist du nicht bei ihm, wie sonst?«

»Ich habe gesehen, dass Lavinia und ihre Freundinnen dir gefolgt sind, ich war halt besorgt. Stört dich das?«

»Nein, ganz bestimmt nicht. Danke.« Ich hatte natürlich absolut nichts bemerkt. Wenn ich herumlaufe, neige ich dazu, mit meinem Kopf ganz woanders zu sein. Eigentlich bin ich *immer* mit dem Kopf ganz woanders.

»Guten Tag, Mademoiselle.« Edoardo!

»Ihnen auch einen guten Tag, äh, ich wollte sagen, dir auch.«

»Wie ich sehe, hast du dir heute einen kleinen Büchervorrat zugelegt.«

»Ja, ich konnte mich nicht zwischen *Rot und Schwarz* und *Madame Bovary* entscheiden.«

»*Madame Bovary*, Flauberts erster Roman. Der Autor wurde sofort nach seinem Erscheinen wegen Verletzung der öffentlichen Moral angeklagt. Und später ist das Buch ein Bestseller geworden. Das Leben geht schon seltsame Wege, nicht?«, sagt er und rückt sich dabei die Brille auf der Nase zurecht.

»Das Gleiche denke ich auch immer.«

Edoardo dreht uns den Rücken zu. Er lässt seine Finger feierlich über die Buchrücken auf dem Regal neben uns gleiten. Es wirkt, als würde er den Schwingungen nachspüren, die sie aussenden, er sieht dabei aus wie ein Zauberer, der gleich seine Formel sprechen wird. Plötzlich hält er inne und nimmt ein Buch heraus, schlägt scheinbar zufällig eine Seite auf und liest vor: »Bücher entstehen aus der Suche nach Antworten.«

Pietro sieht mich an und zuckt nur wortlos mit den Achseln. Ich wende mich wieder meinem Kunstbuch zu und blättere weiter darin.

Bücher entstehen aus der Suche nach Antworten, wiederhole ich stumm für mich. Ich hätte jetzt so dringend Antworten nötig wie noch nie in meinem Leben, aber ich weiß nicht, wo ich sie suchen soll. *In dir selbst*, flüstert eine innere Stimme. Aber es ist gar nicht so einfach, in sich hineinzusehen.

Ich laufe umher auf der Suche nach Antworten. Ich laufe, denn wenn ich stehen bleibe, holen meine Fragen mich ein und bedrängen mich. Da schrillt mein Handy los, mit diesem schrecklichen Klingelton, der sich wie ein uraltes Telefon anhört. Aber nur so bemerke ich es: Ich habe es schon mit den verschiedensten Melodien versucht, aber anstatt ans Handy zu gehen, habe ich nur zerstreut mitgesummt. Ich sehe aufs Display: Es ist Manuela!

»Hallo, Sternchen!«, schreit sie. Nur sie und Matteo haben mich so genannt. Sie überschüttet mich mit Klatsch über ihre ersten Tage im neuen Schuljahr, über die neue Geschichtslehrerin und ihre neue Frisur, mit der sie auch in diesem Jahr wieder einen großen Auftritt hingelegt hat, ein asymmetrischer Stufenschnitt. »Es sieht echt super aus! Und du müsstest mal die Farbe sehen, irgendwas zwischen rosa und orange, wie ein Pfirsich. Kannst du es dir vorstellen?«

Ich versuche es zwar, aber das ist einfach nicht das Gleiche, als würde sie vor mir stehen. Deshalb beschränke ich mich auf ein begeistertes »Ja«, das allerdings etwas künstlich klingt. Als ich mit Erzählen dran bin, berichte ich von Umberto und seinen schmalen Händen, von Lavinia und den Lavinia-Girls, von Caterina Rehauge, von Genziana ... Ich rede ohne Punkt und Komma, ich rede, um nicht die Antwort auf die Frage hören zu müssen, die unweigerlich in meinem Kopf entsteht und mich nicht mehr loslässt.

Doch Manuela kennt mich zu gut und antwortet, ohne dass ich sie gefragt habe.

»Du fehlst uns, Scarlett. Uns allen. Die Balboni hat sogar aufgehört, Blondinen zu hassen, seit du nicht mehr da bist.«

Ich verharre in gespanntem, erwartungsvollem Schweigen.

»Du fehlst mir. Und Matteo vermisst dich wahnsinnig. Ich glaube, er hat sich in dich verliebt.«

Eine Welle von Gefühlen überschwemmt mich. Die Entfernung zwischen uns wird mir schlagartig bewusst, trifft mich wie ein Schlag in den Magen und nimmt mir den Atem.

»Ihr fehlt mir auch«, bringe ich gerade noch leise heraus. Eine heftig brennende Sonne streichelt glühend heiß meine Haut, doch sie kann die Eiseskälte in mir nicht auflösen.

9

Den Kopf zu benutzen verbraucht mehr Kalorien als ein Vierhundert-Meter-Hürdenlauf. Zumindest meine ich, so was irgendwo gelesen zu haben. Also verbrauche ich jetzt Kalorien, während ich auf dem Schaukelstuhl sitze, der zwischen dem Schrank und der Wand steht. Mein Nest aus alten Teddybären, die meine wilden Zärtlichkeiten und Kinderspiele verschlissen haben.

Heute ist Freitag. Der Tag der Venus, würde Genziana jetzt sagen. Die Woche ist wie im Flug vergangen, mit Höhen und Tiefen und dem Heimweh nach einer Welt, die nicht mehr meine ist. Seit dem Zusammenstoß mit Lavinia weicht Pietro mir nicht mehr von der Seite und verbringt mit Lorenzo und uns die Pausen unter dem mächtigen Baum mit den tiefhängenden Ästen.

»Los, gehen wir alle zu Großmutter Eiche!«, hat Genziana gestern gerufen. Sie hat für alles einen Namen. Und dann schafft sie es immer, mich oder Cat mit den unmöglichsten Verehrern zu nerven. »Du hast ja einen neuen Mär-chen-prin-zen«, flötet sie, als sie Pietro hinter mir auftauchen sieht, schweigend und verlässlich in seiner neuen Rolle als Bodyguard. Das Ganze ist mir ziemlich peinlich, aber ich kann nichts dagegen tun. Und Pietro mag ja ein bisschen komisch sein, aber Lorenzo ist für mich ein Buch mit sieben Siegeln. Er meckert an allem und jedem herum, scheint sich ständig zu langweilen und hat sich immer mit Genziana in der Wolle. Sobald sie den Mund aufmacht, muss er prompt mit dem genauen Gegenteil kontern.

Heute haben sie sich aus einem absolut blödsinnigen Anlass gestritten. Genziana hat gesagt, Ahörnchen und Behörnchen seien Geschwister. Lorenzo meinte, die seien allerhöchstens Cousins, Brüder wären nur Tick, Trick und Track.

»Was haben jetzt die Ducks damit zu tun? Wir waren doch bei Streifenhörnchen!«

»Das sind doch auch Comicfiguren.« Und aus diesem Quatsch ist dann eine ganze Diskussion über Verwandtschaftsbeziehungen in Comics entstanden.

»Aber die von der Panzerknackerbande waren doch auch Brüder, oder? Und was sind das überhaupt für Tiere?«, hat Caterina gefragt.

»Das sind Hunde«, hat Genziana geantwortet.

»Das sind doch keine Hunde ... Goofy ist ein Hund!«, hat Lorenzo gesagt, und schon ging eine neue Diskussion los.

Als uns die Pausenklingel überrascht hat, hat Caterina den Schlusspunkt gesetzt: »Da fällt mir ein, ich habe einen Panzerknacker-Comic auf Englisch zu Hause, da heißen sie ›Beagle Boys‹, also sind sie doch eindeutig Hunde. Außerdem haben sie diese schwarzen Knopfnasen.«

Da hat sich sogar Lorenzo geschlagen gegeben.

Nach dem Unterricht haben wir drei Mädchen so getan, als würden wir auf die Toilette gehen, aber sobald Pietro und Lorenzo nicht mehr auf uns geachtet haben, sind wir hinaus auf den Schulhof gehuscht.

»Ich muss euch etwas Wichtiges zeigen«, meinte Genziana. Während wir durch den Park mit den jahrhundertealten Bäumen liefen, der die Schule umgibt, hat sie uns überraschenderweise von ihrer Mutter erzählt. »Ich habe ein Foto von ihr auf dem Nachttisch stehen. Das müsstet ihr mal sehen. Wir gleichen uns wie ein Ei dem anderen. Wäre es nicht so verblasst, könnte man meinen, das sei ich. Mama war Biologin, deshalb hat sie mich Genziana genannt: Es bedeutet Entschlossenheit und ist außerdem noch der Name einer Blume.«

»Wie schön! Ich habe leider überhaupt keine Ahnung, was Caterina bedeuten könnte.«

»Der Enzian ist eine Blume, die in den Bergen wächst, zwischen den Felsen, bei härtesten Temperaturen und anderen schlechten Witterungsbedingungen. Nur durch große Entschlossenheit gelingt es dieser Pflanze, unter diesen Umständen zu überleben. Deshalb versuche ich auch, nie den Mut zu verlieren, um meinem Namen Ehre zu machen.« Bei diesen Worten machte Genziana ein ganz merkwürdiges Gesicht. Vielleicht suchte sie in ihrer Erinnerung Spuren von ihrer Mutter. »Sie ist nur ein paar Monate nach der Geburt meiner Schwester gestorben. Ein Unfall.«

Caterina und mir verschlug Genzianas Geständnis die Sprache, betroffen und schweigend liefen wir hinter ihr her.

»Wir sind da!«, rief sie, als wir den Rand des Parks erreichten. Vor uns lag ein kleiner Garten mit unbekannten jungen Pflanzen, die intensiv dufteten. »Das sind meine Gewürzkräuter.« Sie hat uns erklärt, dass der Parkwächter ein Freund ihres Vaters ist. »Ich habe immer viel Geld im Reformhaus für die Zutaten meiner Kräutertees ausgegeben, denn wir leben in einer kleinen Wohnung, also haben wir keinen Garten. Er hat mir diese Ecke des Parks für meinen Kräutergarten überlassen. Aber das ist ein Geheimnis! Davon darf niemand wissen.«

Caterina tippte sich äußerst bezeichnend mit dem Finger an die Stirn.

»Ich bin nicht verrückt! Die Spinner seid ihr, weil ihr nichts über die heilkräftige Wirkung von Pflanzen und Blumen wisst.« Sie beugte sich hinunter und nahm zärtlich ein Blatt zwischen Zeigefinger und Daumen. »Das hier ist zum Beispiel Salbei, der Name kommt aus dem Lateinischen, ›salvus‹ bedeutet gesund ... Ich habe gelernt, seht ihr?«

»Wenn du in der Schule nur genauso fleißig wärst! Ich würde alles dafür geben, um das Gesicht von Herrn Minarelli zu sehen, wenn er dich lateinische Vokabeln zitieren hört.«

»Jetzt versuch nicht, alles ins Lächerliche zu ziehen, und lass mich ausreden. Ich sagte gerade, dass die Pflanze den Namen ihrer Heilkraft verdankt. Bei den Römern galt sie als heilig.«

»Und was ist das hier?«, fragte Caterina.

»Das ist Verbene, ein Kraut, das der Venus geweiht ist. Die Pflanze der Liebe, ich glaube, mehr brauche ich nicht zu sagen.« Und ich habe beobachtet, wie Cat sich hinunterbeugte, hastig einen Zweig von dieser Liebespflanze abriss und ihn in der Tasche ihrer Jeans verschwinden ließ.

»Bei nächster Gelegenheit lade ich euch zu einem Essen ein, bei dem Pflanzen und Blumen die Hauptzutaten sind. Viele Blumen sind essbar, wusstet ihr das?«

»Also, ehrlich gesagt ziehe ich einen Hotdog vor«, habe ich gestanden, und alle haben laut gelacht.

10

Was ist denn so Besonderes an diesen Dead Stones? Ich habe noch nie vorher von ihnen gehört, und jetzt verfolgen sie mich den ganzen Tag. Seit ich in die Schule gekommen bin, scheinen alle nur ein einziges Thema zu haben, Dead Stones hier, Dead Stones da …

Vom Schultor an bin ich immer wieder auf Grüppchen von Mädchen in weißen T-Shirts gestoßen, auf die sie mit Filzstift deren Logo gemalt hatten. »Dead Stones«, hauchte verträumt die eine aus der zehnten Klasse mit der Brille, deren Gläser so dick sind wie Flaschenböden, und dem Strickjäckchen, das aussieht, als hätte sie es aus dem Kleiderschrank ihrer Oma geklaut. »Dead Stones« hörte ich auch aus den lipglossglänzenden Mündern der Bad Girls aus der Dreizehnten, die auf den Stufen zum Haupteingang herumhingen und noch schnell eine Zigarette herumgehen ließen. »Dead Stones«, flüsterten zwei Mädchen, während sie langsam vor mir die Stufen hinaufgingen.

Kaum komme ich ins Klassenzimmer, da fällt Caterina schon über mich her: »Hast du dir was zum Umziehen mitgebracht?«

»Wofür denn?«

»Ich hatte dir doch erzählt, dass heute Nachmittag das Konzert zum Schuljahresbeginn stattfindet.« Etwas an ihr ist anders. Ja, genau! Der übliche Haarreif fehlt. Sie trägt die Haare offen, mit einem Seitenscheitel. Und bei genauerem Hinsehen scheint es mir, als hätte sie sich die Wimpern mit Mascara verlängert.

»Das steht dir gut, wenn du die Haare so trägst. Aber ich erinnere mich nicht an ein Konzert.«

»Findest du wirklich, dass ich so gut aussehe? Sie sind doch so glatt ... und fallen mir übers Auge. Also, es kommt mir vor, als hätte ich einen Sehfehler. Aber ich versuche durchzuhalten. Und stimmt, jetzt wo ich darüber nachdenke, es kann schon sein, dass ich einfach angenommen habe, du wüsstest von dem Konzert, und dir deshalb nichts gesagt habe. Was ist mit Genziana? Hat sie dir auch nicht davon erzählt?«

»Vielleicht hat sie das Gleiche angenommen ...«

»Heute spielen die Dead Stones!« Na, das war ja klar ... Eine richtige Epidemie! Laura kommt zu uns, sie strahlt über das ganze Gesicht und ist ungewöhnlich aufreizend gekleidet: ein Stretch-T-Shirt mit tiefem Ausschnitt und eine schwarze Hose, die wie eine zweite Haut anliegt.

»Schon wieder diese Dead Stones? Anscheinend haben die Mädchen dieser Schule kein anderes Gesprächsthema mehr. Wer sind die denn eigentlich?«, frage ich.

»Du weißt nicht, wer die sind?« Laura prustet los. »Ja, dann ... Ach übrigens, du hast doch was zum Umziehen dabei, oder?« Ihre Röntgenaugen mustern mich unerbittlich von oben bis unten.

»Und wenn nicht? Bin ich wirklich so unpassend

angezogen für ein Konzert zum Schuljahresbeginn?« Meine Frage klingt wie eine flehentliche Bitte, sie möge Nein sagen.

»Natürlich nicht«, sagt Caterina, die gute Seele.

»Ja«, antwortet Laura.

Caterina ist wohl einfach zu nett, um zuzugeben, dass ich aussehe, als hätte ich blindlings in den Kleiderschrank gegriffen. Und das stimmt sogar ...

Also, ich trage eine rosafarbene Jeans. Ich weiß, die sehen schrecklich nach Achtzigerjahre-Stil aus, aber sie sind eines der wenigen Geschenke von meinem Vater, und deshalb liebe ich sie. Vielleicht sollte ich wirklich mal meiner Mutter erlauben, an meinen Kleiderschrank zu gehen und dort ordentlich auszumisten. Wenn ich mich nämlich selbst daranmache, verliere ich mich jedes Mal in Erinnerungen, und letzten Endes kann ich nichts wegwerfen.

Und zu allem Überfluss habe ich zu der Jeans auch noch ein ausgeleiertes giftgrünes T-Shirt gewählt. Ich liebe dieses T-Shirt! Es stammt aus London, und wenn man ein wenig Fantasie aufbringt, riecht es immer noch ein wenig nach Camden Town. Ich habe es bestimmt schon tausendmal in die Wäsche gegeben. Vielleicht sieht es deshalb jetzt nicht mehr wie ein T-Shirt aus, sondern eher wie ein Bettlaken.

Und als wäre das alles noch nicht genug, hatte ich gestern Abend keine Lust, mir noch die Haare zu waschen, und trage sie deshalb jetzt zu einem unscheinbaren Pferdeschwanz zusammengebunden. Ausgerechnet heute, wo bei allen die Haare nur so glänzen! Ich hoffe, dass zumindest Genziana mehr an ihre Gewürzkräuter gedacht hat als an einen raffinierten Look für heute. Aber als sie hereinkommt, wie immer zu spät, haut sie uns alle vom Hocker. Sie trägt ein lila Minikleid und pflaumenfarbene Indianerstiefel. Mit ihren schlanken Beinen, die durch das kurze Kleid noch betont werden, sieht sie aus wie eine Gazelle kurz vor dem Sprung. Der violette Lidschatten betont das Grün ihrer Augen. Sie ist wunderschön! Und ich bin als Einzige völlig underdressed und sehe noch unscheinbarer aus als sonst. Ich überlege kurz, ob ich mir besser eine Ausrede einfallen lasse und gleich nach dem Unterricht nach Hause gehe. Was ist schon dabei, das Konzert zu Schuljahresbeginn zu verpassen? Oder ich könnte schnell nach Hause rennen und mich umziehen. Nein, Mama würde mich mit Fragen überschütten, und am Ende würden wir streiten, da bin ich mir sicher. Nein, ich werde schön hierbleiben, ich habe jede Menge innere Werte, sage ich mir, um mir Mut zu machen.

»Ich kann es kaum abwarten, die Dead Stones wiederzusehen. Das letzte Mal war beim Weihnachtskonzert. Wenn ich nur daran denke, wie sexy sich Vincent auf der Bühne bewegt ...«, sagt Genziana anzüglich. »Ich glaube, wenn die Zini ein paar Jährchen jünger wäre, würde sogar die einen Gedanken an ihn verschwenden ...« Im gleichen Augenblick taucht die Lehrerin mit scheinheiligem Lächeln hinter ihr auf. Oops!

Jetzt hat die Epidemie mich auch ganz offiziell angesteckt! Ich kann es kaum abwarten, die Band auf der Bühne zu sehen.

»Dead Stones«, flüstere ich, ohne den Mund zu bewegen, und ein leichter Adrenalinstoß jagt mir eine Gänsehaut über den Rücken.

11

Ich liebe es, unter Großmutter Eiches Haaren mittagzuessen! Die Luft prickelt, und das Gras duftet. Langsam wird mir die Umgebung vertraut. Ich habe mir kleine Räume erobert, in denen ich mich wohlfühle. Ein neues Zuhause, das ich jeden Tag gemütlicher zu machen versuche. Ich beiße in ein Brötchen mit Schinken und Rucola. Die Schulmensa bietet eine reiche Auswahl, abgesehen von Vorspeisen und Hauptgerichten gibt es noch eine Reihe von schmackhaften schnellen Snacks. Ich verbringe ungern viel Zeit bei Tisch, das langweilt mich. Am liebsten esse ich unterwegs: ein schnelles Brötchen oder ein wenig Obst. Ich genieße die Sonnenstrahlen, die noch den Duft des gerade vergangenen Sommers verströmen. Dieses Sommers der Veränderungen.

Ende der vierten Stunde: Umberto hat seinen Kopf in die Klasse gesteckt und mir ein Zeichen gemacht, dass ich ihn auf dem Flur treffen soll. »Möchtest du mit mir zu dem Konzert gehen?«, hat er mich direkt gefragt. Damit hat er mich kalt erwischt, und ich bin stumm wie ein Fisch geblieben.

»Du kannst ja darüber nachdenken und mir die Antwort in der Pause geben.«

»Okay«, habe ich ganz leise gesagt.

Als er seinen Kalender geöffnet und ein Blatt herausgerissen hat, um mir »für alle Fälle«, das waren seine Worte, seine Handynummer aufzuschreiben, ist etwas herausgefallen. Ein getrockneter Zweig Verbene. »Den hat Cat mir geschenkt, sie meint, er bringt Glück. Hoffen wir mal, dass es stimmt ... denn dann wirst du Ja sagen.« Mir hat es die Sprache verschlagen.

»Fräulein Castoldi, haben Sie vor, in absehbarer Zeit wieder in die Klasse zurückzukehren, oder ziehen Sie es vor, wenn wir den Unterricht für alle auf den Flur verlegen?«, hat mich Herr Vanzi mit seiner gewohnten beißenden Ironie abgekanzelt.

»Verzeihung«, habe ich verlegen gesagt. Dann bin ich ins Klassenzimmer geflüchtet, ohne das zerknitterte Blatt mit Umbertos Handynummer mitzunehmen.

Ich beobachte Caterina. Schließlich hat sie es doch nicht mehr ausgehalten und wieder den üblichen Haarreif aufgesetzt, mit dem sie wie ein kleines Mädchen aussieht. In der Pause bin ich Umberto aus dem Weg gegangen und habe mich in die Bibliothek geflüchtet. Dort sehe ich mich um und hoffe, dass er nicht hier auftaucht, denn ich möchte seine Frage lieber unbeantwortet lassen. Dass er diesen Verbenenzweig hatte, das Liebeskraut, kann nur eines bedeuten: Caterina hat ihm den Zweig geschenkt, weil sie in ihn verliebt ist.

»Gestern habe ich beim Hinausgehen Vincent getroffen, und ich muss schon sagen, die Sommerferien sind ihm gut bekommen: Er sieht noch besser aus«, meint Genziana und seufzt tief.

»Vincent?«

»Der Sänger von den Dead Stones«, erklärt Lorenzo gereizt.

»Augen so schwarz wie Kohlen, ein perfekter Körper, und sein linker Arm ist von oben bis unten tätowiert. Was soll ich noch sagen? Er hat ein Piercing an der Augenbraue und eins unter der Unterlippe. Und dieser sinnliche Mund, wenn er singt … Oje, ich sollte besser das Thema wechseln«, meint Genziana, wedelt sich mit der offenen Hand Luft zu und verdreht die Augen schwärmerisch zum Himmel.

»Du hast ihn dir ja offenbar ganz genau angesehen«, sagt Lorenzo.

»Neidisch? Tja, niemand wird je mit einem T-Shirt durch die Gegend laufen, auf das man deinen Namen draufgekritzelt hat. Kann es sein, dass dich das ärgert?«

»Ich finde Vincent ja mit diesen ganzen Tätowierungen und Piercings ein bisschen gruselig«, bemerkt Caterina. »Na ja, jedenfalls hat er eine neue Frisur. Im letzten Jahr waren seine Haare lang, fast bis zum Po. Jetzt hat er einen asymmetrischen Pagenkopf, mit einer langen Strähne, die ein Auge völlig verdeckt.«

»Der sähe mit jeder Frisur gut aus«, fügt Genziana hinzu.

»Aber hast du nicht immer auf blonde Jungs mit blauen Augen gestanden?«, fragt Lorenzo und zieht ein langes Gesicht.

Laura unterbricht die beiden: »Also, mir gefällt ja Mikael besser, der Bassist. Der ist so schön, als wäre er nicht von dieser Welt. Mit diesen hellen Augen wie bei einem sibirischen Wolf.«

»Du meinst Huskies?«

»Ja. Augen wie Eis, ich weiß nicht, wie ich sie sonst beschreiben soll. Über ihn erzählt man sich viele Geschichten«, fügt sie hinzu, um meine Neugierde zu reizen.

Es gelingt ihr. »Was für Geschichten?«

»Er soll bei einem schrecklichen Unfall gerade noch so davongekommen sein. Es heißt, sein Rücken sei mit einem Netz aus Narben überzogen. Deshalb wirst du ihn niemals in der Öffentlichkeit ohne T-Shirt sehen.«

»Ich liebe Narben. Die finde ich schrecklich sexy«, seufzt Genziana.

»Hey, Karottenschopf, ich habe genau hier eine Narbe, sieh mal.« Lorenzo zeigt ihr einen winzigen weißen Strich am Kinn.

Sie sieht ihn mit zusammengekniffenen Augen an und zischt: »Nenn mich nie wieder so. Außerdem verdient dieses kleine Komma da nicht den Namen Narbe. Was hast du gemacht? Etwa mit einer Fliege gewrestlet?«

»Nein, das war ein Ellbogenstoß von einem aus dem Buonarroti-Gymnasium, nachdem ich drei Körbe geworfen hatte. Ich wurde auf einer Bahre rausgetragen!«

»Wenn du es wirklich wissen willst, niemand interessiert sich hier für dich und deine lächerlichen Narben«, sagt Genziana, dann dreht sie sich wieder zu uns: »Vincent und Mikael sind zweifellos die heißesten Typen der ganzen Schule.«

»Für mich sind sie nur zwei Angeber. Ich weiß echt nicht, was ihr alle an denen findet.«

»Du bist doch nur neidisch, Lorenzo! Jedes Mädchen auf der Schule hat schon mal davon geträumt, mit einem von den Lancieri-Cousins zusammen zu sein. Nur dass viele es nie zugeben würden. Du, Cat, hättest gern Vincent, stimmt's?«

»Er sieht bestimmt gut aus, aber er ist nicht mein Typ«, antwortet sie ausweichend.

»Was habe ich dir gesagt, Scarlett?«

Diesmal prusten wir alle los, und ich halte es buchstäblich nicht mehr aus. Ich kann es kaum abwarten, bis das Konzert beginnt! Trotz der rosafarbenen Jeans und dem ausgeleierten T-Shirt, in dem ich aussehe wie ein Heißluftballon.

12

Die Toilette im Erdgeschoss ist ganz klar der magische Ort für die letzten Korrekturen vor jedem wichtigen Ereignis. Neben mir steht eine von den Kleinen aus der neunten Klasse und zupft sich den gepolsterten BH unter ihrer Bluse aus Voile und Spitze zurecht. Ich sehe mich um. Alle haben sich gestylt wie für einen Abend in der Diskothek. Genziana ist wunderschön, durch den Lidschatten glänzen ihre grünen Augen wie Edelsteine. Sie fährt sich mit den Händen durch die Haare, eine feurige Mähne mit orangefarbenen und feuerroten Reflexen. Laura vollendet mit geschickten Bewegungen ihr Make-up. Kajalstift und Mascara passen gut zu ihrem Look ganz in Schwarz.

Ich betrachte verstohlen mein Spiegelbild, und denke wieder einmal, wie unscheinbar ich doch aussehe. In meinen Augen sehe ich nur graue Reflexe, die mich an ein Meer im Winter erinnern oder an einen bleiernen Himmel, an dem ein Gewitter aufzieht. Hätte ich mir doch wenigstens die Haare gewaschen! Wenn sie mir offen über die Schultern fielen, würden sie zumindest von dem giftgrünen T-Shirt ablenken, in dem ich zu ertrinken scheine. Aber vielleicht würde es auch gar nichts ändern.

»Möchtest du ein bisschen Lipgloss?«, fragt Laura.

»Danke.« Ich führe den Stift schnell über den Mund. Er riecht nach Erdbeeren.

»Kommt, sonst sind die besten Plätze weg. Und ich möchte mir das Konzert aus der Nähe ansehen.«

Wir gehen in Richtung Turnhalle, wo das Konzert stattfindet. Horden von Dead-Stones-Fans, die man eindeutig an den Logos auf ihren T-Shirts erkennt, sind unter den Schülern auszumachen.

»Hast du eine Minute, Scarlett?«, fragt Genziana. »Ich möchte vor dem Konzert mit dir reden.«

Wir sondern uns etwas ab in der Flut von Leuten, die kommen und gehen.

»Was ist denn? Wenn du mir sagen willst, dass man ziemlich viel Mut braucht, um so angezogen zum Konzert zu kommen, das weiß ich selber. Nach dem Schock von heute lasse ich meine Mutter sich an meinem Kleiderschrank austoben, das schwöre ich!« Und um mein Versprechen zu besiegeln, lege ich die rechte Hand aufs Herz.

»Nein. Das ist mir nicht einmal aufgefallen ... Es geht um Caterina ... Ich weiß gar nicht, wo ich anfangen soll ...«

»Schieß los.«

»Ich kenne sie jetzt seit zwei Jahren, sie ist nicht nur ein tolles Mädchen, sondern auch eine gute Freundin. Und um zur Sache zu kommen ... Ich glaube, nein, ich bin mir sicher, dass sie sich in Umberto verknallt hat. Und jetzt leidet sie darunter, dass er dir so viel Aufmerksamkeit schenkt ...« Sie schweigt einen Moment. »Ich verlange nicht von dir, dass du ihn aufgeben sollst, wenn er dir wirklich etwas bedeutet. Ich bitte dich nur, dass du ganz kurz in dich gehst und Caterinas Gefühle berücksichtigst, wenn du dich entscheidest.«

Ihre Worte treffen und rühren mich. »Du bist aber auch eine gute Freundin«, sage ich nur. Und da, als hätten wir ihn gerufen, bemerkt uns Umberto in der Menge. »Oh, nein«, rutscht mir heraus.

»Wenn man vom Teufel spricht ... taucht Umberto auf«, meint Genziana im Spaß.

»Hallo, Mädels.«

»Umberto«, sagt sie.

»Hallo«, sage ich. Und was jetzt?

»Wir führen Frauengespräche ... Entschuldigst du uns bitte?« Genziana hakt sich bei mir unter, zieht mich weg und lässt ihn verwundert zurück.

Ich winke ihm kurz zum Abschied zu, und dann platze ich lachend heraus: »Du weißt echt, wie man eine Situation rettet.«

»Da ist Cat!«

Sie sitzt an der Tür zur Turnhalle auf ihrem Rucksack und wartet auf uns. Als sie uns sieht, springt sie strahlend auf und läuft uns entgegen. Nein, sie verdient es nicht, meinetwegen zu leiden. Ich weiß zwar, dass ich nichts getan habe, um Umberto Hoffnungen zu machen, aber ich weiß auch, dass ich ebenso wenig dafür getan habe, ihn abzuweisen. Hätte ich das tun müssen? Hätte eine gute Freundin ihn sofort auf Abstand halten müssen? Vielleicht ist es ja einfach so, dass Umberto mich doch ein ganz klein wenig interessiert ... und seine Aufmerksamkeit mir schmeichelt. Oder vielleicht hat es mir geholfen, an ihn zu denken, um meine Erinnerungen an Matteo wegzuschieben. Ich weiß nicht mehr, was ich glauben soll. In meinem Kopf geht alles wild durcheinander und inmitten dieses Chaos ist nur eins sicher: Ich möchte nicht, dass Caterina leidet.

Auf keinen Fall.

13

Die letzten Noten der Vorgruppe verklingen zwischen den Wänden der Turnhalle. Ich weiß nicht einmal mehr, wie sie heißen: Die vier wirkten wie lächerliche Schießbudenfiguren auf einer Bühne ... Und offenbar war ihnen ihr Auftritt selbst peinlich! Ich möchte nicht an ihrer Stelle sein. Bis auf ihre Klassenkameraden in den ersten Reihen scheint ihre Performance niemandem aus dem Publikum gefallen zu haben. Mag ja sein, dass sie versucht haben, ihren Idolen nachzueifern, aber es kam echt komisch rüber. Ein pummeliger Punk, der so aussehen möchte wie Sid Vicious, an dem aber nichts *vicious* ist außer dem nicht gerade überzeugenden Irokesenkamm, der noch dazu mit jedem Trommelschlag mehr in sich zusammensackt, dann ein Knirps, der kleiner ist als die Gibson, auf der er herumstümpert, und ein Sänger, der mit Jim Morrison nur die Lederhose gemein hat ... Und die ist ihm auch noch viel zu weit!

Ich werde von ein paar Mädchen gestoßen, die sich nach vorne drängen.

»Dead Stones! Dead Stones!«, schreit jemand hinter uns.

»Wir wollen die Dead Stones!«, erhebt sich ein

Sprechchor aus der letzten Reihe, der bald das ganze Publikum erfasst hat. Die Turnhalle ist brechend voll. Parfüm, Deo, Vanille-Shampoo und Erdbeer-Lipgloss mischen sich mit dem beißenden Geruch nach Schweiß und aufgeheiztem Spaß. Wie bei einem richtigen Konzert. Ich bin ganz aufgeregt und klatsche zu dem Sprechchor rhythmisch in die Hände. »Wir wollen die Dead Stones!«, schreit Genziana. Ich brenne darauf, endlich die geheimnisvollen Cousins zu sehen, damit ich mich mit eigenen Augen davon überzeugen kann, ob sie wirklich so faszinierend sind.

Es kommt mir absurd vor, dass Caterina sich ausgerechnet jetzt dazu entschlossen hat, mir zu erklären, warum sie nicht auf ihren Haarreif verzichten kann. »Der ist wie die Schmusedecke von Linus, damit fühle ich mich einfach wohl. Wenn ich ihn herausnehme, fahre ich mir ständig durch die Haare. Sie stehen dann nach allen Seiten ab, fallen mir in die Augen, und ich komme mir ungekämmt vor … Und dann werde ich nervös.«

»Wo liegt denn das Problem? Niemand will dir deinen Haarreif wegnehmen.«

»Jeder sagt mir, dass ich mit dem Haarreif wie ein kleines Mädchen aussehe. Mal ganz ehrlich: Meinst du auch, dass ich ohne besser aussehe?«

»Du siehst gut aus, wenn du dich gut fühlst. Wenn du dich mit dem Haarreif wohler fühlst, dann heißt das, dass ein Haarreif das Richtige für dich ist.« Ich habe noch nie so oft das Wort »Haarreif« gesagt. Und ich verspreche mir feierlich, dass ich in meinem ganzen Leben niemals so ein unaussprechliches Accessoire tragen werde.

Ich schaue wieder hoch. Die Menge tobt. Die Mädchen haben sich untergehakt und hüpfen gemeinsam hoch. »Vincent!«, schreit die Kleine vor mir. »Mikael!«, ruft eine andere weiter weg.

Ich bin total aufgekratzt. Vielleicht steckt diese lächerliche Aufregung all dieser schreienden Mädchen mich ja an. Mein Adrenalinpegel steigt wie eine Flutwelle. Wieder schubst mich eine Gruppe Schüler auf der Suche nach einem besseren Platz nach vorn. Ich stelle mich auf die Zehenspitzen, um besser sehen zu können. Genziana packt mich am Arm, ich klammere mich an Caterina, und gemeinsam schieben wir uns durch die Menge. Einen Moment lang dreht sich alles um mich, aber ich drücke weiter, und erst als Genziana stehen bleibt, bemerke ich, dass wir uns einen super Platz erkämpft haben. »Yeah!« Die Plätze ganz vorn an der Bühne bleiben ein unerreichbares Ziel, sie werden mit Zähnen und Klauen von einer Gruppe hysterisch kreischender Mädels verteidigt.

Das Licht in der Halle geht aus. Ein paar Scheinwerfer überfluten den unteren Teil der Bühne mit Licht. Einen Moment lang starre ich verwirrt das Podest an, auf dem das Schlagzeug, das Mikrofon und die Tonanlage stehen. Ziemlich bald vereinen sich die Rufe von Mikaels Verehrerinnen mit denen von Vincents Fans zu einem einzigen lauten Sprechchor: »Dead Stones! Dead Stones!«

Das erste Bandmitglied erscheint auf der Bühne. Eine Silhouette im Gegenlicht, die von einem Aufschrei der Menge begrüßt wird. Es ist der Schlagzeuger, lange wasserstoffblonde Haare und eine verkehrt herum aufgesetzte Baseballkappe. Er nimmt seinen Platz ein und beginnt die Snare drum zu schlagen. Dann kommt ein schlanker, muskulöser Junge über das Podest, der mit seinem leichten, fließenden Schritt die Luft zu durchteilen scheint. Sein linker Arm ist bis zum Handgelenk tätowiert, und er trägt ein zerknittertes T-Shirt über einer dunklen Jeans. Er streicht sich die schwarzen Haare zur Seite, die einen Teil seines Gesichts verdecken. Seine Augen leuchten wie glühende Kohlen, als er sich die Gitarre greift und ins Mikrofon schreit: »Wir sind die Dead Stones, im Feuer gehärtete Steine!«

Einen Moment lang habe ich das Gefühl, einem einzigartigen Schauspiel beizuwohnen. Das Publikum scheint völlig durchzudrehen, und ich weiche instinktiv einen Schritt zurück. Caterina scheint es nicht zu bemerken, sie ist vollkommen darauf konzentriert, den Jungen mit den nachtschwarzen Haaren anzustarren. Ein ekstatischer Ausdruck liegt auf ihrem Gesicht. Nur gut, dass Vincent nicht ihr Typ ist, denke ich und muss grinsen. Genziana hatte recht.

Langsam, beinahe mit militärischem Schritt hält das letzte Bandmitglied Einzug auf die Bühne. Ein Typ mit kastanienbraunen Haaren mit attraktiven honigfarbenen Strähnchen darin und so hellen Augen, dass ich sogar an meinem Platz davon geblendet werde. Er ist unglaublich schön, geradezu übermenschlich. Seine Gesichtszüge wirken wie in schneeweißen Marmor gemeißelt. Er ist groß, hat breite Schultern und muskulöse Arme. Seine Klamotten sind genauso schwarz wie sein Instrument: ein E-Bass. Was mich am meisten beeindruckt, ist die natürliche Ungezwungenheit, mit der er sich über die Bühne bewegt, er schwebt durch die Luft und scheint sich überhaupt nicht der Wirkung bewusst zu sein, die er auf den weiblichen Teil des Publikums in der Halle ausübt. Er wirkt abwesend, so versunken in seiner ganz eigenen Welt, dass er sogar vermeidet, in die Menge zu schauen.

Vincent dagegen provoziert und heizt die vordersten Reihen an. Seine Bewegungen sind genau darauf abgezielt, die Aufmerksamkeit auf sich zu ziehen, er scheint eine echte Rampensau zu sein. Tatsächlich reicht jetzt eine Handbewegung von ihm, und der Saal fällt in unwirkliches Schweigen. Er senkt beide Arme mit der großen Geste mancher Dirigenten, und es ist, als würde die Zeit einen Augenblick stehen bleiben. Das Scheinwerferlicht wird schwächer, und wieder umhüllt mich Stille. Der Schlagzeuger schlägt ein paarmal die Bassdrum, und dann hört man wieder nichts. Bis auf das Geräusch meiner Herzschläge. Ich atme tief ein und warte angespannt darauf, dass dieses Etwas, das ich noch nicht kenne, aber worauf alle anderen schon zu warten scheinen, endlich passiert.

Mikael beginnt eine tiefe und pulsierende Basssequenz, in die sich sofort der hypnotische Beat des Schlagzeugs mischt. Vincents markantes Gitarren-Riff lässt nicht lange auf sich warten, gefolgt von seiner rauen Stimme. Ich erwache aus meiner Betäubung. Die Band spielt das erste Stück, einen englischen Song mit dem Titel *Closer*.

Näher, übersetze ich mir schnell. Mein Englisch ist ganz passabel, schließlich verbringe ich mindestens einen Monat im Jahr in London! So kann ich mühelos den größten Teil des Textes verstehen. *I walk through an endless night*, ich laufe durch eine endlose Nacht, *make my way back home*, kehre nach Hause zurück. Mir fällt auf, dass der Sänger die Gitarre mit der linken Hand spielt. Die Dunkelheit in der Halle malt seltsame Schatten auf seinen Körper, und von hier sieht es so aus, als ob die Tattoos ein Eigenleben hätten und sich bewegten. Trotz seiner verführerischen Ausstrahlung ist allerdings Mikael derjenige, an dem meine Augen sich gar nicht sattsehen können. Seine harmonische Art, sich zu bewegen, die tiefe Stimme, die mein Innerstes aufwühlt, sobald er einen Chorus singt. Der Refrain wirft mich in einen Ozean von demselben Eisblau wie seine Augen. *I'm closer to you*, ich bin näher bei dir. *I'm closer to you than I've ever been*, ich bin näher bei dir, als ich es je war. *Why don't you see me?* Warum siehst du mich nicht?

Ich sehe dich, Mikael, möchte ich ihm zurufen und mich in dem schmelzenden Eis seiner Kristallaugen verlieren. Dabei komme ich mir so dumm vor! Doch das hindert mich nicht daran, aus vollem Herzen zu hoffen, dass das Stück nie enden möge; ich spüre, dass ich meinen Körper nicht mehr unter Kontrolle habe. Ich bewege mich im Rhythmus der Musik, und in mir steigt der unsinnige Wunsch auf, dass diese Augen aus Eis in meine schauen mögen. Zumindest einen Augenblick lang …

»Und, wie findest du sie?«, schreit Caterina, um gegen die Musik anzukommen. Sie ist rot im Gesicht, erhitzt und offensichtlich begeistert.

»Völlig überschätzt.« Ich schäme mich für den dummen Gedanken, der mir gerade eben durch den

Kopf geschossen ist. Wie kann ich nur glauben, dass ich diesem wahnsinnig tollen Bassisten hier in dem dunklen Saal unter all diesen Menschen auffallen könnte?

14

»Es war genial, die werden immer besser!«, ruft Laura aus, ihr Make-up ist verschmiert, und sie hat einen verträumten Ausdruck auf dem Gesicht.

»Oh ja, ich habe immer noch die Melodie von *Between you and me* im Ohr«, seufzt Genziana.

»Sie hätten auch grottenschlecht spielen können, das hättet ihr doch gar nicht bemerkt, so sehr habt ihr auf Vincents Tätowierungen oder die Schultern von dem anderen gegafft!« Lorenzo schaut zu Genziana, die ihn jedoch keiner Antwort würdigt.

Ich höre ihre Stimmen wie aus der Ferne, als gehörten sie zu einer anderen Welt. Aber eigentlich bin ich diejenige, die durch eine neue Dimension schwebt. Verloren zwischen den Haaren von Großmutter Eiche, der niedrig stehenden Sonne am Horizont und dem letzten Geplauder vor dem Abschied, den wir nicht mehr lange hinauszögern können.

Wie dumm von mir ... Ich habe mir doch wirklich eingebildet, dass Mikaels Eisaugen trotz all der Menschen einen Moment lang tatsächlich meinen begegnet sind. Und jetzt bin ich nicht mehr dieselbe wie vorher. »I'm closer to you«, sang er gerade mit seiner tiefen Stimme. Da hat er sich zu mir gedreht, und es war, als ob plötzlich die Welt um mich herum verschwände. Verschluckt von den Gefühlen, dem Herzklopfen, den Schauern, die mir über den Rücken liefen. »I'm closer to you«, hat er wiederholt, und in dem Moment gab es nur ihn und mich. Und seine Stimme. Ein weicher Fluss, in dem ich mich gerne verloren hätte.

»Hallo, Scarlett, bist du da?«, fragt Caterina. »Erde an Scarlett.«

»Ja ... Entschuldige. Was hast du gesagt?«

»Ich sagte, dass ich bei Livio manchmal eine Gänsehaut bekomme. Er bleibt immer für sich und redet mit niemandem.«

»Er redet mit niemandem, weil niemand mit ihm redet. Vergiss nicht, dass er wie ich neu an der Schule ist. Es ist nicht leicht, sich in einer fremden Umgebung zurechtzufinden mit all den neuen Gesichtern, unbekannten Lehrern und dem ganzen Rest.« Ich ereifere mich richtig, Caterinas Worte haben bei mir einen wunden Punkt getroffen. Ich springe auf.

»Wohin gehst du?«, fragt Laura.

»Livio eine Gelegenheit zum Reden zu geben«, antworte ich mit einem ironischen Unterton. Ich gehe zu ihm. Er sitzt abseits mit einem Buch in der Hand im feuchten Gras, das intensiv nach Grün duftet. Er ist so in seine Lektüre vertieft, dass er zusammenfährt, als ich ihn erreiche.

»Ich wollte dich nicht erschrecken. Hat dir das Konzert gefallen?«

»Willst du die Wahrheit hören? Ich hab's verpasst. Ich mag keine laute Musik. Da bin ich lieber in der Bibliothek geblieben und habe gelesen.«

Auch diesmal fällt mein Blick auf den Aufdruck auf seinem T-Shirt. VIDEOGAMES RUINED MY LIFE. Und etwas darunter: GOOD THING I HAVE TWO EXTRA LIVES. Ich wende die Augen ab, lächle, und kurz darauf herrscht zwischen uns verlegenes Schweigen. Es tut mir leid, dass Livio es nicht schafft, sich in die Klassengemeinschaft einzufügen, aber ich kann ihm nicht wirklich dabei helfen. Wären Umberto und Caterina nicht gewesen, würde ich wohl auch irgendwo in einem Winkel des Parks für mich allein sitzen und lesen, genau wie er.

»Gut, dann gehe ich mal wieder«, stammele ich.

»Ciao.«

»Seht mal die beiden Turteltäubchen! Sind sie nicht wie füreinander geschaffen?« Lavinias Stimme ist das Letzte, was ich jetzt hören will, nachdem ich mich eben noch so schön in die Melodie von *Closer* versenkt habe. Ich will nicht daraus aufwachen. Wenn ich sie nicht beachte, wird sie schon wieder dahin verschwinden, woher sie gekommen ist.

»Wir sehen uns dann morgen, Livio«, sage ich.

»Bis morgen, mein Schatz, ich vermisse deine Pickel schon jetzt!«, äfft mich Sofia mit künstlich hoher Stimme nach. Ich könnte platzen vor Wut.

»Lass gut sein. Bald wird für sie der Tag der Abrechnung kommen«, sagt Livio, steht auf und geht in die entgegengesetzte Richtung. Ein Schauer läuft mir eiskalt den Rücken hinunter.

Mit gesenktem Kopf laufe ich nach Hause. Ich habe mich hastig von allen verabschiedet und bin schnell verschwunden. Die Scherze auf Livios Kosten treffen mich genauso. Ich hatte nicht den Mut, ihn zu verteidigen, sondern habe ihn lieber ziehen lassen und ihm den Rücken zugedreht wie alle anderen. Caterina hätte sich ihren Kommentar wirklich sparen können. Sie beklagt sich, dass Livio mit niemandem redet, aber sie ist die Erste, die ihm aus dem Weg geht.

Um wieder zur Ruhe zu kommen, stelle ich mir ganz automatisch Mikaels vollkommenes Gesicht vor. Die langen Wimpern um diese hellen und ausdrucksstarken Augen, die wie Edelsteine funkeln. Der melancholische Blick, der in mir die unbezähmbare Sehnsucht geweckt hat, ihn zu umarmen und ihm stundenlang zuzuhören, ohne ihn zu unterbrechen. Und dabei kenne ich ihn nicht einmal! Ich bin wirklich eine dumme Gans, genau wie all die kleinen Mädchen, die während des Konzerts seinen Namen geschrien haben.

Am Ende der Show haben sich die Dead Stones in das große Zelt hinter der Bühne zurückgezogen. Ein Mädchen, das ich vorher noch nie gesehen habe, folgte ihnen in ein paar Metern Abstand. Ich habe sie nur ganz kurz von hinten gesehen, aber trotzdem hat sie meine Neugier geweckt. Ein schwarzer Pagenkopf, ein kurzer schwarzer Spitzenrock wie das skurrile Tutu einer Gothic Ballerina. Netzstrümpfe und an den Füßen klobige Springerstiefel. Sie hatte etwas ganz Besonderes an sich ... Sie bewegte sich sehr anmutig und elegant. Ihr Gesicht konnte ich leider nicht erkennen. Ob diesem Mädchen Mikaels Herz gehört? Vielleicht hat er *Closer*, das Lied, das mir nicht mehr aus dem Kopf geht, extra für sie geschrieben. Was würde ich darum geben, das zu wissen.

Aber was würde es im Grunde ändern? Nichts. Einer wie Mikael Lancieri würde eine unbedeutende graue Maus wie mich niemals bemerken. Ich starre auf den Stern an meinen Chucks, in Gedanken bin ich immer noch bei dem Bassisten der Dead Stones, und mein Herz klopft laut. Hinter mir ertönt Motorenlärm, und automatisch weiche ich an den Straßenrand aus. Ich bleibe stehen und schaue auf. Drei schwarze Motorräder kommen auf mich zu. Die ersten beiden flitzen an mir vorbei, aber ich erkenne auf der Seite des ersten eine Airbrushlackierung, einen schwarzen Panther.

Die dritte Maschine wird langsamer. Der Motorradfahrer klappt das Visier seines Integralhelms auf. Eine fließende Bewegung aus dem Handgelenk, und plötzlich sehe ich in zwei Augen aus Eis. Nur ein kurzer Blick – und schon ist er fort, verschwindet in den Sonnenuntergang.

Mikael?

Aber sicher … Meine Fantasie geht mit mir durch. Ich schüttele den Kopf und setze meinen Weg fort. Auch ich gehe dem Sonnenuntergang entgegen, meine Gedanken hängen immer noch diesen Augen nach, die sich unauslöschlich in meinem Kopf festgebrannt und meine Sehnsucht geweckt haben.

15

Essen ist fertig! Los jetzt, bevor es kalt wird! Erst kommst du so spät nach Hause, und dann schließt du dich eine Ewigkeit im Bad ein. Also wirklich, beweg dich endlich!« Die Hartnäckigkeit meiner Mutter kennt keine Grenzen. Sie ruft aus dem unteren Stockwerk nach mir, aber trotzdem höre ich sie durch die abgeschlossene Badezimmertür so deutlich, als stünde sie direkt neben mir. Ein tiefer Seufzer, ich habe keinen Hunger und erst recht keine Lust auf eins von ihren Verhören. Ich wasche mir energisch das Gesicht in dem Versuch, wenigstens einen Moment lang nicht mehr an Mikael zu denken. Aber es funktioniert nicht.

Dann lege ich mich auf den Boden und versuche es mit Sit-ups. Ich bin völlig außer Form! Nach zweien kann ich schon nicht mehr. Dafür sehe ich Mikaels perfektes Gesicht und seine vollen Lippen vor mir, die das Mikrofon zart streifen. Oh mein Gott, was ist nur in mich gefahren? Ich würde mir ja eine runterhauen, wenn das etwas bringen würde. Los, Scarlett, wach auf!

Vielleicht habe ich ja jetzt ein Gegenmittel gefunden: Ich schaue in den Spiegel und zähle ganz laut die Namen von Genzianas Kräutern auf. Verbene,

Basilikum. Und dann? Rosmarin, das war leicht, denn der schmeckt toll zu Ofenkartoffeln. Enzian, supereinfach, so heißt ja auch die Herrin über den Kräutergarten. Und weiter? Mikael …

Mikael? Nein, so wird das nichts.

»Scarle-tt, ich möchte mich nicht wiederholen!« Oje, meine Mutter hat meinen Namen wieder auf diese Art betont, ich sollte besser in die Hufe kommen. Summend gehe ich die Treppe hinunter. *I'm closer to you … la la la … I'm closer to you.* Auweia!

»Hmm, das riecht aber lecker. Was gibt's denn Gutes?«

»Leber mit Zwiebeln. Und versuch es erst gar nicht damit, dass du keinen Hunger hast.«

»Ach, Mama! Ich habe sowieso schon keinen Appetit, und dann setzt du mir Leber vor. Du weißt genau, dass mir davor graust!«

»Dann zwing dich und iss wenigstens ein bisschen. Das ist gut für dich. Schau dir deinen kleinen Bruder an. In deinem Alter solltest du dich nicht so anstellen.« Ich drehe mich zu Marco um, der sich den Mund vollstopft und mit einem hinterhältigen Grinsen kaut.

»Hast du gesehen? Jetzt muss er schon dir mit gutem Beispiel vorangehen.«

Ich werfe ihm einen finsteren Blick zu und fahre mir als Zeichen der »Freundschaft« mit dem Zeigefinger auf Höhe der Kehle von rechts nach links.

»Ich – krieg – einfach – keine – Leber – runter, auch – beim – besten – Willen – nicht.« Ich betone jedes einzelne meiner Worte und vermeide jeden Blick auf den Teller. Zum Zeichen meines Protests verschränke ich die Arme vor der Brust.

»Ach, mach doch, was du willst, Scarle-tt.«

Das lasse ich mir nicht zweimal sagen. Ich stehe auf, schnappe mir die Schachtel mit dem Müsli und schütte mir kalte Milch in eine Schüssel. Mit spitzen Fingern schiebe ich den Teller von mir weg, in dem die Leber in einem Meer goldgelber Zwiebeln versinkt. »Igitt!«

»Du kannst nicht immer nur essen, was dir passt. Du solltest dich ausgewogen und abwechslungsreich ernähren.«

»Ich sag's gerne noch einmal, ich habe keinen Hunger. Und außerdem ist Milch ein vollwertiges Lebensmittel.« Gleich ist sie sauer, das spüre ich.

»Schatz, lass sie doch in Ruhe. Sie hat gesagt, dass sie keinen Hunger hat. Eine Schüssel Milch mit Müsli ist mehr als in Ordnung.« Mein Vater hat beschlossen, mir zu Hilfe zu eilen, der direkte Weg in die Katastrophe. Nur komisch, dass es mir vollkommen egal ist, ob sie in der nächsten Minute zu streiten beginnen. Denn etwas anderes beherrscht meine Gedanken. Eine fixe Idee. Eine Idee mit so eisblauen Augen, dass mir davon schwindelig wird, mit vollen Lippen und braunen Haaren und Strähnchen so golden wie schöne Träume.

»Nein, das ist *nicht* in Ordnung, überhaupt nicht! Du kannst sie nicht immer verteidigen. Du bist doch nie zu Hause und weißt gar nicht, was hier unter der Woche passiert!«

»Aber Simona, unsere Tochter ist doch jung. Wenn man jung ist, dann lebt man, weil man Spaß am Leben hat. Weil man die Leidenschaft spürt, weil man gerade auf der Straße einen Blick aufgefangen hat, der einem nicht mehr aus dem Kopf geht.«

Ich verschlucke mich an meiner Milch und muss husten, mein Kopf läuft puterrot an. Der kleine Marco prustet los, und meine Mutter kommt jetzt so richtig in Fahrt. »Ich bin es leid, hier immer die böse Mutter spielen zu müssen. Es ist so bequem, *einmal die Woche* den verständnisvollen Vater zu geben, der etwas von Jugend und Leidenschaft erzählt und seinen Kindern recht gibt. Ich bin ständig hier, den lieben langen Tag, und immer bin ich diejenige, die Nein sagen muss, wenn es nötig ist ...«

»Schatz, ich will doch Scarlett nicht um jeden Preis recht geben.«

»Aber das tust du doch gerade.«

Ich höre sie nicht mehr. Ich klinke mich aus der Realität aus und verliere mich in meinen Gedanken. Gedanken so weich wie Sommerwolken. Wolken wie Schlagsahnetupfer.

Ob Mikael und der Motorradfahrer ein und dieselbe Person waren? Ich kann mich nicht geirrt haben. Diese Kristallaugen sind unverwechselbar. Aber manchmal spielt einem die Einbildung böse Streiche. Ich gehe in den Garten. Dort setze ich mich auf eine der Schaukeln und sehe verträumt zu dem einsamen Turm, der sich auf dem Hügel vor mir erhebt. Jetzt ist auch schon die Abenddämmerung da und umgibt ihn mit dem Reiz des Geheimnisvollen. Sie hüllt ihn in ihre violett-schwarzen Gewänder und breitet den Silberglanz der Sterne über ihn. Ich möchte ihn gerne einmal besichtigen, ein wenig von seinem verfallenen Zauber in mich aufsaugen. Am liebstem wäre ich dort mit ...

Ich verjage diesen Gedanken sofort, aber das ist

nicht einfach. Seit Stunden bemühe ich mich vergebens darum!

Wieso bin ich Mikael oder Vincent noch nie begegnet, wo sie doch auf dieselbe Schule gehen wie ich? Nach dem Konzert habe ich Genziana danach gefragt, und sie hat gemeint, dass sie immer für sich bleiben. Sie verbringen die Pause im alten Kreuzgang, wo eine Frauenstatue mit einer Taube steht. Ich war noch nie dort, aber jetzt sterbe ich vor Neugier.

»Wo ist der denn?«, habe ich Genziana gefragt.

»Östlich von der Haupttreppe, neben der Reihe Zypressen, die früher zu dem kleinen Friedhof der Mönche führte. Ich war nur einmal da, und das auch nur ganz kurz; in dem Teil der Schule bekomme ich eine Gänsehaut. Daran ist auch die Frau mit der Taube schuld. Ihr fehlt ein Arm, und sie sieht so traurig aus.«

Ich stelle mir Mikael vor, wie er mit melancholischem Gesichtsausdruck zu Füßen dieser Statue sitzt. Unvermittelt verlasse ich die Schaukel, die leise quietschend nachschwingt. Morgen will ich aus den Umzugskartons die Staffelei, die Leinwände und die Pinsel auspacken. Malen ist immer ein Ventil für mich gewesen, um mich abzureagieren. Aber seit wir umgezogen sind, stecke ich wohl in einer schöpferischen Krise.

»Du sprichst durch die Farben, genau wie dein Großvater. Der hätte dir gefallen, weißt du?«, hat Oma Evelyn eines Tages verträumt und mit Tränen in den Augen zu mir gesagt. Sie muss immer weinen, wenn sie von ihrer großen und einzigen Liebe spricht. Giulio, ein italienischer Maler, ein verkanntes Talent, zu jung gestorben, um eine bleibende Spur in den Kunstgeschichtsbüchern zu hinterlassen. Von ihm habe ich meine Liebe zur Malerei geerbt. An dem Tag hatte ich ihr ein Ölporträt geschenkt, das sie nachdenklich vor einem Fenster zeigt, mit den gleichen großen grauen Augen wie ich und dem Ausdruck von jemandem, der auf der Suche nach etwas ist, aber nicht so genau weiß, was das sein soll.

Ja, morgen werde ich wieder zu malen beginnen. Ich werde versuchen, den verlassenen Turm und seine gruselig-düstere Atmosphäre einzufangen, um nicht die Gefühle zu vergessen, die heute in mir toben. Ich werde sie für die Ewigkeit festhalten.

16

Montage fangen eigentlich immer schon am Sonntagnachmittag an. Deshalb habe ich Sonntage nie gemocht. Die ganze Woche sehne ich mich danach, der lästigen Schule mit ihren Pflichten zu entfliehen und einmal ausschlafen zu können. Aber wenn der Sonntag dann da ist, denke ich bloß: »Morgen ist wieder Montag und dann erwartet mich wieder eine ganze Woche mit Schule!« Auf den Sonntag muss man einfach zu lange warten, und dann ist er zu kurz, als dass man ihn wirklich genießen könnte.

Ich trage nur Jeans und ein ärmelloses T-Shirt und sauge diese nach Sommer duftende Sonne tief in mich ein. Eine Fata Morgana, denn der Herbst hat schon an die Tür geklopft. Aber dafür sind Fata Morganas ja da, oder nicht? Um sich in der milden Wärme einer Illusion zu sonnen.

Ich halte einen Pinsel mit frisch gemischter Farbe in der Hand. Vor mir die Leinwand und auf der Leinwand die Skizze eines kleinen Turms inmitten von Hügeln. Ich betrachte die Landschaft, dann wende ich mich wieder der Skizze zu, mit dem Bild vor meinem inneren Auge. Ein Bild, das von meinem Herzen verklärt wird. Und trotzdem … Irgendetwas stimmt nicht. Der Turm ist der gleiche, mit seinem etwas gespenstischen Aussehen. Er wirkt wie eine Vogelscheuche, die sich dunkel vom Himmel abhebt. Ich erkenne auch die kleinen rundlichen Hügel im Hintergrund und die Bäume, die deren Linie folgen und aussehen wie grüne Geburtstagskerzen auf einer Schokotorte. Was fehlt also?

Das Gefühl.

Ich wette, es wäre nicht so, wenn ich meinem eigentlichen Wunsch nachgeben und das malen würde, was ich wirklich will. Heute Nacht habe ich kein Auge zugetan. Ich habe mein Kissen umarmt und an ihn gedacht. Ich habe ihn in mir gespürt wie den Dorn einer Rose, der schönsten und wohlriechendsten von allen, aber trotzdem kann man ihn nicht aus dem Fleisch entfernen.

Mikael ... Ich flüstere seinen Namen in den Wind und lege den Pinsel beiseite. Er ist nichts als ein Fremder für mich, aber trotzdem ... Es ist sonderbar, aber ich habe das Gefühl, als hätte ich ihn schon immer gekannt. Vielleicht war er in meinen Träumen längst aufgetaucht. Vielleicht begleitet er mich schon länger von Sonnenuntergang bis zur Morgendämmerung, und bei den ersten Sonnenstrahlen löst sich sein Bild auf.

Oh Mann ... Was bin ich bloß für eine Romantikerin. Ich und meine Märchen von der großen Liebe, die man nur ergreifen muss, wenn sie einem begegnet, weil man gar nicht anders kann. In einem Buch habe ich eine Legende der Apachen-Indianer gelesen. Sie besagt, dass der Planet Erde nach einer großen Explosion im Himmel entstanden ist. Die Sterne sind in zwei Teile zerbrochen und auf die

Erde gefallen, und so hat sich das Leben entwickelt. Und seit diesem Tag wandert jeder von uns über die Erde auf der Suche nach seiner anderen Hälfte, der verloren gegangenen Hälfte des zerbrochenen Sterns, die uns wieder in ein Ganzes, in etwas Besseres verwandeln kann. Denn es gibt nur eine passende Hälfte.

Vielleicht liegt es ja an meiner Liebe zu den Sternen, aber diese Legende hat sich mir eingeprägt, und ich habe immer gedacht, dass ich meine *Sternenhälfte* erkennen würde, wenn sie mir begegnete.

Tja, wer weiß, wie viele Schülerinnen meines Gymnasiums wohl dasselbe über Mikael denken. Und mindestens ebenso viele träumen von Vincent und seinen Tattoos, die wie Schlangen in ihre Wunschträume gleiten. Malen hilft überhaupt nicht dagegen. Ich schließe die Farbtuben wieder und räume die Staffelei weg.

Mit einem Buch in der Hand lege ich mich in das kühle Gras. Ich geselle mich zu Madame Bovary, aber schon bald vermischt sich ihr Liebesleid mit meinen Gedanken, und Mikael tritt an die Stelle des jungen Jurastudenten, mit dem die Frau Ehebruch begeht. »Oh nein! Das gibt's doch gar nicht!«

»Was gibt's nicht?«, fragt Marco, der plötzlich neben mir aufgetaucht ist.

»Nichts, was dich interessieren könnte.«

Als Antwort streckt er mir die Zunge raus.

»Ich habe gerade überlegt, einen Spaziergang zu machen. Siehst du den Turm da?« Ich stehe auf, und er folgt mir mit einem Schritt Abstand.

»Ist der nicht zu weit weg? Oma sagt doch auch immer: Manche Dinge scheinen so nah zu sein, und dabei sind sie in Wirklichkeit weit entfernt. Und andere scheinen so fern und sind stattdessen …«

»Manchmal machst du mir Angst, Marcolino.«

»Nenn mich nicht so«, schmollt er.

»Schon gut. Heute werde ich den ganzen Tag lang nicht mehr Marcolino zu dir sagen.«

»Jetzt hast du es ja schon wieder gesagt!«

»Das ändert nichts an der Tatsache, dass du einfach zu klein bist, um so kluge Dinge von dir zu geben!«

Und wenn es wirklich so wäre? Ist Mikael, der so gar nicht zu meinem Leben zu passen scheint, in Wirklichkeit viel näher bei mir, an dem, was mich ausmacht und an meiner Sehnsucht, als ich mir vorstellen kann?

»Ich komme mit, zu Hause langweile ich mich.«

»Na also. Wenigstens bist du jetzt wieder so dumm wie immer, ich habe schon angefangen, mir Sorgen zu machen. Wenn der Turm nämlich für mich weit weg ist, dann erst recht für dich mit deinen kurzen Froschbeinchen!«

»Ich habe keine kurzen Beine! Und außerdem können Frösche ganz schön schnell sein. Ich möchte mit dir kommen, weil Mama und Papa nirgendwo mit mir hingehen. Und dabei haben sie mir versprochen, wenn ich brav bin beim Um … beim Umzug …« Das Wort »Umzug« bekommt er fast nicht raus. Ob es daran liegt, dass der Ortswechsel für ihn so traumatisch war?

»Na gut. Aber wir gehen nur auf richtigen Wegen, nicht querfeldein.« Nein, ich bin nicht plötzlich zu einer Heiligen geworden, ich hoffe nur, dass ich in Gesellschaft meines kleinen Bruders nicht ständig an Mikael denken muss.

Kurz darauf laufen wir schweigend nebeneinander die Straße herunter, Hand in Hand. Und meine Gedanken eilen wieder dahin, wohin sie nicht sollen.

»Na toll. Sonst plapperst du immer wie ein Wasserfall, und jetzt, wo ich gern ein wenig Gesellschaft hätte, kriegst du den Mund nicht auf!«

»Ich bin eben ganz ruhig.«

Ich gebe ihm einen schmatzenden Kuss auf die Backe.

»Nein. Igitt! Wie eklig!«, schreit er und reibt sich sofort die Backe, um den Kuss abzuwischen. Ich muss laut lachen und sehe mich um. Um uns herum nur Grün, das uns mit einer zarten Umarmung aus Harz und Piniennadeln umfängt. Es ist wirklich schön hier.

Von Zeit zu Zeit fragt mich Marco: »Wie heißt das da?«, und zeigt auf einen Baum oder eine Blume. Ich weiß darauf so gut wie nie eine Antwort und verspreche ihm, ihn demnächst mit Genziana bekannt zu machen: Sie wird ihn in sämtliche Geheimnisse der Natur einweihen.

»Ich bin müde.«

»Aber der Turm ist doch noch weit weg.«

»Ich hab dir doch gesagt, dass er schrecklich weit weg ist!«

Ich werfe ihm einen gespielt bösen Blick zu, aber er schaut mich bloß mit großen Augen an, und dagegen bin ich wehrlos. Also, mit diesen riesigen Kulleraugen kommt er ganz nach mir! Und ich dachte, das wäre meine Geheimwaffe … Der Arme, er schwitzt und ist eindeutig erschöpft.

»Na gut. Du darfst bei mir mitfahren. Genieß die Reise, denn mit einem Ferrari Scarlett dürfen nur die wenigsten fahren. Mach dich bereit, gleich heult der Motor auf, und die Straße rast unter dir davon. Fertig?«

»Ja!« Er streckt die Arme aus, und ich nehme ihn auf die Schultern wie früher, als er noch kleiner war. Ich laufe los, und er kriegt sich gar nicht mehr ein.

»Schneller!«, schreit er.

Kurz darauf kann ich nicht mehr, ich werde langsamer und beginne sein Lieblingslied zu singen, *Kleine freche Sonne*. Das Lied muss etwas Einschläferndes an sich haben, denn kurz darauf spüre ich, wie sein kleiner Kopf schlaff auf meine Schulter sinkt. Er ist eingeschlafen. Ich kehre um, und auf dem Rückweg holt mich die untergehende Sonne ein. Kein Sonnenuntergang gleicht dem anderen. Meine Gefühle jedoch haben sich seit gestern nicht verändert. Mikael Lancieri beherrscht meine Gedanken. Und mit seinen Eisaugen würde ich gern einen einzigartigen Sonnenuntergang teilen.

17

Um meinen Fauxpas mit den Klamotten beim Konzert wieder wettzumachen, über den man den barmherzigen Mantel des Schweigens werfen sollte, habe ich heute Morgen beschlossen, etwas mehr Sorgfalt als sonst für mein Styling aufzuwenden. Das wäre doch ein guter Start in die Woche. Ich habe ein Paar graue Jeans ausgewählt, stone washed, und mein Lieblings-T-Shirt: zwei weiße Einhörner, die majestätisch dahingaloppieren, mit einer Handvoll Silbernieten auf der Schulter. Das habe ich am letzten Schultag getragen, als Matteo mir seine Liebe gestanden hat.

Matteo ... Mir wird erst jetzt klar, dass ich gar nicht mehr an ihn gedacht habe, seit ich Mikaels Augen begegnet bin. Kann es sein, dass der Gedanke an einen vollkommen Fremden mein Leben so komplett mit Beschlag belegt hat? Mit Matteo verband mich eine enge Freundschaft, während ich mit Mikael, wenn überhaupt, nur einen Blick gewechselt habe. Und nicht einmal da bin ich mir sicher. Ich könnte mir das Ganze auch nur eingebildet haben.

Auch heute scheint die Sonne, trotz der frühen Stunde ist die Luft schon angenehm warm. Ich bin früh dran, was vermutlich daran liegt, dass ich zum ersten Mal in meinem Leben Lust habe, zur Schule zu gehen.

»Willst du einsteigen?«

Das ist Umberto. Einen Moment lang hatte ich gehofft, es wäre …

Er lehnt sich aus dem Fenster einer Limousine. Am Steuer sitzt ein Mann, der ihm sehr ähnlich sieht, wenn man von den mit der Zeit ergrauten Haaren und ein paar Falten rund um die Augen absieht. Das muss sein Vater sein.

»Nein, danke.«

Das Auto fährt allerdings nicht gleich los. Umberto wirkt enttäuscht, er beobachtet mich eindringlich.

»Wir sehen uns in der Schule«, füge ich hinzu.

Er steigt aus und läuft neben mir her. »Scarlett, habe ich irgendetwas falsch gemacht?« Er schaut mich verzweifelt an.

»Nein. Wie solltest du? Du bist immer sehr freundlich zu mir. Ich will mir nur ein wenig die Beine vertreten.«

»Wenn irgendetwas nicht in Ordnung wäre, dann würdest du mir das doch sagen, oder?«

»Sicher.« Wir stehen uns gegenüber. Er neigt sich zu mir vor, ich gehe etwas zurück und weiche seinem forschenden Blick aus. Ein grauer Fiat fährt an uns vorüber, und ich kann gerade noch Caterinas blasses Gesicht hinter dem Fenster erkennen. Ich winke ihr zu, aber da ist sie schon vorbei.

»Wir sehen uns später, Umberto.«

»Dann einen schönen Spaziergang.«

Das Auto fährt los. Einen Moment lang bleibe ich wie gelähmt stehen und schaue etwas verloren drein in meinem T-Shirt mit den weißen Einhörnern, ich mache mir Gedanken über Caterinas angespanntes Gesicht und Umbertos Aufmerksamkeiten.

Als ich in der Schule ankomme, empfangen mich böse Blicke und schmollendes Schweigen. Genziana sieht mich böse an, das strahlende Grün ihrer Augen wirkt wie versteinert. Auch in meinen Augen wird das Grau so hart wie Asphalt, wenn ich traurig oder wütend bin. Nur wenn ich glücklich bin, glänzen sie blau mit perlmuttgrauen Einsprengseln. Caterina spricht kein Wort mit mir, und so fühle ich mich sehr unwohl in meiner Haut.

»Einen wunderschönen guten Morgen.« Herr Vanzi, forsch wie immer in einem seiner untadeligen braunen Anzüge, lächelt hinterhältig.

Er ist zu früh dran, es hat noch nicht geläutet, aber wir setzen uns ohne Widerworte hin.

Innerhalb weniger Sekunden habe ich begriffen, dass sich hinter seinem boshaften Lächeln eine seiner typischen Grausamkeiten verbirgt, für die er bei den Schülern sämtlicher Klassen berüchtigt und gefürchtet ist.

»Stegreifaufgabe. Sie haben zwei Stunden, um eines dieser Themen ausgiebig zu behandeln.« Seine Augen spiegeln unsere angsterfüllten Gesichter wider. Er hat ein nicht gerade ebenmäßiges Gesicht, mit einer Adlernase, und oben wird es von dichten Augenbrauen dominiert, die ihm das wenig ansprechende Äußere eines frechen Fauns verleihen. Er schreibt die Themen an die Tafel. Eines schlimmer als das andere: Aktuelles, Finanzen, Innenanalyse (seine Bezeichnung für psychologische Themen jeder Art). Vielleicht hat mein T-Shirt mit den Einhörnern ja seine glückbringenden Eigenschaften verloren, denke ich und frage mich, mit welchem Thema ich wenigstens noch ein Ausreichend schaffen könnte. Auf der Suche nach ein wenig Trost schaue ich zu Caterina hinüber. Ihr Mund verzieht sich zu einer Grimasse. Sie hat schon mit dem Schreiben angefangen, und ihr Verhalten bewirkt, dass ich mich unsichtbar fühle.

18

»Kann ich vielleicht mal erfahren, was los ist?« Ich baue mich vor Genziana auf und bin wild entschlossen, den Grund für ihren plötzlichen Groll gegen mich zu erfahren. Sie geht um mich herum, schließt sich in der Toilette ein und lässt mich mit meinen Zweifeln allein.

»Ich gehe nicht von hier weg, bis du mir geantwortet hast. Und ich glaube nicht, dass du die ganze Pause dort drinnen verbringen willst«, schreie ich durch die Tür. Kurz darauf wird der Riegel zurückgeschoben, und sie baut sich vor mir auf.

»Du willst wirklich wissen, was los ist? Gut, ich sage es dir, damit du endlich aufhörst, dich als unsere Freundin auszugeben und uns ein für alle Mal in Ruhe lässt! Und dabei geht es mir vor allem um Caterina. Ich lege Wert auf die Feststellung, dass ich nicht darunter leide, ich bin bloß enttäuscht.« Ihr Gesicht ist vor Wut verzerrt. Ich habe sie noch nie so gesehen und weiche instinktiv einen Schritt zurück, bis ich gegen das Waschbecken aus Keramik pralle.

»Ich dachte eigentlich, ich hätte dir erklärt, wie viel Caterina an Umberto liegt. Ich dachte, ich hätte mich klar ausgedrückt, als wir vor dem Konzert darüber gesprochen haben. Cat würde niemals zugeben, dass sie in ihn verknallt ist und dass sie darunter leidet, wenn er dir so viel Aufmerksamkeit schenkt, aber man muss sie sich doch bloß ansehen. Sind Freundinnen nicht dafür da, zu erraten, was sich die andere wünscht, und sich solidarisch zu verhalten? Erst machst du einen auf nett, und dann erfahre ich, dass du bei ihm stehen bleibst und allein mit ihm sprichst, dich von ihm im Auto herumfahren lässt und wer weiß was noch mit ihm treibst! Offensichtlich ist es dir lieber, dass eine Freundin leidet, als dass du auf den Flirt mit einem Jungen verzichtest, der dir noch dazu herzlich egal zu sein scheint.« Ihre smaragdgrünen Augen sprühen vor Wut.

»Lass es mich doch wenigstens erklären!«, kann ich gerade noch sagen.

Sie ballt die Fäuste und dreht mir den Rücken zu, ohne mich anzuhören. Das ist nicht fair! Ich bin auf Umbertos Avancen nicht eingegangen. Ich habe sein Angebot, mich mitzunehmen, nicht angenommen, ich habe unser Rehauge nicht hintergangen. Ich schlucke meinen schwachen Moment herunter, der in Form von Tränen herausdrängt, und flüchte mich in die Bibliothek. Edoardo hat recht: Nur das Buch ist ein Freund, der dich niemals verrät. Ich nehme mir einen Bildband und setze mich an einen der Nussbaumtische. In der Bibliothek ist kein Mensch. Ich kann sogar meinen Atem hören. Auf den Seiten vor mir sind Bilder von gramgebeugten Madonnen, Engeln und Heiligen in Ekstase zu sehen. Und dann: Sünderinnen mit langen Haaren und Männer, die im Moment ihres Todes den Himmel suchen.

»Guten Tag, Mademoiselle, was für eine angenehme Überraschung.« Edoardos Stimme und der Anblick seiner gelben Fliege mit roten Tupfen bringen mich zum Lächeln.

»Hallo. Eigentlich ist es kein guter Tag«, gestehe ich ihm. Ich weiß auch nicht, warum ich ihm so leicht mein Herz ausschütten kann. Vielleicht weil ich das Gefühl habe, dass er mich versteht, ohne mich zu verurteilen.

»Probleme mit der Liebe?«

»In gewisser Weise schon.«

»Verständigungsschwierigkeiten unter Freunden oder Freundinnen?«

»Woher weißt du das bloß?«

»Das ist doch ganz typisch in deinem Alter. Entweder man leidet aus Freundschaft oder wegen der Liebe, das sind die süßesten Qualen. Wenn man älter wird, leidet man wegen weit weniger romantischer Dinge. Zum Beispiel wegen der Sorge, wie man bis Monatsende mit seinem Geld auskommt.« Er bricht in schallendes Gelächter aus, und noch ehe er seinen Satz zu Ende gesprochen hat, ist er schon bei einem Regal etwas weiter vorn und hat eine seiner Perlen der Weisheit hervorgezogen.

»Hast du jemals dieses Buch gelesen? Es wirkt wie ein Kinderbuch, aber das scheint nur so auf den ersten Blick. Der Fuchs erklärt dem Kleinen Prinzen, wie wichtig es ist, einander zu zähmen, sich so gut zu kennen, dass man für den anderen etwas ganz Besonderes wird. Das gilt für die guten Eigenschaften genauso wie für unsere Fehler, im Guten wie im Bösen.« Edoardo sieht mich über seine Brille hinweg an und begegnet meinem dankbaren Lächeln.

»Danke!« Ganz spontan springe ich auf und umarme ihn. Er bleibt wie erstarrt stehen, mit hängenden Armen, und ist nicht in der Lage, noch etwas dazu zu sagen. »Du bist ein wahrer Freund!«, sage ich noch.

Als ich ihn loslasse, richtet er sich seine Fliege. »Die Bibliothek ist riesig, viel zu viel Arbeit für eine einzige Person. Was würdest du dazu sagen, wenn du mir ab und zu am Nachmittag etwas zur Hand gehst?«

»Das wäre fantastisch!«

»Das wäre dann Teil der außerschulischen Aktivitäten und wird genauso bewertet wie Sportkurse oder die Theater-AG. Du würdest also ein paar Extrapunkte sammeln, und ich hätte eine Aushilfe.«

»Es wäre mir eine Ehre!«, sage ich und gehe in Habachtstellung.

»Was für eine Begeisterung! Mal sehen, wie viel davon noch übrig bleibt, wenn du die Regale abstauben oder unzählige Kartons beschriften musst.«

»Mehr verlange ich gar nicht.« Manchmal kommen mir Lügen ganz leicht über die Lippen. In Wirklichkeit hatte ich an die alten Handschriften gedacht, die im oberen Stockwerk aufbewahrt werden. Vielleicht kann ich ja als bibliothekarische Hilfskraft mal einen Blick hineinwerfen. Das habe ich mir von dem Augenblick an gewünscht, als ich zum ersten Mal einen Fuß hier hineingesetzt habe.

»Ach, herrje!« Es ist schon spät, und ich muss wohl die Klingel überhört haben. Wenigstens haben wir jetzt nicht Vanzi, sondern die liebenswerte Mathelehrerin. »Edoardo, kannst du mir den *Kleinen Prinzen* zurücklegen? Ich komme später vorbei und leihe ihn mir aus.«

»Aber sicher, Mademoiselle.«

Ich stürze in meine Klasse und erreiche sie völlig außer Atem, als die Zini gerade hineingegangen ist. Zum Glück kommt sie immer mit fünf Minuten Verspätung!

Ich flitze an meinen Platz und hole den Block mit den rosafarbenen Blättern mit Sternchenaufdruck hervor. Den habe ich im letzten Sommer im Dutyfree am Heathrow Airport gekauft, aber ich benutze ihn nur selten, weil ich ihn nicht zu schnell aufbrauchen möchte. Er ist fast ein Jahr alt und immer noch so gut wie neu. Ich schreibe zwei Zettelchen, eins für Genziana und eins für Cat. Beiden schreibe ich den Satz, den Edoardo mir als seine Interpretation von dieser Stelle mit dem Fuchs und dem Kleinen Prinzen geschenkt hat. *Freundschaft heißt, einander zu zähmen*. Ich drücke mir die Daumen, dass es klappt.

19

Ich laufe zur Bibliothek, um den *Kleinen Prinzen* abzuholen, und danach will ich nach Hause. Sicherheitshalber werde ich den Nachmittag in meinem Zimmer verbringen, dann vermeide ich weitere Missgeschicke. Doch ich habe mich zu früh gefreut: Lavinia, Federica und Sofia tauchen im Flur direkt vor mir auf. Sie sind so sehr in ihr Gespräch vertieft, dass sie mich noch nicht bemerkt haben. Auf die habe ich nun wirklich gar keinen Nerv.

Alles geschieht innerhalb eines Augenblicks. Rechts von mir sehe ich eine Tür, eine Öffnung in der Wand. »Bitte mach, dass sie auf ist«, bete ich laut. Ich drücke die Klinke hinunter und schlüpfe hinein. Auf den ersten Blick scheint es ein Abstellraum zu sein, aber ich verliere keine Zeit damit, mich umzuschauen: Ich habe im Moment andere Probleme. Ich knie mich hin, um durchs Schlüsselloch zu gucken und mich zu vergewissern, dass die Lavinia-Girls weg sind. »Mach, dass sie mich nicht gesehen haben«, murmele ich.

»Sieht so aus, als müssten wir uns ein anderes Versteck suchen, Black.« Eine Stimme hinter mir. Ich drehe mich hastig um und stoße gegen etwas. Ein cremefarbenes Tuch fällt zu Boden, und plötzlich stehe ich einem Skelett gegenüber! Ich sperre den Mund auf und kann einen leisen Schrei nicht unterdrücken. Was bin ich bloß für eine dumme Gans! Es ist nur ein maßstabgetreues Modell aus Plastik, das von meinem Hieb schwankt, aber nicht umkippt. Es muss zur Biologiesammlung gehören.

Ein kristallklares Lachen scheint den ganzen Raum zu erfüllen. Ich spähe hinter dem Skelett hervor. Mikael Lancieri sitzt da und hat die Füße auf ein altes Pult gelegt. Ich reiße die Augen auf und werde rot vor Verlegenheit. Oje, denke ich. Vielleicht habe ich es auch laut gesagt, denn Mikael hört gar nicht mehr auf zu lachen. Er hat perfekte weiße Zähne, die wie kleine Perlen in seinem Mund glänzen. Auf dem Boden entdecke ich seinen Rucksack und ein winziges schwarzes Kätzchen, das Milch aus einer Tasse leckt.

»Ent… Entschuldigung«, stammele ich. Er lächelt und zeigt sich in all seiner verheerenden Schönheit. Wimpern so lang wie Spinnennetze umgeben diese Eisaugen, die so hell sind, dass sie in mein Innerstes zu blicken und meine Seele zu entblößen scheinen. Wenn ich verschwinden könnte, ich schwöre, ich würde es tun. Ich fühle, wie meine Wangen vor Verlegenheit glühen.

»Ist das deine Katze?«, bringe ich gerade noch heraus.

»Black ist ein Findelkind. Er ist noch zu klein, um allein klarzukommen, aber ich kann ihn nicht mit nach Hause nehmen. Daher wollte ich ihm hier ein sicheres Plätzchen für die Nacht besorgen. Etwas zu essen und ein paar Streicheleinheiten bekommt er selbstverständlich auch.« Seine Stimme klingt so melodiös wie ein Liebesgedicht von Neruda. Ich spüre, wie ich dahinschmelze.

Meine Beine zittern. *Bum, bum, bum*, schlägt mein Herz laut.

»Jungtiere brauchen viel Aufmerksamkeit«, sagt er und schaut mir direkt in die Augen. Unter seinem Blick fühle ich mich nackt, ich kann ihm nicht einen Moment länger standhalten.

»Ich werde kein St-sterbenswörtchen von Blacks Versteck erzählen. Versprochen.« Ich weiche einen Schritt zurück, dann noch einen, bin total verlegen und gleichzeitig hingerissen. Wieder pralle ich gegen das Skelett. Es klappert, und ich kann es gerade noch festhalten, ehe es zu Boden kracht.

Black maunzt vor sich hin, als wolle er das Lachen seines Herrn imitieren.

»Also dann«, sage ich und flitze davon, während mein Herz bis zum Hals klopft.

20

Ich wälze mich unruhig in meinem Bett, werfe mich hin und her. Wenn mich jemand so sehen würde, er würde bestimmt denken, dass mich eine Horde Insekten überfallen hat. Aber es sind nur meine Gedanken, die mich bestürmen. Ich kann einfach nicht still daliegen. Seit Stunden rattern alle Rädchen in meinem Gehirn ununterbrochen. Ich habe Angst, dass mir bald Rauch zu den Ohren herauskommt. Kurzschluss!

Als Erstes sollte ich mir Mikael aus dem Kopf schlagen, und dafür gibt es drei gute Gründe:

Erstens: Er sieht viel zu gut aus und ist viel zu vollkommen, um eine graue Maus wie mich überhaupt zu bemerken.

Zweitens: Er kann jedes Mädchen haben, das er will. Vielleicht auch jeden Tag ein anderes, wenn er will.

Drittens: Heute Morgen habe ich mich schrecklich blamiert, wie aus dem Lehrbuch.

Na ja, wenigstens habe ich ihn zum Lachen gebracht. Ein schwacher Trost. Ich drehe mich zum Fenster, ziehe mir die Decke bis zu den Ohren hinauf und beobachte den Himmel. Verliere mich darin wie in einem endlos tiefen dunklen Brunnenschacht.

Wie viele Gedanken verbergen sich dort, tief unten in meiner Seele? Ich fürchte, dass niemand sie zählen könnte. Und heute Nacht werde ich wahrscheinlich kein Auge zumachen. Ich denke an mein früheres Leben. Da hatte ich Freunde, die mich gern mochten, und meine Eltern vertrugen sich einigermaßen. Samstags gingen wir mit unserer Clique ins Kino und dann eine Pizza essen oder in ein Pub. Hier vertrauen mir meine Freundinnen nicht, und den Samstagabend verbringe ich unweigerlich zu Hause. Vielleicht sollte ich der Tatsache ins Auge sehen, dass ich gar keine Freundinnen habe.

Und dann hat die Ehe meiner Eltern einen Riss bekommen. Wird die Zeit ihn heilen? Das kann ich nur hoffen, für mich und vor allem für Marco, der es noch nie so nötig hatte, sich als Teil einer Familie zu fühlen.

Seufzend drehe ich dem dunklen Himmel den Rücken zu. Vor mir die geschlossene Zimmertür. Wie bezeichnend. Sosehr ich mich auch bemühe, einen Zugang zu den Herzen meiner neuen Mitschüler zu finden, werde ich doch immer vor geschlossenen Türen stehen. Was stimmt denn nicht mit mir? Warum ist plötzlich alles so schwierig geworden?

Sicher, wenn ich nicht nach Siena gekommen wäre, hätte ich Mikael nie kennengelernt. Als ich sein Gesicht so klar vor mir sehe, erröte ich. Ich habe ihm heute nicht einmal gesagt, wie ich heiße. Was bin ich bloß für eine Pfeife!

Und sein bezauberndes Lächeln begleitet mich ins Reich der Schatten.

21

Ein Geräusch. Ein leises Rascheln oder ein unterdrücktes Keuchen. Ich öffne die Augen, aber um mich herum ist es dunkel. Ich kneife ein paarmal die Augen zusammen, bis sich meine Pupillen an das Halbdunkel gewöhnt haben. Es ist nichts passiert, ich liege in meinem Bett und alles ist in Ordnung.

Ein unangenehmes Gefühl. Als würde mich jemand aus der Dunkelheit beobachten. Ein Blick wie von einem Raubvogel in meinem Rücken. Ich spüre das Gewicht und die grobe Liebkosung eines Nietenhandschuhs. Langsam drehe ich mich um, mit geschlossenen Lidern, das Laken bis zu den Ohren hochgezogen. Ich atme noch einmal tief durch, bevor ich mich entschließe, meine Augen zu öffnen, und dann sehe ich den blanken Horror vor mir. Eine reglose Silhouette auf der anderen Seite der Fensterscheibe, deren Gesichtszüge die Nacht ausgelöscht hat. Zwei feuerrote Abgründe anstelle der Augen. Ich setze mich ruckartig im Bett auf. Mein Atem geht schwer, ich würde gern schreien, aber mein Mund bleibt stumm. Diese Augen starren mich an, ich sehe Angst, Schmerz und Tod darin. Meinem Körper entringt sich ein Schrei der Verzweiflung: »Aaaah!«

Keuchend und nassgeschwitzt liege ich in meinem Bett. Es war nur ein Traum. Nur ein böser Traum.

Aber so real. Ich erinnere mich genau, woran ich als Letztes gedacht habe, bevor ich eingeschlafen bin: an Mikael und sein Lächeln. Als meine Gedanken sich auf ihn konzentrieren, finde ich meine Ruhe wieder. Ich schaue kurz auf den Wecker. Verdammt! Viertel vor acht! Wie von Furien gejagt springe ich aus dem Bett, schlüpfe hastig in die gleichen Klamotten wie gestern, die ich am Abend auf dem Stuhl abgelegt habe. Nein! Das T-Shirt mit den Einhörnern kann ich unmöglich wieder anziehen. Ich bin zwar spät dran, aber das heißt noch lange nicht, dass ich vorhabe, Selbstmord zu begehen. Daher entscheide ich mich für einen schwarzen Baumwollrolli und suche mir dazu einen violetten Schal raus. Ich verzichte nie auf einen Farbtupfer! Dann schnappe ich mir den Rucksack und werfe die auf dem Schreibtisch ausgebreiteten Bücher rein. Mir bleibt keine Zeit zum Überlegen, ich bin viel, viel zu spät.

»Mama!«, rufe ich, während ich die Treppe hinunterrenne, »warum hast du mich nicht geweckt?«

Keine Antwort. Nur ein Post-it am Kühlschrank: ICH BIN MIT MARCO BEIM ARZT. BIS SPÄTER. S

Wenn ich einmal ihre Hilfe brauche! Ich verlasse eilig die Wohnung und renne los. Nach ein paar Minuten kann ich schon nicht mehr. Mein Atem geht keuchend, vielleicht weil ich noch nichts gegessen habe. Ich beschließe, nicht mehr so schnell zu laufen, damit ich nicht ohnmächtig umfalle, und fange erst wieder an zu rennen, als die Silhouette vom San Carlo vor mir auftaucht. Das Tor ist noch offen, Gott sei Dank! Ich nehme immer zwei Stufen auf einmal, wie üblich.

Oben werfe ich einen Blick auf die große Uhr, die im Flur unbarmherzig die Minuten anzeigt, in der Hoffnung, ich hätte wieder etwas Zeit wettgemacht. Aber nein … Es ist schon acht nach acht! Für den Vanzi, der immer etwas früher kommt, die pure Beleidigung. »Das ist eine Frage des Respekts, Fräulein Castoldi.« Allein schon bei der Vorstellung überläuft es mich eiskalt. Das ist schlimmer als der Albtraum von heute Morgen! Auf dem zweiten Treppenabsatz bleibe ich stehen und rühre mich erst einmal nicht. Ich muss mir gut überlegen, was ich tue, mir bleiben zwei Möglichkeiten.

Möglichkeit A: Ich betrete das Klassenzimmer und entschuldige mich untertänigst. Vielleicht hat der Vanzi ja ausnahmsweise mal gute Laune und zeigt Verständnis.

Möglichkeit B: Ich gehe direkt ins Schulsekretariat, um mir dort ein Entschuldigungsformular abzuholen, das ich morgen unterschrieben zurückbringe. Aber ich kann mir schon vorstellen, was das für ein Theater mit meiner Mutter geben wird: »Du bist jetzt alt genug, da kann ich mich nicht mehr so um dich kümmern wie um deinen Bruder. Ist es denn so schwer aufzustehen, wenn der Wecker klingelt?« Was ist schlimmer, Simona oder Vanzi? Ich wähle Möglichkeit A. Lieber den Menschenfresser, wie ihn die Dreizehnte nennt.

Und jetzt gib noch mal alles, Scarlett. Ich renne wieder. Wenn ich halb ohnmächtig in die Klasse taumele, habe ich vielleicht eher eine Chance, sein Mitleid zu erregen. Wie vom wilden Affen gebissen flitze ich um die Ecke und pralle mit voller Wucht mit dem Gesicht gegen etwas. Instinktiv schreie ich auf und weiche zurück.

»Sehe ich etwa aus wie das Skelett aus dem Biologieraum? Zumindest habe ich offenbar die gleiche Wirkung.« Das ist Mikael! Ich schaue zu ihm auf. Er ist größer als ich, das dunkelgraue T-Shirt betont seine muskulösen Arme, über die sich wie in Stein gemeißelte Adern ziehen. Meine Knie werden weich. Liegt das an meiner Rennerei? Nein, seine bloße Anwesenheit genügt, und mir wird schwindelig.

Ich spüre, wie mir im Gesicht ganz heiß wird. Und dann sehe ich die Flecken auf seinem T-Shirt. Er versucht, sie abzureiben. Mit der anderen Hand hält er eine tropfende Tasse Milch hoch.

»Oh, entschuldige. Ich habe dir alles übergekippt. Ich kann dir gar nicht sagen, wie leid mir das tut, aber ich bin schon zu spät und …« Ich bin nicht einmal fähig, diesen Satz zu Ende zu bringen, ich ziehe ein Papiertaschentuch aus der Tasche und helfe ihm, sich zu säubern. Als ich dabei seine Brustmuskeln streife, erröte ich wieder heftig. Das Taschentuch fällt mir aus der Hand. »Tut mir leid«, stottere ich.

»Mach dir keine Sorgen, es ist ja nichts passiert. Black wartet auf mich, er wird einen Riesenhunger haben. Kommst du mit?« Ich folge ihm wie ein Hündchen, aber ich habe nicht den Mut, ihm in die Augen zu sehen. Ganz entfernt erinnere ich mich an etwas. Ein vager Gedanke, dass ich zu spät bin. Ich verjage ihn und folge Mikael mit einem Schritt Abstand. Mein Blick fällt auf seine Kehrseite, verdammt! Er dreht sich um und meint lächelnd: »Stimmt irgendetwas nicht?«

»Ja, äh, ich meine nein. Alles in Ordnung.« Ich bin wirklich Weltmeisterin in Coolness.

Sobald wir den kleinen Abstellraum betreten, läuft das winzige Kätzchen uns entgegen, miaut und schnurrt. Es scheint mich wiederzuerkennen und reibt sein Köpfchen an meinen Schuhen, dann hebt es sein Schnäuzchen und miaut wieder.

»Er möchte, dass du ihn auf den Arm nimmst. Anscheinend hast du sein Herz erobert.«

»Darf ich?«

»Natürlich.«

Blacks Augen leuchten hell und intensiv. Er hat ein ganz weiches Fell, wie alle Katzenjungen. Es fühlt sich an wie Kükenfedern. Black und Mikael sehen einander ähnlich: Beide tragen von Kopf bis Fuß Schwarz, aber haben Eisaugen. Ich küsse Black auf den Kopf. Mikael betrachtet das Kätzchen liebevoll und streichelt es, für einen Moment begegnen sich unsere Finger. Mein Herzschlag übertönt alles.

Als Mikael sich hinunterbeugt, um das Kätzchen zu füttern, rutscht ihm eine silbern schimmernde Kette aus dem T-Shirt und ich sehe den wunderschönen Anhänger, der wie die Flügel einer Fledermaus geformt ist. Ich habe das seltsame Bedürfnis, seine Umrisse mit den Fingern abzufahren, und verliere mich in den mondhellen Reflexen, die die durchscheinende Haut an seinem Hals streicheln.

Mein Blick geht vom Hals zum Mund, gleitet weiter zu der perfekt geschwungenen Nase und bleibt schließlich wie gebannt an seinen Augen hängen. Bis er mich ansieht und lächelt.

Scheinbar entspannt betrachte ich Black, er trinkt Milch und schlägt dabei ab und zu mit dem

Schwanz. Zeit … da war doch was. Ach ja. »Ich bin viel zu spät. Deshalb bin ich so gerannt. Aber das habe ich ganz vergessen, als ich …«

… dir begegnet bin, denke ich. Aber das spreche ich natürlich nicht aus.

»Wie spät ist es? Ich traue mich gar nicht nachzusehen. Oh Mann, jetzt bin ich geliefert. Herr Vanzi, dieser Menschenfresser …«

»Keine Angst, ich kümmere mich darum.«

»Wie denn? Du kennst ihn nicht. Das wird er mir nie verzeihen.«

»Ich kümmere mich darum, Scarlett.« Ich liebe es, wie er meinen Namen ausspricht. Von seinen Lippen klingt er wie der Name eines kostbaren Edelsteins.

Moment mal … Ich habe ihm doch gar nicht gesagt, wie ich heiße! Na ja, schließlich hat er sich mir auch nie vorgestellt, und trotzdem weiß ich einiges über ihn. Doch halt, das ist nicht das Gleiche, er ist der berühmteste Bassist der ganzen Schule, während ich eine kleine, unbedeutende Schülerin bin, die gerade erst hierhergezogen ist.

»Ciao, Black, bis später.« Das Kätzchen schaut von der Tasse auf und miaut leise. Mikael öffnet die Tür und lässt mir wie ein richtiger Gentleman den Vortritt. An seiner Seite scheine ich zu schweben. Offensichtlich ist mir nicht so ganz bewusst, was mich gleich im Klassenzimmer erwartet. Ich klammere mich an das bisschen Vernunft, was mir noch geblieben ist und sage: »Vielleicht geh ich doch besser ins Sekretariat wegen einer Entschuldigung. Ich glaube, es ist keine so gute Idee, wenn du mich begleitest, ich möchte dich nicht in Schwierigkeiten bringen.«

Er dreht sich um und schaut mir tief in die Augen: »Überlass das mir, Scarlett.«

Ich gebe es auf. Stumm laufe ich hinter ihm her. Im Augenblick würde ich ihm überallhin folgen, und das erschreckt mich. Mikael klopft an die Tür zu meinem Klassenzimmer, und bevor ich es so richtig mitbekomme, redet er schon mit Vanzi: »Entschuldigen Sie die Störung. Es hat einen kleinen Unfall gegeben, deshalb musste ich Ihnen eine Ihrer Schülerinnen entführen.« Die betreffende Schülerin versteckt sich mit vor Angst geweiteten Augen hinter seinem Rücken und hebt resigniert die Hände.

»Was für einen Unfall?«, fragt Vanzi und zieht misstrauisch die dichten Augenbrauen zusammen. In der Klasse herrscht unnatürliches Schweigen, die Spannung ist greifbar. Alle Mädchen hängen an den Lippen meines Begleiters.

»Ich habe gerade Material aus dem Chemielabor geholt, und dabei hat sich an dem Wagen ein Rad gelöst. Hätte diese Schülerin nicht sofort zugegriffen, wären wichtige Versuchsproben und anderes empfindliches Material zerstört worden.«

Ich warte darauf, wie Vanzi reagiert. Wahrscheinlich wird er mir jetzt eine Szene machen, einen Wutanfall bekommen, mit der Faust auf den Tisch schlagen und schließlich einen Finger auf mich richten und mir eine Strafpredigt halten.

Stattdessen bricht er in schallendes Gelächter aus.

»Na wunderbar, dann haben Sie die Schule vor einer Umweltkatastrophe gerettet. Gehen Sie nur und passen Sie das nächste Mal besser auf.«

Träume ich etwa noch? Vielleicht ist Vanzi auch

gar nicht Vanzi, vielleicht haben ihn Aliens entführt und durch einen Klon ersetzt!

Mikael verabschiedet sich, aber vorher zwinkert er mir noch verschwörerisch zu. Er scheint die Lippen nicht zu bewegen, aber trotzdem höre ich seine tiefe Stimme: »Bis bald, Scarlett.« Ein Schauer fährt mir über den Rücken. Ich marschiere steif wie ein Roboter zu meiner Bank, während mich die ganze Klasse ungläubig anstarrt und man im Hintergrund leises Raunen hört.

Caterina lächelt mich an, und Genziana flüstert mir zu: »Superauftritt, Scarlett, aber nachher entkommst du mir nicht. Ich will jede Einzelheit hören.«

»Was hattest du denn mit Mikael Lancieri zu schaffen?«, fragt Laura leise mit weit aufgerissenen Augen. Ich bringe kein Wort heraus, treibe in einem warmen Meer widerstreitender Empfindungen. Mikael zieht all meine Gefühle wie ein Magnet auf sich. Wenn man mir erzählen würde, was ich eben erlebt habe, würde ich es nicht glauben.

Die Minuten vergehen wie im Flug. Ich versinke in einer unnatürlichen Betäubung und fühle mich, als würde ich hoch oben über den Wolken schweben.

22

Heute Nacht scheint kein Mond. Der Himmel ist wie ein schwarzes Bettlaken ohne Fixpunkte für uns Schiffbrüchige des Schlafes. Ich sitze am Schreibtisch und versuche vergeblich, den Worten im Geschichtsbuch zu folgen. Morgen wird abgefragt, aber ich kann einfach nicht lernen. Meine Hand gleitet über das Papier, und mein Stift zeichnet immer und immer wieder die Umrisse eines Gesichts, das mir so vertraut geworden ist. Mikael.

Von vorn, von der Seite und im Dreiviertelprofil, seine Augen en détail und die langen spinnennetzartigen Wimpern. Eine bittersüße Obsession.

Wir haben uns schon seit Tagen nicht mehr in der Abstellkammer getroffen. Ich habe mir angewöhnt, nach dem Unterricht dort vorbeizuschauen, um Black, der immer anhänglicher (und hungriger) wird, ein wenig Gesellschaft zu leisten. Ich habe ihm eine Schachtel Trockenfutter gekauft, das er über alles liebt. Den Karton habe ich gut sichtbar auf eines der eingestaubten Regale gestellt, und ich habe ihn auf ganz besondere Weise zusammengefaltet. Das ist eine Falle: Sollte Mikael ihn aufmachen, würde ich das merken. Er fehlt mir.

Ich vermisse seine Haare mit den goldenen

Strähnchen, den intensiven Blick seiner Eisaugen und die Art, wie er seine Hände beim Reden bewegt. Ich würde gern die Traurigkeit vertreiben, die ich aus seiner Stimme heraushöre. Ich würde ihm gern ein Lächeln schenken, um noch einmal seine Zähne zu sehen, die sich schimmernd wie Perlen hinter diesen vollen, sinnlichen Lippen verbergen.

Alles an ihm vermisse ich. Und ich begreife nicht, warum er nicht mehr vorbeikommt, um nach Black zu sehen. Er schien doch so sehr an ihm zu hängen. Und er kann schließlich nicht davon ausgehen, dass ich mich um ihn kümmere. Das Kätzchen ist noch so klein, es braucht einfach jemanden, der für es sorgt.

Ich habe irgendwo gelesen, es gibt einen Trick, um Jungtiere zu beruhigen: Man muss nur ein Stück Stoff zurücklassen, das den Geruch des eigenen Körpers aufgenommen hat. Deshalb habe ich ihm irgendwann meinen lila Schal dagelassen. Ich glaube, er mochte ihn, aber jetzt ist der Schal verschwunden. Wo er ihn wohl versteckt hat?

Plötzlich überfällt mich eine bleierne Müdigkeit. Ich habe nicht einmal die Kraft, mich auszuziehen, daher lege ich mich so wie ich bin unter das Laken und hoffe, Mikael wenigstens in meinen Träumen zu begegnen.

23

Ich spritze mir kaltes Wasser ins Gesicht, um mir den Schlaf abzuwaschen. Brrr! Heute Morgen bin ich in meinen Kleidern aufgewacht. Sie waren zwar ein wenig zerknautscht, aber egal. Dafür habe ich jetzt keinen Kopf. Ich sollte lieber daran denken, dass ich heute in Geschichte abgefragt werde. Und ich fühle mich nicht gerade gut vorbereitet. Als ich hinuntergehe, sehe ich gerade noch, wie mein Vater türenknallend das Haus verlässt. Ich esse schweigend und weiche den geröteten Augen meiner Mutter aus, die für meinen Bruder Pfannkuchen macht.

Marco erscheint in der Tür.

»Heute Nacht hab ich was Komisches geträumt.« Er hat noch seinen Schlafanzug an und räkelt sich ausgiebig, wie Black nach einer Portion Katzenfutter.

»Was hast du denn geträumt?«, frage ich ihn.

»Da war ein weißes Kaninchen. Es hat mir gesagt, ich soll aufpassen.«

»Und dann?«

»Daran erinnere ich mich nicht mehr. Worauf soll ich aufpassen, Scarlett?«

»Denk nicht mehr daran, das war nur ein böser Traum.«

Einen Augenblick lang sehe ich dieses Wesen mit den roten Augen vor mir, das mich vor ein paar Tagen kurz vor dem Aufwachen heimgesucht hat. Ein Albtraum, der ebenso schrecklich wie real war.

Marco setzt sich hin, und Mama legt ihm die Pfannkuchen auf den Teller. Er trinkt einen Schluck Milch und fängt an zu plappern. Seine Stimme wirkt entspannend auf mich, sie ist so klar und erfrischend wie ein Zitronenbonbon. »Heute lernen wir in der Schule bis hundert zu zählen.«

Ich stehe auf und zerzause ihm die Haare: »Sehr gut, Marcolino.«

»Du sollst mich nicht so nennen!«

Der Himmel ist bleigrau, vielleicht wird es regnen. Ich erreiche die Schule in etwa zehn Minuten. Kaum habe ich den Schulhof betreten, da sehe ich, wie mir Umberto mit finsterem Gesicht entgegenkommt. Wenn ich jetzt darüber nachdenke, wird mir klar, dass ich ihn seit Tagen nicht gesehen habe.

»Wie geht's dir? Es ist eine Weile her, dass wir ...«

»Wie schön, dass du mein Fehlen bemerkt hast. Es war nichts Schlimmes, nur ein bisschen Halsschmerzen, und meine Eltern wollten, dass ich lieber ein paar Tage zu Hause bleibe.« Er sieht blass aus und hat wohl ein wenig abgenommen. Den Umberto, den ich kenne, entdecke ich erst, als er lächelt und die beiden Grübchen in seinen Wangen erscheinen. Seine Augen strahlen.

Unsere Unterhaltung wird einen Moment lang von Motorengeräusch überdeckt. Zwei schwarze Motorräder. Die beiden Fahrer steigen mit geschmeidigen Bewegungen ab. Zwei stattliche Figuren mit Integralhelmen. Mir fällt auf, dass das dritte

Motorrad fehlt, das mit dem schwarzen Panther auf dem Lack.

Der Größere der beiden hebt das Visier und sieht mich durchdringend an. Ein Schauder überläuft mich. Ich wette, dass es Mikael ist, obwohl ich mir auch diesmal nicht sicher sein kann. Aber daran ist nur Umberto schuld, der mich am Arm nimmt und wegzieht.

»Lass uns gehen«, sagt er und verzieht dabei merkwürdig das Gesicht.

»Was ist denn in dich gefahren?« Ich mache widerstrebend ein paar kleine Schritte. Er gibt mir keine Antwort, und als ich mich zu den Motorradfahrern umdrehe, sind sie verschwunden.

Umberto antwortet mir immer noch nicht. Dafür holt er eine weiße Tüte aus der Jacke. »Die sind für dich. Cantucci, die musst du unbedingt probieren.«

»Danke … Das wäre doch nicht nötig gewesen.«

»Aber sicher. Wer sollte sonst dafür sorgen, dass du die regionalen Spezialitäten probierst?«

Ich schenke ihm ein etwas bemühtes Lächeln, während ich mich weiter umsehe, in der Hoffnung, dass Mikael irgendwo auftaucht. Umberto verhält sich wirklich seltsam, ich begreife nicht, was er hat.

In der Eingangshalle der Schule trennen sich unsere Wege. Ich komme mir dumm vor, als ich mich neben dem Kaffeeautomaten verstecke und darauf warte, dass er die Treppe hinaufgeht. Hoffentlich ist Caterina nicht in der Nähe. Warum muss die Liebe immer so kompliziert sein? Warum muss Caterina in Umberto verliebt sein, wenn er, leugnen ist zwecklos, augenscheinlich an mir interessiert ist? Wenn ich doch wenigstens auf ihn stehen würde.

Ich laufe die Stufen hinauf, ziemlich nervös wegen des Abfragens, auf das ich nicht vorbereitet bin, und mit jeder Minute empfinde ich Mikaels Abwesenheit als bedrückender.

Eigentlich bin ich immer ziemlich vernünftig gewesen. Ich habe zwar manchmal instinktiv gehandelt, aber immer nachvollziehbar. Und jetzt? Was ist nur in mich gefahren? Diese Frage stellt sich mir immer öfter. Und ich möchte sie nicht beantworten.

24

Die Geschichtslehrerin wählt nach dem Zufallsprinzip ein paar Namen. Zaccarelli und Mancini kommen dran! Seufzer der Erleichterung.

Die vierte Stunde fällt aus. *No English, no problem*. Ich überzeuge unsere junge und sympathische Vertretungslehrerin, mich in die Bibliothek gehen zu lassen, um dort für eine angebliche Arbeit in Kunstgeschichte Material zu sammeln. Ich liebe Vertretungslehrer, die nicht ganz bei der Sache sind. Sie hat nur kurz den Blick von dem Stapel Klassenarbeiten einer anderen Klasse gehoben, die sie korrigierte, und hat mir bedeutet, ich könnte gehen. Ich wäre ihr fast um den Hals gefallen!

In der Bibliothek ist keine Menschenseele. Bis auf mich und Edoardo natürlich.

»Bist du ein Flüchtling, der um politisches Asyl bittet?«

»Mein Englischlehrer hat die nette Idee gehabt, krank zu werden, und da bin ich!«

»Sehr gut. Gerade ist ein Haufen Bücher angekommen, die etikettiert werden müssen.« Er muss mich nur kurz ansehen, um zu bemerken, wie enttäuscht ich bin. Ich schaue nach oben, zu den alten Handschriften, die dort aufbewahrt werden.

»Ach Quatsch, das war nur Spaß. Hast du Lust, dir diese Staubfänger einmal anzusehen?« So nennt Edoardo die alten Kostbarkeiten.

Ich strahle ihn an: »Und ob!«

In andächtigem Schweigen, aber mit einem breiten Lächeln im Gesicht folge ich ihm auf der Wendeltreppe nach oben.

Ich überfliege die Titel der Bücher im ersten Bücherschrank, dessen dunkles Holz von Generationen von Holzwürmern zerfressen wurde. Anthropologie, Religion, Kunstgeschichte ... Goldverzierte Einbände aus wertvollen Stoffen oder Leder.

»Diese Seiten strömen Vergangenheit aus, in ihnen wird ein Teil der Menschheitsgeschichte aufbewahrt.« Edoardos Augen funkeln hinter den Gläsern seiner Brille.

»Ich hätte gern ein bisschen von dieser Weisheit in meinem Kopf. Dort geht zurzeit alles drunter und drüber!« Ich muss mich einfach jemandem anvertrauen, sonst drehe ich noch durch. Und bei Edoardo gelingt mir das spontan. Er versteht mich sofort und kann mit mir durch die Sprache der Bücher reden, die er anscheinend als alte Freunde betrachtet. Nach kurzem Zögern versuche ich, ihm zu beschreiben, was in mir vorgeht. »Mein Herz ist so schwer wie ein Stein. Aber dann wird es wieder so leicht, dass ich fürchte, es könnte aus meiner Brust herausfliegen. Ich habe mich noch nie so lebendig gefühlt. So lebendig, dass mir schon bei einem Sonnenuntergang die Tränen kommen. Was ist nur mit mir los?«

Edoardo sieht mich an und lächelt. Die Bücher hinter ihm sind stumme Zeugen meiner Beichte.

»Du bist krank, so viel steht mal fest.«

»Ist es schlimm?«

»Schlimmer als du glaubst.«

»Wirklich? Und was habe ich?«

»Du bist verliebt. Die älteste Krankheit der Welt.«

Seine Worte durchbohren mich wie ein Messer. Ist das die Bezeichnung für etwas, dem ich seit Tagen auszuweichen versuche?

Edoardo wendet sich ab, und seine Finger gleiten zärtlich über die Buchrücken. Das habe ich zwar schon oft beobachtet, aber trotzdem habe ich mich noch nicht daran gewöhnt. Ich weiß, was jetzt geschehen wird: Er wird der Stimme der Bücher lauschen und eines auswählen. Dann wird er zufällig eine Seite aufschlagen und das Urteil verkünden. Und ich werde wieder einmal überrascht mit offenem Mund dastehen, weil die Stimme der Bücher sich nie irrt.

Er zieht einen purpurroten Band heraus. Die goldenen Schnörkel auf der Vorderseite bilden kostbare Ornamente. Ich habe noch nie ein so prächtiges Buch aus der Nähe gesehen, und ich präge es mir genau ein. Es gibt Momente, in denen man ahnt, dass ein bestimmtes Erlebnis für den Rest des Lebens bedeutend sein wird und dass man es nie vergessen wird. Und das ist so ein Moment.

»Der Weg zur Erkenntnis führt manchmal durch Schmerzen«, liest er. »So ist das mit dem Erwachsenwerden, Scarlett.« Seine Augen wandern zurück zu dem Buch, und seine Stimme klingt leiser und modulierter: »Aber wenn du mutig und treu deinen Weg verfolgst, wirst du kommen, wohin du willst.«

Mir verschlägt es die Sprache. Wie gern würde ich

solche Worte manchmal von meinen Eltern hören. Das Erwachsenwerden ist ein schwieriger Weg, besonders wenn zu Hause alles durcheinandergeht.

»Danke, Edoardo. Du warst mir eine große Hilfe … wie immer.«

»Bedank dich bei dem Buch, seine Stimme hat gesprochen, ich bin nur das Sprachrohr.«

»Ich verspreche dir feierlich, dass ich heute Nachmittag mit gutem Willen bewaffnet in die Bibliothek zurückkomme, um die Neuerwerbungen zu katalogisieren.«

»Jedes Versprechen ist eine Schuld.«

»Und ich begleiche meine Schulden.«

»Vielleicht willst du auch nur die Erste sein, die unter den Neuheiten wählen darf?«

Ein Lächeln verrät meine Hintergedanken. »Na gut, du hast mich durchschaut!«

Es wird Zeit, zurück ins Klassenzimmer zu gehen. Das Klingelzeichen zum Stundenbeginn überrascht mich im ersten Stock auf dem Flur. Vor mir tauchen zwei dunkle Silhouetten auf, die sich mit schnellen, beinahe schwerelosen Schritten schnell vorwärtsbewegen. Rechts geht Vincent, der Sänger von den Dead Stones. Er trägt ein zerrissenes schwarzes T-Shirt, unter den aufgerollten Ärmeln blitzen die Tätowierungen hervor, dazu Röhrenjeans und Lederstiefel.

Seine schwarzen, wütend zusammengezogenen Augen bohren sich in meine. Ein Raubtier bereit zum Angriff. Ich halte seinem Blick nicht stand, daher sehe ich mir seine Begleiterin an: ein wunderschönes Mädchen mit einer so durchsichtigen Haut wie eine Porzellanpuppe. Violette Augen mit blauen

Sprenkeln, die in der schwarzen Schminke ihrer Smokey Eyes versinken. Ein Pagenkopf aus glänzenden, tiefschwarzen Haaren, der stufenförmige Pony ruht auf den Augenbrauen wie die Schwingen eines Raubvogels. Sie ist schlank und bewegt sich trotz der schweren Springerstiefel mit der Anmut einer Ballerina. Jetzt erkenne ich sie: das Mädchen, das mir nach dem Konzert im Backstagebereich aufgefallen ist!

Die beiden treten auseinander. Ich gehe zwischen ihnen durch und spüre ihre anklagenden Blicke auf mir. Vincent prallt gegen meine Schulter, sodass ich beinahe das Gleichgewicht verliere. Ich suche in seinen Augen nach einer Erklärung, aber als einzige Antwort ziehen sich die Pupillen wie Stecknadelköpfe zusammen. Als wollte mich sein Blick zu Asche verbrennen.

Die Unbekannte beschränkt sich darauf, mich mit unergründlichem Blick zu mustern. Verwirrt gehe ich an ihnen vorbei. Warum ist Vincent wütend auf mich?

25

»Scarlett, vielleicht hilft dir ein kleiner Spaziergang, deine Konzentration wiederzufinden. Heute Morgen kommst du mir etwas abwesend vor.« Die Zini lächelt mich freundlich an.

»Verzeihung«, stammele ich. Vanzi wäre nicht so verständnisvoll gewesen. Er ist immer distanziert, siezt uns, und wenn er mit uns redet, runzelt er seine Menschenfresser-Augenbrauen: »Fräulein Castoldi! Würden Sie bitte die Güte haben und von dieser Wolke herabsteigen, auf der Sie seit sechsundzwanzig Minuten verweilen? Falls Sie es von dort oben noch nicht bemerkt haben, wir haben Unterricht.«

»Ich brauche jemanden, der mir ein paar Unterlagen aus dem Sekretariat holt. Es handelt sich um einen gelben Umschlag, auf dem mein Name steht. Meinst du, du schaffst das?«

Auch heute ist die Zini wieder leicht gothicmäßig gestylt: lange Ohrhänger mit Federn und ein pechschwarzes Kleid.

»Sicher.« Anscheinend ist meine Unaufmerksamkeit doch aufgefallen. Ich denke einfach nur noch an *ihn*. Vielleicht schaffe ich es ja, ihn mir aus dem Kopf zu schlagen, wenn ich vermeide, seinen Namen zu nennen.

Der Flur ist leer, ich hole die Sternenkugel aus der Hosentasche und singe halblaut vor mich hin. Die langen verlassenen Flure versetzen mich in leichte Unruhe. Dumpf und düster hallt das Echo meiner Schritte: *bum, bum, bum*. Ich denke an das Mädchen mit den violetten Augen. Trotz der Springerstiefel hat sie sich völlig geräuschlos bewegt, geschmeidig und anmutig, mit einer Zartheit, die sich auch in ihrem Gang ausdrückte. Könnte sie Mikaels Freundin sein? Mein Magen zieht sich schmerzhaft zusammen. Vielleicht ist sie ja Vincents Freundin. Oder seine Schwester …

Dieser Typ hat etwas Beunruhigendes an sich, da hat Caterina schon recht. Und außerdem scheint er aus einem mir unerklärlichen Grund etwas gegen mich zu haben.

Das Sekretariat liegt am hinteren Ende des Flurs. An den Fenstern im Erdgeschoss hängen schwere, altmodische Vorhänge. Sie sind genauso blutrot wie die, die mir im oberen Stockwerk der Bibliothek aufgefallen sind, und verbreiten eine düstere Atmosphäre. Im übrigen Gebäude gibt es keine Vorhänge, und durch die großen Fenster dringen die Sonnenstrahlen frech herein.

Eine dunkle Gestalt packt mich und zieht mich hinter den Vorhang, der Albtraum ist wahr geworden.

Ich will schreien, aber eine Hand hält mir den Mund zu. Ich bin wie gelähmt vor Angst.

Mein Herzschlag beruhigt sich, als ich in Mikaels Eisaugen schaue. Sein Körper an meinem. Die Hand löst sich und gleitet an meiner Seite herunter.

»Ich glaube kaum, dass du denen begegnen möchtest«, flüstert er.

Ich schiebe den Vorhang gerade so weit zur Seite, dass ich in der Ferne Lavinia und Sofia auftauchen sehe, mit düsteren Gesichtern und dem üblichen glitzernden Lippenstift.

»Woher wusstest du …?«

»Ich war im Sekretariat und hatte dort das zweifelhafte Vergnügen, auf sie zu treffen.«

»Ich scheine diese beiden Barbiepuppen ja geradezu anzuziehen«, flüstere ich. Wir stehen so eng beieinander, dass ich mich in seinen Atem versenken könnte.

»Vielleicht, weil du ihnen nicht aus dem Kopf gehst. Sie redeten gerade über eine gewisse Scarlett, die mit jemandem flirtet, mit dem sie es besser nicht tun sollte. Einem gewissen Umberto, wenn ich mich nicht irre …«

Ich erröte vor Scham. »Aber das stimmt nicht, ich …«

Er legt ganz zart seinen Zeigefinger auf meine Lippen, und ich bemerke, dass die Lavinia-Girls genau in dem Moment an uns vorbeikommen. Die plötzliche Berührung, seine Augen, die sich in meine versenken. Eine Flut von Emotionen. Ich halte den Atem an, meine Beine geben nach. Um nicht umzukippen, muss ich mich auf seinen Arm stützen. Aber nur ganz kurz, dann löse ich mich errötend wieder. Das ist zu viel, ich halte das alles nicht aus … Ich drehe mich zur anderen Seite.

»Was wolltest du hier?«, frage ich ihn. Auch diesmal kommen mir die Worte abgehackt wie ein unterdrückter Schluckauf aus dem Mund.

»Ich habe dich von Weitem gesehen. Du bist beim Gehen immer so in Gedanken versunken. Ich kam aus dem Sekretariat und habe gedacht, dass du den beiden bestimmt nicht begegnen willst.«

»Und damit lagst du völlig richtig.«

Ich will ihn tausend Dinge fragen, möchte seinen Atem in mich einsaugen und mich in der Melodie seiner Stimme verlieren. Doch Mikael kommt mir zuvor: »Heute bist du nicht bei Black gewesen. Er hat mir zugemaunzt, ich solle dir ausrichten, dass du ihm fehlst.«

Er verlässt unser Versteck und geht. Wieder einmal komme ich mir unglaublich dumm vor. Mit dem Vorhang über dem Kopf, unschlüssig, ob ich jetzt ins Sekretariat gehen oder den ganzen Tag hier stehen bleiben soll, um an ihn zu denken und den Platz anzustarren, an dem er gerade noch gestanden hat.

Ich entschließe mich, die Geduld der Zini nicht überzustrapazieren, und mache mich in Richtung Sekretariat auf. Also hat Mikael mich in den Tagen, in denen er wie vom Erdboden verschluckt schien, im Auge behalten? Ich zügele meine Fantasie, ehe sie noch ganz mit mir durchgeht.

26

Das Knarren des Schaukelstuhls begleitet sanft meine Gedanken. Um mir Platz zu schaffen, habe ich einen Teil meiner Stofftiere, die sonst hier sitzen, ausquartiert. Ein paar halte ich im Arm, während eine Giraffe, der ein Knopfauge fehlt, auf den Boden gefallen ist.

Am Nachmittag habe ich Edoardo bei den Neuzugängen geholfen. Ich habe mir zwei neue Bücher ausgesucht und die zurückgegeben, die ich schon gelesen habe.

»Hast du sie wirklich gelesen?«, hat er mich erstaunt gefragt.

»Sicher.«

Edoardo konnte es nicht glauben: »Das mögen ja Klassiker von unbestreitbarem Wert sein, aber trotzdem bleiben es ziemlich dicke Wälzer.«

»So was verspeise ich zum Frühstück«, habe ich ihm geantwortet.

Auf dem Federbett erwartet mich *Der kleine Prinz*. Er streitet sich mit der *Kameliendame*, weil er zuerst gelesen werden will. Wahrscheinlich werde ich ihm nachgeben. Obwohl mir Edoardo gestanden hat, als ich mir die *Kameliendame* ausgesucht habe, dass er mit Kamelien das Herz seiner Frau erobert hat.

Ich hebe die Giraffe auf, und mit dem Kopf voller Erinnerungen verlasse ich den Schaukelstuhl. Am Himmel zeigt sich schüchtern das erste Stück Mondsichel. Im Geiste sehe ich Mikaels Augen wieder vor mir. Sie hatten mich einen Moment lang verlassen, aber da sind sie wieder und drängen sich fordernd in meine Gedanken.

Der Duft seiner Haut streichelt meine Nase. Wir stehen wieder da, er und ich, nur einen Atemzug voneinander entfernt, hinter dem purpurroten Vorhang, den der Wind bläht. Mikael geht mir durch und durch, seine bloße Anwesenheit verwirrt mich, bringt meine Sinne durcheinander und füllt mich aus. Er berührt mich, und ich spüre, wie meine Knie weich werden, er sagt etwas, und ich bin im siebten Himmel.

Ich bin nicht mehr ich selbst. Ich bin liebeskrank, so hat es Edoardo heute genannt.

Mikael und seine Geheimnisse. Wie viele Rätsel verbergen sich hinter seiner vollkommenen Fassade?

Als er Vanzi überzeugt hat, meine Verspätung zu entschuldigen, hat der doch glatt gelacht! Tagelang sehe ich ihn nicht, dann taucht er plötzlich auf. Aber wenn es stimmt, dass er mich von Weitem bemerkt hat, hätte ich ihn doch auch sehen müssen! Jemanden wie ihn kann man nicht übersehen, schon weil er immer Schwarz trägt. »Du bist beim Gehen immer so in Gedanken versunken«, hat er mit tiefer Stimme gesagt. Da kann ich ihm nicht widersprechen. Aber das ist ganz allein seine Schuld.

Ich seufze. Draußen regnet es in Strömen. Ich lausche dem Regen, der gegen die Fensterscheibe des Zimmers trommelt.

27

Der grüne Grasteppich der Wiese ist mit welken Blättern übersät. Sie knirschen, jedes auf eine andere Art. Wir sitzen im Schneidersitz auf einer Tweeddecke, wie Schiffbrüchige auf einem Floß, verloren in einem bunten Blättermeer.

»Der Herbst macht mich immer melancholisch«, meint Cat seufzend.

»Warum? Ich liebe alle Jahreszeiten. Wenn immer Sommer wäre, würdest du am Ende den blauen Himmel hassen und die Grillen und die schwüle Hitze verfluchen. Der Herbst hat seinen ganz eigenen Charme. Er ist geheimnisvoll, bringt Pilze und Wein und drängt zur Selbstreflexion.« Genziana gestikuliert lebhaft beim Reden. Ihre Armreife klirren, und in ihren roten Haaren kann man die kräftigen Farbtöne der herabgefallenen Blätter erahnen.

»Ich neige tatsächlich zurzeit sehr zur Selbstreflektion.« Meine Stimme muss irgendwie verträumt geklungen haben, denn alle sehen mich an und schütteln einstimmig die Köpfe. »Was ist denn?«, frage ich ungeduldig.

»Ich glaube, daran ist nicht der Herbst schuld, sondern ein gewisser Typ, der dich kürzlich in die Klasse begleitet hat«, unterstellt mir Caterina.

»Der Flurfunk erzählt, ihr hättet mit Versuchsproben und Material aus dem Labor herumgespielt«, fügt Genziana hinzu.

Sie lachen gemeinsam laut los, und ich versuche, die beleidigte Leberwurst zu spielen, aber dann stimme ich mit ein: »Ihr blöden Kühe!«

Caterinas Gesicht wird plötzlich wieder ernst. Sie zupft ihren Rock zurecht und lächelt jemandem zu, der hinter mir steht.

»Hallo, Mädels.« Das ist Umberto. Ich hätte es dem verträumten Ausdruck von unserem Rehauge ansehen müssen.

»Hallo«, antworten wir ihm alle drei wie aus einem Munde.

»Jetzt reicht's aber mit der Harmonie, was?«, brummt Genziana.

Daraufhin prusten wir wieder gemeinsam los, und Umberto setzt sich zu uns auf unser Floß. Wir plaudern über dies und das. Ich schweige die meiste Zeit und lasse die anderen reden. Wir haben gerade erst Frieden geschlossen, und ich möchte nicht, dass es noch mehr Missverständnisse gibt. Umberto sucht meinen Blick, und nach ein paar höflichen Sätzen erklärt er, warum er uns überfallen hat. »Was haltet ihr davon, das bisschen Sonnenschein zu nutzen, um heute Nachmittag ein wenig durch die Innenstadt zu bummeln?«

»Das wäre wunderbar«, zwitschert Caterina.

Ich bearbeite meine Fingernägel und bleibe stumm.

»Ich werde euch die Stadt zeigen, wie ihr sie noch nie gesehen habt. Und ich zeige euch, wo es das beste Eis von ganz Siena gibt! Ihr werdet es nicht bereuen.«

»Umberto interessiert sich leidenschaftlich für Geschichte, er ist ein wandelndes Lexikon. Das wird bestimmt interessant!«, sagt Caterina, dann wird sie rot und lächelt ihn an.

»Übertreib nicht, Caterina. So klingt das nicht gerade wie ein Kompliment. Eigentlich wollte ich die Gelegenheit nutzen, um etwas einzukaufen. Ich brauche einen neuen Schal.«

»Und seit wann gehen Männer gern shoppen?«

»Also mir macht das großen Spaß.«

Ich möchte ja nicht alles zu sehr auf mich beziehen, aber diese Einladung an uns alle scheint mir ein geschickter Versuch, mich in die Enge zu treiben, nachdem ich mich in letzter Zeit Umberto gegenüber so ablehnend verhalten habe. Zum Glück funkeln Caterinas Augen vor Freude.

»Um drei am Dom?«

»In Ordnung«, sagt Caterina.

»Okay«, nuschelt Genziana.

Ich beschränke mich auf ein Lächeln. Umberto zwinkert mir zu, und dann lässt er uns allein.

»Ich kann es gar nicht abwarten, dass es drei Uhr wird.« So glücklich habe ich Caterina schon lange nicht mehr gesehen.

»Möchtest du wirklich die Stadt besichtigen oder einfach nur ein bisschen Zeit mit deinem ehemaligen Mathe-Nachhilfelehrer verbringen?«, fragt Genziana mit einem hinterlistigen Lächeln und fängt sich prompt einen Ellenbogenstoß ein.

»Was sagst du denn da! Umberto und ich sind nur gute Freunde!«

Ich frage mich, ob Caterina sich selbst auch etwas vormacht. Vielleicht will sie sich nicht eingestehen, dass sie in jemanden verknallt ist, den sie für unerreichbar hält. Darin kenne ich mich aus …

Mitten in der vierten Stunde überrascht Rehauge Genziana und mich mit einem Zettelchen. Darauf steht in runder und bauchiger Kinderschrift: ICH HABE KEINE AHNUNG, WAS ICH ANZIEHEN SOLL, UND ICH BIN SO AUFGEREGT. LIEGT DAS AM HERBST? WOLLT IHR BEI MIR ZU HAUSE EINEN HAPPEN ESSEN? MEINE ELTERN SIND BEI DER ARBEIT, WIR SIND ALSO ALLEIN (ABGESEHEN VON MEINEM BRUDER, ABER DER ZÄHLT NICHT).

Ich drehe mich um. Genziana sieht mich an und hebt die Hände gen Himmel. Caterina ist wirklich hoffnungslos verknallt. Ich hoffe, dass ihr dieser Tag hilft, sie dem Objekt ihrer Begierde näherzubringen. Umberto sieht gut aus, er könnte jede haben, die er will. Er war mit Lavinia zusammen, die zweifellos eines der schönsten Mädchen der ganzen Schule ist. Was findet er bloß an mir? Warum lässt er mich nicht in Ruhe und konzentriert sich auf das Mädchen, das nur Augen für ihn zu haben scheint? Caterina mag ja keine auffallende Schönheit sein, aber sie ist sehr hübsch und hat ein Herz aus Gold.

Wenn man nur bestimmen könnte, wen man lieben möchte! Dann würde ich nicht die ganze Zeit vor mich hin grübeln … Und so denke ich also zur Abwechslung mal wieder an Mikael. Ich würde mir Siena lieber mit ihm ansehen.

28

»Ciao, Ma', wir sehen uns heute Abend. Wir müssen ein Referat vorbereiten, und dann machen wir noch einen kurzen Stadtbummel. Ja. Mit Genziana und Caterina. Nein, es wird nicht zu spät.« Ich rufe aus dem winzigen Flur in Caterinas Wohnung zu Hause an, und wie üblich quetscht meine Mutter mich aus. Deshalb habe ich gelernt, immer nur die halbe Wahrheit zu erzählen.

Ich mag mir gar nicht erst die Diskussionen vorstellen, wenn sie wüsste, was wir wirklich vorhaben. »Wer ist dieser Junge, mit dem ihr euch trefft? Warum um alles in der Welt will er drei jüngere Mädchen in der Stadt herumführen? Hat er nicht vielleicht irgendwelche Hintergedanken? Wo wollt ihr hingehen? Er wird euch doch nicht alle in sein Auto laden, oder?«

Sie regt sich immer auf, wenn es um Jungs geht. Vielleicht liegt es daran, dass ich damals nicht geplant war, ich wurde geboren, als sie und mein Vater selbst noch halbe Kinder waren. »Für manche Dinge solltest du dir Zeit lassen, Scarle-tt. Denn wenn man erst mal Mutter ist, begräbt man die eigenen Träume in der hintersten Schublade.« Das waren ihre Worte, bevor sie dann doch ihren Traum verwirklicht und in Cremona einen Friseursalon eröffnet hat. Ob sie mir heute wohl immer noch das Gleiche sagen würde?

»Okay, dann also bis später. Nein, du brauchst mich nicht mit dem Auto abzuholen.«

Eine Tür geht auf, und im Flur erscheint ein verschlafen wirkender Typ mit verstrubbelten Haaren und nacktem Oberkörper in Boxershorts. Ich wende den Blick ab und verabschiede mich von meiner Mutter mit einem gestotterten »Ciao«.

Wenn sie das gesehen hätte, würde sie mich auf der Stelle abholen!

Ich schlüpfe in die Küche und werde dort von Genzianas fröhlichem Geschnatter empfangen. Sie hat sich die Alleinherrschaft über den Herd gesichert und macht Nudeln mit Zucchini und geschmolzenem Käse. Eine ihrer Spezialitäten.

»Wenn du wenigstens etwas Majoran hättest. Kann es sein, dass es in diesem Haushalt an der Grundausstattung mangelt?«

»Nudeln gehören zur Grundausstattung, Majoran nicht«, verteidigt sich Caterina.

»Caterina, ich will dich ja nicht beunruhigen, aber im Flur läuft ein Typ in Boxershorts herum«, sage ich schüchtern.

»Boxershorts? Wo? Sieht er wenigstens gut aus?«, erkundigt sich Genziana sofort.

»Ich finde schon«, sage ich und erröte.

»Unglaublich! Tommaso ist vor halb drei nachmittags wach geworden? Was für eine Ehre! Macht euch keine Sorgen, das ist nur mein älterer Bruder ... Der beißt nicht.«

»Wir sind seit über zwei Jahren befreundet, und

du hast mir nie deinen Bruder vorgestellt? Du bist mir ja eine schöne Freundin!« Genziana tut so, als sei sie wütend, während sie die Zucchini mit etwas Knoblauch und Olivenöl in eine Pfanne gibt.

»Hände weg von meinem Bruder!«

»Da bin ich, Mädels. Zu eurer Verfügung.« Tommaso erscheint in der Tür. Jetzt wirken seine Augen wach und lebhaft, aber er trägt immer noch nur Boxershorts.

»Tommaso! Zieh dir sofort etwas an!«, schreit Caterina und schiebt ihn zurück in den Flur. Wir hören, wie die beiden heftig miteinander diskutieren. »Du stehst doch sonst nie um diese Zeit auf, und heute spielst du den Gockel, weil meine Freundinnen da sind!«

»Wenn ihr solchen Lärm macht!«

»Nicht übel«, sagt Genziana. »Schön von vorn und die Rückseite ist noch besser.«

»Du änderst dich nie.«

Fünf Minuten später kommt Tommaso zurück, gefolgt von seiner Schwester. Er ist immer noch barfuß, aber wenigstens trägt er jetzt ein Paar Hüftjeans und ein weißes T-Shirt. Er hat genau die gleichen ausdrucksvollen haselnussbraunen Augen wie Caterina. Aber seine Gesichtszüge sind markanter, und er hat ein verführerisches Lächeln im Gesicht. Er scheint sich seiner Wirkung auf Mädchen genau bewusst zu sein.

Genzianas Nudeln sind nicht übel! Wir lecken buchstäblich die Teller ab. Über Späßen und einem lustigen Schlagabtausch zwischen den Geschwistern vergeht die Zeit, und wir merken, dass wir uns fertig machen müssen. Oder besser: Genziana und ich sind schon fertig, aber wir müssen Cat noch stylen.

Meine Aufgabe ist es, sie mit den wenigen Schminksachen, die sie besitzt, besser zur Geltung zu bringen: rosa Lipgloss und silberner Lidschatten.

Genziana hat sich inzwischen am Kleiderschrank zu schaffen gemacht: »Kann es sein, dass du nur graue oder braune T-Shirts hast? Und dann all diese Strickjäckchen! Nicht mal meine Oma hat so viele!«

»Ich liebe Strickjacken! Und ich gehe ja schließlich nicht zu einem Date!«

»Das wissen wir. Aber denk dran, dass du uns um unsere Hilfe gebeten hast. Jetzt sei still und vertrau mir einfach!«

Ein cremefarbener Rock mit schwarzen und rosa Blümchen, ein rosa T-Shirt mit U-Boot-Ausschnitt. Genziana erhebt sich triumphierend.

»Bist du sicher, dass ich nicht wie eine alte Tante aussehe?«

»Todsicher. Scarlett, würdest du uns Kaffee kochen, während ich sie zwinge, sich umzuziehen?«

»Sehr gern. Vermutlich ist es besser, wenn es keine Zeugen gibt, für den Fall, dass du zu härteren Maßnahmen greifen musst.«

»Uff, da muss ich mir doch die Beine enthaaren, und dazu habe ich keine Lust! Kann ich nicht die Jeans anbehalten?«, höre ich Caterina lamentieren. Ich suche nach dem Espressokocher, aber ich finde nichts.

»Drüben in der Spüle, und der Kaffee ist in dem Schränkchen dort rechts.« Tommasos Stimme lässt mich erschrocken zusammenfahren.

»Meine Schwester hat mir nie erzählt, dass sie so hübsche Mitschülerinnen hat.«

»Danke«, stottere ich und versuche vergeblich, den Espressokocher aufzuschrauben. Er ist zu fest geschlossen, und Tommasos Blick, der schwer auf mir ruht, ist nicht gerade hilfreich.

»Überlass das mir. Dieser Espressokocher ist schrecklich. Caterina hat es auch noch nie geschafft.« Er stellt sich hinter mich und umfängt mich mit seinen Armen. Er legt seine Hände auf meine und übt Druck auf den Espressokocher aus, der sich nun widerstandslos aufdrehen lässt. Ich werde feuerrot, und sobald er den Griff lockert, entferne ich mich mit gesenkten Lidern. Was ist denn das bloß? Seit ich nach Siena gezogen bin, scheinen mich auf einmal alle Jungs zu beachten. Und trotzdem komme ich mir immer noch genauso unscheinbar vor wie sonst. Ich habe noch die gleichen aschblonden Haare mit den gespaltenen Spitzen, die grauen Augen und das Durchschnittsgesicht, das zu normal wirkt, um Aufmerksamkeit zu wecken. Der Leberfleck über der Oberlippe ist meine einzige Besonderheit.

Was hat sich denn verändert? Ich zünde die Gasflamme an und werfe einen Blick auf Tommaso, der mich vom Tisch aus mit einem anzüglichen Lächeln betrachtet, mit dem er ganz anders aussieht als seine Schwester.

»Danke für die Hilfe«, sage ich zu ihm.

29

Der Anblick des Doms ist so fantastisch, dass es mir die Sprache verschlägt. Wie vorauszusehen hat Caterina natürlich doch lieber ihre Jeans angezogen. Der arme Blümchenrock, der jetzt im Kleiderschrank versauern muss! Von Genzianas Auswahl ist bloß das rosa T-Shirt übrig geblieben. Es guckt schüchtern unter einer grauen Jacke hervor und wirkt ein wenig streng.

»Das glaub ich ja jetzt nicht! Was wollen die denn hier?«

»Keine Ahnung. Hast du sie angerufen?«

»Natürlich nicht, du etwa?« Genziana baut sich vor Lorenzo und Pietro auf, um von ihnen eine Erklärung zu fordern.

»Hey, das hier ist ein öffentlicher Ort!«, meint Lorenzo grinsend.

»Oh ja. Ich muss also annehmen, dass das reiner Zufall ist. Wir hier und ihr auch. Am selben Tag zur selben Zeit.«

»Genziana, die Welt dreht sich nicht allein um dich.«

»Und du bist ein total schlechter Lügner!« Genziana kommt in Fahrt, und ihre geröteten Wangen passen wunderbar zu der Farbe ihrer Haare.

»Karottenköpfchen, jetzt beruhige dich doch, sonst kriegst du noch einen Herzinfarkt.« Als Antwort verpasst sie ihm einen Klaps. »Aua! Das habe ich doch nicht so gemeint. Mann, bist du empfindlich!«

Ich kann mich ja irren, aber ... In letzter Zeit lassen Genziana und Lorenzo keine Gelegenheit aus, sich gegenseitig aufzuziehen. Ob sich da zwischen den beiden was anbahnt?

Pietro bleibt ungerührt und stellt sich wortlos neben mich. Caterina lächelt, ich weiß, was ihr durch den Kopf geht.

»Da ist ja Umberto!«, ruft sie begeistert.

Ich muss schon sagen, dass Umberto es gut wegsteckt, dass ihn zwei ungebetene Gäste stören. Seinen Unmut erkennt man nur daran, wie er kaum merklich die Zähne zusammenbeißt. Dann sagt er wie erwartet: »Seid ihr bereit, die Wunder dieser Stadt zu erleben?«, und schaut mir in die Augen.

»Ja!«, antwortet Caterina für alle, und ihre Begeisterung wirkt ansteckend.

Die Fassade des Doms ist faszinierend. »Ist das nicht großartig? Eine Mischung aus Gotik und Romanik, diese Kathedrale hat eine ganz besondere Ausstrahlung, die sich mit kaum einer anderen Kirche in Italien vergleichen lässt«, erklärt Umberto.

»Wie langweilig!« Lorenzo fängt sich einen bösen Blick ein.

»Wenn du dich langweilst, kannst du dich ja gern vom Acker machen.« Genziana nimmt wie immer kein Blatt vor den Mund.

Die steinerne Wölfin beobachtet uns schweigend von einer Seite des Platzes. Im Inneren des Doms rauben mir die beeindruckenden Säulen buchstäblich den Atem. Inmitten einer kleinen Gruppe von Touristen, die sich laut unterhalten, wandele ich staunend umher, den Kopf in den Nacken gelegt, völlig überwältigt von dieser Ahnung von etwas Wunderbarem, das zu groß ist, um es in Worte zu fassen. Ein goldenes Licht fällt durch die Hauptrosette und beleuchtet die Marmorornamente am Boden.

Mit ein paar Witzen schafft es Lorenzo, die feierliche Stimmung in diesen Mauern zu zerstören, und wir gehen weiter zur Piazza del Campo.

»Dieser Platz ist wie eine große, offene Muschel gebaut, die nach außen hin ansteigt. Über die neun Segmente, ein Symbol für die Herrschaft der Neun, konnte das Regenwasser abfließen«, sagt Umberto und kommt an meine Seite. Aber Pietro drängt sich zwischen uns, und ich seufze erleichtert auf.

Die Reliefs an dem Brunnen der Piazza ziehen mich in ihren Bann.

»Das sind nicht die Originale«, stellt Umberto klar, »die werden im Museum von Santa Maria della Scala aufbewahrt. Aber auch die Nachbildungen sind vortrefflich.«

»*Vortrefflich?* Was ist denn mit dir los? Hast du zum Frühstück einen Reiseführer verschluckt?«, meint Lorenzo, und dieses Mal müssen wir alle laut lachen.

Alle außer Caterina. »Du bist ja bloß neidisch! Du lebst hier schon dein ganzes Leben lang und weißt nichts über deine Stadt.«

»Ich konzentriere mich … auf andere Schönheiten.«

Genziana verzieht das Gesicht, und Lorenzo tut so, als wäre er beleidigt. Dann hakt sie sich bei ihm unter und lächelt wieder.

So lassen wir uns ein wenig durch die Altstadt treiben, zwischen Schülergrüppchen und deutschen Touristen, unendlich vielen Tauben und ein paar alten Leuten, die auf einer Bank sitzen.

»Sieh mal, was für ein hübsches T-Shirt! Lasst uns hier hineingehen!«, schreit Cat. Kaum hat sie es angezogen, kommt ein Aufschrei: »Der Ausschnitt ist viel zu tief!« Auf den Regalen finde ich ein weißes T-Shirt mit einer weiten Halsöffnung, das eine Schulter frei lässt. QUEEN OF BONES lautet die Aufschrift, und es gefällt mir. Es wird mich immer an diesen Tag erinnern.

»Du bist wunderschön«, sagt Umberto, als ich aus der Kabine komme. Zum Glück ist Caterina gerade damit beschäftigt, sich die Accessoires anzusehen. Sie hat einen goldenen Haarreif in der Hand, und Genziana neben ihr schüttelt den Kopf, um ihn ihr auszureden. Beim Rausgehen haben wir Mädchen alle eine Tüte dabei. Wie nicht anders erwartet ist in der von Caterina der neue Haarreif. Genziana hat einen weiten Samtrock gekauft, der kobaltblau schimmert. Genau das Richtige für sie! Umberto hat mich gebeten, ihm bei der Wahl eines Schals zu helfen. Cat hat mir aus der Verlegenheit geholfen und das übernommen: Sie hat ihm einfach einen dunkelgrünen Schal um den Hals gelegt. »Der steht dir toll! Er betont deine Augenfarbe!«

»Aber ich habe doch braune Augen!«

»Mit grünen Einsprengseln!«

Endlich sitzen wir in der Eisdiele. Durch einen geschickten Trick haben Genziana und ich es hingekriegt, dass unser Rehauge auf Umbertos Schoß gelandet ist. Sie strahlt vor Glück! Auch wenn sie keinen Ton mehr sagt und ihre Wangen so rot geworden sind wie das Himbeereis, das sie isst.

Pietro macht sich über eine Schale mit einem Pfund Tiramisu her. Genziana und Lorenzo lassen keine Gelegenheit aus, miteinander zu streiten (merkwürdig). Endlich fühle ich mich als Teil einer Gruppe. Ich bin so voller Energie, als hielte ich meine persönliche kleine Oase der Glückseligkeit in Händen.

Ich balle die Hände fest zusammen, damit sie mir nicht davonschwebt.

30

Scarlett, bist du dir sicher? Ich denke schon. Was hält meine innere Stimme davon? Nichts, sie bleibt stumm. Umso besser. Ich schreibe zwei Zeilen auf einen kleinen Zettel, den ich Umberto in der Fünfminutenpause geben werde. ICH MUSS DICH SPRECHEN. WIR SEHEN UNS IN DER PAUSE AN DEINEM GEHEIMPLATZ.

Ich lese ihn noch einmal durch. Er klingt genauso sachlich, wie er sein soll. Ich werde ihm persönlich erklären, warum ich seine Hilfe brauche. Heute hat Caterina nämlich in Mathe schrecklich versagt. Sie ist aus allen Wolken gefallen, als die Zini sie aufgerufen hat. »Cat, die meint dich«, habe ich ihr zugeflüstert. Sie schien aus ihrem Traumland zu erwachen und wurde rot wie eine Tomate. Sie konnte nicht eine einzige Aufgabe lösen. Nicht einmal die einfachsten Gleichungen! Ich möchte Umberto bitten, dass er ihr wieder Nachhilfe gibt wie im letzten Jahr. Das ist doch ein toller Vorwand, damit sie ein paar Stunden zusammen verbringen. Wenn Amor sich nicht entschließen kann, seinen Pfeil loszuschicken, dann muss ich ihm halt ein wenig auf die Sprünge helfen. Ich möchte Caterina nicht vor Liebeskummer eingehen sehen, das hat sie nicht verdient.

Es klingelt! Darauf habe ich nur gewartet. Ich sause über den Gang und stelle mich in die Tür der Zwölf Ypsilon. Umberto bemerkt mich und kommt zu mir.

»Für dich. Top secret«, sage ich und verschwinde, ehe mich der Englischlehrer im Gang erwischt. Ich habe allerdings Lavinias finsteren Blick bemerkt, als sie mich in der Tür gesehen hat. Sie winkt Sofia, und ich sehe, wie sie miteinander tuscheln. Es ist mir egal, was die denken.

Ich möchte nur Caterina helfen, ihren Traum zu verwirklichen. Einen Traum, den sie nicht einmal sich selbst eingesteht. Obwohl es mittlerweile die ganze Klasse mitbekommen hat.

Als es zur Pause läutet, sehe ich meine Freundinnen mit Unschuldsmiene an. »Ich muss in die Bibliothek. Ich habe Edoardo versprochen, ihm zu helfen.«

»Sogar in der Pause? Langsam scheint er deine Hilfsbereitschaft aber ein wenig auszunutzen.«

»Nein, nein, das ist meine Schuld, ich habe eine Arbeit halbfertig liegen lassen. Außerdem ist das keine Arbeit für mich, ich liebe Bücher!«

»Ein wenig zu sehr für meinen Geschmack. Wie du willst … Aber mach schnell, dann treffen wir uns bei den Automaten. Bei diesem Sauwetter können wir ja nicht zu Großmutter Eiche«, seufzt Genziana.

Wie ich es hasse, meine Freundinnen anzulügen! Ich schaue in den wolkenverhangenen Himmel. Zum Glück hat es aufgehört zu regnen, aber der Park wird ein einziger Morast sein. Ich hoffe nur, dass ich mich nicht allzu schmutzig mache. Die kleine Bank, die von den Rosenranken halb verborgen wird, schien mir der einzige Ort zu sein, an dem ich mit Umberto ungesehen reden kann. Ich nehme all meinen Mut zusammen und ignoriere das ungute Gefühl in meinem Magen.

Es ist kühl draußen, ich wickele mich in mein gefüttertes Sweatshirt und ziehe die Kapuze über den Kopf. Jetzt fühle ich mich sicher. Mein geliebtes schwarzes Sweatshirt mit den weichen aufgenähten Katzenohren oben auf der Kapuze. Wenn ich mir die überstreife, verwandele ich mich.

Ich laufe auf Zehenspitzen und sehe auf den Boden, um den Pfützen auszuweichen. Als ich an unserem geheimen Treffpunkt ankomme, ist Umberto bereits dort. Er schaut mich erwartungsvoll an. Erst jetzt wird mir klar, dass er den Grund für meine Verabredung missverstanden haben könnte. Und plötzlich halte ich meine Idee nicht mehr für so toll.

»Du siehst schön aus! Wie eine kleine Katze mit riesigen grauen Augen!«

Ich tue so, als hätte ich sein Kompliment nicht gehört. »Danke, dass du gekommen bist, trotz des Mistwetters.«

»Daran siehst du, wie viel mir an dir liegt.« Er lächelt und kommt näher. In seinem Gesicht steht in riesigen Buchstaben das Wort *Hoffnung*. Umberto ist wirklich ein gutaussehender, intelligenter und witziger Typ. Außerdem ist er nicht so langweilig wie Lorenzo, der nur über Fußball und die Motorrad-WM spricht. Er ist gebildet … und sein Vater ist Konditor! Und doch empfinde ich nichts, als ich hier neben ihm stehe. Bei Mikael hat ein Blick genügt, und ich bin dahingeschmolzen, überwältigt von Gefühlen, von denen ich gar nicht wusste, dass ich sie empfinden kann.

»Ich muss dich um einen Gefallen bitten. Ich habe lange darüber nachgedacht, und es scheint mir die beste Lösung.« Die Worte bleiben mir im Hals stecken. Ich höre leises Gemurmel und erkenne Genzianas Stimme.

»Das kann nicht sein! Scarlett ist in der Bibliothek. Du und deine Freundinnen müsst euch einfach immer was aus den Fingern saugen.«

»Ich habe dir doch gesagt, dass ich mit meinen eigenen Augen gesehen habe, wie sie sich mit Umberto verabredet hat. Sie hat ihm in der Pause einen Zettel zugesteckt. Eure Freundin ist eine falsche Schlange, das werdet ihr noch merken.« Unwillkürlich ziehe ich mir die Kapuze vom Kopf. Ich habe Sofias schrille Stimme erkannt.

»Ihr werdet mir ein Paar neue Schuhe bezahlen müssen. Das ist doch völlig idiotisch, hier so durch den Matsch zu stapfen!« Die Stimmen kommen immer näher.

»Das stimmt, Genziana. Kehren wir um. Wir müssen nicht bis dort hinten gehen, um zu sehen, dass alles bloß dummes Geschwätz war.« Caterina ist auch da! Oh mein Gott, ich sterbe vor Angst. Was kann ich jetzt tun? Ich würde am liebsten verschwinden. Und wenn ich einfach losrenne? Sie würden mich sehen!

»Keine Sorge, Scarlett. Wir tun nichts Unrechtes. Und außerdem bin ich Lavinia keine Erklärung schuldig. Wir haben schon vor einer Ewigkeit Schluss gemacht, und ich kann mich treffen, mit wem ich will«, versucht Umberto, mich zu beruhigen.

»Das kannst du nicht verstehen. Wegen Lavinia mache ich mir keine Sorgen.«

Als sie vor mir stehen, lese ich in ihren Augen eine ebenso tiefe wie herzzerreißende Enttäuschung. Genziana fasst sich als Erste. »Das glaub ich jetzt nicht …«

»Seht ihr?« Lavinia sieht mich verächtlich an.

Aber nicht ihre Worte treffen mich, sondern das Schluchzen, das plötzlich zu hören ist. Schrecklich, genau wie der Schmerz, der sich in Caterinas Gesicht abzeichnet. Sie dreht sich um und rennt weg, ohne auf den rutschigen Boden und den frischen Schlamm zu achten.

»Du verdienst ihre Freundschaft nicht.« Genzianas Lippen zittern vor Zorn. »Du hast es verdient, dass dich alle links liegen lassen.« Sie ballt die Fäuste und folgt Caterina, als die ersten Regentropfen fallen. Einer trifft mich voll ins Gesicht. Wie eine hartnäckige Träne, die ich nicht weinen wollte.

Lavinia und Sofia lachen laut auf. »Dieses Mal sitzt du richtig in der Scheiße.«

»Es ist nicht das, wonach es aussieht!«, schreie ich. Meine Stimme hallt in einen bleiernen Himmel, der mich zu erdrücken droht. Ich höre Umberto nicht mehr, der mich zu trösten versucht, auch nicht das spöttische Gelächter der Lavinia-Girls, ich spüre bloß einen blinden Schmerz, der in meiner Brust pocht und alles andere überlagert.

31

Ich renne zur Abstellkammer. Keine Ahnung, wie ich Caterinas quälendes Schweigen und Genzianas verächtliche Blicke bis zur letzten Stunde ertragen habe. Ich ziehe die Tür hinter mir zu und lasse mich auf den Boden fallen. Black kommt zu mir, und ich nehme ihn in den Arm. Er miaut und schaut mich an, als wollte er mich trösten. Ich beginne zu schluchzen, es bricht einfach aus mir heraus. Ich streichle das Fell meines kleinen Freundes, der mir mit seiner rauen Zunge die Finger ableckt.

Auch der Himmel weint, kalte Regentränen. Meine dagegen sind so salzig, dass sie auf der Haut brennen. »Das ist nicht fair ...« Meine Stimme klingt gepresst.

Jetzt bräuchte ich dringend jemanden, der mich in den Arm nimmt. Jemanden, der mich versteht, zumindest ein bisschen. Ich habe doch nichts Unrechtes getan ... Ich habe Umberto bloß gebeten, sich mit mir zu treffen, um Caterina zu helfen! Sofia muss meinen Zettel gelesen haben, und ich kann mir schon vorstellen, wie sie und Lavinia dann meine Freundinnen aufgehetzt und zu der Bank geführt haben. Wo Umberto und ich ... Ich sehe die Szene wie in Zeitlupe vor mir. Der verletzte Ausdruck auf

Caterinas Gesicht, die schneidenden Worte von Genziana. Mein Herz krampft sich zusammen. Wenn sie mir bloß die Zeit gelassen hätten, es ihnen zu erklären.

In Caterinas Schluchzen klangen all die zerplatzten Träume mit, die zerschlagenen Hoffnungen, die Enttäuschung und ihr Schmerz. Alles nur meinetwegen.

»Warum ist nur alles so ungerecht?« Ich gebe Black einen Kuss auf das kleine Köpfchen, aber selbst das kann mich nicht trösten.

»Weil die Menschen sehr böse sein können.« Eine Stimme hinter mir. Ich springe auf. So ruckartig, dass Black aus meinen Armen flüchtet. Er springt davon und verschwindet unter einem Regal.

Es ist Mikael. Ich habe ihn gar nicht hereinkommen hören. Er steht nur einen Schritt von mir entfernt.

Ich verliere mich in seinen Augen, und einen Moment lang spüre ich keinen Schmerz mehr.

»Weil die Menschen einander manchmal verletzen, ohne sich dessen bewusst zu sein. Deshalb sollte man niemals zeigen, wo man verwundbar ist.« Er kommt mit kleinen Schritten näher. »Es wird alles wieder gut«, flüstert er.

Seine Worte sind Balsam für mein verletztes Herz. Seine tiefe Stimme umfängt mich und lindert den Schmerz.

Und dann geschieht etwas, das ich niemals erwartet hätte. Er nimmt mich in die Arme.

Mehr brauche ich nicht.

»Ich sollte eigentlich nicht hier sein ...«

Ich atme den Duft seiner Haut ein, und die Wände

beginnen, sich zu drehen, bis sie sich ganz auflösen. Mir ist, als würde ich schweben und um mich herum wäre nichts als der graue Himmel. Keine Tränen mehr.

»Komm. Ich bring dich nach Hause.« Ich lasse mich von seiner Hand führen, die er auf meine Schulter legt. Eine sanfte und doch entschiedene Berührung.

Schweigend gehen wir den leeren Flur entlang. Die Wände der Schule lassen wir hinter uns, und schon stehen wir im Hof vor seinem Motorrad. Es ist das schwarze, das ich nach dem Konzert gesehen habe. Also war das wirklich er.

Ich fühle mich vollkommen leer, leblos wie eine Puppe, und bringe kein Wort heraus. Ich könnte mich jetzt nicht wehren. Sorgfältig befestigt er den Sturzhelm unter meinem Kinn und hilft mir auf die Sitzbank. Ich überlasse alles ihm, lasse mich vollständig fallen. Der Motor heult auf, und als das Motorrad losfährt, lege ich die Arme fest um seine Taille und lehne den Kopf gegen seine Schulter, als wollte ich mich vor der übrigen Welt verstecken. Wir brausen an einer Gruppe Schülerinnen vorbei, die mir neidisch nachschauen.

Die Straße gleitet unter den Rädern dahin wie ein schnelles Laufband. Umberto will gerade zu seinem Vater ins Auto steigen. Er starrt mich an. Ein undurchdringlicher Blick. Er hebt den Arm, aber es sieht weniger nach einem Winken als nach einer Aufforderung aus. »Steig sofort von diesem Motorrad runter!«, scheint er mir sagen zu wollen. Ich habe nicht die Kraft, auf sein Zeichen zu antworten. Ich schließe die Augen und versuche, alles zu vergessen.

32

Ich möchte so gern weinen. Mir ist schlecht. Mein Magen ist wie zugeschnürt. Simona ruft mich laut, aber ich werde trotzdem nicht zum Abendessen hinuntergehen. Ich möchte, dass meine Tränen den Schmerz wegspülen. Ich presse mein Kissen an mich und denke darüber nach, wie schnell sich die Dinge doch ändern können. Ich denke an den Rundgang durch die Altstadt mit meinen neuen Freunden. Ein unvergesslicher Nachmittag. Zum ersten Mal, seit ich hier bin, habe ich mich gefühlt, als gehörte ich irgendwo dazu. Ich war Teil einer Gruppe von Freunden, mit denen ich gemeinsam durchs Leben gehe. Die temperamentvolle und leidenschaftliche Genziana. Caterina mit ihrer sanften Art und ihrer Unsicherheit. Pietro, so schweigsam und so fürsorglich. Lorenzo und schließlich Umberto, der ein wenig an dem ganzen Durcheinander schuld ist. Nein, die Schuld liegt ganz allein bei mir. Wenn ich nicht so impulsiv gehandelt hätte, wäre nicht alles kaputt gegangen.

Es kostet Zeit und Kraft, etwas aufzubauen, aber es genügt ein Augenblick, und alles bricht in sich zusammen wie eine Sandburg. Ich sehe mich wieder als kleines Mädchen, als ich mit meinen Eltern in einem

Badeort an der toskanischen Küste Urlaub machte. Das Meer kam und ging, es durchfeuchtete den Sand, damit ich mit Fantasie und Disziplin Bauten nach meinen eigenen Vorstellungen errichten konnte. Ich erinnere mich an das rote Hütchen, das mich vor der sengenden Sonne schützte. Doch dann genügte ein unaufmerksamer Strandspaziergänger oder eine heftige Welle, und *bum*, schon brach die Burg in sich zusammen. Genau wie die Freundschaft jetzt.

Ich klammere mich an das Einzige, was mir Kraft gibt, den Gedanken an Mikael. An seine Augen und sein Lächeln. Es ist, als könnte er meine Gefühle lesen. Wenn ich ihn brauche, taucht er auf, ein Ritter ohne Fehl und Tadel, wie in den Märchen von Oma Evelyn. Heute habe ich mir mehr als alles andere gewünscht, dass mich jemand in den Arm nimmt. Und sofort ist Mikael wie durch Magie hinter mir aufgetaucht und hat mit seiner Umarmung meinen Schmerz gelindert.

Aber ich will mir nichts vormachen ... Jedes Mal, wenn ich denke, dass Mikael und ich gar nicht so verschieden sind, verschwindet er. Manchmal habe ich den Verdacht, dass er mir aus dem Weg geht und dass er aus diesem Grund auch aufgehört hat, sich um Black zu kümmern.

»Schwesterchen, hast du immer noch Bauchweh?« Der kleine Marco späht durch die angelehnte Tür.

»Mir geht es schon etwas besser«, sage ich und klinge nicht gerade überzeugend.

»Darf ich reinkommen?«

»Sicher, komm nur. Ein bisschen Gesellschaft hilft gegen Bauchweh.«

Das lässt er sich nicht zweimal sagen. Er klettert auf mein Bett und schiebt das Kissen beiseite, um sich stattdessen in meine Arme zu kuscheln.

»Wenn es mir früher schlecht ging, hast du immer für mich gesungen.«

»Das stimmt. Und hat es funktioniert?«

»Ich glaube schon.«

»Willst du jetzt für mich singen?«

»Passt *Kleine freche Sonne*? Ich habe kein neues Lied gelernt.«

»In Ordnung.«

Kleine freche Sonne, scheine und trockne meinen Schmerz.

Ich werd auch wieder glücklich lächeln, komm nur aus den Wolken, dann wein ich auch nicht mehr.

Kleine freche Sonne, lächle und wärme mir das Herz.

Er singt mit seiner dünnen Kinderstimme. Er singt, und ich spüre, wie meine Nerven sich entspannen. An diesem Abend möchte ich so einschlafen, in den Schlaf gewiegt von einem Lied, das ich Marco vorgesungen habe, als er klein war, und das er mir heute voller Dankbarkeit und Liebe zurückgibt.

33

Ich habe aus Mamas Schublade ein wenig Make-up geklaut, um mein Gesicht etwas aufzufrischen, doch ich glaube nicht, dass ich damit viel Erfolg hatte. Man sollte niemals heulend einschlafen, wenn man am nächsten Morgen nicht wie eine Paprikaschote aussehen möchte. Als ich in den Spiegel geschaut habe, hätte nicht viel gefehlt, und ich hätte laut aufgeschrien. Ein rotes, verquollenes Gesicht, Lippen so dick wie Heißluftballons und eine Nase wie ein Clown.

Als ich aufgewacht bin, hielt ich anstelle meines Kissens Marco im Arm. So an mich gekuschelt sah er aus wie ein kleiner Engel, der vom Schlaf überrascht wurde. Mit verstrubbelten Haaren und dem blauen Schlafanzug mit diesem komischen Kaninchen auf der Brust.

Ich habe ein leichtes Frühstück zu mir genommen, während meine Mutter im Hintergrund leise darüber gemotzt hat, dass ich zu wenig esse, wo doch das Frühstück die wichtigste Mahlzeit des Tages sei und der ganze Mist. Als ich aus dem Haus gegangen bin, habe ich mir etwas Kraft von der Herbstsonne geborgt: Kopf hoch, stolzer Blick. Aber je näher ich der Schule kam, desto langsamer wurden meine Schritte, der Mut verließ mich und machte Unsicherheit und Ängsten Platz.

Noch nie hätte ich mich so gern krankgemeldet und den Unterricht versäumt. Es wird schrecklich sein, Genziana und Caterina zu begegnen und ihren vorgefassten Meinungen. Ihr penetrantes Schweigen wird schlimmer als jede Beschimpfung sein.

Doch ich schaffe es mich zu überzeugen, dass zu Hause bleiben noch schlimmer wäre. Das wäre, als würde ich den Kopf in den Sand stecken. Als würde ich mich schuldig bekennen. Dabei habe ich doch nur das Beste für Caterina gewollt. Weil ich gehofft habe, ihr helfen zu können, Umbertos Herz zu erobern. Ich habe mir eingebildet, wenn ich es einrichten könnte, dass sie ein wenig Zeit miteinander verbringen, dann würde sich schon alles einrenken, Umberto würde nicht mehr unter meiner Zurückweisung leiden und Caterina nicht unter Umbertos.

Ich hole tief Luft und ringe mich dazu durch, das Schulgelände zu betreten. Mit großen Schritten überquere ich den Hof und schaue mich um. Ich möchte Umberto aus dem Weg gehen, um die Lage nicht noch schlimmer zu machen. Als ich ihn nicht sehe, atme ich erleichtert auf.

Doch schon von Weitem erkenne ich die dunkle, schlanke Gestalt von Vincent. Er lehnt an der Schultreppe und raucht eine Zigarette. Er wirft den Kopf nach hinten, um die Haarsträhne wegzuschütteln, die ihm bis unters Kinn reicht. Ist ihm denn nicht kalt? Er trägt nur ein zerrissenes T-Shirt zu hellen Hosen, die so eng anliegen wie eine zweite Haut.

Ich wickle mich in mein gefüttertes Sweatshirt und laufe weiter. Ein paar Schritte entfernt stehen ein paar Mädchen, die sich mit den Ellenbogen anstupsen, kreischen und schrill lachen. Sie können es gar nicht glauben, und tatsächlich habe ich auch noch nie gesehen, dass Vincent in aller Seelenruhe vor dem Eingang zur Schule gestanden und sich unter seine Fans gemischt hat. Er scheint auf jemanden zu warten.

Ich könnte schwören, dass er in meine Richtung sieht. Ich erhasche einen Blick auf das Auge, das nicht von seinen Haaren bedeckt ist. Es ist zusammengekniffen, sein Blick scheint finster. Ist er wütend? Das Gesicht wirkt hart, die Kiefer zucken nervös. Brodelnde Lava auf dem Grund eines Vulkans.

Vincent ist wunderschön, aber er strahlt auch etwas Unheimliches aus. Für einen Augenblick schauen wir uns durchdringend an. Hass, Wut, das ist es, was ich in dem dunklen Abgrund seines Blicks erkenne. Ich wende die Augen ab und bereite mich seelisch darauf vor, an ihm vorbeizugehen, um in die Eingangshalle zu gelangen. Ich beschleunige meinen Schritt. Ich will nur noch eins, ich will diesem Blick entkommen, der auf mir lastet.

Vielleicht irre ich mich ja auch.

In letzter Zeit bin ich richtiggehend paranoid geworden … Aber wie sollte ich auch nicht? Vincent kennt mich doch überhaupt nicht, warum ist er so wütend auf mich? Vielleicht wartet er auf seine Freundin und ist sauer, weil sie zu spät ist. Oder vielleicht stinkt es ihm, dass er nicht in Ruhe eine rauchen kann, ohne von kreischenden Gören umringt zu werden. Und doch folgen seine Augen meinen Bewegungen, seine Blicke schneiden in meine Haut wie Rasierklingen.

Jetzt bin ich neben ihm. Entschieden bewege ich mich vorwärts. »Das Feuer ist zu heiß. Gib ihn auf.« Nur ein Flüstern im Wind.

Ein Schauer läuft mir kalt den Rücken hinunter. Ich drehe mich sofort um. »Was?«, frage ich.

Er hat eine Zigarette zwischen den Lippen. Vincent kann nichts gesagt haben. Er rührt sich nicht. Ein leichtes Zucken des Kiefers, während er ausatmet und mir eine Qualmwolke ins Gesicht bläst, die mich verwirrt zurücklässt.

Kein Wort fällt zwischen uns, aber sein Blick verrät seinen ganzen Hass.

Ich nehme immer zwei Stufen auf einmal und verschwinde im Flur. Doch ich kann dieses unangenehme Gefühl, das unter die Haut geht, nicht abschütteln.

»Das Feuer ist zu heiß. Gib ihn auf.« Diese Worte habe ich klar und deutlich gehört. Es klang fast wie eine Drohung. Und doch hat Vincent keinen Ton gesagt.

34

Heute schiebe ich meine Abneigung gegen Sonntage mal beiseite.

Die letzten Tage waren ein einziger Albtraum, daher brauche ich dringend eine Pause von der Schule … Lieber Sonntag, ich akzeptiere deine Bedingungen. Ich ergebe mich, lass mich nur in deine Arme flüchten!

Marco sitzt auf der Schaukel und versucht, mit den Fußspitzen die Wolken zu berühren. Dabei schimpft er leise vor sich hin, weil es ihm nicht gelingt. Er plappert wie ein Wasserfall, während ich mich bei meinen Antworten auf ein sporadisches »Ja, genau« oder »Hmmh« beschränke, um meine Unaufmerksamkeit zu verbergen. Mein Körper ist hier, aber mein Kopf ist ganz woanders.

Mit dem Pinsel bewaffnet betrachte ich die Staffelei vor mir. Ich finde keine Harmonie zwischen den Bildern auf der Leinwand und denen in meinem Kopf. Die Inspiration ist dahin. Ganz weit weg.

Ich würde das Bild gern beenden, aber wo immer ich Farbe hintupfe, verschlimmere ich bloß das, was ich bereits gemalt habe. Die Farben werden immer düsterer, leerer, beliebiger.

Eine Woche der Isolation liegt hinter mir. Caterina hat die Zini gebeten, sich woanders hinsetzen zu dürfen. Sie hat sich dafür eine Ausrede einfallen lassen, irgendwas mit den Augen, und so ist sie in der ersten Reihe gelandet. Neben mir sitzt diese Plaudertasche Anna, auch das Maschinengewehr genannt. Von meiner dritten Reihe aus kann ich Caterinas Haarreif sehen. Sie sitzt neben Natalia, der Streberin. Ich habe sie in der kurzen Pause eifrig miteinander tuscheln sehen, dabei hat sie sie bis vor Kurzem noch gehasst. Alles scheint besser zu sein, als neben mir zu sitzen!

Die Pause verbringe ich jetzt immer in der Bibliothek. Das eine Mal, als ich bei den anderen unter Großmutter Eiche vorbeigeschaut habe, war eine einzige Katastrophe.

»Darf ich?«, habe ich gefragt.

Keine Antwort. Da habe ich mich mit gesenktem Kopf davongeschlichen.

Oma Evelyn würde mich überreden, es noch einmal zu versuchen. »Du musst kämpfen für das, was du liebst! In der Liebe wie in der Freundschaft muss man mutig sein.« Aber die Enttäuschung ist zu groß, und ich habe Angst, dass sie mich noch mehr verletzen könnten. Also lecke ich mir lieber meine Wunden hier zwischen den einzigen Freunden, die einen niemals hintergehen, den Büchern.

Abgesehen von Edoardo natürlich, der für mich in der vergangenen Woche noch wertvoller als je zuvor gewesen ist.

Keinerlei unpassende Fragen, so wie meine Mutter immer: »Was ist denn los? Stimmt etwas nicht? Du ziehst ein Gesicht wie auf einer Beerdigung! Jetzt sag schon, was los ist, oder verschwinde. Sonst steckst du mich mit deiner Traurigkeit noch an.« Jedes Mal überschüttet sie mich mit Fragen, und wenn ich dann nicht mit der Sprache rausrücke, regt sie sich auf.

Das Problem ist, dass jemand, der es bei mir mit der Brechstange versucht, grundsätzlich das Gegenteil erreicht. Dann igele ich mich ein und hülle mich in penetrantes trotziges Schweigen.

Edoardo dagegen hat versucht, mir auf die einzige Weise zu helfen, die er kennt: Jeden Tag hat er mir einen Satz, ein Zitat geschenkt, um meinen Schmerz zu lindern. Bis ich ihm dann am Freitagnachmittag mein Herz ausgeschüttet habe. Ich habe ihm alles erzählt, von Lavinias gemeinem Plan, mich schlechtzumachen, bis hin zu Caterina und Genziana, die ich für meine Freundinnen gehalten habe und die stattdessen lieber einem blöden ersten Eindruck geglaubt haben. Ohne mir eine Chance zu geben, alles zu erklären.

»Weißt du noch, was ich dir vor Kurzem vorgelesen habe? Manchmal muss man durch Leid, wenn man erwachsen werden will. Geh deinen Weg, Scarlett. Früher oder später werden deine Freundinnen die Augen aufmachen und sehen, wie du wirklich bist. Und wenn das nicht passiert, dann heißt das nur, dass sie keine echten Freundinnen sind. Und dann kannst du neue, unerwartete Freundschaften schließen. Apropos, wie ist denn Anna eigentlich, deine neue Banknachbarin?«

»Reden wir lieber nicht darüber. Sobald sie den Mund aufmacht, quatscht sie ununterbrochen. Mir wird ganz schwindelig beim Zuhören.«

»Besser es wird einem von Worten schwindelig als

von übermäßigem Alkoholgenuss.« Da mussten wir beide loslachen.

An dem Tag trug er eine bonbonrosa Fliege zu einem gelben Hemd. »Rosa ist die Farbe der Freundschaft«, hat er gesagt.

»Das wusste ich gar nicht.«

»Und Fliegen sind ein Symbol für Freiheit.« Und mit diesen Worten hat er die Fliege abgenommen und mir geschenkt. »Eine Fliege für dich. Auf dass sie dich mit ihren Flügeln der Freiheit zu neuen Freundschaften trage.«

»Das kann ich nicht annehmen. Das ist zu viel ...«

»Zu viel schlechter Geschmack? Ich erwarte ja nicht, dass du sie umbindest. Es soll eher eine Art Glücksbringer sein.«

Also eine neue Freundin für Sally, meine Sternenkugel. Jetzt schleppe ich in meiner Hosentasche auch immer die Fliege mit mir herum. Wenn das jemand mitbekommt!

Edoardo ist schon ein ganz besonderer Mensch. Er entspricht so ganz meiner Vorstellung von einem Vater. Mein richtiger Vater ist ganz anders. Das soll nicht heißen, dass ich ihn nicht liebe. Ganz im Gegenteil, ich liebe ihn abgöttisch! Aber oft ist er eher wie ein großer Bruder für mich. Und dass er so selten zu Hause ist, macht mir schwer zu schaffen.

»Scarlett, da ist Besuch für dich«, flötet meine Mutter in den Garten.

»Wer denn?«, fragt Marco. Mit einem Satz springt er von der Schaukel, um selbst nachzusehen.

»Sie hat Scarlett gerufen, nicht Marco«, stelle ich klar und strecke ihm die Zunge raus.

»Ein Junge. Ziemlich attraktiv ...«, meint meine

Mutter leise. Seit gestern trägt sie die Haare deutlich kürzer, schokoladenbraun mit hellen Strähnchen. So passt ihr Kopf perfekt zu den Farben des Herbstes.

Einen Augenblick lang gebe ich mich der absurden Hoffnung hin, dass es Mikael ist. Ich vermisse ihn. Wieder einmal ist er mir etwas nähergekommen, um dann zu flüchten. Jeden Tag renne ich nach dem Unterricht zu Black und finde nur das Kätzchen vor, die Schachtel mit dem Trockenfutter steht noch genauso da, wie ich sie am Vortag hinterlassen habe. Mikaels Körper eng an meinem, der Duft seines Körpers, den ich noch tagelang an mir wahrnehmen konnte … Nichts als eine ferne Erinnerung.

»Ich sollte eigentlich nicht hier sein«, hatte er gesagt.

»Hallo.« Ich erkenne Umberto an seiner Stimme, noch ehe ich ihn in den Garten kommen sehe. Hinter ihm macht meine Mutter so merkwürdige Verrenkungen. Ich glaube, er gefällt ihr.

»Hallo.« Ich verheimliche meine leise Enttäuschung nicht.

»Scarletts Verehrer ist da! Scarletts Verehrer ist da!«, trällert Marco vor sich hin.

»Ich dreh dir den Hals um, wenn du nicht sofort den Mund hältst.«

Umberto zerzaust ihm die Haare und erntet dafür einen grimmigen Gesichtsausdruck.

»Marco, komm. Du musst noch deine Hausaufgaben zu Ende machen«, mischt meine Mutter sich ein.

»Oh, Mann! Es ist Sonntag.«

»Keine Widerrede!«

Sie verschwinden, Umberto und ich setzen uns auf die Schaukeln. Eine Weile schweigen wir beide.

»Wie geht es dir?«, fragen wir dann gleichzeitig. Ich lächle und reibe mir verlegen die Nasenspitze, er macht das Gleiche.

»Gut«, sagt er.

»Mir auch. Na ja, eigentlich … hundsmiserabel«, gebe ich zu.

»Scarlett, in der Schule rennst du immer gleich weg, und auch Caterina benimmt sich merkwürdig. Kann ich vielleicht mal erfahren, was los ist? Und vor allem, was wolltest du mir sagen, als du dich mit mir verabredet hast?«

»Das ist jetzt nicht mehr wichtig.«

»Für mich schon.«

Ich schaue ihn zum ersten Mal an, seit wir uns auf die Schaukeln gesetzt haben. »Ich weiß nicht, ob ich dir das erzählen kann.« Außerdem ist es ein Thema, das mir an die Nieren geht, und ich möchte nicht vor ihm in Tränen ausbrechen.

»Du kannst mit mir doch über alles reden.« Sein Blick ist offen und aufrichtig. Er lächelt und nickt mir aufmunternd zu.

»Okay. Aber ich muss sicher sein, dass ich dir absolut vertrauen kann.«

»Du kannst mir vertrauen, Scarlett. Für dich würde ich alles tun.«

Ich werde rot und wende mich erschöpft ab, lasse den Blick abschweifen zu dem verlassenen Turm, der sich vor uns in der Ferne erhebt. Ich erzähle ihm alles von Anfang an. Von dem Moment, als Genziana mich beiseitegenommen und über Caterinas Gefühle aufgeklärt hat bis zu diesem unseligen Tag im Garten der Schule. »Ich wollte dich bitten, ihr ein paar Nachhilfestunden in Mathe zu geben, das war alles. Sofia muss den Zettel gelesen haben, den ich dir in der Fünfminutenpause gegeben habe. Dann hat sie Lavinia Bescheid gesagt. Den Rest kennst du ja.«

»Es tut mir so leid … Das ist alles meine Schuld, ich hätte besser auf den Zettel aufpassen müssen. Aber ich war so durcheinander! Als ich gelesen habe, dass du mich treffen wolltest, habe ich geglaubt, du würdest endlich …« Jetzt wendet er den Blick ab. »Ach, schon gut.«

Ich ermutige ihn nicht, fortzufahren. Ich möchte lieber so tun, als wüsste ich nicht, was er nicht ausgesprochen hat. Daher nehme ich den Faden wieder auf: »Sie reden nicht mehr mit mir, sie fühlen sich hintergangen. Caterina hat sich umgesetzt, und Genziana sieht mich immer so an, als wäre ich … ach, was weiß ich, als würde ich kleine Kinder zum Frühstück verspeisen oder so. Sie hassen mich, und ich weiß nicht, was ich tun soll.«

»Du musst gar nichts tun. Ich werde dafür sorgen, dass alles wieder in Ordnung kommt.«

»Und wie? Sie würden mir doch niemals glauben. Sie halten mich für gemein und hinterhältig.«

»Du bist ein wunderbarer Mensch.« Er nimmt meine Hand in beide Hände. »Sieh mich an, Scarlett«, meint er leise.

Ich sehe in seine Augen. »Du bist wunderbar, hast du gehört? Ich werde alles in Ordnung bringen. Eigentlich ist das Ganze ja meine Schuld.«

»Caterina wird wütend werden.«

»Caterina gegenüber werde ich so tun, als wüsste ich nicht, was sie für mich empfindet. Wie ich es ja schon die ganze Zeit getan habe.«

»Willst du damit sagen, du … du hast gemerkt, dass sie …«

»Ich bin ja nicht völlig verblödet. Das war der Grund, warum ich ihr keine Nachhilfe mehr gegeben habe. Ich wollte ihr keine falschen Hoffnungen machen, für mich ist sie nur eine Freundin.«

»Das wusste ich nicht … Und jetzt?«

»Hoffen wir mal, dass ihre Schwärmerei bald vorübergeht. Zumal mein Herz von jemand anderem besetzt wird und ich nicht die Absicht habe, diesen Menschen einfach so aufzugeben.« Er drückt meine Hand und sieht mir tief in die Augen.

»Es ist besser, wenn du jetzt gehst«, stottere ich. Ich stehe auf und entferne mich ein wenig.

»Gibt es einen anderen?«

Ich antworte nicht. Jetzt wird es allmählich peinlich.

»Ich habe dich gefragt, ob es jemand anderen gibt.« Umberto steht ruckartig auf. Die Schaukel quietscht.

»Ich bitte dich, Umberto, ich habe jetzt keine Lust, darüber zu reden.«

»Ist es Mikael Lancieri?«

Ich schweige. Und zusammen mit meinen niedergeschlagenen Augen, die stur auf den violetten Stern an meinen Schuhen starren, spricht mein Schweigen eine ziemlich deutliche Sprache.

»Der passt nicht zu dir. So einen sollte man lieber vergessen.«

»Lass das mal meine Sache sein!«

»Dann stimmt es also … Du hast dich in ihn verknallt. Ich glaub's nicht. Was findet ihr bloß alle an diesem arroganten Kerl?« Umbertos Stimme zittert vor Wut. Ich habe noch nie erlebt, dass er so die Beherrschung verliert.

»Jetzt solltest du wirklich besser gehen. Das meine ich ernst.«

Dieses Mal hört er auf mich und verschwindet.

Ohne sich zu verabschieden.

35

Alle in der Klasse ignorieren mich. Genziana, Caterina und Laura hören auf zu reden, sobald ich in ihre Nähe komme. Lorenzo und Pietro haben beschlossen, sich der Clique anzuschließen, und sobald es das Wetter zulässt, verbringen alle die Pause in den grünen Haaren von Großmutter Eiche. Sie lachen und machen ihre Scherze, genau wie früher. Nur ohne mich.

Sogar Livio schaut mich merkwürdig an, vielleicht hat Genziana auch ihm alles erzählt. Eigentlich scheint er ja nie mit jemandem zu reden. Manchmal treffe ich ihn während der Pause in der Bibliothek, oder er verschwindet einfach irgendwohin. Nur Anna redet weiterhin wie ein Maschinengewehr auf mich ein. Aber das zählt nicht. Sie würde mit jedem quatschen, auch mit einem Nachttischchen.

Sogar die Casarini, die Geschichtslehrerin, hat sich eingemischt, mit ihrem originellen Abfragesystem. »Wie ich sehe, hat es einige Platzwechsel gegeben«, meinte sie mit einem hinterhältigen Lächeln. »Gut, dann wollen wir mal sehen, ob die neuen Banknachbarn funktionieren. Castoldi und Bertolini, wir werden uns jetzt mal nett unterhalten.« Anna und ich haben uns verzweifelt angesehen. Letztendlich bin ich mit einem Ausreichend davongekommen. Dank Anna! Sie wusste wenig, aber dafür hat sie umso mehr geredet. Sie hat die Lehrerin einfach zugequatscht und sie damit völlig durcheinandergebracht. Verlegen und wortkarg habe ich mich hinter ihrem Wortschwall versteckt.

Schlimmer kann es ja nicht mehr kommen, habe ich mir gesagt. Doch da hätte ich mir nicht so sicher sein sollen …

»Und, hast du alles dabei?«, fragt Anna kryptisch. Keine Ahnung, was sie meint.

»Was, alles?«

»Hallo, jemand zu Hause? Heute ist Montag, jetzt haben wir Sport. Also, hast du dein Turnzeug dabei? Und was zum Duschen? Das möchte ich dir nämlich dringend raten, da du ja jetzt meine neue Banknachbarin bist und ich keinen Bock auf Schweißgeruch habe … Wo war ich stehen geblieben? Ach ja, jetzt hab ich mich wiedergefunden. Das klingt gut, nicht? Ich hatte den Faden verloren, und nun hab ich mich wiedergefunden. Kapiert? Vermutlich nicht. Ach, egal, Handtuch, Shampoo, Duschgel. Das Übliche halt.« Anna überschüttet mich mit dem gewohnten Wortschwall, und ich habe tatsächlich meinen Turnbeutel zu Hause vergessen. Und was wird die Daini dazu sagen? An der Wand der Turnhalle hängt diese nette goldene Tafel, die mich immer wieder, kaum dass ich sie betrete, an die großzügige Spende von Lavinias Vater erinnert. Anna geht ein paar Schritte vor mir und tuschelt eifrig mit Natalia, Caterinas neuer Banknachbarin. Hin und wieder drehen sie sich zu mir um und starren mich an. Ich laufe schneller und atme einmal tief durch in der Hoffnung, dass mir eine vernünftige Entschuldigung für meine Sportlehrerin einfällt.

Ich treffe sie, während die anderen in die Umkleide gehen.

»Guten Tag, Frau Daini. Entschuldigen Sie, aber ich müsste Ihnen etwas sagen …«

»Was gibt's?« Sie mustert mich mit ihrem gleichgültigen Blick. Sie hat ziemlich schmale Lippen und noch schmalere Augen, kurze Haare und einen dauergebräunten athletischen Körper. Von hinten könnte man sie glatt für einen Mann halten.

»Es tut mir sehr leid …«

»Was tut dir leid, Castoldi?«

»Ich habe meine Tasche mit den Sportsachen vergessen. Gestern hatte ich einen schwierigen Tag und …«

»Es ist ja nur Sport, wo ist da das Problem? Ist es das, was du mir sagen willst, Castoldi?«

»Nein, ganz bestimmt nicht.«

»Seit Anfang des Schuljahres nimmst du mein Fach nicht ernst. Und das gefällt mir nicht. Ich weiß nicht, was du bislang gewohnt warst, aber Sport ist ein Fach wie jedes andere. Und wird auch genauso im Notendurchschnitt bewertet.«

»Ich weiß … Und ich verspreche Ihnen, dass es nicht mehr vorkommen wird«, sage ich und werde immer verlegener.

»Das hoffe ich für dich.« Sie wendet sich ab und beginnt, die Kegel für einen Hindernisparcours aufzustellen.

»Könnte ich vielleicht …«

»Was gibt's denn noch, Castoldi?«

»Könnte ich in die Bibliothek zum Lernen gehen?

Da ich ja ohnehin nicht mitmachen kann, könnte ich mich zumindest auf meine Biologiestunde vorbereiten.«

»Du traust dich vielleicht was! Wenn du deinen Füller nicht dabeihättest, würdest du dann etwa deinen Italienisch- oder Mathematiklehrer fragen, ob du in die Bibliothek gehen kannst, um für ein anderes Fach zu lernen, anstatt einfach trotzdem dem Unterricht zu folgen?«

»Das ist doch nicht dasselbe ... Oder?« Ich weiß nicht mehr weiter.

»Castoldi, geh mir augenblicklich aus den Augen!« Sie unterschreibt den Zettel mit der Befreiung vom Unterricht und beginnt, leise vor sich hin zu brummeln. Ich mache lieber, dass ich verschwinde, ehe sie ihre Meinung ändert oder mir siebentausend Sit-ups aufbrummt.

36

Die Bibliothek hat zwei Eingänge. Den einen erreicht man über den Hauptflur, der auch zu den Klassenräumen führt, den anderen von außen. Der äußere Zugang ist auch außerhalb der Unterrichtszeiten geöffnet. Ich nehme immer lieber diesen Eingang, weil der Weg dahin durch eine grüne Ecke des Parks führt und weil ich so Edoardo überraschen kann. Ich trete immer auf Zehenspitzen ein, vielleicht erwische ich ihn ja dabei, wie er laut *Die Göttliche Komödie* rezitiert.

Doch irgendetwas ist heute merkwürdig. Das bemerke ich schon von Weitem. Menschen rennen aufgeregt hin und her. Wie Insekten, die sich in einem Spinnennetz verfangen haben. Männer in Uniform. Ein Polizeiwagen mit eingeschaltetem Blaulicht. Ein Krankenwagen mit lauter Sirene braust mit hoher Geschwindigkeit heran.

Es wirkt wie eine Szene aus einem Film. Aber die Angst, die in mir hochkriecht, ist vollkommen real. Sie steigt unvermittelt in mir hoch, Unruhe erfasst mich mit ungeahnter Heftigkeit, reißt mich fast mit sich fort. Ohne einen Gedanken daran zu verschwenden, was passiert sein könnte, beginne ich zu laufen. Als ich die Bibliothek betreten will, hindert mich ein Polizeibeamter daran. »Junge Frau, Sie können hier nicht rein.«

»Was ist passiert?«

»Verzeihung, gehen Sie bitte aus dem Weg. Wir müssen hier unsere Arbeit machen.« Zwei Männer schieben mich zur Seite. Einer trägt einen weißen Kittel und hat einen Erste-Hilfe-Koffer in der Hand.

»Hey, du da, die Blonde! Ja, genau, mit dir rede ich.« Irgendjemand versucht, meine Aufmerksamkeit zu erregen. Ich drehe mich um. Ein dünnes Mädchen mit dem Gesicht voller Sommersprossen beobachtet das Geschehen aus der Entfernung. Sie trägt ein kurzes rotes Cape und steht neben einer großen Weide aus dem jahrhundertealten Baumbestand des Parks. Sie sieht aus wie Rotkäppchen aus dem Märchen. Es ist zwar weit und breit kein böser Wolf zu sehen, aber ich habe trotzdem Angst. Die Vorahnung von etwas Schrecklichem macht sich in mir breit, während ich zu ihr gehe.

»Weißt du, was da los ist?«, frage ich sie.

»Ja.« Sie hat ein ganz besonderes Gesicht. Blonde Haare mit einem Rotstich und ganz helle blaue Augen, wie eine junge Irin.

»Ich mache mir Sorgen, ein Freund von mir arbeitet da drin«, sage ich und zeige auf die Bibliothek.

»Dort ist ein Mann gestorben. Eine aus der Zwölften hat ihn gefunden. Der Krankenwagen ist ihretwegen gekommen, sie hat geschrien wie eine Irre.«

»Was?! Das ist völlig unmöglich ...«

»Ich hatte heute Morgen keinen Bock auf Schule, daher bin ich im Park geblieben, weil ich nicht wusste, wo ich hin soll. Hier ist Platz genug, da kann man gut und gerne ein paar Stunden verbringen, ohne weiter aufzufallen. Eigentlich hätte ich eine Physikarbeit schreiben sollen … Na ja, du weißt ja, wie das ist.« Sie lächelt ein wenig.

»Entschuldige, ich möchte ja nicht unhöflich erscheinen, aber … weißt du, wer es ist? Also der, der …« Ich kann das Wort nicht wiederholen.

»Gestorben ist?« Sie spricht es für mich aus. Ich starre den roten Umhang an und das Elfengesicht, das wieder ernst geworden ist. Langsam nicke ich. »Ich habe gehört, es sei der Bibliothekar, aber ich bin mir nicht sicher.«

Mir wird schwindelig. Der Park, die Bäume, dieses Elfenmädchen, alles beginnt sich mit einer unglaublichen Geschwindigkeit um mich zu drehen.

»Das kann nicht sein …«

»Wenn du die Schreie gehört hättest, die vor einer halben Stunde von dort drinnen gekommen sind, würdest du mir glauben. Als würde jemand gefoltert. Aber das geht mich nichts an. Ich habe nichts gehört und nichts gesehen.« Und mit diesen Worten entfernt sie sich langsam, ein roter Fleck, der immer kleiner wird und schließlich im Grün verschwindet.

»Nein, nein … nein! Das … kann … nicht … sein …«, sage ich ständig vor mich hin.

Ich nähere mich dem Eingang, meine Gesichtszüge sind so angespannt, dass es wehtut. Niemand beachtet mich. Die Glastür geht auf, und auf einer Trage wird ein Mädchen herausgebracht, ihr Blick ist starr, und in ihrem Gesicht ist der blanke Horror zu lesen.

Mit brachialer Gewalt dränge ich mich vorwärts.

»Halt!«, höre ich hinter mir. Aber da bin ich schon drin. Das Blitzlicht eines Fotografen. Die Spurensicherung? In einer Ecke weint jemand, man hört Schluchzen und leise beruhigende Worte.

»So etwas habe ich in meinem ganzen Leben noch nie gesehen«, sagt ein Beamter, sein Gesicht ist so bleich wie ein Laken.

Das ist ein Scherz. Genau, die drehen hier einen Film, und Rotkäppchen hat das für echt gehalten. Wie dumm von ihr.

Ich bewege mich wie ein Roboter zwischen unbekannten Menschen in Uniform und einem merkwürdigen Chaos. Auf dem Boden liegen überall aufgeschlagene Bücher, und mittendrin ist ein Fleck, schwarz wie verbranntes Öl.

»Junge Frau, Sie können hier nicht bleiben!« Ein Polizeibeamter packt mich am Arm und versucht, mich zum Ausgang zu schieben.

»Edoardo!«, schreie ich. Erst jetzt, als ich seinen Namen ausspreche, spüre ich, wie mir die Angst die Kehle vollends zuschnürt.

Ihm kann, ihm darf nichts Schlimmes zugestoßen sein. Nein, er wird schon irgendwo sein, mit einer Fliege in irgendeiner unsäglichen Farbe um den Hals. »Hast du das Durcheinander hier gesehen? Da will mich wohl jemand um jeden Preis auf die Palme bringen, aber dieser Jemand weiß wohl nicht, dass ich niemals wütend werde«, wird er sagen. Und ich werde ihm versprechen, ihm zu helfen. Zu zweit haben wir das im Nu geschafft, und alles wird wieder in Ordnung kommen.

Mit einer abrupten Bewegung befreie ich mich aus dem Griff des Beamten und laufe los. Mit beiden

Armen dränge ich mich durch die Menge und bahne mir so meinen Weg durch die Polizisten und die Beamten der Spurensicherung.

Ein weißes Laken liegt auf dem Boden ausgebreitet. Zwei Füße schauen darunter hervor, unnatürlich verdreht. Sie wirken unentschlossen, in welche Richtung sie gehen sollen, der eine zeigt nach links, der andere nach rechts. Mit weit aufgerissenen Augen verfolge ich die vom Laken verdeckten Umrisse, bis ich den Arm erreiche, der darunter hervorsieht. Eine blutleere Hand. Irgendetwas stimmt nicht an diesem Bild. Unmöglich. Etwas, das ich nicht fassen kann. Ein Detail fällt mir ins Auge, der Ring am Finger. Das ist eindeutig Edoardos Ring mit der vergoldeten Balzana. Ein paar Meter weiter liegt eine geblümte Fliege verwaist auf dem glänzenden Marmorboden. In der Schlichtheit dieses fortgeschleuderten Gegenstandes erkenne ich die ganze Brutalität des Todes.

Es ist, als würde sich etwas von mir lösen.

Vielleicht hat sich ja meine Seele entschlossen, meinen Körper zu verlassen, um fortzufliegen, weit weg von diesem unerträglichen Anblick. Ich höre meine Schreie, als gehörten sie nicht zu mir. Ich schreie seinen Namen, den Namen meines guten Freundes, meines Vertrauten: »Edoardo!«

Ich sehe, wie ich von zwei Beamten hochgehoben und weggebracht werde, während ich um mich trete, kratze und weine. Ich möchte zu dem weißen Laken, möchte es fortziehen und feststellen, dass alles bloß ein Scherz war.

Ein Mann im weißen Kittel kommt zu mir. »Ganz ruhig, ich bringe dich von hier fort.«

Ich möchte nicht weggehen, ich möchte nur, dass Edoardo wieder aufwacht.

Und dann schreie ich noch eine Weile, bis ich schließlich völlig erschöpft bin. Meine Lider sind schwer. Meine Seele, die über der Szene schwebt, sieht, wie ein blondes Mädchen unter Weinkrämpfen ohnmächtig wird. Und dieses Mädchen bin ich.

Dunkelheit.

37

Ich öffne die Augen. Gedämpftes Licht. Umrisse von Gegenständen, die mir vertraut sind. Ein Schreibtisch, ein schmaler Spiegel und ein Schaukelstuhl voller Plüschtiere.

Die Erinnerungen kehren unvermittelt wieder. Wie ein Stromschlag durchfahren mich zweihundert Volt Schmerz.

»Edoardo«, flüstere ich, und ich sehe die Szene noch einmal wie in Zeitlupe vor mir. Das weiße Laken, das den verkrümmt daliegenden Körper meines Freundes bedeckt. Die geblümte Fliege, ein lebloser Gegenstand nur wenige Schritte entfernt. Kein gemeinsames Lachen mehr, kein zufällig aufgeschlagenes Buch, um mir ein Zitat zu schenken, kein Edoardo mehr. Nie mehr. Eine Träne löst sich leise von meinen Wimpern. Sie bahnt sich ihren Weg in einen Fluss der Schmerzen, der mich mit sich fortreißt. Lautlos weine ich in mich hinein.

Eine Stimme im Gang. Ich erkenne meine Mutter. Sie spricht zwar leise ins Telefon, aber ich kann sie trotzdem hören.

»Manchmal denke ich, dass sie noch ein kleines Kind ist. Mach dir keine Sorgen, Evelyn, wir sind doch da. Das geht vorüber.« Sie redet mit meiner

Großmutter. Wie gern wäre ich jetzt in ihrem Haus voller Erinnerungen mitten im Herzen von East End! Ich vermisse sie und ihre ganzen Nippesfiguren im Esszimmer, die Anekdoten von ihren drei Ehemännern und den Fünf-Uhr-Tee, den kleinen Markt in der Petticoat Lane und das Museum von Whitechapel.

Am liebsten würde ich jetzt eine Gutenachtgeschichte von ihr hören, und nach dem Aufwachen würde alles von Neuem beginnen.

Da bin ich wieder, ich beeile mich. Ich habe mein Turnzeug vergessen, und deshalb beschließe ich, in die Bibliothek zu gehen, um dort Biologie zu lernen. Edoardo ist da. Er liest in der Göttlichen Komödie *und lächelt mir zu.*

Meine Lider sind schwer, der Nebel wird dichter. Ich kann gerade noch einen Blick auf den Wecker werfen. Es ist fünf Uhr nachmittags. Für einen kurzen Moment spüre ich den angenehmen Geschmack von Bergamotte-Tee auf der Zunge. Ich schließe die Augen und lasse mich wieder von der Dunkelheit umfangen.

Mir kommt es vor, als schwebte ich durch ein Vakuum. Fühlt es sich so an, wenn man stirbt? Treibt man durch eine dunkle Flüssigkeit und kann die Augen nicht mehr öffnen? Oder ist es eher so, dass man die Augen sperrangelweit aufreißt und trotzdem nichts erkennen kann? *Edoardo, bist du da?* Ich suche ihn, aber ich finde nichts außer dieser dichten, endlosen Finsternis. Mir ist kalt.

»Scarlett …«

Eine Stimme. Dunkel und verführerisch.

Mikaels Stimme.

»Wo bist du?«, frage ich. »Ich habe Angst.«

»Ich bin bei dir. Hab keine Angst. Ich lasse dich nicht allein.«

»Alle lassen mich allein. Zuerst die Freunde aus Cremona, dann meine neuen Mitschülerinnen, Genziana, Caterina, Laura … Sie wollen nichts mehr von mir wissen. Und jetzt Edoardo.«

»Keine Sorge, Scarlett. Es wird alles gut. Ich lasse dich nicht allein. Ich bin an deiner Seite. Auch wenn du mich nicht sehen kannst.«

Eine seltsame Wärme erfüllt mich. Ich habe keine Angst, jetzt ist ja Mikael bei mir.

»Lass mich nicht allein«, flüstere ich.

»Hier, nimm. Du musst dich jetzt ausruhen.« Ich spüre, wie die Sternenkugel in meine Hand gleitet, und es breitet sich eine wohltuende Ruhe in mir aus.

Unvermittelt schrecke ich hoch. Ich weiß nicht, wie viel Zeit vergangen ist. Um mich herum ist es dunkel.

Mein Herz schlägt laut wie ein Presslufthammer.

Ich sehe auf den Wecker. Die Zeiger stehen auf halb vier. Wie lange habe ich geschlafen?

Ganz allmählich wird mein Atem regelmäßiger. Ich bin sehr durstig. Ich knipse meine Mondlampe an und bleibe einen Moment lang reglos sitzen.

Ich habe geträumt. Mikael …

Ich konnte ihn nicht sehen, aber seine Stimme hören. Er hat mich durch die Dunkelheit geleitet und mir Geborgenheit gegeben, und dann … Meine Augen wandern zu meiner geballten Faust. Ich öffne die Hand und finde darin die Sternenkugel von Oma Evelyn. Also war es doch kein Traum!

Ich springe auf, und wie ein kleines Mädchen sehe ich unter dem Bett nach. Wie dumm von mir! Dachte ich wirklich, ich würde Mikael darunter finden?

Und doch bin ich mir sicher, dass mein Glücksbringer zusammen mit Edoardos Geschenk in meiner Hosentasche war. Ich laufe zum Stuhl und taste mit der Hand hinten in meine Jeans. Da ist seine rosa Fliege. Rosa. Die Farbe der Freundschaft. Ich umklammere sie mit meinen Fingern und führe sie an mein Herz.

Ein stechender Schmerz. Ich kann nicht glauben, das Edoardo wirklich tot sein soll. Und ... Irgendetwas war merkwürdig an seiner Hand. Ich kann mich nicht genau daran erinnern, aber allein bei dem Gedanken daran packt mich das Grauen.

Mit meinen Schätzen in der Hand kehre ich zum Bett zurück.

Gestern Nachmittag war ich so durcheinander, ich werde wohl vergessen haben, dass ich die Sternenkugel aus der Tasche genommen habe. Das ist die einzig mögliche Erklärung. Und doch war der Traum so real ...

Ich versuche, Mikaels weiche warme Stimme wiederzufinden. »Bist du wirklich an meiner Seite?«, frage ich, ohne eine Antwort abzuwarten. Dann laufe ich auf Zehenspitzen zur Treppe und gehe in die Küche. Ich brauche unbedingt ein Glas Wasser.

Schweigen. Das ganze Haus schläft.

Ich fühle mich so einsam und verlassen. Sogar der Schlaf lässt mich im Stich, der einzige Trost, der mir noch bleibt.

38

Seit zwei Tagen kommt sie nicht aus ihrem Zimmer. Sie isst kaum etwas, sagt kein Wort, und ihre Augen sind immer ganz verquollen. So kann das nicht weitergehen!«

»Schatz, Scarlett hat ein traumatisches Erlebnis gehabt und braucht Zeit, um sich davon zu erholen.«

»Das weiß ich doch. Aber sie muss sich einen Ruck geben. Ich habe keine Ahnung, was ich noch mit ihr machen soll. Geh du zu ihr und rede mit ihr: Vielleicht entschließt sie sich ja bei dir, den Mund aufzumachen, und vertraut sich dir an. Das würde ihr guttun. Außerdem gefällt es mir nicht, dass sie diese Pillen zum Schlafen nimmt.« Die Stimme meiner Mutter hallt durchs Haus. Papa hingegen redet leise, und wenn ich nicht auf der obersten Stufe im Flur hocken würde, könnte ich ihn nicht verstehen. Barfuß wie ich bin, gibt mir der kalte Boden das Gefühl, am Leben zu sein. Und genau das brauche ich jetzt.

»*Pillen* kann man das wohl kaum nennen. Das ist nur Baldrian … ein Naturprodukt, das mir der Arzt empfohlen hat.«

»Ich habe dich nur gebeten, kurz mit deiner Tochter zu reden. Das ist bestimmt nicht zu viel verlangt.«

»Ich habe eine Sitzung, und sie schläft noch. Es ist noch nicht einmal sieben Uhr …«

»Was ist wichtiger, die Sitzung oder das Wohl deiner Tochter?«

»Okay. Ich schaue nach, ob sie wach ist, aber versuch du bitte, dich zu beruhigen. Sie braucht nur ein wenig Zeit.«

Papas Schritte. Auf Zehenspitzen laufe ich in mein Zimmer und schlüpfe hastig unter die Bettdecke. Ich mache die Augen zu und gebe vor zu schlafen.

Er öffnet die Tür einen Spalt und bleibt eine Zeitlang reglos so stehen. Ich spüre seine Augen auf mir. Er überlegt, was er tun soll, dann kommt er auf Zehenspitzen näher und streicht mir über die Haare. Ich habe ein so dringendes Bedürfnis nach etwas Zärtlichkeit, dass mir die Tränen in die Augen steigen. Deshalb drehe ich mich um und ziehe mir die Decke bis über die Ohren.

Papa beugt sich über mich und küsst mich auf die Stirn. »Ich hab dich lieb, meine Kleine«, flüstert er. Ich würde ihm gern sagen, dass ich gar nicht schlafe. Aber mein Herz tut mir zu weh.

Meine Eltern sind dagegen, dass ich die Nachrichten im Fernsehen sehe, deshalb habe ich mir im Internet Informationen zu Edoardos Tod zusammengesucht. Es heißt, dass man das Motiv noch nicht kennt, aber Tiziano, ein Freund von Papa, der bei der Polizei arbeitet, hat ihm anvertraut, dass es sich um einen gewaltsamen Tod handelt. Er hat von etwas Seltsamem, Unerklärlichem gesprochen, aber dann hat er hastig hinzugefügt, dass er selbst nicht mit dem Fall befasst ist und dass es nur Gerüchte sind. Darüber haben sie gestern Abend geredet. Er ist vorbeigekommen, um sich bei Papa nach meinem Gesundheitszustand zu erkundigen, nachdem er erfahren hatte, was in der Bibliothek passiert ist, einschließlich meines Nervenzusammenbruchs. Auch da saß ich auf der obersten Stufe und habe barfuß und stumm alles angehört.

Als die Türklingel geht, fahre ich unwillkürlich zusammen. Zum Glück ist Papa schon wieder weg, ich höre seine Schritte auf der Treppe. Es ist sieben Uhr, wer kann das um diese Zeit sein?

Ich stütze mich auf meine Ellenbogen und lausche. Ein mehrstimmiges »Guten Morgen«.

»Wir sind in Scarletts Klasse«, sagt eine fröhliche Stimme. »Wir machen uns Sorgen um sie. Wie geht es ihr?«

»Ja, genau, sie lässt sich seit Tagen nicht in der Schule blicken.«

Ich erkenne die Stimmen von Genziana und Caterina, und mein Herz schlägt mir bis zum Hals. Meine Mutter flüstert etwas, sicher erzählt sie ihnen, dass ich nicht aus meinem Zimmer komme, kaum etwas esse und mich niemandem anvertraue. Bestimmt sagt sie auch: »Sie ist genauso stur wie ihr Vater.« Und dann noch leiser: »Denkt euch, außer einem langen Telefongespräch mit ihrer Großmutter wollte sie mit niemandem reden.« Simona wird gern melodramatisch, wenn sie damit die Aufmerksamkeit auf sich ziehen kann. Und was meinen Vater betrifft, der nutzt das allgemeine Chaos, um unauffällig das Haus zu verlassen.

»Hallo! Ich bin Marco«, mischt sich eine Kinderstimme ins Gespräch. Ich sehe ihn vor mir, wie er in seinem himmelblauen Schlafanzug auf der Treppe steht, mit verschlafenen Augen und abstehenden Haaren, als wäre ihm ein Böller direkt auf dem Kopf explodiert. Er muss die unbekannten Stimmen gehört haben, und neugierig wie er ist, war er daraufhin schlagartig wach.

Jetzt wird eifrig diskutiert, aber so leise, dass ich nichts verstehe. Dann höre ich den Kleinen sagen: »Ich bringe euch zu ihr.« Oh nein! Sie kommen die Treppe herauf, und bei Genziana wird es nicht reichen, dass ich mich schlafend stelle, die werde ich garantiert so schnell nicht los. Aber ich versuche es trotzdem, ich ziehe mir die Decke bis über die Ohren und kneife die Augen zusammen.

»Hallo, Scarlett! Du brauchst gar nicht so zu tun, als würdest du noch schlafen, ich weiß, dass du bei dem ganzen Durcheinander aufgewacht sein musst!« Genziana wirft sich auf das Bett.

»Darf ich?«, fragt Caterina schüchtern.

Und der kleine Marco lacht sich ins Fäustchen. Das wird er mir büßen.

»Hallo«, sage ich mit absichtlich verschlafener Stimme und tauche unter der Decke auf. »Was macht ihr denn hier?«

Cat setzt sich auf die Bettkante, während Genziana sich buchstäblich auf mich gelegt hat. »Du solltest dich jetzt anziehen und zum Frühstück herunterkommen, wenn du uns nicht auf dem Gewissen haben willst. Weißt du eigentlich, um welche Uhrzeit wir aufgestanden sind, um so früh hier zu sein? Ich war noch so verschlafen, dass ich erst jetzt gemerkt habe, dass ich zwei unterschiedliche Strümpfe angezogen habe …«

»Wir haben uns Sorgen um dich gemacht. Wie geht es dir?«

Genziana lässt mir keine Zeit für eine Antwort. »Das ist wirklich eine schlimme Sache, es tut mir wirklich leid um deinen Freund. Aber jetzt müssen wir etwas Wichtiges mit dir bereden.«

»Genau, wir müssen uns bei dir entschuldigen.« Wenn sie aufgeregt ist, stellt Caterina ihren Sätzen immer ein »Genau« voraus.

»Vor allem ich. Manchmal bin ich einfach viel zu impulsiv. Ich hoffe, du verzeihst mir, Scarlett. Umberto hat uns erklärt, warum du dich mit ihm verabredet hattest. Er hat uns erzählt, dass du ihn gebeten hast, Cat Nachhilfe in Mathe zu geben und ... Ich bin mir wie die letzte Idiotin vorgekommen, weil ich schlecht von dir gedacht habe.«

»Das macht nichts.« Nach dem, was mit Edoardo passiert ist, komme ich mir dumm vor, dass ich mir wegen einer solchen Banalität den Kopf zerbrochen habe.

»Verzeihst du uns?«, fragt Cat.

Ich nicke. Die beiden umarmen mich und drücken mich dabei so fest, dass ich beinahe ersticke. »Schon gut, ich verzeihe euch«, sage ich möglichst überzeugend, damit ich nicht von ihnen erdrückt werde.

»Frühstück?«, schlägt Genziana vor.

»Ich hab keinen Hunger.«

»Aber wir haben einen *Riiiesenhunger*, und allein können wir nicht runtergehen. Außerdem musst du dich anziehen, sonst kommen wir zu spät.«

»Wohin zu spät?«

»Na, zur Schule natürlich.«

»Ich weiß nicht, ob ich dazu schon bereit bin …« Meine Worte klingen ziemlich jämmerlich.

»Wenn du nicht mitkommst, bleiben wir hier und leisten dir Gesellschaft«, sagt Caterina.

»Gut gesagt, Kollegin. Alle oder keine.«

Sie stehen auf und sehen mich hoffnungsvoll an. »Na los, komm schon!«

»Okay.« Ich weiß nicht, ob die Entscheidung richtig ist, aber sie lassen mir ja keine Wahl.

»Wollt ihr euch meine Dinosaurier angucken, während Scarlett sich anzieht? Die braucht immer so lange«, mischt sich mein Bruder ein.

»Dinosaurier! Oh, ich liebe Dinosaurier!«, ruft Genziana aus und streicht ihm über die Haare. Er lächelt zufrieden über die Aufmerksamkeit, und man lässt mich allein. Ich nehme eine Jeans in die Hand und einen grünen Rollkragenpullover. Damit gehe ich ins Bad, wo ich mir das Gesicht mit kaltem Wasser wasche. Ich ziehe mich an und bürste mir flüchtig die Haare.

»Bist du fertig, Scarlett? Komm in die Gänge, sonst wirft dein Bruder uns einem seiner Ungeheuer zum Fraß vor.«

Kurz darauf sitzen wir am Tisch. Ich zwinge mich, ein paar Kekse und einen Zwieback mit Honig hinunterzuwürgen.

»Heute habe ich meinen ersten *Privatunterricht* in Mathematik«, zwitschert Caterina.

»Umberto erwartet sie um drei Uhr.«

»Das verdanke ich alles dir, Scarlett! Aber damit ihr jetzt nicht auf seltsame Ideen kommt … Ich habe es schon zu Genziana gesagt: Ich bin nicht in Umberto verknallt. Ich bin nur glücklich, weil er ein guter Nachhilfelehrer ist und ich mir sicher bin, dass ich auf diese Weise bald das Ungenügend vom letzten Mal ausbügeln kann. Ich habe es satt, mich an der Tafel immer so zu blamieren.«

»Als ob sich hier irgendjemand was dabei denken würde ... Caterina steht nicht auf Umberto. So ist es doch, oder, Scarlett? Sie ist nur total verrückt nach ihm!«

»Hör auf!«

»Okay, okay, sagen wir mal, er ist dir nicht ganz gleichgültig ...«

Caterina zieht ein finsteres Gesicht.

»Irre ich mich etwa? Okay, du hast recht. Wie konnte ich nur so etwas denken? Umberto ist schließlich total hässlich und unsympathisch, er hat total krumme Schultern und seine Nase ...«

»Er ist nicht hässlich! Seine Schultern sind perfekt, und ... Du Miststück, das war doch Absicht, oder?«

Cat tritt unter dem Tisch nach Genziana. »AU!«

Wir prusten alle los. Ich hatte die Fröhlichkeit meiner Freundinnen wirklich dringend nötig, um mich von meiner Trauer abzulenken. Obwohl mir bei dem Gedanken, dass mich das nächste Mal, wenn ich die Bibliothek betrete, kein Edoardo mehr dort lächelnd begrüßen wird, die Tränen in die Augen steigen.

»Wollen wir los?«, fragt Genziana.

»Ich versuche es.«

»Wichtig ist, dass wir zusammenhalten. Du hast doch selbst gesagt, Freundschaft heißt, einander zu zähmen. Nur so lernt man sich gegenseitig kennen.«

Mama beobachtet uns im Hintergrund, und obwohl sie immer so tough tut, merke ich, dass sie lächelt. Sie muss sich in diesen Tagen große Sorgen gemacht haben. Es war bestimmt nicht leicht für sie, mit einer Tochter umzugehen, die sich in den vier Wänden ihres Zimmers vergräbt.

»Ciao, Marcolino! Wir sehen uns bestimmt bald wieder. Grüß deine Ungeheuer von mir!«, sagt Genziana.

»Ich heiße nicht Marcolino. Hat dir Scarlett etwa gesagt, dass du mich so nennen sollst?«

»Wir sehen uns, Marcolino«, sagt Genziana mit einem hinterlistigen Lächeln, dann wendet sie sich wieder uns zu: »Ich liebe es, kleine Jungs zu ärgern.«

39

Wieder in der Schule zu sein ist schwieriger, als ich mir vorgestellt habe. Alle, Schüler, Lehrer und sogar der Hausmeister sprechen von nichts anderem als von Edoardos Tod.

Irgendwo habe ich auch das Wort »Mord« aufgeschnappt. Über den Grund seines Ablebens sind seltsame Gerüchte im Umlauf. Genziana hat sich mit Lorenzo angelegt, weil er mich gefragt hat, ob ich die Leiche gesehen habe und wie es ist, wenn man einen echten Toten vor sich hat. Sie hat ihn auf so ausgefallene und bildhafte Weise beschimpft, dass ich hier besser nicht wiedergebe, was sie gesagt hat. Im Fernsehen hätte man das nicht senden können, dort wäre das ein einziger Piepton gewesen. Immerhin hatte das Ganze zur Folge, dass er sich bei mir entschuldigt hat.

Die Zini schreibt unverständliche Formeln an die Tafel. Während sie sie erklärt, sieht sie ab und an zu mir herüber, als wollte sie mich fragen, ob es mir gut geht. Ich beschränke mich darauf, sie anzulächeln. Mir geht es gut, sagt mein Lächeln. Das ist eine Lüge, aber dann macht sie wenigstens weiter.

In Wahrheit habe ich das Gefühl zu ersticken.

Obwohl es wehtut, zwinge ich mich, in Gedanken

noch einmal an den Schauplatz des Verbrechens zurückzukehren. Ich habe etwas Seltsames gesehen, da bin ich mir sicher. Und dieses Etwas könnte mir dabei helfen, Klarheit über Edoardos Tod zu gewinnen. Das bin ich ihm schuldig. Ich bin davon überzeugt, dass mir ein wichtiges Detail entgeht. Aber was war es?

Edoardo war der freundlichste, liebenswerteste und beste Mensch auf der Welt. Wer könnte ihn getötet haben? Und warum?

Die Bücher waren sein Leben. In der Bibliothek gab es nichts, was einen Dieb interessieren könnte. Und wenn es doch so war? Ein versuchter Diebstahl, der in einer Tragödie geendet hat? Vielleicht hat Edoardo versucht, sich zu verteidigen und …

Aber am helllichten Tag? Während es überall von Schülern nur so wimmelte? Wer könnte sich für einen Haufen Bücher interessieren? Die kann man sich doch in der Bibliothek ausleihen, völlig umsonst. Dazu stehen sie ja dort.

Überleg mal, Scarlett, da sind noch die alten Handschriften. Die sind kostbar, sie haben einen historischen Wert. Man braucht eine spezielle Erlaubnis, um sie sich auch nur anzusehen.

Vielleicht ein Sammler oder … Möglicherweise hat Edoardo etwas gesehen, das er nicht hätte sehen sollen. Ich bemerke, dass ich zittere. Mein Körper bewegt sich von allein, er entzieht sich meiner Kontrolle.

»Alles in Ordnung, Scarlett?« Die Zini sieht mich besorgt an, kommt zu mir und legt mir eine Hand auf den Arm.

»Ich glaube schon.«

»Du zitterst ... Möchtest du kurz rausgehen, ein wenig frische Luft schnappen?«

»Ich glaube, das ist eine gute Idee«, stammele ich.

»Soll dich jemand begleiten?«

»Das ist nicht nötig. Ich drehe eine kurze Runde, vielleicht spritze ich mir etwas kaltes Wasser ins Gesicht. Es ist alles in Ordnung, danke.«

Jetzt gibt es nur eins zu tun: Klarheit schaffen. Und das kann ich nur, wenn ich in die Bibliothek zurückkehre und meine Schritte zurückverfolge, die ich an dem Tag gemacht habe, als man mir meinen besten Freund genommen hat.

Ich umklammere sein letztes Geschenk, die rosa Fliege.

Stärker als je zuvor empfinde ich das Bedürfnis, ihm ganz nah zu sein. Ich weiß, dass ich im Begriff bin, die Schulordnung zu verletzen. Wenn man mich dabei erwischt, droht mir die Suspendierung, aber das ist mir egal. Mit langen Schritten laufe ich den Flur entlang. Durch die Türen der Klassenzimmer dringen gedämpfte Stimmen nach außen. Jetzt liegt die Tür zur Bibliothek vor mir. Ich ducke mich, damit ich die Siegel nicht verletzen muss, und drücke die Klinke herunter. Die Tür ist offen! Schnell schlüpfe ich hinein und schließe sie hinter mir. Ich hätte nicht gedacht, dass es so leicht sein würde.

Dichtes Halbdunkel umfängt mich, gespenstische Stille. Auf Zehenspitzen laufe ich über den Marmorboden, mit Tränen in den Augen. Ich dränge sie zurück und zwinge mich, langsam zu atmen. Auf keinen Fall darf ich jetzt zu viel Luft auf einmal einatmen und hyperventilieren. Um mich herum liegen Bücher, stumme Zeugen von Edoardos Tod.

Wenn sie doch nur reden könnten!

Ich gehe ganz nach hinten zu dem Tisch, der in der Nähe der Tür steht, die in den Garten führt. Dort bin ich an jenem Tag hereingekommen, nachdem ich das Mädchen mit dem Elfengesicht getroffen habe, Rotkäppchen. Wer war das? Ich muss sie wiederfinden, vielleicht kann sie mir ein paar wichtige Einzelheiten liefern.

Langsam gehe ich vorwärts. Jetzt bin ich nur noch ein paar Schritte von der Stelle entfernt, an der …

Ich schlucke schwer und habe das Gefühl zu ersticken. Ich umrunde den Tisch und stelle mich an den gleichen Platz wie an jenem Vormittag. Dort drüben lag Edoardo unter einem weißen Laken. Ein paar Meter weiter seine Fliege. Instinktiv streichele ich die, die er mir geschenkt hat. Ich muss die Augen fest zusammenkneifen, damit ich nicht in Tränen ausbreche.

Als ich sie wieder öffne, nimmt die Szene vor mir Gestalt an, die jede Nacht meine Albträume erfüllt. Ich höre die Schreie. »Junge Frau, Sie können hier nicht bleiben!«, ruft ein Polizeibeamter. Edoardos Füße schauen unter dem Laken hervor. Sie sind unnatürlich verdreht, wirken wie die einer Marionette. Wie in Trance sehe ich die blutleere Hand, die unter dem weißen Laken hervorragt. Oh, mein Gott! Der Anblick erfüllt mich mit Grauen.

Wenn der Ring nicht wäre, würde ich nie denken, dass es Edoardos Hand ist. Ich würde sogar bezweifeln, dass sie einem menschlichen Wesen gehört. Das ist das Detail, das ich verdrängt hatte! Es war zu grauenhaft, zu brutal. Seine Hand erscheint wieder und wieder vor meinen Augen. Sie ist verschrumpelt, unnatürlich blass. Sie sieht aus wie die einer Mumie. Runzlig, vertrocknet. Das kann doch nicht sein!

Ich halte mir die Augen zu, um nicht mehr die Bilder zu sehen, die sich in meinem Kopf abspielen. Als ich die Hände wieder wegnehme, habe ich nur den leeren Boden vor mir. Auf dem glänzenden Marmor ist eine dunkle Spur zurückgeblieben, ein Umriss, fast wie ein Brandfleck, der sich nicht wegwaschen ließ. *Bum, bum, bum.* Mein Herz schlägt wie verrückt. Ich muss hier raus!

Ein seltsamer Geruch liegt in der Luft. Ich bemerke ihn erst jetzt ... Moment mal. Das ist der gleiche chemische Geruch, leicht, aber penetrant, von dem mir an dem Morgen übel geworden ist. Ein Rascheln zwischen den Regalen. Ich schrecke zusammen.

Ich bin nicht allein ... Ich fühle mich beobachtet. Hastig laufe ich zur Tür, dabei achte ich darauf, nichts zu berühren. Mit dem Ärmel meines Rollkragenpullovers drücke ich die Klinke herunter, damit ich keine Fingerabdrücke hinterlasse.

Ich fühle mich, als wäre ich plötzlich in einem Film gelandet; deshalb kann ich jetzt nur eins machen, nämlich so gut wie möglich das nachahmen, was ich so oft auf dem Bildschirm gesehen habe.

Keuchend erreiche ich den Flur. Ich sehe mich um, aber da ist kein Mensch, ich muss mich beruhigen. Ich schließe meine Hand fest um die Fliege und flüstere sanft ein Versprechen: »Ich werde die Wahrheit herausfinden, Edoardo. Das bin ich dir schuldig. Ich werde dafür sorgen, dass dir Gerechtigkeit widerfährt, koste es, was es wolle.«

40

Ich bin mir gar nicht sicher, was ich wirklich gesehen habe. Kann ich meinen Erinnerungen trauen? Ich sehe Edoardos Hand verdreht auf dem Boden liegen, die verschrumpelte Haut, als hätte ihm jemand das Leben ausgesaugt. Als wäre er um hundert Jahre gealtert. Wie kann man so etwas mit einem Menschen machen?

Ich bin im Schulhof. Mit gesenktem Blick laufe ich durch das typisch fröhliche Stimmengewirr der Schüler zu Unterrichtsschluss.

»Hallo, Scarlett.« Es ist Umberto.

Nicht jetzt, denke ich. Aber es ist zu spät, er hat mich schon gesehen.

»Hallo«, sage ich und zwinge mich zu einem Lächeln.

»Wie geht es dir?«

»Mir ging's schon mal besser.«

So schnippisch wollte ich gar nicht rüberkommen, aber ich habe keine Lust auf große Erklärungen. Alle fragen mich, wie es mir geht. »Wie soll es mir schon gehen?«, würde ich am liebsten schreien. Mein bester Freund ist gerade gestorben, ich habe seine Leiche gesehen, und die Polizei tappt über die Motive seines Ablebens völlig im Dunkeln. Lorenzo sagt, in den Nachrichten hätte man dementiert, dass es sich um Mord handelt. Jetzt heißt es, er sei eines natürlichen Todes gestorben. Aber keine natürliche Todesursache kann einen Menschen so zurichten. Ich möchte mir ja gern einreden, dass meine Erinnerungen durch den Schock verfälscht sind, aber ich weiß genau, was ich gesehen habe. Edoardos Hand sah aus ... wie die einer Mumie, die seinen Ring trug.

Ich fühle mich beobachtet. Meine anfängliche Besorgnis weicht zunehmend blanker Angst, auch wenn es mir schwerfällt, mir das einzugestehen.

»Das kann ich mir vorstellen. Ich wollte dir keine dumme Frage stellen ... Soll ich dich irgendwohin fahren?«

»Nein, danke.«

»Wenn du irgendetwas brauchst, ich bin für dich da.«

Ich weiß, dass er es ehrlich meint, seine kastanienbraunen Augen leuchten, und seine Stimme klingt zärtlich und liebevoll. Und doch möchte ich jetzt bloß noch weg, von ihm, von der Schule, von allen. Von den neugierigen Blicken und dem Getuschel über den Bibliothekar, das abbricht, sobald ich näher komme. Jetzt, da alle von meinem Nervenzusammenbruch in der Bibliothek wissen, behandelt man mich, als wäre ich krank.

»Wir sehen uns morgen, Umberto«, erwidere ich und gehe, ohne ihm die Möglichkeit für eine Antwort zu lassen.

Verdammt! Jetzt habe ich ganz vergessen, mich bei ihm dafür zu bedanken, dass er das mit Caterina und Genziana in Ordnung gebracht hat. Er hat sogar eingewilligt, Cat Nachhilfe in Mathematik zu geben. Gut, darum kümmere ich mich morgen.

In den letzten Tagen habe ich gedacht, ich würde nie wieder lächeln können. Stattdessen braucht es nicht viel dafür. Ich muss nur ihn sehen, und schon erscheint ein kleines Lächeln auf meinen Lippen. Mikael starrt mich über das Gewühl aus Schülern und Rucksäcken hinweg an. Seine Eisaugen durchbohren mich und erfüllen mich mit Aufregung. Also mit dieser guten Aufregung über etwas Schönes, die mit den Schmetterlingen im Bauch. Die dich an das Leben denken lässt und nicht an den Tod. Ich lächele, und für einen Moment vergesse ich alle Sorgen.

Vincent steht ihm gegenüber. Er redet erregt auf Mikael ein und richtet den Zeigefinger auf ihn. Da ist auch das wunderschöne Mädchen mit dem schwarzen Pagenkopf, es steht einige Meter entfernt vor Vincents Motorrad, das leicht an dem schwarzen Panther auf dem Lack zu erkennen ist. Aufgerissene Kiefer, ausgefahrene Krallen. Das Mädchen sieht wie immer wunderschön aus. Sie verfolgt anscheinend leicht besorgt die Auseinandersetzung zwischen den beiden Cousins.

Mikael will zu mir, aber Vincent packt ihn am Arm. Sie schauen einander einen Moment lang an, bevor der Cousin ihn loslässt. Er setzt seinen Helm auf, steigt auf sein Motorrad und fährt mit quietschenden Reifen los. Er hält direkt auf mich zu, ich bleibe vor Angst wie gelähmt stehen, aber im letzten Moment weicht er aus und rast davon. Das Mädchen mit den violetten Augen folgt ihm. Sein Motorrad scheint wie ein Panther zu fauchen, als es an mir vorbeifährt.

»Bitte frag mich nicht, wie es mir geht«, flehe ich Mikael an.

»Ich möchte dich nur nach Hause bringen.«

»Dein Cousin hat mich nicht überfahren. Gefahr gebannt, es ist nicht nötig, dass du mich bringst«, sage ich. Gleich darauf fällt mir etwas anderes ein, was ich mit Mikael verbinde: Black!

»Oh nein!« Mir fällt plötzlich ein, dass ich dem Kätzchen schon seit Tagen kein Essen mehr gebracht habe. Bei all dem, was passiert ist, habe ich es vollkommen vergessen. Ich muss schlagartig ganz blass geworden sein, denn Mikael nimmt meine Hand und drückt sie. Die unerwartete Berührung lässt mich erröten. Ich spüre, wie mir die Hitze in die Schläfen steigt. Er lächelt. Diese perfekten weißen Zähne, die vollen Lippen! Jedes Mal überrascht es mich wieder, wie schön er ist ... und wie unerreichbar für jemanden wie mich.

»Keine Sorge, ich habe mich um das Kätzchen gekümmert.«

»Woher wusstest du, dass ich an Black gedacht habe?«

»Du bist so leicht zu durchschauen, Scarlett, wie klares Quellwasser.« Instinktiv ziehe ich meine Hand zurück und wende ihm den Rücken zu. Ich will los, um seinem Blick zu entfliehen, in der Hoffnung, dass er nicht merkt, welche Wirkung er auf mich ausübt.

»Komm, ich bring dich schnell nach Hause.«

»Das ist nicht nötig. Ich bin doch gleich da.«

»Scarlett, nach dem, was passiert ist, musst du

besser aufpassen.« Er spricht meinen Namen aus, als wäre es etwas ganz Empfindliches, das man mit den Lippen beschützen muss. Überrascht darüber, wie besorgt er klingt, drehe ich mich um.

»Mir passiert schon nichts.«

»Nicht, wenn du mir erlaubst, dich zu fahren. Ich bestehe darauf.«

Wie könnte ich mir nicht wünschen, mich noch einmal an ihn zu pressen? Er hilft mir mit dem Helm. Während er am Verschluss hantiert, streifen seine Finger mein Kinn. Als er fertig ist, legt er mir die Hände auf die Schultern.

»Versprichst du mir, dass du nicht mehr so eigensinnig bist und besser auf dich aufpasst?«

Ich verstehe nicht genau, was er damit meint, aber ich nicke.

»Keine Alleingänge in die Bibliothek mehr, versprochen?«

»Aber ...«

Er legt mir den Zeigefinger auf die Lippen. Ich verstumme. Woher zum Teufel weiß er davon? Ich sehe an mir herunter und frage mich, ob ich tatsächlich so durchschaubar bin.

»Spring auf«, drängt er mich. Ich kann mich gerade noch an ihm festhalten, da fährt er schon mit quietschenden Reifen los.

Umberto steht in der Nähe und verfolgt die Szene mit langem Gesicht. Morgen werde ich mich für das, was er getan hat, bei ihm bedanken, aber ansonsten darf er sich nicht einmischen. Er hat gesagt, Mikael würde nicht zu mir passen und dass ich ihn vergessen soll. Was weiß er schon? Ich folge meinem Herzen.

41

Mikael hält mir den Arm hin und hilft mir vom Motorrad herunter. »Du brauchst ein bisschen Ablenkung. Wie wäre es mit einem guten Konzert?«

»Ein Konzert der Dead Stones? Wann? Wo?« *Scarlett, bitte … immer eine Frage nach der anderen!*

»Im *Infierno*, das ist ein Klub im Zentrum. Er wird dir gefallen.«

Ganz bestimmt wird es mir gefallen. Am liebsten möchte ich ihm gleich antworten: »Klar! Wann holst du mich ab?« Aber dann denke ich daran, dass er sich immer so entzieht. Er macht einen Schritt auf mich zu, um dann zehn zurückzuweichen. Ich sollte mich ein wenig rar machen.

Ich beiße mir auf die Lippen, jetzt nur keine unüberlegte Antwort. Also dämpfe ich die Begeisterung in meiner Stimme und sage: »Ich überleg es mir.«

»Okay, sie überlegt es sich …«

Er lächelt mich an, und ich muss schwer an mich halten, um bloß nicht hinzuzufügen: »Ich hab lange genug überlegt, ja, ja, jaaa!« Deshalb sage ich lieber nichts und betrachte nur voller Bewunderung die klassische Vollkommenheit seiner Gesichtszüge.

Oma wäre stolz auf mich. Sie sagt immer, Frauen

müssen sich rar machen, Männer brauchen diesen Adrenalinkick der Eroberung. Und sie muss es ja wissen, schließlich war sie dreimal verheiratet und hat so viele Liebhaber gehabt wie die Heldinnen der kitschigen Frauenromane aus dem ausgehenden neunzehnten Jahrhundert.

»Also, bis dann, Mikael ... und danke fürs Mitnehmen!«

»Pass auf dich auf.«

Das Motorrad startet durch, und ich stoße einen langen Seufzer aus. Dank Mikael habe ich einen Moment lang all die unguten Gefühle und schmerzlichen Erinnerungen vergessen.

Endlich wieder leichten Herzens betrete ich das Haus. Aber das hält nicht lange an. Simona empfängt mich mit finsterem Blick, offensichtlich steht mir ein Kreuzverhör bevor: »Der Junge auf dem Motorrad ... Wer war das?«

»Ein Freund.«

»Hatten wir nicht eine Vereinbarung? Du sollst dich nicht von Fremden mitnehmen lassen, schon gar nicht von Fahranfängern.«

»Aber das war doch kein Fremder! Er geht auf die gleiche Schule wie ich. Und woher willst du wissen, wann er seinen Führerschein gemacht hat? Außerdem hattest du nur gesagt, lass dich nicht *im Auto* mitnehmen, von Motorrädern war nicht die Rede ...«

»Das ist doch noch schlimmer! Motorräder sind wesentlich gefährlicher.«

»Seit wann das denn? Komm schon, Mama, ich habe nichts Schlimmes getan! Heute war ein anstrengender Tag, deshalb habe ich mich mitnehmen lassen, das ist alles.«

Ich gleite an ihr vorbei und flüchte mich in die Küche, auf der Suche nach etwas Essbarem.

»Ich bin noch nicht fertig mit dir, Fräulein.« Sie folgt mir und baut sich hinter mir auf. Auf dem Tisch erwartet mich schon ein Teller kalte Suppe. Ich nehme mir einen Apfel und ein Stück Brot. Alles, was ich jetzt brauche, ist ein wenig Ruhe. Ich gehe um sie herum und will in mein Zimmer verschwinden, aber sie packt mich am Arm. »Du lässt dich weder im Auto noch auf dem Motorrad oder von irgendeinem anderen Fahrzeug mitnehmen! Und ab sofort wird am Tisch gegessen, und zwar das, was ich dir hinstelle! Keine schnellen Snacks mehr in deinem Zimmer, wir sind schließlich eine Familie!«

»Begreifst du denn nicht, dass es mir schlecht geht? Mein bester Freund ist tot, vielleicht wurde er ermordet! In der Schule behandeln sie mich, als käme ich von einem anderen Stern. Ich brauche wirklich ein wenig Ruhe und Frieden«, brülle ich genervt.

»Du setzt dich jetzt hier an den Tisch und hörst mir zu.«

»Und wenn nicht?« Provozierend gehe ich einen Schritt auf sie zu.

Statt einer Antwort hebt sie die Hand und versetzt mir eine Ohrfeige. Das Bild von ihren verkrampften Gesichtszügen und den harten, wutverzerrten Augen brennt sich mir ein. Ein Blick, der mich weitaus mehr schmerzt als der Schlag selbst.

Meine Mutter hat mich noch nie geschlagen. Ich balle die Hände zu Fäusten und halte die Tränen zurück. Ich werde ihr nicht die Genugtuung geben, mich weinen zu sehen.

»Verzeih mir«, sagt sie ganz leise. Ihre Lippen zittern, sie wirkt betroffen.

»Nur weil du nicht glücklich bist, willst du, dass ich auch unglücklich bin!« Das sage ich so kühl wie möglich. Ich bin wie ein verletztes Tier, das in der Falle um sich schlägt. Ich weiß, dass ich ihr wehtue, aber genau das will ich jetzt. Ich will sie verletzen, so wie sie mich verletzt hat.

Meine Gesichtshaut brennt. Mein Blick ist eine einzige Anklage. Simona sieht zu Boden. »Das wollte ich nicht …«, ruft sie mir hinterher.

Ich ziehe mich in mein Zimmer zurück, wo ich endlich weinen kann.

42

Den Kopf gesenkt, die Hände zu Fäusten geballt – wenn der Tag schon so beginnt! Ich verlasse das Haus mit versteinertem Herzen. Beim gestrigen Abendessen herrschte eine arktische Atmosphäre. Ich habe stumm gegessen und war froh, als ich den schneidenden Blicken und stummen Anklagen wieder entfliehen konnte. Nach dem, was passiert ist, haben Simona und ich nicht mehr miteinander gesprochen. Das Thema ist durch, da gibt es nichts hinzuzufügen.

Sie versucht gar nicht erst, sich in mich hineinzuversetzen, sondern beschränkt sich darauf, Befehle zu geben und andere zu verurteilen. Ich halte das nicht mehr aus. Ihre ständige Nervosität, die Unzufriedenheit, die immer wieder hinter ihrer Maske einer Vorzeigemutter hervorkommt. Was ich zu ihr gesagt habe, tut mir leid, aber gestern war ein so schwieriger Tag. Ein Tag, den man am besten schleunigst vergessen sollte, wäre da nicht Mikael gewesen. Und sie konnte das nicht verstehen. Sie hat mich nur herumkommandiert: Lass dich nicht mitnehmen, setz dich hin, iss am Tisch, hör mir zu … Es reicht! Auszeit! Ich muss auch mal durchatmen können. Ich habe meinen besten Freund verloren, und es macht mir Angst, dass die ganze übrige Welt ihn anscheinend vergessen und die Geheimnisse um seinen Tod mit ihm begraben will.

Es ist noch kein Datum für die Beerdigung festgesetzt worden. Ich muss an seine Frau denken, an ihren Schmerz. Ob sie wohl Kinder hatten? Sicher würden die auch lieber einen Schlussstrich unter die wilden Spekulationen in der Presse ziehen und in Frieden um ihn trauern.

Ich sehe auf, entspanne die Fäuste und lockere meine angespannte Verteidigungshaltung. Nur ein paar Meter vor mir steht Mikael neben seinem schwarzen Motorrad. Ich lächle. Trotz der Entfernung zwischen uns überraschen mich seine Augen wie die sanfteste Streicheleinheit der Welt. Ich kann mich gerade noch bremsen, nicht wie ein Kind auf ihn zuzurennen.

»Hallo! Was machst du denn hier?«

»Ich war gerade in der Gegend.«

Er hält mir den Helm hin, und ich nehme ihn entschieden aus seinen Händen. »Diesmal setze ich ihn mir selbst auf.« Er lässt mich machen, aber ob es an seinem spöttischen Lächeln liegt, an seinen verführerischen Eisaugen oder vielleicht einfach nur daran, dass ich so ungeschickt bin, jedenfalls schaffe ich es nicht, ihn zuzumachen.

»Wenn du rechtzeitig in der Schule sein willst, überlässt du das besser mir.«

Ich grummele, aber dann gebe ich mich doch in seine erfahrenen Hände. Da, fertig, er braucht nur einen Moment.

Seine weichen Lippen ziehen sich besorgt zusammen: »Scarlett, bitte, nach dem, was deinem Freund

Edoardo passiert ist, musst du wirklich gut auf dich aufpassen.«

»Was meinst du damit?«

»Ich will nicht, dass du in Schwierigkeiten gerätst ...«

»Bist du deshalb vorbeigekommen, um mich abzuholen? Weißt du etwa mehr als ich?«

»Eins weiß ich mit Sicherheit: Wenn wir uns jetzt nicht beeilen, kommen wir zu spät, also spring auf und halt dich an mir fest.«

Gehorsam steige ich auf und umklammere ihn. Warum ist der Weg zur Schule nur so kurz? Ich würde mich so gern noch ein bisschen an ihn schmiegen, sagen wir mal, mindestens für die nächsten paar Stunden?

Jetzt, da ich darüber nachdenke, fällt mir auf, dass er ein paar Hundert Meter von unserem Haus entfernt geparkt hat, als wüsste er von dem Streit zwischen meiner Mutter und mir. Jedes Mal scheint er in meinem Innersten zu lesen. Und warum reitet er ständig darauf herum, dass ich aufpassen soll? Verbirgt er etwas vor mir? Ganz zu schweigen von den vielen Gelegenheiten, bei denen er aus dem Nichts vor mir aufgetaucht ist, und den Dingen, die ich ihm nicht sage, aber die er zu wissen scheint. Oh Mann, anstatt wild herumzuspekulieren, sollte ich lieber diese Umarmung genießen!

Als hätte jemand unsere Ankunft auf dem Schulhof groß angekündigt, hat sich die gesamte Schule hier versammelt. Ich fühle jeden einzelnen Blick auf mir lasten. Eifersüchtige Augen, aufmerksame, neidische oder erstaunte, ungläubige oder bewundernde, alle sind auf uns gerichtet!

Und da ist Umberto. Er wirkt enttäuscht, vielleicht sogar wütend. Lavinia und Sofia stehen vor dem Eingang und verziehen das Gesicht. Vincent wirft mir einen vernichtenden Blick zu. Wenige Schritte von ihm entfernt steht das Mädchen mit dem Pagenkopf. Ihre Miene ist unergründlich, eine ätherische Schönheit. Und dann sind da die kleineren Mädchen, die einander anstoßen, lachen, flüstern und sich bestimmt fragen: »Wer ist denn diese unscheinbare graue Maus?«

Fühlt man sich so, wenn man mit einem Rockstar unterwegs ist? Mikael mag ja an diese Aufmerksamkeit gewöhnt sein, ich aber bin es bestimmt nicht. Ich nehme den Helm ab, unter dem ich kaum noch Luft bekomme, und steige vom Motorrad. Dabei stolpere ich und würde sicher der Länge nach hinfallen, wenn er mich nicht blitzschnell auffangen würde. Ich stütze mich mit den Händen an seinem muskulösen Brustkorb ab. Wir schauen uns in die Augen. Ja, jetzt kann ich glücklich sterben!

»Habe ich dir nicht gesagt, du sollst aufpassen?«, flüstert er mir zu. Sein Geruch ist wie Musik für die Sinne. Die ganze Welt verschwindet hinter dem strahlenden Blick seiner Eisaugen, in denen ich mich spiegele.

»Entschuldigt«, schaltet sich eine Männerstimme ein. Das ist Umberto, diesmal bringe ich ihn um!

Am liebsten würde ich ihn anfahren: »Was gibt's denn? Siehst du nicht, dass ich gerade vom Anblick dieser makellosen Schönheit ganz verzückt bin?«, aber ich begnüge mich damit, ihn mit den wütenden Augen eines Killerchihuahuas anzufunkeln, dem man gerade die Hundekuchen geklaut hat.

»Ich muss mit dir reden.« Umberto wirkt ungeduldig.

Mikael nickt mir zu.

»Danke fürs Mitnehmen«, sage ich.

Mikael beugt sich noch einmal zu mir herunter und flüstert in meine Haare: »Sieh zu, dass du nie allein bist.«

Meine Beine tragen mich fort, aber mein Kopf will sich nicht von ihm und seinen rätselhaften Worten lösen.

»Was gibt es denn so Wichtiges?«, frage ich Umberto, sobald ich wieder der Sprache mächtig bin.

Er bleibt wenige Meter vor der Treppe stehen und sieht mich mit einer Mischung aus Wut und Enttäuschung an: »Mikael Lancieri ist nichts für dich. Das habe ich dir schon gesagt, und ich wiederhole es jetzt noch mal: Vergiss ihn!«

»Entschuldige, aber hast du mich etwa gerufen, um mir das zu sagen?«

»Scarlett, du verstehst das nicht!«

»Ja, ich verstehe tatsächlich nicht, was mit dir los ist! Du benimmst dich wie ein eifersüchtiger kleiner Junge!«

»Ich bin nicht eifersüchtig! Aber du bist mir wichtig, und ich möchte nicht irgendwann sagen müssen: ›Ich hab dich ja gewarnt!‹«

Ich zähle bis zehn, bevor ich ihm antworte. Jetzt bin ich so wütend, dass ich ihn am liebsten erwürgen würde. Er nutzt die Pause, um noch eins draufzusetzen: »Mikael ist merkwürdig. Um ihn und seinen Cousin sollte man besser einen Bogen machen. Guck dir doch Ofelia an! Man muss sie sich nur ansehen, um zu begreifen, dass sie ihnen hörig ist.«

Ich gehe auf den Eingang zu und vermeide seinen Blick: »Ofelia?«

»Vincents Freundin, die mit dem schwarzen Pagenkopf, die ihm überallhin folgt wie ein Hündchen. Sie hat keine Freundinnen, redet mit niemandem und zieht sich an wie die Königin der Vampire!«

»Sie könnte sich auch einen Sack überstülpen und wäre immer noch wunderschön! Außerdem ist Gothic dieses Jahr total angesagt! Wenn sie immer mit Vincent zusammen ist, ist das eben ein Zeichen dafür, dass sie sich in seiner Nähe wohlfühlt. Ich glaube kaum, dass jemand sie dazu zwingt.«

»Scarlett, hör mir zu. Mikael passt nicht zu dir. Je früher du das begreifst, desto eher lässt du deine Probleme hinter dir.«

»Jetzt hör du mir mal zu! Ich sage es dir zum allerletzten Mal: Ich bin alt genug, um mir meine Freunde selbst auszusuchen. Das solltest du akzeptieren und mich in Ruhe lassen.«

Auf dem Flur, der wie ein Marmorfluss seine Klasse von meiner trennt, gehen wir auseinander. Wir wechseln einen letzten Blick voller Wut und Unverständnis.

»Warte, Scarlett.«

Ich denke nicht daran.

43

»Castoldi, wie ich sehe, haben Sie heute etwas Wichtigeres im Kopf. Wollen Sie uns vielleicht an Ihren Überlegungen teilhaben lassen?« Vanzi zieht die Augenbrauen zusammen und bleibt abwartend vor mir stehen, während sich in der übrigen Klasse unterdrücktes Kichern breitmacht.

»Ääh, eigentlich nicht. Verzeihen Sie.«

»Also, dann stelle ich die Fragen. Erzählen Sie uns mal etwas über die höfische Gesellschaft des Mittelalters und ihre Werte, und legen Sie uns die Inhalte der Minnelieder dar.«

Über meinem Kopf erscheint ein großes Fragezeichen. Anscheinend war ich komplett abwesend. Ich schaue mich um. Caterina flüstert mir etwas zu, aber das ist zwecklos, ich würde meine Hinrichtung nur aufschieben. Besser gebe ich meine Schuld gleich zu und bitte untertänig um Verzeihung.

»Es tut mir leid, ich bin nicht vorbereitet. Ich habe einige Tage gefehlt und bin in ein paar Fächern nicht auf dem Laufenden. Aber ich werde den Stoff so schnell wie möglich nachholen.«

»Gut. Aber holt man so den Stoff nach? Indem man mit dem Kopf in den Wolken schwebt? Wenn ich mich nicht irre, hat auch Draghi die letzten Tage gefehlt. Mal sehen, wie er sich mit den *chansons de geste* schlägt.«

Livio steht auf, seine Augen verschwinden hinter den rechteckigen dicken Brillengläsern, und er trägt eines seiner T-Shirts, diesmal mit der Aufschrift HATE in Frakturschrift. Er räuspert sich und stellt sich dem Thema mit einer Coolness, die ich ihm nie zugetraut hätte. Vielleicht habe ich ihn unterschätzt.

»Sehr gut, Draghi. Das kann ich von unserem Fräulein Castoldi nicht behaupten. Die Klasse ist wie die echte Welt, nur im Kleinen. Noch sind Sie alle Schüler und leben in einer beschützten Umgebung, aber schon bald werden Sie sich Verantwortungen stellen und in der Arbeitswelt bestehen müssen. Genau wie hier werden Sie auf Menschen treffen, die ihre Pflichten ernst nehmen ...«, er sieht Livio an, »... und auf andere, die sich lieber hinter einer Ausrede verstecken ...«, dabei wirft er mir einen verächtlichen Blick zu. »Persönliche Dinge dürfen Ihre schulischen Leistungen nicht beeinflussen. So, demnach hat Draghi sich ein dickes Plus verdient!«

Das glaube ich jetzt nicht! Zu mir gibt er nicht einmal einen Kommentar ab. Aber ich schlucke meine Verbitterung herunter und folge dem Rest der Stunde scheinbar gleichmütig, obwohl es in mir brodelt wie in einem Vulkan kurz vor dem Ausbruch.

»Nimm's nicht so schwer, Scarlett. Er hat dir doch nicht einmal eine Note gegeben. Du solltest froh sein«, meint Cat.

»Umso schlimmer ... Er hat mich gedemütigt. Ich bin ihm noch nicht einmal eine Beurteilung wert. Von vornherein ausgemustert.«

»Komm schon, beruhige dich.«

»Wie soll ich mich beruhigen? Vanzi hasst mich!«

»Der hasst dich nicht. Er ist ein ziemlicher Brummbär, aber das tut er für uns, damit wir erwachsen werden. Die Welt da draußen ist hart, da gibt es keine mildernden Umstände.«

»Mag sein ... Aber es scheint mir schon schwierig genug, jeden Morgen aufzustehen und den Tag in Angriff zu nehmen. Ich will ja nicht jammern, aber in letzter Zeit meint es das Leben nicht gerade gut mit mir.«

»Sei nicht so pessimistisch. Das wird schon wieder, du wirst schon sehen.«

Ich halte den Mund, sonst streite ich mich auch noch mit ihr, dabei haben wir noch nicht mal die erste Stunde hinter uns.

44

Ein weißes Zweifamilienhaus mit geschlossenen Fensterläden, an der Klingel steht Edoardos Nachname. Nur Mut, Scarlett! Ich frage mich zum wiederholten Male, ob es wohl richtig war, hierherzukommen, als mir eine Frau die Tür öffnet. Mahagonibraune Haare, gerötete Augen und ein trauriges, ein wenig erstauntes Lächeln.

»Ja?«

»Guten Tag, ich bin Scarlett, eine der Schülerinnen vom San-Carlo-Gymnasium. Ich habe Edoardo gekannt ...« Ich hatte mir eine so schöne Rede zurechtgelegt, aber jetzt, wo ich hier bin, angesichts ihres Leids, weiß ich nicht, was ich sagen soll.

»Hallo, ich bin Daniela. Ich bin ... war seine Frau. Danke für den Besuch, aber ... leider weiß ich auch nicht mehr als in den Zeitungen stand.« Vielleicht hält sie mich für eine von diesen Neugierigen, die ihre Nase ständig in anderer Leute Angelegenheiten stecken. Ich zeige ihr den Strauß Kamelien, den ich auf dem Rückweg aus der Schule gepflückt habe. »Ihre Lieblingsblumen. Für Sie.«

Ihr Gesicht erhellt sich. »Komm rein, setz dich bitte.«

Ich folge ihr ein wenig verlegen. Innen herrscht

ein drückendes Halbdunkel, durchtränkt von Tränen und Schmerz. Ein blondes Mädchen sitzt mit gequältem Gesicht auf einem Sofa. Sie steht auf, als sie mich eintreten sieht.

»Mama, ruf mich, wenn du mich brauchst, ich bin nebenan.« Sie mustert mich misstrauisch und geht.

»Entschuldigen Sie die Störung«, stammele ich.

»Er liebte Japanische Kamelien. ›Sie blühen trotz der Winterkälte und beleben die dunklen Ecken mit Farbe‹, hat mein Edoardo immer gesagt. Ich erinnere mich, dass er mit diesen Blumen mein Herz erobert hat.«

Ich lächele und tue so, als würde ich die Tränen in ihren Augen nicht bemerken.

»Man hat mir noch nicht erlaubt, ihn zu sehen.«

»Wie kann das sein?«

»An jenem Morgen hat Edoardo das Haus verlassen, um in die Schule zu gehen. Danach habe ich ihn nicht mehr gesehen. Einen letzten Abschied kann man doch niemandem verwehren, aber man hat mich noch nicht einmal gebeten, die Leiche zu identifizieren. Kein Wort von den Gerichtsmedizinern oder der Polizei. Zuerst hat man mir gesagt, es handle sich um Mord, und dann hieß es, es sei ein Infarkt gewesen. Aber Edoardo ging es doch ausgezeichnet! Er hat nie am Herzen gelitten ... Und wenn es so wäre, glaubst du nicht, man hätte mir erlaubt, ihn noch einmal in den Arm zu nehmen?« Sie bricht in Tränen aus.

»Es tut mir so leid«, sage ich.

»Ich habe einen Anwalt eingeschaltet, aber mit jedem Tag, der vergeht ... ist es, als würde er noch einmal sterben. Und das wird so bleiben, bis ich seinen Körper wieder in meinen Armen halte.«

Ich muss jetzt stark sein und ihr Mut zusprechen, ich will nicht weinen. »Edoardo war ein außergewöhnlicher Mensch. Ich brauche nur ein Buch in die Hand zu nehmen, und schon fühle ich mich ihm nah.«

»Bücher waren schon immer sein Leben. ›Mit der *Göttlichen Komödie* werde ich mich nicht einmal in der Hölle langweilen‹, hat er immer im Spaß gesagt.«

Jetzt habe ich die Gewissheit: An dem Tod meines Freundes ist tatsächlich etwas seltsam. Und das hat nichts mit meiner krankhaften Einbildung zu tun. Man hat nicht einmal seiner Frau gestattet, ihn zu sehen!

Die verschrumpelte Hand, die aus dem weißen Laken hervorschaute, die Brandflecke auf dem Boden, Mikaels Warnungen. Jedes Steinchen fügt sich perfekt ein wie in ein Mosaik des Schicksals.

»Entschuldigen Sie, meine Mutter muss sich jetzt ausruhen.« Das blonde Mädchen taucht kurz im Zimmer auf. Sie hat die gleichen blauen Augen wie Edoardo, aber einen harten Blick, wie jemand, der in seinem Leben schon viel durchgemacht hat.

»Würdest du uns einen Tee kochen, Lorenza?«

»Für mich nicht, danke, ich muss jetzt gehen.«

»Du musst es ihr nachsehen«, sagt Daniela, als wir wieder allein sind. »Sie war noch nie ein einfacher Mensch ... Sie ist ausgezogen, als sie noch keine achtzehn war. Edoardo hat immer an die Macht des Wortes geglaubt, aber mit unserer Tochter haben wir nie reden können. Schließlich hat er geglaubt, er hätte als Vater versagt. Er gab sich die Schuld an Lorenzas Fehlern … Wenn er bloß wüsste, dass sie jetzt hier ist! Stattdessen ist er gestorben, ohne zu wissen, dass seine Tochter ihn trotz allem geliebt hat.«

Jetzt wird mir vieles klarer. Anscheinend hat Edoardo in mir so etwas wie eine zweite Chance gesehen, eine Tochter, bei der er beweisen konnte, dass er doch ein guter Vater war.

Ich umarme Daniela herzlich. »Edoardo hat mir einmal gesagt, dass man nur stirbt, wenn einen die Liebsten vergessen. Er wird nie sterben, weil er für immer in unseren Herzen wohnt.«

»Ich danke dir für deine Worte«, sagt sie gerührt. Bevor ich gehe, schaue ich mir die Fotos an den Wänden an. Landschaftsaufnahmen, blühende Bäume, kahle Bäume. Ein winterliches Meer. Vor diesem letzten Foto bleibe ich voller Trauer stehen.

»Das habe ich gemacht. Früher war ich Fotografin. Das war das Lieblingsbild meines Mannes.«

»Es ist wunderschön. Ganz genauso fühle ich mich jetzt.«

»Du bist ein ganz besonderer Mensch, Scarlett. Ich bin sicher, dass er dich sehr gemocht hat. Komm wieder, wann immer du willst.«

Ich flüchte geradezu aus der Wohnung, vor Danielas Blick und ihren Erinnerungen, vor dem erdrückenden Gefühl des Verlusts und vor einer Tochter, die nie begriffen hat, wie sehr ihr Vater sie geliebt hat, und die ihn jetzt umarmen möchte, doch nun ist es zu spät.

Ich trete heftig in die Pedale, um meine Erinnerungen hinter mir zu lassen. Aber sie verfolgen mich. Ich sehe Edoardos Lächeln vor mir, seine Finger, die über die Rückseiten der Bücher gleiten, und ich höre, wie er durch ihre Stimme mit mir spricht.

»Ich schwöre, dass ich die Wahrheit herausfinden werde. Für dich, Edoardo ...«

Erst als ich keuchend, jedoch mit trockenen Augen zu Hause ankomme, stelle ich fest, dass etwas in meinem Fahrradkorb liegt. Eine abgebrochene, eine verwundete Blüte.

Und ich bin mir sicher, dass sie vorher nicht da gewesen ist.

45

»Warum denn nicht? Erklär es mir wenigstens!«

»Jetzt reicht es, Scarlett! Vielleicht das nächste Mal, aber für heute hör endlich auf damit.«

»Und wann wird das nächste Mal sein? So bald gibt es kein weiteres Konzert«, sage ich mit schriller Stimme. Seit einer Woche reden Simona und ich kaum ein Wort miteinander, und heute, wo ich mich entschlossen habe, auf sie zuzugehen, endet es schon wieder im Streit. Und das alles nur, weil ich sie um Erlaubnis gebeten habe, zum Konzert der Dead Stones zu gehen.

»Dein Vater ist nie da, wenn man ihn braucht. Jetzt macht er auch noch am Samstag Überstunden! Und wie üblich muss ich die böse Mutter spielen.«

»Papa hat nichts damit zu tun! Du bist ungerecht: Es ist doch nur ein Konzert der Schulband. Ich frage ja nicht, ob ich zu einem Konzert von Marilyn Manson darf!«

»Auch dann wäre die Antwort Nein!«

Marco springt von dem Stuhl auf, von dem aus er stumm unsere Auseinandersetzung verfolgt hat, legt sich die Hände über die Ohren und rennt hinaus. Ich bin sicher, dass er zur Schaukel läuft. Er wird versuchen, sich abzulenken, versuchen, die Wolken mit den Zehenspitzen zu erreichen, aber auch heute wird ihm das nicht gelingen.

»Aber Mama …«

»Keine Chance. Geh in dein Zimmer und räum dort ein wenig auf. Dein Schreibtisch ist ein einziges Chaos!«

»Ich tue alles, nur damit ich dich nicht mehr sehen muss!«

»Solche Reden dulde ich nicht!« Sie verfolgt mich bis in den Flur. Ich renne blitzschnell die Stufen hinauf und schmeiße mich auf mein Bett, um unter der Decke zu verschwinden. Ich ertrage sie nicht, wenn sie sich so verhält! Ich nehme meinen iPod und stelle ihn lauter. Paramore brüllt mir in die Ohren: *Ignorance is your new best friend.* Eine Träne. Und noch eine.

Warum muss ich bloß ständig weinen? Ich wäre gern etwas stärker.

Ich denke an Daniela, die ihre große Liebe nie mehr in die Arme schließen wird. Und an Lorenza, das Mädchen mit den blonden Haaren und den harten Augen, das nie wieder liebevolle Ratschläge von seinem Vater erhalten wird. Edoardo hat eine riesige Lücke hinterlassen. Voller Fragen. Es gibt nur ein Leben, und das will ich selbst leben. Simona hat mir nicht einmal einen guten Grund nennen können, warum ich nicht zu dem Konzert darf. Also, warum sollte ich ihr gehorchen? Sie versucht erst gar nicht, mich zu verstehen, sie hat keine Ahnung, wie viel Schmerz ich in mir trage. Ich brauche Gefühle, um über diesen Augenblick hinwegzukommen. Um die Kraft zu finden weiterzumachen. Und Mikael ist Gefühl pur. Ich habe das Bedürfnis, ihn zu sehen, genauso wie ich atmen muss.

Der Song endet, und ich stelle den iPod ab, weil ich gerade den Rat bekommen habe, nach dem ich gesucht habe. *I guess I'll go, I best be on my way out.* Ich werde allein meinen Weg finden, fort von hier. Ich nehme mein Handy und rufe Manuela an, um eine vertraute Stimme aus der Vergangenheit zu hören.

»Hallo, Sternchen! Wie geht's dir, alles okay?«

»Gar nichts ist okay!«

Sie fragt mich nicht einmal, was mit mir los ist. Stattdessen verliert sie sich in einer langen Aufzählung von Klamotten, die sie in der Stadt gekauft hat, darunter ein Paar glänzende Leggings. »Du kannst dir nicht vorstellen, wie gut ich damit aussehe! Darin hab ich einen Hintern, dass sogar Rihanna …« Und dann erzählt sie noch von den beiden Jungs, die gar nicht übel und hinter ihr her sind, und dann hat sie noch ein Ausreichend in Mathe geschrieben, aber es sind ja erst vier Monate vom Schuljahr vorbei, also was soll's. Ich frage mich, warum ich sie überhaupt angerufen habe. Was habe ich mir denn davon versprochen? Vielleicht ein wenig Trost.

Nur wenige Monate haben genügt, und wir sind zu Fremden geworden. Meine ehemals beste Freundin und ich sind Lichtjahre voneinander entfernt. Wie traurig … oder vielleicht auch nicht, das Leben geht eben weiter.

»Lass mal ab und zu was von dir hören! Ach, das hab ich glatt vergessen: Matteo ist jetzt mit einer aus der zwölften Klasse zusammen. Kannst du dir das vorstellen? Die ist älter als er. Er sagt, wir

Gleichaltrigen seien ihm zu unreif. Na ja, ich glaube ja, das ist eine kleine Spitze gegen dich. Du hast dich nicht mehr bei ihm gemeldet, stimmt's? Und mit mir redet er auch nicht mehr über alles, so wie früher.«

Matteo hat eine andere. Diese Nachricht lässt mich völlig kalt.

Keine Eifersucht, kein Bedauern. Im Gegenteil! Ich freue mich für ihn, hoffe, dass er glücklich ist. Cremona scheint mir so weit weg wie ein anderes Leben ... ein anderer Planet.

Ich bin jetzt hier, und auf einmal weiß ich, was ich tun muss. Vor allem, was ich nicht tun will: verzichten. Ich werde zu diesem Konzert gehen, obwohl Simona es mir verboten hat. Auch wenn weder Genziana noch Caterina dort sein werden.

Mikael hat mir gesagt, er würde bis um zehn auf dem Vorplatz der Schule auf mich warten. »Wenn du bis dahin nicht da bist, dann weiß ich, dass du keine Lust hast.«

»Oder dass ich nicht kommen kann.«

»Wo ein Wille ist, ist auch ein Weg«, meinte er darauf und erst jetzt begreife ich, wie recht er hat. Mein Leben liegt in meinen eigenen Händen. Und heute werde ich mit meinen Entscheidungen über meine Zukunft bestimmen.

46

Ich habe Kopfschmerzen. Ich nehme ein Aspirin und gehe schlafen.«

»Gut, meine Kleine.« Papa küsst mich auf die Haare und lächelt mich an. »Gute Nacht.«

Simona ist in der Küche. Sie räumt geräuschvoll das Geschirr in die Spülmaschine. Ich weiß, dass sie das absichtlich macht, um zu zeigen, wie gereizt sie ist. Und ich wette, kaum ist Marco im Bett, wird sie Papa in eine der üblichen Diskussionen verwickeln. Sie wird ihm erzählen, dass ich es ihr gegenüber heute an Respekt habe fehlen lassen, nur weil sie mir verboten hat, zu einem Konzert zu gehen, für das ich zu jung bin. »Stell dir vor, der Klub, in den deine Tochter gehen wollte, heißt zu allem Überfluss auch noch *Infierno*.«

Ich ziehe die engsten Jeans an, die ich in meinem Kleiderschrank finde, und mein T-Shirt mit der Aufschrift QUEEN OF BONES. Das gefütterte Sweatshirt mit der Katzenkapuze und meine Chucks lege ich auf der Fensterseite neben das Bett, und ich stecke zehn Euro ein, für alle Fälle. Ich bin bereit! Dann ziehe ich die Bettdecke über mich, jetzt kann ich nur noch warten. Ich weiß, dass Mama nach einer Weile kommen und nachsehen wird, ob ich schlafe. Hoffentlich schlafe ich nicht wirklich ein! Das wäre ein Drama.

Es ist schon eine Stunde vergangen, als sie endlich kommt. Ich schließe die Augen und bleibe reglos liegen. Ich gebe mein Bestes als Dornröschen. Meine Mutter kommt auf Zehenspitzen herein und sieht nach, ob das Bündel im Bett wirklich ich bin und nicht ein Kissen. *Ja, das bin ich, Simona, du kannst wieder runtergehen und mit Papa weiterstreiten.* Ein paar Sekunden später verlässt sie zufrieden über ihren Sieg das Zimmer.

Und der Preis für die beste Darstellerin geht an … Scarlett Castoldi! Beifall vom Publikum.

Ich stehe auf, arrangiere das Kissen an der Stelle, wo ich gelegen habe und ziehe Sweatshirt und Schuhe an. Dann bürste ich mir kraftvoll die Haare, und die Bürste landet ebenfalls unter der Bettdecke. Den Taschenspiegel hervorgeholt und einen dunklen Lippenstift aufgetragen, passend für eine Dark Lady, eine Beilage aus einer Zeitschrift. Ich möchte anders aussehen als sonst. Denn heute Nacht fühle ich mich auch anders. Die neue Scarlett hat keine grauen, sondern blaue Augen. Ich ziehe die Kapuze über den Kopf und lasse mich auf das abschüssige Vordach fallen. *Langsam, Scarlett, mach keinen Lärm beim Laufen!* Ein kleiner Sprung, und ich bin im Garten. Ich schaue auf mein Handy. Verdammt, zehn Uhr! Hoffentlich ist Mikael nicht schon losgefahren.

Ich renne so schnell ich kann. Für dieses Konzert muss ich mich wirklich anstrengen. Jetzt fehlt nur noch, dass ich bis ins Stadtzentrum latschen muss!

Mach, dass er da ist, mach, dass er da ist, mach, dass er da ist!

Er ist da! Ein Wagen parkt mit laufendem Motor. Ein glänzender schwarzer Sportwagen. Ich nähere mich dem Fenster auf der Fahrerseite. Hilfe! Ich bringe nicht einmal ein Wort heraus, weil ich so gerannt bin. Ich japse nach Atem und keuche: »Da bin ich … Entschuldige … Ich habe einen kleinen Dauerlauf hinter mir.« Er lächelt, und zwar genau dieses Lächeln, das mich in den Wahnsinn treibt. Ich winke Vincent zu, der neben ihm sitzt. Er übersieht meinen Gruß, dreht sich zur anderen Seite und nimmt einen letzten Zug von seiner Zigarette, bevor er die Kippe aus dem Fenster wirft. Hinten sitzt Ofelia. Sie nimmt Vincents Gitarre auf die Knie und macht mir neben sich Platz.

»Ich bin Scarlett«, stelle ich mich vor.

»Ofelia, freut mich, dich kennenzulernen.«

»Ganz meinerseits … Du siehst toll aus«, sage ich. Und werde rot. Aus der Nähe sieht sie noch bezaubernder aus. Ihre Augen sind langgezogen wie die einer Orientalin, dazu eine perfekte kleine Stupsnase und herzförmige Lippen.

»Mit dieser Kapuze siehst du Black unglaublich ähnlich«, sagt Mikael und beobachtet mich durch den Rückspiegel. Ich tue, als sei ich beleidigt, aber ich bin nicht besonders überzeugend dabei. Denn auf meinem Gesicht macht sich ein strahlendes Lächeln breit. Ich bin mit Mikael zusammen, ich bin auf dem Weg zu einem Konzert der Dead Stones, und das noch dazu *im Wagen der Dead Stones*!

»Ich kann es kaum erwarten, dass das Konzert anfängt«, bringe ich heraus. Als einzige Antwort stellt

Vincent das Radio lauter. Die Bässe dröhnen los, und die Musik aus den Lautsprechern lässt jeden Winkel des Innenraums erzittern. Ende der Unterhaltung.

Wir fahren los, ich schaue aus dem Seitenfenster und überlege, dass Vincent wirklich merkwürdig ist. Bei dieser Lautstärke könnte ich mich gar nicht mit Ofelia unterhalten, selbst wenn ich wollte. Dabei sitzt sie nur ein paar Zentimeter von mir entfernt! Ich beschränke mich also auf ein Lächeln. Als ich Mikaels Augen im Rückspiegel suche, bemerke ich, dass er heftig mit seinem Cousin streitet. Ich habe keine Ahnung, wie das überhaupt möglich ist, wo doch das Radio voll aufgedreht ist. Aber sie antworten einander, gestikulieren heftig. Ich versuche, von ihren Lippen zu lesen und zu erraten, worüber sie reden: keine Chance. Aber mein sechster Sinn sagt mir, dass ich der Grund für ihren Streit bin. Es ist mir egal, ob Vincent mich hasst oder Umberto mir geraten hat, ihn zu vergessen ... Es gibt nur eine Stimme, die zählt, die meines Herzens.

Mikael, flüstert sie. Und ich lächele.

47

Die Lautsprecher verstummen unvermittelt. »Endlich sind wir da!« Vincent klingt ungeduldig. Das Auto fährt langsam an der Bar vorbei. Eine lange Schlange Jugendlicher steht vor dem Eingang und wartet darauf, eingelassen zu werden. Unter den sexy gekleideten Mädchen, blutjungen Punks und einigen ganz in schwarz gekleideten Gothics sieht man überall die Logos der Dead Stones aufblitzen. Ich erkenne auch einige Gesichter wieder, die ich schon mal in der Schule gesehen habe. Jemand zündet sich eine Zigarette an, einige Jungs lassen eine Bierflasche kreisen, allen sieht man an, wie gespannt sie sind. Meine Aufregung wächst, ich halte es fast nicht mehr aus! Hätte mir jemand vor einer Woche erzählt, dass ich zusammen mit der Band zu einem Konzert kommen würde, hätte ich das niemals geglaubt. Und jetzt bin ich hier und betrete mit ihnen den Klub durch den Hintereingang, um der Menge zu entgehen. Mikael läuft mir voran durch einen schlecht beleuchteten Gang bis zur Garderobe.

Schon beim Eintreten erkenne ich den Schlagzeuger wieder, der dort lässig mit den Füßen auf dem Tisch lümmelt, die Baseballkappe wieder verkehrt herum auf seiner wasserstoffblonden Mähne. Er zwinkert mir lächelnd zu.

»Hi, ich bin Scarlett.«

»Du kannst Dagon zu mir sagen.«

Ich folge Mikael zu einem von Glühbirnen umrahmten Spiegel, genau wie in einer Filmgarderobe.

»Du bist ungewöhnlich still«, sagt er und blickt mir so tief und eindringlich in die Augen, dass mir die Knie weich werden.

»Bist du nicht aufgeregt wegen des Konzerts?«

»Du bist ziemlich gut darin, das Thema zu wechseln.«

»Das ist tatsächlich eine meiner größten Stärken. Außerdem kann ich mich noch hervorragend schlafend stellen, und meine beste Nummer ist die mit den großen Hundeaugen.« Er nimmt eine Haarsträhne von mir zwischen die Finger und spielt damit, wobei er mir unverwandt in die Augen blickt.

»Und wie geht die?«

»Also, wenn ich die einsetze, kann mir keiner was abschlagen.«

»Los, versuch's doch ... Mal sehen, ob sie bei mir funktionieren.« Ich komme etwas näher und schaue ihn mit großen Kulleraugen von unten an wie ein verängstigter kleiner Hund.

»Verlang von mir, was du willst ...«, flüstert er heiser.

Ich werde rot und sehe schnell hinunter auf meine Schuhe.

»Könnt ihr vielleicht mal Ruhe geben, oder ist das zu viel verlangt? Ich muss mich vor einem Auftritt konzentrieren.« Vincent sitzt mit nacktem Oberkörper auf einem Hocker. Mit sicheren, rhythmischen

Bewegungen zupft er die Saiten seiner Gitarre. Die Tätowierungen scheinen durch die Musik zum Leben zu erwachen. Von ihm geht eine Faszination des Bösen aus, ich wüsste nicht, wie ich es sonst beschreiben sollte. Er wirft mir einen finsteren Blick zu, bevor er sich und sein Gesicht den erfahrenen Händen Ofelias überlässt, die ihm die Augen mit Kajal umrahmt.

»Hab keine Angst«, flüstert mir Mikael zu.

»Vielleicht sollte ich besser gehen ... Also dann viel Glück! Und denk dran, zeig's ihnen!«

»Wird schon schiefgehen.« Von einem Moment auf den anderen scheint er Lichtjahre entfernt zu sein. Mittlerweile sollte ich eigentlich an seine plötzlichen Stimmungsschwankungen gewöhnt sein, aber ich würde ein Vermögen dafür geben, um zu erfahren, was ihm jetzt gerade durch den Kopf geht.

»Okay, dann bis später«, murmele ich und wende mich ab. Ich spüre, wie er meine Hand ergreift und mich schwungvoll herumwirbelt. Er sagt nichts, wir sehen uns nur wortlos in die Augen. Mein Blick versinkt in seinem, das ist alles, was ich brauche.

Einen Moment lang kommt es mir so vor, als wollte er noch etwas sagen, stattdessen gibt er sanft meine Hände frei. »Bis später.«

Verwirrt finde ich mich im Gang wieder. Wie kann Mikael nur so eine Wirkung auf mich ausüben?

»Scarlett, warte auf mich.« Ofelia ruft mich, sie trägt ein schwarzes Spitzentutu zu an einigen Stellen eingerissenen Netzstrumpfhosen und an den Füßen schwere Halbschuhe mit Stulpen darüber.

Ich lächle ihr zu, glücklich, dass ich nicht allein bleiben muss.

»Ofelia! Komm zurück!« Vincent lehnt sich aus der Tür der Garderobe, die Schminke um seine wutverzerrten Augen ist verwischt.

Sie wirft ihm einen bösen Blick zu, dann wendet sie sich wieder mir zu. »Gehen wir«, sagt sie.

»Aber ...«

»Mach dir keine Gedanken. Gehen wir einfach.«

Ich bin völlig verwirrt.

Bum! Vincent hat seine Faust so fest in den Türrahmen gerammt, dass im Holz der Abdruck seiner Fingerknöchel zurückbleibt. Ich fahre erschrocken zusammen. »Ich möchte nicht, dass ihr meinetwegen streitet.«

»Der kriegt sich schon wieder ein.« Ofelias Ton ist eindeutig, sie duldet keinen Widerspruch.

Wir gehen in den Veranstaltungsraum, ein rechteckiger Saal mit einer Bühne und einer langen Theke. An den Wänden stehen ein paar kleine Sofas, der Rest ist Tanzfläche. Hintergrundmusik in gemäßigter Lautstärke empfängt uns. Der Klub ist schon voll besetzt, alle warten gespannt darauf, dass das Konzert beginnt.

Gleich werde ich die Dead Stones zum zweiten Mal live erleben. Ihr erstes Konzert war unvergesslich. Wird sich dieser Eindruck jetzt, wo ich Mikael kenne, noch steigern? Ich habe Angst, von meinen eigenen Gefühlen überwältigt zu werden.

»Wollen wir was trinken?«

»Okay.«

»Eine Cola«, bestelle ich beim Barmann.

Ofelia flüstert ihm etwas ins Ohr, und wenig später stellt er uns zwei Gläser hin, ohne den Geldschein zu nehmen, den ich auf die Theke gelegt habe.

»Was hast du zu ihm gesagt?«, frage ich verwundert.

Statt einer Antwort schenkt sie mir nur ein stummes Lächeln. Ofelia ist wirklich wunderschön! Sie bewegt sich so majestätisch, weiblich und geschmeidig. Ach, hätte ich doch nur einen kleinen Teil von ihrer Ausstrahlung, damit wäre ich schon zufrieden.

Sie nippt an einem roten dickflüssigen Getränk. Was das wohl sein mag?

»Heidelbeersaft«, antwortet sie mir. Ungläubig starre ich sie an. Ich hatte sie gar nichts gefragt! Anscheinend kann auch sie meine Gedanken lesen. Oder vielleicht bin ich tatsächlich so leicht zu durchschauen.

»Dead Stones, Dead Stones, Dead Stones!« Der fordernde Sprechchor der Menge verlangt nach dem Auftritt der Band. Wie viele Leute hier sind! Wenn ich das in der Turnhalle schon für eine riesige Menschenmenge gehalten habe, was ist dann das hier? Eine ganze Flut?

Ofelia packt mich bei der Hand und zieht mich in Schlangenlinien hinter sich her durch die Menge. Mal weicht sie aus, mal schiebt sie sich in eine Lücke, und schon gleitet sie weiter. Innerhalb von einer Minute haben wir die ganze Tanzfläche überquert und einen besonderen Platz erreicht: Von dieser etwas erhöhten Stelle hat man einen perfekten Blick auf die Bühne, ohne dass man von der Masse erdrückt oder fortgerissen wird. Die Nebelmaschine sorgt für eine unheimliche Atmosphäre.

»Gleich geht's los«, sagt meine Begleiterin. Obwohl es so laut ist, kann ich sie ganz klar verstehen. In ihrer Gesellschaft fühle ich mich wohl, im Einklang mit der Welt. Das geht mir sonst nur noch bei einem anderen Menschen so: Mikael.

Jetzt haben sich die verschiedenen Sprechchöre zu einem einzigen vereint, unermüdlich rufen die Fans nach der Band. Tausende Hände und Füße, die rhythmisch zu den Worten klatschen und stampfen: »Dead Stones, Dead Stones, Dead Stones!«

Ein wogendes Meer aus purer Energie.

Klick! Rundum ist auf einmal alles dunkel, nur die Bühne ist taghell erleuchtet, und man sieht Dagon, wie er mit den Stöcken auf die Snaredrum einschlägt.

Und da ist Vincent, mit fließenden Bewegungen gleitet er auf die Bühne, der hypnotische Tanz einer Schlange. Er schnappt sich das Mikrofon und zischt: »Schhhhh!«

Die Menge wird immer leiser, bis auch der letzte Laut verklungen ist. Stille.

In einer Nebelwolke erscheint Mikael mit seinen intensiven Eisaugen, den Bass um den Hals.

Vincent wirft das Mikro von einer Hand in die andere. »Wir sind die Dead Stones! Wir nähren uns von euren Ängsten und verwandeln sie in Musik!«

Der Bass unterlegt alles mit einem hypnotischen Beat, der sich allmählich auf der Bühne ausbreitet und schließlich die Luft mit seinen hämmernden Tönen erfüllt. Vincent lässt einen langen rauen Schrei ertönen, und dann fängt das erste Stück an. Als Mikael in den Refrain einstimmt, macht mein Herz einen Satz, und ich beginne mich im Rhythmus der Musik zu bewegen. Als würden meine Beine von allein tanzen.

Ich beobachte Ofelia. Das pulsierende Stroboskoplicht verleiht ihrer Haut wieder diesen durchscheinenden Schimmer einer Porzellanpuppe. Sie trommelt rhythmisch mit ihren langen schwarz lackierten Nägeln an ihr Glas.

Jemand rammt mich. Oh nein! Die Lavinia-Girls haben mir gerade noch gefehlt! Die ganze Clique: Lavinia voraus, die mit ihren Tüllklamotten und dem schimmernden Make-up wie eine Prinzessin aussieht, Sofia in einem superengen Minikleid, die langen schwarzen Haare zu einer komplizierten Steckfrisur getürmt und als Schlusslicht Federica, die etwas zurückhaltender wirkt.

»Da sieht man mal, dass sie hier wirklich jeden reinlassen!«, empört sich Lavinia.

Ofelia schiebt sich zwischen uns wie eine Wand. Sie sagt kein Wort, wirft den Mädels bloß einen vernichtenden Blick zu, und schon sind die drei genauso schnell wieder verschwunden, wie sie gekommen sind.

Ich muss sie unbedingt fragen, wie sie das hinkriegt! Ich hab ja bloß die großen Hundeaugen drauf, aber bei solchen Gelegenheiten funktionieren die nicht.

Da erkenne ich die ersten Töne von *Closer*, meinem Lieblingsstück.

Ich spüre, wie ich dahinschmelze, die Melodie trägt mich fort, weg von hier in eine andere Dimension. *I'm closer to you, I'm closer to you than I have ever been, why don't you see me?* Warum siehst du mich nicht? Aber Mikael sieht mich in der Menschenmenge, sein Blick streichelt mich zärtlich, als gäbe es nur uns beide. Diese Augen, sie sind so hell, als wären sie ein Stück vom Himmel. Eine warme

Woge überwältigt mich. Ich verliere mich in seinen Eisaugen und denke darüber nach, dass ich mich vielleicht doch nicht geirrt habe! Das erste Mal, bei diesem Konzert zum Schuljahresbeginn, hat er wirklich mich angesehen. Dieser Augenblick hat sich unauslöschlich in meine Seele eingebrannt.

Jemand packt mich am Arm. Schon wieder Lavinia? Ist sie extra zurückgekommen, um mich noch mal anzumachen? Aber es ist Umberto, sein Gesicht ist ganz verzerrt, er wirkt bestürzt.

48

»Ich muss mit dir reden«, schreit Umberto, um die Musik zu übertönen.

»Nicht jetzt«, erwidere ich.

»Wissen deine Eltern, dass du hier bist?«

Darauf entgegne ich nichts, das würde nichts bringen. Ich werfe noch schnell einen Blick zu Ofelia hinüber, dann folge ich ihm mit gesenktem Kopf. Dieses Mal ist das Durchqueren der Tanzfläche ein einziger Kampf. Ein Meer von wogenden Körpern, die tanzen, schubsen, drängen, und so fange ich mir einen Tritt und diverse Ellenbogenstöße ein. Umbertos Miene verheißt nichts Gutes. Angst schnürt mir die Kehle zu.

Darf ich nicht mal meinen Lieblingssong in Ruhe genießen? Ich hätte es so dringend gebraucht, mich kurz aus der Wirklichkeit auszuklinken! Die Probleme scheinen wie Jagdhunde hinter mir herzuhetzen, und ich als das winzige Beutetier renne und renne und schaffe es doch nicht, ihnen zu entkommen.

Wir finden hinter einer hölzernen Trennwand Zuflucht, in dem fast leeren Gang, der zur Toilette führt, wo nur wenig los ist.

»Was gibt es denn so Wichtiges?«, frage ich barsch.

Ich habe beschlossen, dass jetzt Schluss ist mit den Freundlichkeiten.

»Ich hatte dich doch vor Mikael und seiner Band gewarnt. Was machst du hier?«

»Dasselbe könnte ich dich fragen!«

»Ich wusste, dass du kommen würdest …«

»Und seit wann überwachst du mich?«

»Seit ich Angst habe, dass dir etwas Schlimmes zustoßen könnte.«

»In letzter Zeit haben anscheinend alle Angst um mich. Ich bin durchaus in der Lage, auf mich selbst aufzupassen!«, sage ich und wende mich schnell ab, fest entschlossen, diese Unterhaltung abzubrechen. Es ist doch immer das Gleiche mit Umberto.

Er packt mich am Handgelenk und hält mich gewaltsam zurück.

»Hey! Du tust mir weh … Was ist denn in dich gefahren?«

»Hör mir zu, Scarlett. Ich habe … ein wenig nachgeforscht.«

»Was?«

»Ich mache mir Sorgen um dich, deshalb habe ich beschlossen, mich ein wenig umzuhören und deinen tollen Freunden ein wenig hinterherzuspionieren. Was gar nicht so einfach ist, manchmal scheinen die sich einfach in Luft aufzulösen …«

»Was hast du gemacht?! Bist du jetzt total durchgeknallt?«

»Lass mich ausreden. Dann kannst du selbst entscheiden, ob ich übertreibe.«

»Okay.« Ich gebe auf, auch wenn ich spüre, wie sich allmählich immer mehr Wut in mir aufbaut.

»Mikael, Vincent und Ofelia; keiner von ihnen

hat eine Familie. Sie sagen, dass die Eltern der beiden Cousins bei demselben Flugzeugunglück ums Leben gekommen sind, aber keiner weiß etwas Genaues darüber. Jetzt leben sie mit einer älteren Frau zusammen, vielleicht ihrer Großmutter. Eine sehr scheue Frau, es heißt, sie sei von Geburt an taub.«

Ich mache den Mund auf und versuche, etwas zu erwidern, aber er fährt mir dazwischen. »Bitte lass mich ausreden. Das ist ja erst der Anfang der Merkwürdigkeiten. Ofelia ist Waise, über ihre Vergangenheit weiß man wenig bis gar nichts. Anscheinend hat sie ein reicher Unbekannter aus einem Waisenhaus in Prag oder noch weiter im Osten adoptiert. Jetzt lebt sie in einer Renaissancevilla am Waldrand und hat als einzige Gesellschaft ein Haushälterehepaar, die beiden sind so grimmig und ihr so treu ergeben wie zwei Rottweiler. Und stell dir vor, was mit ihrem gesetzlichen Vormund ist? Den hat niemand je zu Gesicht bekommen. Er bezahlt bloß das Schulgeld und den Lohn für das Personal. Kommt dir das nicht zumindest merkwürdig vor?«

Einen Moment lang bin ich sprachlos. Ich fühle mich überrollt. *Mikael, Vincent und Ofelia, alle drei Waisen.*

»Woher weißt du das alles?«

»Wenn ich etwas herausbekommen möchte, kann ich sehr hartnäckig sein, das solltest du allmählich wissen. Edoardos Tod hat mich zum Nachdenken gebracht. Von einem Moment auf den anderen können wir die Menschen verlieren, die wir lieben, und ich kann nicht zulassen, dass dir etwas Schlimmes passiert.«

»Du hast in ihrem Leben herumgeschnüffelt, du hast sie beschattet … Wie konntest du nur?«

»Das habe ich für dich getan, wieso willst du das nicht einsehen? Was muss ich denn noch tun, um dir zu beweisen, wie wichtig du mir bist?« In seinen Augen brennt ein Feuer, das ich vorher noch nie gesehen habe.

Er streicht mir zärtlich übers Gesicht, und ich sehe ihn an, immer noch völlig verwirrt von seinen Worten. Dann beugt er sich herunter und versucht, mich zu küssen. Sobald seine Lippen meine berühren, reiße ich mich aus meiner Lähmung, und mein Zorn entlädt sich mit Wucht.

»Nein!«, schreie ich. Ich stoße ihn zurück und flüchte in Richtung Toiletten.

»Mikael Lancieri verbirgt ein Geheimnis und ich werde es dir beweisen!«, schreit er mir hinterher.

Ich möchte die drängenden Stimmen in meinem Kopf zum Schweigen bringen. *Er verbirgt ein Geheimnis, alle sind Waisen, die Eltern sind bei einem Flugzeugunglück ums Leben gekommen, keiner hat ihn je zu Gesicht bekommen, Geheimnis … Geheimnis … Geheimnis.*

Es reicht! Ich spritze mir Wasser ins Gesicht und wasche mir den Lippenstift und die Spuren des unerwarteten Kusses ab. Ich versuche, meine Atmung wieder unter Kontrolle zu bekommen, doch die Emotionen sind zu stark, am liebsten würde ich losschreien.

Stattdessen bleibe ich vor dem Spiegel stehen, aus dem mir mein verletztes Ich entgegenblickt. Spuren von verschmiertem Rot um den Mund, feucht schimmernde Augen.

Geheimnis ... Geheimnis ... Geheimnis.

Umbertos Worte schwirren wie ein Schwarm dunkler Falter durch meinen Kopf. Das unvermittelte, verzweifelte Geständnis seiner Liebe. Ich habe sofort wieder Caterina vor Augen. Und dann schieben sich Mikael, Vincent und Ofelia davor. Alle drei sind Vollwaisen. *Kommt dir das nicht zumindest merkwürdig vor?* Ich muss mich beruhigen. Ich werde mit Mikael sprechen, er braucht mich nur anzusehen, und schon geht es mir wieder gut.

Die Toilettentür fliegt auf. Drei Mädchen im Glitterlook bauen sich vor mir auf. Lavinia sieht mich herausfordernd an. »Was macht denn so ein Unschuldsengel wie du noch so spät abends unterwegs?«

Das ertrage ich nicht, nicht ausgerechnet jetzt. Ich versuche, mich an ihnen vorbei zum Ausgang zu drängen, aber Sofia versetzt mir einen Stoß und schubst mich damit zu Lavinia hinüber. »Mikael spielt doch bloß mit dir, aber mit mir ist es ihm ernst.« Ihr süßliches Parfüm trifft mich wie ein Schlag ins Gesicht. Maiglöckchen und Vanille. »Schau doch, was er gestern mit mir angestellt hat«, sagt sie. Sie schiebt den Kragen ihrer Tüllbluse herunter und zeigt mir einen Knutschfleck. Mit einem hämischen Lachen gibt sie mir den Weg frei. »Die Ärmste, das hat sie aber getroffen! Tja, das ist eben nichts für Kinder«, legt sie noch nach.

Ich renne los, die stickige Luft im Saal raubt mir den Atem. Schweiß, Adrenalin, sich überlagernde Atemausdünstungen, der künstliche Geruch von Deos und das süße Aroma der Cocktails. Menschen versperren mir den Fluchtweg, mit gesenktem Kopf dränge ich mich vorwärts. Ich muss hier raus, ich bekomme keine Luft mehr! Tränen brennen in meinen Augen.

Ein Ellenbogen trifft mich in den Magen. »Entschuldigung, lasst mich bitte durch!«

»Pass doch auf!«, schreit ein Mädchen.

Ein letzter Blick auf die Bühne. *Your tears like glittering snowflakes, I feel your sorrow in my veins*, deine Tränen glitzern wie Schneeflocken, ich spüre deinen Schmerz in meinen Adern.

Wütend schaue ich noch einmal zu Mikael. Dann rette ich mich verletzt hinaus in die Nacht. Endlich kann ich frei durchatmen. Ich halte einen Schrei zurück. Draußen schüttet es wie aus Eimern. Meine Tränen vermischen sich mit denen des Himmels. Ein Blitz zerreißt das schwarze Tuch, das diese mondlose Nacht einhüllt. Ich möchte verschwinden, und zwar sofort! In diesem Sturzregen. Ich möchte verschwinden und keinen Schmerz mehr spüren.

49

Strömender Regen. Ich habe mir die Kapuze meines Sweatshirts tief in die Stirn gezogen und fühle mich wie ein triefnasser, in Tränen aufgelöster Streuner. Ich sehe wieder Lavinias verächtliche Augen vor mir, als sie mir ihren Knutschfleck am Hals gezeigt hat. »Mikael spielt doch bloß mit dir, aber mit mir ist es ihm ernst.« Und ich sehe auch Umberto wieder vor mir, der zwar wütend war, aber auch eindeutig besorgt und ehrlich verliebt. Seine Worte haben Fragen in mir aufgeworfen, auf die ich keine Antwort finden will. Zweifel und Angst quälen mich: Ich habe keine Ahnung, was ich glauben soll, *wem* ich glauben soll. Und dann der letzte Blick von Mikael, der Refrain, den er mit seiner warmen, dunklen Stimme gesungen hat.

Your tears like glittering snowflakes, I feel your sorrow in my veins.

Ich zittere, aber nicht nur der Kälte wegen. Meine Gefühle entladen sich stoßweise, wie die Blitze, die immer wieder den Himmel durchzucken. Der Donner dringt bis in die hintersten Winkel meines Bewusstseins.

Ich laufe schneller. Dabei suche ich keinen Schutz unter den Fenstersimsen oder Vordächern der Häuser, ich lasse zu, dass der Regen mich mit all seiner Wucht trifft, damit er meine Schmerzen mit sich fortträgt. Bald weicht die enge Altstadt von Siena einer Straße, die von den Schatten mächtiger Bäume gesäumt wird.

Ich habe Angst. Ich bin es nicht gewohnt, nachts allein unterwegs zu sein, wo nur der schwache Schein der Straßenlaternen und der Widerschein der Blitze am Himmel meinen Weg beleuchten.

Die Straße ist eine schwarze Asphaltschlange. Meine Kleidung klebt schwer an mir, ich klappere mit den Zähnen. Ich glaube, dass ich mich verirrt habe, mitten in dieser großen Leere aus verworrenen Erinnerungen.

Doch da erkenne ich die scharfe Kurve, die zum San-Carlo-Gymnasium hinaufführt. Na endlich! Zur Schule sind es jetzt nur noch ungefähr hundert Meter, ich bin also in etwa einer Viertelstunde zu Hause. Und dann werde ich mich abtrocknen, etwas Heißes trinken, und vielleicht kann ich danach vor Erschöpfung einschlafen. Alles andere verschiebe ich auf morgen.

Für heute habe ich genug gesehen und gehört.

Heute Nacht wirkt der Park, der das San Carlo umgibt, als stamme er direkt aus einem Albtraum. Die gespenstischen Silhouetten der Bäume, die undurchdringliche Schwärze, die die Umrisse des Gebäudes verschluckt, und ein kleines helles Licht.

Da brennt Licht in der Bibliothek! Ich bin mir ganz sicher.

Wer kann das um diese Uhrzeit sein?

»Edoardo …«, flüstere ich.

Trotz Müdigkeit und Kälte ist mein einziger Gedanke, dass ich hier möglicherweise Antworten auf die bohrenden Fragen um seinen rätselhaften Tod finden könnte. Ich habe es ihm versprochen.

Ich schaue mich um. Keine Menschenseele ist zu sehen, man hört nichts außer dem strömenden Regen, der unermüdlich auf die Baumwipfel einprasselt. Die Kälte lässt alle Bewegungen erstarren.

Ich lege meine Hand auf das Metalltor. Es quietscht, lässt sich aber dennoch leicht öffnen. Die Kette liegt aufgebrochen am Boden.

Langsam laufe ich weiter und versuche dabei, den Pfützen auszuweichen. Ich lausche auf die Geräusche der Nacht. Da, ein Rascheln in den Bäumen, dann schwingt sich ein großer Uhu in die Lüfte. *Schuhu, schuhu, schuhu.*

Was will er mir sagen? Vielleicht, dass ich fliehen soll, und zwar so weit weg, wie ich nur kann.

Eine Zeitlang bleibe ich reglos vor dem äußeren Eingang zur Bibliothek stehen. Ich hatte nicht erwartet, die Tür angelehnt vorzufinden. Auf Zehenspitzen bewege ich mich vorwärts. Und ehe ich es wirklich merke, bin ich schon hineingegangen. Der glänzende Marmorboden reflektiert matt mein Spiegelbild. Die Brandspuren rufen die schrecklichen Erinnerungen von heute Morgen wach. Edoardos Hand, die unter dem weißen Tuch hervorschaut, vertrocknet, als hätte jemand alles Leben aus ihr herausgesaugt …

Ich blinzele angespannt und versuche, mich zu konzentrieren. Jetzt ist nicht der geeignete Moment, sich in Erinnerungen zu verlieren, ich muss hellwach bleiben. Hier könnte ein Dieb herumlaufen oder, schlimmer noch, vielleicht sogar der Mörder, der meinen Freund umgebracht hat.

Jetzt wird mir klar, was für einen schrecklichen Fehler ich begangen habe. Ich hätte die Bibliothek nicht betreten dürfen. Ich sollte nicht hier sein, aber dennoch balle ich die Fäuste und gehe weiter. Ich muss Klarheit gewinnen, ich brauche Antworten. Mein Zittern wird immer heftiger, zu der Kälte gesellt sich jetzt auch noch Nervosität. Bücher liegen auf dem Boden, aufgeschlagen und überall verstreut, als hätte sie jemand achtlos dorthin geworfen.

Das Handy, Scarlett, los, hol es schon raus!

Ich nehme es in die Hand, den Finger auf der Taste mit der Notrufnummer. Wie in Trance folge ich einem Geräusch, das mich zu der Wendeltreppe am Ende des Ganges führt. Ein merkwürdiger Geruch liegt in der Luft.

Ich erkenne ihn wieder, es ist derselbe beißende Gestank, von dem mir an jenem Tag schlecht geworden ist.

Ein Donner, dann geht das Licht aus. Ein Blitz erhellt die Nacht, wie das Blitzlicht einer Kamera. Ich kann meinen Schrei nicht aufhalten. Dann umgibt mich wieder Dunkelheit, mein Herz rast wie ein außer Kontrolle geratener Zug.

Ich taste mich an der Wand entlang und suche nach dem Schalter. Und da steht er plötzlich vor mir. Gierige rote Augen wie die eines Raubtiers. Sie gehören zu einer dunklen, mindestens zwei Meter großen Schattengestalt, die mich zu packen versucht, aber ich weiche aus und fange an zu rennen. Ich schreie, und es fühlt sich an, als würde man mir mit Schmirgelpapier die Kehle streicheln.

Ich keuche, schaue zurück, sehe den Schatten nicht mehr. Vielleicht habe ich ihn ja abgehängt.

Kaum habe ich diesen Gedanken zu Ende gebracht, da steht er auch schon vor mir. In seinem hungrigen Blick erkenne ich meine Angst und die Erinnerung an den Albtraum, den ich vor einiger Zeit hatte. Ist es das, was man sieht, bevor man stirbt? Hat Edoardo in zwei Abgründe geblickt, aus denen ihm der Schmerz entgegenleuchtete, ehe er diese Welt verlassen musste?

Ich versuche zu flüchten, stolpere und knalle mit den Handflächen auf den Marmorboden. Ein stechender Schmerz. Das Handy schlittert einige Meter weg. Keine Zeit, es aufzuheben. Ich stehe auf, rutsche wieder aus und schlage mir das Knie auf.

Die Kraft der Verzweiflung lässt mich den Schmerz vergessen. Schon stehe ich wieder. Die dunkle Gestalt ist jetzt vor mir, sie überragt mich. In der Dunkelheit kann ich das Gesicht nicht genau erkennen. Nur die Augen, die wie Blutstropfen glänzen. Der Schatten schlägt sofort zu, ein brutaler Hieb. Ich fliege ein paar Meter durch die Luft wie eine schlaffe Gliederpuppe. Der Schmerz raubt mir den Atem.

Ich lande krachend an einer Wand und pralle mit einem dumpfen Geräusch zu Boden. Ich huste, fühle stechende Schmerzen in meiner Brust. Ich beiße die Zähne zusammen und stehe auf, aber das hilft nichts. Der Schatten ist schon wieder vor mir. Seine Hand schließt sich wie eine Zange um meinen Hals und hält mich an der Wand fest. Seine Berührung ist kalt wie Stahl, und vom stechenden Geruch seiner Haut tränen mir die Augen.

Ich strampele mit den Füßen, kratze, trete um

mich. Alles umsonst. Ich kann nicht mehr atmen. Der stählerne Griff seiner Hand, die meine Kehle gepackt hält, wird immer enger. Schmerzhaftes Röcheln. Ich bereite mich darauf vor, mich vom Leben zu verabschieden, mit einem letzten flüchtigen Blick auf den schwarzen Himmel, der fast vollständig hinter einem dichten Regenvorhang verschwindet. Ein salziger Tropfen löst sich von meinen Wimpern und rinnt zu den Lippen herab.

»Mikael«, flüstere ich.

50

Ich schließe die Augen, um nicht mehr in die roten Feuerbälle dieses Wesens vor mir sehen zu müssen. Der Inbegriff des Bösen, das nachts die Menschen in ihren Albträumen heimsucht. Augen ohne Lider, starr und unerbittlich und rund um die rote Pupille nichts als schwarze Abgründe. Die Schattengestalt hat die Kapuze tief ins Gesicht gezogen, und in der Finsternis der Nacht, die nur ab und zu von einem durch das Fenster hereinbrechenden Blitz erhellt wird, kann ich keine weiteren Einzelheiten erkennen. Der Schatten wirkt wie der leibhaftige Tod.

Ein übel riechender Schwall seines Atems hüllt mich ein, die eisige Hand hält meine Kehle in stahlharter Umklammerung gepackt. Meine Kräfte schwinden, nur noch ein feiner Luftstrom fließt durch meine zusammengepresste Luftröhre. Ich wehre mich nicht mehr. Mein Herz scheint bei jedem Schlag zu explodieren.

Ich hoffe nur noch, dass es schnell vorbei ist.

Plötzlich lockert sich der Griff meines Angreifers, und ich öffne die Augen. Eine Hand hat ihn am Arm gepackt.

Zähneknirschend muss die Schattengestalt mit

den roten Augen mich freigeben. Schlaff wie ein leerer Sack falle ich zu Boden.

Ich zittere wie ein Ahornblatt im Sturm. Hustend streiche ich über meinen Hals und schnappe gierig nach Luft.

Das Wesen, das eben noch wütend über mich hergefallen ist, wird nun selbst so heftig angegriffen, dass es laut krachend gegen eines der mit Büchern gefüllten Regale prallt.

Vor dem Fenster zeichnet sich ein Umriss ab. Groß, schmaler als die andere Gestalt und von einer schwachen blauen Aura umgeben.

Die Schattengestalt ist sofort wieder auf den Beinen und stürzt sich gleich darauf auf ihren Angreifer. Sie kämpfen wie zwei wilde Tiere, in enger Umklammerung schlagen sie aufeinander ein. Jeder Hieb dröhnt laut wie eine Explosion. Ich halte mir die Ohren zu und schreie. Bücher fallen zu Boden, ein Tisch zersplittert, Holzstückchen und Papierfetzen fliegen durch die Luft. *Armageddon*.

Der Körper meines Angreifers beginnt in einem pulsierenden roten Licht zu leuchten, das genauso unheilvoll wirkt wie das seiner Augen. Sein Atem geht keuchend wie der eines Stiers in der Arena. Der andere Kämpfer, den eine blaue Aura umgibt, bewegt sich schnell und geschickt.

Es kommt mir so vor, als sei der rote Schatten größer und kräftiger geworden. Plötzlich taucht er wie aus dem Nichts hinter seinem Gegner auf und tritt ihm so kräftig in den Rücken, dass er über den ganzen Flur geschleudert wird.

»NEEEIIINN!«, schreie ich auf.

Doch der andere geht nicht zu Boden, sondern hat

sich in die Luft erhoben und windet sich, röchelnd vor Schmerzen. Ein Geräusch, als ob etwas entzweireißt. Hinten auf seinem Rücken erscheinen auf einmal Fledermausflügel.

Fasziniert starre ich ihn an. Er schwebt reglos vor mir, endlich kann ich sein Gesicht sehen. Einen Augenblick lang vergesse ich sogar, mich darum zu sorgen, was mein Angreifer als Nächstes vorhat. Ich bin vollkommen verwirrt. Helle blaue Eisaugen durchdringen die Dunkelheit. Ich kann es nicht fassen ...

Es ist Mikael.

Er wirkt größer als sonst. Die Sehnen an seinem Hals sind gespannt wie Drahtseile. Er ist größer und dann ... diese Flügel. Aber er ist es, ganz sicher.

Der Schatten mit der roten Aura hält bestürzt inne, vielleicht ist er zu verwirrt und weiß nicht, was er tun soll. Er stößt einen Schrei aus, wie ein Raubtier, das vom Kampf ablässt und sich auf eine günstigere Gelegenheit hoffend davonmacht.

Gleich darauf ist er verschwunden. Zurück bleibt nur ein dunkler Fleck auf dem Boden, schwarz wie verbranntes Öl.

Ich habe nicht genügend Kraft, um mich aufzurichten, deshalb schleppe ich mich auf allen vieren zu Mikael.

Dort im Halbdunkel, das einzig von dem blauen Lichtschein erhellt wird, der seinen Körper sanft umgibt, und von den Blitzen, die den Himmel zerteilen, geht etwas vor sich. Ganz langsam verschwinden die Flügel in seinem Rücken, und dann ist er wieder der Junge, den ich kenne. Plötzlich gibt es auch wieder Strom und elektrisches Licht.

Mikael steht im Flur. Sein T-Shirt ist zerrissen und

blutverschmiert, die zuckenden Muskeln entspannen sich allmählich. Die Wunden auf seinem Rücken schließen sich. Obwohl sein vollkommenes Gesicht von Erschöpfung gezeichnet ist, hat es nichts von seiner klassischen Schönheit eingebüßt. Endlich kann ich aufstehen, und ich laufe stumm zu ihm, umkreise ihn. Sein Rücken ist von hellen Narben überzogen und dort, wo eben noch die Flügel waren, bemerke ich zwei dicke rote Stümpfe. Meine Hand zittert, als ich sie berühre. Er zuckt zusammen.

Als ich vor ihm stehe, sehe ich ihm in die Augen. Lautlos läuft eine Träne über meine Wange.

»Wer ... bist du?«, frage ich.

»Vergiss, was du gesehen hast, und sprich mit niemandem darüber. Unser Schicksal liegt jetzt in deinen Händen. Aber ich konnte doch nicht zulassen, dass dir etwas passiert.« Er klingt völlig erschöpft. Von seiner blauen Aura ist nur noch ein sanfter Abglanz geblieben.

Er legt mir den Zeigefinger auf die Lippen und keine Ahnung, warum, aber irgendwie weiß ich, was gleich geschehen wird.

»Nein«, kann ich gerade noch flüstern.

Er streicht mir sanft übers Gesicht und all meine Gefühle, die Angst und der Schmerz, versinken in einer alles umhüllenden Dunkelheit.

51

Ich öffne die Augen.

Ruckartig setze ich mich auf und schaue mich um. Ich bin in meinem Bett. Um mich herum die vertrauten Dinge. Habe ich vielleicht alles nur geträumt?

Doch dann habe ich wieder Mikael vor Augen, seinen wie in Stein gemeißelten Körper, die zuckenden Muskeln, die hervorgetretenen Adern. Das zerrissene T-Shirt, aus dem die Fledermausflügel hervorkommen. Die Narben.

Instinktiv fährt meine Hand an meinen Hals, und einen Moment lang meine ich, wieder die stählerne Umklammerung meines Angreifers zu spüren und in die blutdürstigen Abgründe seiner Augen zu sehen.

In einem erschütternden Flashback durchlebe ich alles noch einmal. Das Gewitter, den Schmerz und die Wut. »Mikael verbirgt ein Geheimnis, und ich werde es dir beweisen.« Die Bibliothek, die Blitze am schwarzen Himmel. Ich werde sterben. *Mikael …*

Ich stehe auf und suche nach Spuren, die meine Erinnerungen bestätigen können. Auf dem Stuhl liegen ordentlich zusammengefaltet die Sachen, die ich gestern anhatte. Sie sind noch feucht.

Ich laufe ins Bad, schaue in den Spiegel und suche nach blauen Flecken. Schließlich erinnere ich mich noch genau an den Schmerz, als ich gegen die Wand geprallt bin. Ich hebe das weite Schlafanzugoberteil, aber da ist nichts außer meiner weißen Haut.

»Scarlett, bist du etwa noch im Bett? Mittagessen ist fertig!« Als ich die Stimme meiner Mutter höre, fahre ich zusammen. Langsam kehre ich in die Realität zurück.

»Vergiss, was du gesehen hast und sprich mit niemandem darüber«, das waren Mikaels letzte Worte. Traum oder Wirklichkeit?

Gestern Abend hatte ich nur eine Cola. Ich war also keinesfalls betrunken! Aber wie bin ich bloß nach Hause gekommen?

Ich schlüpfe in meine Jeans und einen Wollpulli und folge dem Duft von überbackenen Nudeln in die Küche.

»Geht es dir heute besser?«, fragt Papa.

»Ich glaube schon. Ich bin bloß noch ein wenig durcheinander … Als hätte ich meinen Kopf auf dem Nachttisch vergessen.«

»Also ganz wie immer …«, meint Simona.

Im Hintergrund läuft leise der Fernseher. Ich zwinge mich, etwas zu essen.

»Habt ihr gestern Abend irgendetwas Merkwürdiges gehört?«, frage ich.

»Wie meinst du das?«, erwidert Papa.

»Na ja, zum Beispiel seltsame Geräusche aus dem Garten.«

»Nein. Ich habe bloß deinen Vater gehört, der wie eine Dampflokomotive geschnarcht hat, sodass ich kein Auge zubekommen habe.«

»Du sagst ständig, dass du kein Auge zubekommst, aber wenn ich aufwache, schläfst du immer tief und fest.«

Marco spielt mit einem Modellhubschrauber. Er lädt Krümel in einen kleinen Eimer und transportiert sie zu seinem Teller, so als wollte er einen Brand löschen, den nur er sehen kann.

Die Fantasie kann alles erschaffen. Auch die Bilder, die mich quälen?

52

Can't anybody see? We've got a war to fight. Ich lasse mich mit Musik volldröhnen und versuche so, die quälenden Fragen in meinem Kopf zu verdrängen.

Es gibt tatsächlich einen Beweis dafür, dass ich mir das alles nicht bloß eingebildet habe: Mein Handy ist nicht mehr da. Es ist mir aus der Hand geflogen, als ich angegriffen wurde.

Ich weiß … Ich könnte mir jetzt einreden, dass es mir bei dem Konzert jemand geklaut hat. Aber dafür sind die Bilder in meinem Gedächtnis viel zu lebendig.

Wie soll ich das bloß erklären, wenn man mein Mobiltelefon in der Bibliothek findet, an einem Ort, an dem scheinbar Vandalen gewütet haben, mit den umgeworfenen Regalen und den stinkenden Flecken wie von verbranntem Öl?

Sicher, ich könnte einfach die Wahrheit sagen. Dass ein gesichtsloses Monster mit zwei roten Abgründen anstelle der Augen versucht hat, mich umzubringen. Und dass der Bassist der beliebtesten Band an der Schule sich in ein Geschöpf mit Fledermausflügeln verwandelt hat, um mich zu retten.

Mikael hat mich gebeten, alles zu vergessen. *Ihr* Schicksal sei in meinen Händen. Doch wer sind *sie*?

»Ich konnte doch nicht zulassen, dass dir etwas passiert.« Also liegt ihm etwas an mir! Aber wer hat versucht, mich umzubringen?

Zwei Dinge weiß ich ganz sicher: dass die Bibliothek der Mittelpunkt dieses Rätsels ist und dass Edoardo möglicherweise aus demselben Grund ermordet wurde, aus dem ich angegriffen wurde, und dass ich keine Ahnung habe, wie mein Angreifer aussieht, während er ganz genau weiß, wer ich bin.

Aber wer ist Mikael eigentlich? Es gibt keine logische Erklärung dafür, dass ihm auf dem Rücken zwei Fledermausflügel gewachsen sind. Es sei denn ... Vielleicht war ich einfach so erschrocken wegen des plötzlichen Angriffs, dass meine Angst meine Wahrnehmung verzerrt hat.

Storm in the morning ... How can it feel this wrong, from this moment. Der Song von Portishead klingt wie eine Warnung. Ob Mikael in Gefahr ist? Vielleicht ist das Monster zurückgekommen, nachdem er mich gerettet hat, und ...

Nein, daran darf ich nicht einmal denken!

»Machen wir einen Spaziergang?« Marcos Stimme lässt mich mit einem kleinen Aufschrei zusammenfahren. Ich drehe mich zu ihm um und werfe ihm einen vernichtenden Blick zu.

»Hatte ich dir nicht gesagt, dass du anklopfen sollst, bevor du mein Zimmer betrittst?«

Enttäuscht schleicht er davon. Ja, ich weiß, ich sollte ihm mehr Zeit widmen, aber im Moment geht in meinem Kopf alles so durcheinander, dass ich es nicht einmal schaffe, mich um mich selbst zu kümmern.

53

Scarlett, vielleicht solltest du heute lieber nicht in die Schule gehen. Ich möchte nicht, dass du Fieber bekommst.« Ich muss wirklich schlecht aussehen, wenn Simona sich an einem Montagmorgen so verständnisvoll zeigt.

Ich schleppe mich nach oben. Das Bett ist eine bequeme Zuflucht für meinen geschundenen Körper, aber mein Verstand rast mit Überschallgeschwindigkeit durch Erinnerungen, Fantasien und Ängste.

Das Telefon schrillt. Es klingt bedrohlich. Ich habe Angst. Ein paar lange Augenblicke halte ich die Luft an, weil ich mir voller Panik vorstelle, es könnte die Polizei sein. *Frau Castoldi, wir haben das Handy Ihrer Tochter am Schauplatz eines Verbrechens gefunden …*

Erleichtert seufze ich auf. Es ist nur einer von diesen Werbeanrufen.

Ich versuche zu schlafen, doch das ist völlig unmöglich. Aber ich möchte die Läden nicht schließen, weil ich mich vor der Dunkelheit fürchte.

Minuten werden zu Stunden, und aus einem halbwegs sonnigen Morgen wird ein düsterer Nachmittag.

Dring! Wieder das Telefon.

»Einen Moment, sie liegt im Bett … Ich bringe jetzt das schnurlose Telefon zu ihr … Bitte noch etwas Geduld.« Meine Mutter kommt in mein Zimmer und gibt mir das Telefon. Mit zitternder Hand nehme ich es entgegen. Ich wage nicht zu fragen, wer es ist, aber mein Gesicht muss Bände sprechen.

»Hallo, Scarlett, ich bin's! Bist du krank?« Genzianas Stimme dröhnt laut wie eine Trompete in meinen Ohren.

»Ach, du bist es …«

»Wer sonst, was hast du denn gedacht?«

»Ach, niemand, das habe ich nur so gesagt … Ich fühle mich nicht besonders toll, aber es ist nichts Schlimmes.«

»In Ordnung, hab schon verstanden. Was tut man nicht alles, um einen Tag Schule zu schwänzen. Ich rufe dich an, weil es Neuigkeiten gibt.« Gespannt warte ich und bin sehr dankbar, dass ich gerade im Bett liege, sonst würden jetzt meine Beine versagen.

»Worauf wartest du noch?«, dränge ich sie.

»Ich wollte dich nur ein wenig auf die Folter spannen … Also, Samstag Nacht sind irgendwelche Typen in die Bibliothek eingebrochen. Die sollen vielleicht gehaust haben, wie die Vandalen! Sie haben jede Menge kaputt gemacht, aber man weiß nichts Genaues. Die gute Nachricht ist, dass heute Italienisch ausfiel, weil es eine außerplanmäßige Lehrerkonferenz gab. Du kannst dir ja vorstellen, wie glücklich wir darüber waren und wie finster der Vanzi geguckt hat! Beinahe hätte er sich mit dem Rektor angelegt. Auf jeden Fall werden bald die Sicherheitsmaßnahmen verstärkt.«

»Ach was!«

»Doch, die haben Angst, dass die Eltern ihre Kinder von der Schule nehmen könnten. Du weißt doch, wie das ist, erst die schlimme Geschichte mit dem Bibliothekar und jetzt dieses Chaos. Von nun an wird ein privater Sicherheitsdienst das San Carlo rund um die Uhr bewachen. Außerdem soll es überall Überwachungskameras geben! Glaubst du, dass die das dürfen, wo es doch das Gesetz zum Schutz der Privatsphäre gibt?«

»Keine Ahnung! Ich hoffe bloß, dass sie nicht auch noch im Klo Kameras installieren. Das würde mich ziemlich stören ...«

»Also, was du gleich wieder denkst!«

»Weiß man denn schon etwas Genaueres über diese Typen, die da randaliert haben?«

»Wie meinst du das?«

»Na ja, hat man Spuren gefunden, Fingerabdrücke?«

»Woher soll ich das wissen? Vergiss nicht, dass es in Siena kein CSI gibt. Wie auch immer, werd schnell wieder gesund!«

Sie legt auf. Und ich bin wieder allein mit meinen Gedanken.

54

Nein! Bitte, lass mich gehen!

Ein sich wiederholendes Geräusch, ganz fern im Hintergrund.

Die Schattengestalt mit den roten Augen steht wieder vor mir. Ich versuche zu fliehen. Ich stolpere. Der Schatten packt mich. Ich falle schwer hin. Meine Beine, ich kann sie nicht mehr bewegen!

Ruckartig fahre ich hoch.

Ich liege schweißgebadet in meinem Bett. Die Decke hat sich wie ein fester Strick aus schlimmen Träumen um meine Beine gewickelt.

Ich kehre wieder in die Gegenwart zurück. Die Bilder sind verschwunden, aber das sich wiederholende Geräusch ist geblieben. Es kommt vom Fenster.

Kleine Steine prasseln gegen das Glas. Jemand ruft leise nach mir. Auf Zehenspitzen und mit angehaltenem Atem gehe ich dorthin, der Boden unter meinen Füßen ist kalt.

Als ich vor dem Fenster stehe, sehe ich ihn.

Mikael.

Er gibt mir zu verstehen, dass ich zu ihm kommen soll.

Ich bemühe mich, keinen Lärm zu machen, während ich mir das Sweatshirt mit den Katzenohren über das weite Bambi-T-Shirt streife, das ich als Schlafanzug trage. Dann schlüpfe ich in die Leggings und Turnschuhe. Bei jeder knarrenden Stufe setzt mein Herz kurz aus.

Bevor ich aus dem Haus gehe, schnappe ich mir den Schlüsselbund.

Wir beide unter dem endlos schwarzen Nachthimmel. Eine winzige Mondsichel erhellt schüchtern Myriaden von Sternen. »Der zunehmende Mond schenkt den Menschen die Hoffnung auf eine bessere Zukunft. Mit ihm erneuert sich der Zyklus des Lebens«, hat Genziana einmal gesagt.

Ich kann nur hoffen, dass das stimmt.

Mikael macht ein finsteres Gesicht. Ich laufe ihm entgegen. In den letzten Tagen habe ich mir tausendmal vorgestellt, wie es sein wird, wenn ich ihm begegne, ich habe mich gefragt, ob ich Angst vor ihm haben würde und vor den Geheimnissen, die er verbirgt. Stattdessen habe ich jetzt nur noch den einen Wunsch, mich in seine Arme zu flüchten. Ihn ganz nah bei mir zu spüren und mich in seinen Augen zu verlieren. Tiefe blaue Ozeane, in denen die ersten Sterne der Nacht schimmern, jeder einzelne ein Versprechen.

Ich presse mich fest an ihn. »Jetzt geht es mir gut … Ich möchte nur, dass du mir voll und ganz vertraust, Mikael …«

Schweigen.

Es fällt mir nicht leicht, mich von ihm zu lösen. Aber der Wunsch, ihm in die Augen zu sehen, siegt. »Du hast dein Leben aufs Spiel gesetzt, um mich zu retten.«

»Ich konnte den Gedanken nicht ertragen, dich zu verlieren.«

Er streichelt mich. Ich spüre seine weiche Hand auf meinem Gesicht, auf meinem Hals. Sie gleitet den Arm hinunter und ergreift schließlich meine Hand.

»Wer bist du wirklich?«, frage ich ihn mit zitternder Stimme.

»Komm mit«, flüstert er.

Ich folge ihm, als müsste es so sein. Als wäre ich voll und ganz erfüllt von seinem Namen, seinem Wesen, seinem Duft. Genau wie in dem Lied der Dead Stones. *Closer.* Es scheint nur für mich geschrieben, jedes Wort scheint seine Bedeutung zu haben.

Hand in Hand laufen wir den Weg entlang, der zu dem verlassenen Turm führt. Mikael steuert darauf zu, ohne dass ich ihm gesagt hätte, dass ich schon immer dorthin wollte. Seit dem Tag, an dem wir hierhergezogen sind.

Die kalte Luft peitscht mir ins Gesicht. Das Gelände wird immer unwegsamer, und die Geräusche der Nacht umgeben mich. Aber ich habe keine Angst.

Die Fragen, die mich in den letzten Tagen gequält haben, sind endlich verstummt. Im Augenblick zählt nur eins: Mikael ist an meiner Seite. Ich möchte nur mein Herz sprechen lassen.

Ich keuche vor Anstrengung, die Steigung wird immer steiler. Er zeigt kein Anzeichen von Erschöpfung.

»Schaffst du es?«, fragt er mich.

Als Antwort stolpere ich über einen vorspringenden Stein.

Er lässt meine Hand los, und ich fühle mich verloren, aber nur für diesen einen Augenblick.

Da legt er auch schon einen Arm um meine Taille und hilft mir, indem er mich sanft vorwärtsschiebt.

Jetzt fehlt nicht mehr viel. Das Ziel ist nah. Dieses Mal komme ich mir wirklich wie die Heldin aus einem Märchen vor, doch der Turm, der sich vor uns erhebt, ist nicht mein Gefängnis, sondern das Ziel all meiner Wünsche.

55

Hast du keine Angst vor mir?«

»Wie könnte ich vor dir Angst haben?«, würde ich ihm am liebsten sagen. Doch ich bringe diese Worte nicht über die Lippen. Stattdessen drücke ich ihn fest an mich, in einer Umarmung, die niemals enden soll.

Mikael streichelt mir über die Haare, und einen Moment lang habe ich das Gefühl, vor Glück zu sterben.

Im Schatten der Ruine tauschen wir einen Blick, der ein Versprechen scheint. Aber er ist zu kurz.

Mikael wendet sich von mir ab und entfernt sich ein wenig. Er setzt sich auf einen Stein und starrt auf die wundervolle Landschaft, die sich unter uns ausbreitet. Ich schaue lieber nach oben in den Sternenhimmel. Von hier aus, fern von den Lichtern der Stadt, ist er ein wunderbarer Anblick. Ich würde Mikael gern fragen, was nicht stimmt, warum er jedes Mal, wenn er sich mir nähert, gleich darauf das Bedürfnis hat, sich zu entfernen. Aber die Gefühle sind zu stark und ich bin zu schwach, um damit umzugehen.

»Ich weiß nicht, wo ich anfangen soll. Das, was ich dir sagen will, ist schwer zu verstehen.«

»Du kannst es versuchen. Ich bin für dich da.«

»Die Wirklichkeit entspricht nicht dem äußeren Schein. Oder besser gesagt, es gibt nicht nur *diese* Wirklichkeit. Es gibt noch eine andere Welt unter der Erdoberfläche. Eine Welt, die bewohnt ist von …«, er beendet den Satz nicht. Da gibt es etwas, das er mir nicht zu sagen wagt. Vielleicht hat er Angst, mich zu verstören, nach allem, was passiert ist.

Bei einer Welt unter der Erdoberfläche muss ich sofort an das Bild denken, das man uns in der Schule von der Hölle vermittelt hat. Dante, wie er auf der Suche nach Wahrheit von einem Höllenkreis zum nächsten schreitet.

»Na ja, es ist zwar nicht genau so, aber es ist eine gute Möglichkeit, um eine Vorstellung davon zu bekommen. Vielleicht fällt es mir so leichter, dir zu erklären, wie es funktioniert.«

»Dann kannst du also wirklich meine Gedanken lesen!«

»Nicht immer. Manchmal sind sie so intensiv, dass sie mich erreichen. Aber das klappt nicht bei allen Menschen. Manche sind ganz einfach zu verstehen, andere sind sehr komplex, reich an Zwischentönen. So wie du, Scarlett.«

»Willst du mir sagen, dass es den Teufel gibt und …«

»Es gibt Dämonen, und meine Aufgabe ist es, sie daran zu hindern, den Pakt zu brechen und in diese Welt zu kommen.«

»Den Pakt?«

»Vor Urzeiten, als Schamanen und weise Priester über die Erde herrschten, wurde nach einer langen Periode voller Chaos der Pakt besiegelt. Seitdem ist es den Dämonen verboten, die Welt der Menschen zu betreten. Ihre Spuren überleben nur noch in Legenden, die seit Jahrtausenden überliefert werden.«

»Und was hast du damit zu tun?«

Er schaut mir nicht in die Augen. Scheint zu zögern.

»Ich bin ein Wächter. Durch meine Adern fließt menschliches Blut, aber auch das von Dämonen, deswegen kann ich gegen sie kämpfen. Aber das ist auch der Grund, warum ich mit aller Kraft versucht habe, mich von dir fernzuhalten. Jeden Tag aufs Neue muss ich gegen meine dunkle Seite ankämpfen, die jeden Moment die Oberhand gewinnen könnte. Ich muss ganz bewusst alles vermeiden, was meinen logischen Verstand trüben könnte. Und da stehst du in meiner persönlichen Liste an oberster Stelle. Ich habe versucht, mich gegen meine Gefühle zu wehren, Scarlett, aber ich schaffe es nicht.«

Ich komme näher, setze mich neben ihn und nehme seine Hand. Ich führe sie an meine Lippen und küsse sie.

»Ich habe keine Angst vor dir«, sage ich leise.

»Ich bin machtlos dagegen, verstehst du? Das ist mein Wesen …« Er springt auf und geht weg.

»Und deine Familie?«

»Meine Familie ist bei einem Flugzeugunglück umgekommen, als ich noch klein war.«

»Das tut mir leid.«

»Im Leben eines Wächters ist kein Platz für Glück. Ich habe eine Mission zu erfüllen, dafür bin ich geboren.«

»Du hast ein Recht darauf, glücklich zu sein, wie jeder andere Mensch auch.«

»Aber ich bin kein *Mensch*, Scarlett. Zumindest nicht ganz. Du hast gesehen, wozu ich fähig bin. Letzte Nacht wurdest du von einem sehr alten und mächtigen Dämon angegriffen. Und er wird nicht eher Ruhe geben, bis er das gefunden hat, wonach er sucht. Dieses Mal hat er auf einen Kampf verzichtet, vielleicht, weil er seine Identität nicht preisgeben wollte.«

Einen Moment lang bin ich sprachlos. Bis vor ein paar Monaten war mein Leben so einfach. Ich hatte nur die üblichen Probleme in der Schule und den Ärger in der Familie. Jetzt habe ich erfahren, dass ein Monster aus einer Art Hölle entwichen ist, meinen besten Freund getötet und dasselbe auch bei mir versucht hat.

»Edoardo …«, fast unbewusst spreche ich seinen Namen aus. Eine Träne läuft mir übers Gesicht.

»Du musst jetzt stark sein.«

»Ich will wissen, was ihm zugestoßen ist.«

»Versuche, ihn so in Erinnerung zu behalten, wie er war, als er noch lebte.«

»Nein! Sag mir, was er ihm angetan hat!«

»Der Dämon ist so von sich überzeugt, dass er nicht einmal versucht hat, seine Spuren zu verbergen, die belegen, dass er diese Welt betreten hat. Er hat mich ganz offen herausgefordert. Er hat die Seele deines Freundes ausgesaugt und ihn so zugerichtet.«

Die Sterne scheinen uns reglos aus dem dunklen Samthimmel zu beobachten. Uns beide, wie wir Seite an Seite an den im Laufe der Jahrhunderte verwitterten Steinen des verlassenen Turms lehnen.

Mikael fährt mir mit den Fingerspitzen über die

Hand. Wir reden nicht mehr. Ich möchte ihm noch so viele Fragen stellen, aber ich bin schon jetzt völlig erschlagen von den Enthüllungen dieser Nacht. Mikael und ich gehören zwei unterschiedlichen Welten an …

Ich vertraue ihm, aber er traut seinem eigenen Wesen nicht.

Können wir uns je ineinander verlieren, ohne befürchten zu müssen, dass wir uns verletzen?

Ich frage mich, ob nicht vielleicht unter den vielen Sternen des Universums über uns einer dabei ist, der meinen Wunsch erhört.

56

»Ich glaube, das hier gehört dir.« Er hält mir das Handy hin.

Das hatte ich komplett vergessen! »Danke, du weißt gar nicht, was für Albträume ich deswegen hatte. Jedes Mal, wenn zu Hause das Telefon klingelte, habe ich gefürchtet, man hätte es dort in dem Chaos gefunden.«

»Ich habe mich Sonntag in der Morgendämmerung darum gekümmert. Du brauchst dir keine Sorgen zu machen, für den Einbruch in die Bibliothek macht man Randalierer verantwortlich: Sie glauben, es waren frustrierte ehemalige Schüler oder jemand, der sitzen geblieben ist und sich rächen wollte. Deswegen wird die Überwachung in der Schule verschärft, mit Kameras und einem privaten Sicherheitsdienst. Es hat in letzter Zeit zu viele Unfälle gegeben, zu viel Aufsehen für eine Schule mit einer untadeligen Fassade.«

Ich betrachte meine Schuhspitzen und schmolle ein wenig. Auf dem Rückweg vom Turm haben wir beinahe kein Wort miteinander geredet, wir haben uns nur an der Hand gehalten, und jetzt, wo wir vor meiner Haustür angekommen sind, möchte ich mich nicht von ihm verabschieden müssen … Zumal da noch diese graue Wolke ist, die sich in meine Gedanken geschlichen hat.

»Stimmt was nicht?«

»Es ist nur …«

»Was?«

»Der Knutschfleck auf Lavinias Hals, warst du das?«

»Wovon redest du eigentlich?«

»Sie hat ihn mir gezeigt … und gesagt, dass du mit mir nur spielst, aber mit ihr wäre es dir ernst.«

»Du bist wirklich komisch! Da erzähle ich dir, dass in meinen Adern Dämonenblut fließt, und du regst dich über so etwas Albernes auf!« Er lacht laut, und wieder einmal versinke ich bewundernd in der Betrachtung seiner vollkommenen Gesichtszüge, seiner strahlendweißen Zähne. »Eine wie Lavinia würde ich nicht mal mit der Kneifzange anfassen … Aber bei dir schaffe ich es einfach nicht, den Sicherheitsabstand einzuhalten.«

Ich kann nicht verhindern, dass ich rot werde.

Er wird wieder ernst. »Und denk daran, verrate niemandem, was geschehen ist.«

»Versprochen.« Ich schaue ihm tief in die Augen.

Der Sonnenaufgang überrascht uns wie eine zartrote Umarmung. Ich habe noch nie mit jemandem zusammen die Sonne aufgehen sehen, sondern immer nur allein, wenn ich schlaflos am Fenster stand. Jetzt wünsche ich mir nichts mehr, als dass Mikael meine Lippen in einem Kuss berührt. Danach hätte ich vor nichts mehr Angst.

Dann könnte ich auch sterben.

Er nähert sich mir und drückt seine Lippen auf meinen Hals. Ein Schauer überläuft mich.

»Du riechst gut«, flüstert er. Und dann verschwindet er wie ein schöner Traum, der sich beim Erwachen in Nichts auflöst.

Bevor ich hineingehe, werfe ich noch einen Blick auf die Straße ... Aber er ist schon nicht mehr zu sehen.

57

»Ich hätte nie gedacht, dass ich mal in der Schule Angst haben würde!« Caterina streicht sich mit den Handflächen über die Arme, als wollte sie eine Gänsehaut vertreiben. »Das hier war immer so ein ruhiger Ort, es gab nichts, wovor man sich fürchten musste.«

»Anscheinend hat die Grausamkeit der Welt jetzt auch diese Oase der Ruhe und des Friedens erreicht.« Genziana klingt ungewöhnlich düster.

»Stell dir vor, gestern war ein Fernsehteam hier. Sie haben die ganze Schule auf der Suche nach einem Knüller durchkämmt und … Rate mal, was passiert ist?« Sie lässt mir keine Zeit zu antworten. »Lavinia und Sofia haben die Gelegenheit genutzt, um eine große Show abzuziehen.«

»Sofia hatte sogar falsche Tränen in den Augen«, fügt Caterina hinzu.

»Eine routinierte Schauspielerin, das muss man ihr lassen.«

Ich erkenne Mikaels hohe, schlanke Gestalt schon von Weitem. Er kommt auf uns zu. Mein Herz fängt heftig an zu klopfen.

Die anderen folgen meinem Blick. Ein kollektives »Aaah«.

»Das glaube ich nicht! Mikael Lancieri höchstpersönlich. Hast du uns irgendwas verschwiegen, Scarlett?«

»Nichts, was euch interessieren könnte«, antworte ich mit einem schüchternen Lächeln.

»Entschuldigt die Unterbrechung ...« Mikael ist schöner als je zuvor. Die Sonne küsst seine durchscheinende Haut, und seine Augen leuchten blau wie Himmelsfragmente.

Ich stehe auf und strahle ihn an.

»Ich will dir etwas zeigen«, flüstert er mir zu.

»Ciao, bis später«, sage ich und tue so, als würde ich Genzianas vielsagende Gesten und Caterinas schwärmerischen Blick nicht bemerken.

Als ich vor der Statue der Frau mit der Taube stehe, kommt es mir vor, als hätte ich sie schon immer gekannt. Sie ist wunderschön. Lange Haare, die von einem ewig wehenden Wind liebevoll zerzaust werden, meisterlich in weißen Marmor gebannt von einem Künstler, der einen Moment zu erfassen und ihn für die Ewigkeit festzuhalten vermochte. Der ekstatische und undurchschaubare Gesichtsausdruck erinnert mich an Ofelia. Etwas, das man nicht fassen kann und das einen trotzdem gefangen nimmt und mit sich fortträgt.

Mikael baut sich hinter mir auf. Ich drehe mich um und fange seinen Blick auf. Er lächelt.

Als er sich zu mir hinunterbeugt, rutscht ihm wieder die Silberkette mit dem Anhänger in Form von Fledermausflügeln aus dem T-Shirt. Wieder fällt mir auf, wie hell er leuchtet. Mindestens so verführerisch wie sein Besitzer.

Er öffnet seinen Rucksack. Ein kleiner schwarzer

Fellball springt heraus und beginnt auf dem Rasen herumzulaufen.

»Black ... Das glaube ich nicht ... Du hast ihn rausgebracht!«

»Er wollte gern ein wenig mit seinem Frauchen zusammen sein.«

Das Kätzchen nimmt Anlauf, springt auf meine Beine zu, spielt mit den Schnürsenkeln meiner Schuhe, und als ich mich hinunterbeuge, um es hochzunehmen, rennt es weg. Ich verfolge es ein wenig, und als ich damit aufhöre, verfolgt es mich. Ach, ich liebe dieses dumme kleine schwarze Kätzchen!

Nachdem Black sich eine Weile ausgetobt hat, streicht er mir um die Beine, bis er mich so weit hat, dass ich ihn auf den Arm nehme.

»Deine Kette ist wunderschön.« Instinktiv strecke ich die Hand aus, um sie zu berühren, aber Mikael weicht abrupt zurück.

Ich kann meine Enttäuschung nicht verbergen.

»Verzeih mir ... Weißt du, ich habe einfach Angst, dich in meine Welt einzuführen. Angst, dass du dann wegläufst. Ich bin es nicht gewohnt, mich zu offenbaren, bis heute habe ich es noch nie getan. Es ist, als würde ich dir Teile meiner Seele schenken.«

Black spürt, dass sich nicht mehr alles um ihn dreht. Er miaut leise und entwindet sich meinen Armen.

»Aber ich will dich ganz«, sage ich leidenschaftlich.

Mikael wendet sich ab. »In mir ist ein Blut, das so heiß ist, dass es alles verbrennt. Es könnte uns beide mit sich fortreißen.«

»Wenn du nicht bei mir bist, brennt das mehr in mir als alles andere.«

Da nimmt er meine Hand und führt sie auf den Anhänger zu. »Vorsichtig«, warnt er mich.

Als ich die Finger darauflege, ziehe ich sie instinktiv zurück. Die Oberfläche ist glühend heiß!

»Wie kannst du ihn nur tragen? Das muss unerträglich sein, nimm ihn sofort ab!«, schreie ich mit Tränen in den Augen. Ich versuche den Anhänger zu packen, um ihn abzureißen, aber er hält mich am Handgelenk fest.

»Das geht nicht, er erinnert mich jeden Moment daran, warum ich hier bin. Wenn er so heiß wird, dann nur, weil unser Feind in der Nähe ist. Ich muss ihn finden. Ich bin ein Wächter, und das ist meine Aufgabe.«

Ich bemerke Vincent und Ofelia. Wie immer gleiten sie lautlos dahin, obwohl sie über einen Teppich aus trockenen Blättern laufen.

Ofelia trägt eine Lederjacke und darunter ein Kleid im Lingeriestil aus glänzendem Stoff, dazu schwarze, mit kleinen weißen Totenschädeln bedruckte Strümpfe und die unvermeidlichen Springerstiefel. Ihre Augen leuchten violett, und um ihren Schwanenhals hat sie einen nachtblauen Schal gebunden.

»Wie geht es dir?«, fragt sie mich.

»Gut, würde ich sagen.« Eigentlich frage ich mich, wie es sein kann, dass ich bei all den Schlägen, die ich abbekommen habe, nicht einen blauen Fleck habe.

Ich bemerke, dass Ofelia Mikael einen Blick zuwirft.

Vincent scheint von einem geradezu archaischen Hass erfüllt zu sein. Ich zucke fast zusammen, als er mit tiefer heiserer Stimme sagt: »Du hättest Mikael aufgeben sollen, als es noch nicht zu spät war.«

»Ich habe keine Angst.« Ich wende die Augen nicht ab. Erst die Pausenklingel beendet unser Blickduell.

58

»Ist Vincent wie du?«

»Je weniger du weißt, desto besser ist es für uns alle.«

Black schaut sich um und beschnuppert die vertrauten Gegenstände in der Abstellkammer.

Mikael ist wieder weit weg. Ich drehe ihm den Rücken zu und verlasse wortlos den Raum.

Mit gesenktem Blick laufe ich vorwärts und versuche, meine Wut herunterzuschlucken.

»Es ist nicht leicht für mich.« Mikael steht plötzlich vor mir, fast pralle ich mit ihm zusammen. »Die beiden Seiten meiner Natur, die in ewigem Widerstreit miteinander liegen, haben begonnen, einander zu bekämpfen, seit du da bist. Die menschliche möchte sich dir und all dem, was du verkörperst, hingeben …«

»Was verkörpere ich denn?«

»Die Liebe.« Seine Augen scheinen direkt in mein Herz zu sehen. Sie berühren die unaussprechlichsten Wünsche.

Ich gehe einen Schritt auf Mikael zu. Er legt mir die Hände auf die Schultern, und eine überwältigende Wärme durchdringt mich. Sein Mund nähert sich meinem, ich verliere mich in seinem Atem.

Kurz bevor sich unsere Lippen berühren, weicht er ruckartig zurück.

Er hebt lauernd den Kopf, als würde er etwas wittern, das ich nicht wahrnehmen kann. Wie ein Tier, das seinem archaischen Jagdinstinkt folgt.

»Sollten Sie nicht längst im Klassenzimmer sein, Castoldi?« Vanzis Stimme holt mich schlagartig in die Gegenwart zurück. Er steht auf dem Flur und mustert mich stirnrunzelnd.

»Ich war gerade auf dem Weg dahin«, sage ich leise.

Dabei kann ich mir den Gedanken nicht verkneifen, dass Mikael und ich uns vielleicht geküsst hätten, wenn er nicht gekommen wäre. Zum ersten Mal.

Ich folge dem Lehrer, schuldbewusst wie ein kleines Mädchen, das man mit beiden Händen im Marmeladentopf erwischt hat.

»Ich habe das verlorene Schäfchen heimgeholt.« Vanzis lapidarer Kommentar erregt allgemeine Heiterkeit. Ich beeile mich, zu meinem Platz zu kommen. Kaum habe ich mich hingesetzt, da überfällt mich Caterina schon, ohne auf den Menschenfresser zu achten, mit der schicksalhaften Frage: »Bist du jetzt etwa mit Mikael zusammen?«

Ich weiß wirklich nicht, was ich darauf antworten soll, deshalb begnüge ich mich mit einem Lächeln.

»Ich werde Ihnen jetzt ein paar Fragen stellen, Sie dürfen beim Antworten sitzen bleiben«, verkündet Vanzi, sobald er sein Pult erreicht hat. »Castoldi, erzählen Sie mir etwas über die wichtigsten Vertreter des *Dolce stil nuovo*.«

Ich räuspere mich. »Also … die wichtigsten Vertreter …«

Caterina reißt entsetzt die Augen auf. *Oh nein! Noch ein Minus.*

»... stammen alle aus der Toskana. Der bekannteste ist Dante Alighieri, aber auch Cavalcanti und Guinizelli hatten großen Einfluss, man könnte sie als Vorreiter der Bewegung bezeichnen. Ihr Adel, der mehr geistiger Art war, als dass er auf Standesprivilegien beruhte, schuf die Grundlagen für den frühen Humanismus ...« Ich rede noch drei Minuten weiter, beinahe ohne Atem zu holen.

»Das genügt. Es tut mir leid, aber ich fürchte, ich muss Ihnen wohl ein *Plus* geben.« Er gönnt mir beinahe so etwas wie ein Lächeln. Vielleicht hasst er mich ja doch nicht so sehr!

Für diesen kleinen Sieg muss ich dann allerdings büßen, als ich die Schule verlasse.

Umberto kommt auf mich zu, sein Gesicht ist angespannt, und seine Augen glühen. Ich gehe schneller, denn nach unserem Streit von Samstagnacht habe ich wirklich keine Lust mehr, mich mit ihm auseinanderzusetzen.

»Scarlett!«, ruft er mir hinterher. Ich weiß, wie hartnäckig er ist. Es wird nichts nützen, mich taub zu stellen.

Ich verwandele mich wieder in einen Chihuahua, dem man den Knochen weggenommen hat, noch so eine Nummer, die ich unglaublich gut draufhabe. »Wenn du mir jetzt zum hundertsten Mal sagen willst, ich soll Mikael vergessen, dann vergiss du es lieber!! Ich habe nicht die leiseste Absicht!«

Er zuckt nur mit den Schultern und verschwindet ohne ein weiteres Wort. *Diese Runde geht an den Chihuahua Scarlett!*

Ich gehe zu Mikael, der neben seinem Motorrad steht. Er reicht mir den Helm und lacht laut los, als er merkt, dass ich es auch dieses Mal nicht schaffe, ihn aus eigener Kraft zu schließen.

Vincent tut so, als wäre ich nicht da, und wendet sich an Mikael: »Wir sehen uns bei der Probe.«

Dann fährt er los und lässt mich eine Staubwolke schlucken.

Ofelia rollt auf ihrer Maschine neben uns. »Heute Nachmittag probt die Band bei mir zu Hause. Möchtest du vorbeikommen?«

»Klar, vielen Dank!« Ich habe den Satz noch nicht beendet, da ist sie schon verschwunden. Verblüfft sehe ich Mikael an: »Ich liebe dieses Mädchen! Ich fass es nicht, ich werde bei einer Probe der Dead Stones dabei sein! Ich steh ja auf den Bassisten, aber sag ihm das bloß nicht, sonst steigt es ihm noch zu Kopf.«

»Ich hab mir sagen lassen, der soll gar nicht so toll sein …«, meint Mikael grinsend.

59

Ich trete schnell in die Pedale. Eine letzte anstrengende Steigung, und ich stehe vor einem riesigen schmiedeeisernen Tor. VILLA MONTEBELLO steht auf einem Metallschild. Ich klingele und ein paar Sekunden später öffnet sich das Eisentor. Ich schiebe das Fahrrad über den mit Kies ausgestreuten Hof, der von einem Park mit einem dichten, jahrhundertealten Baumbestand umgeben ist, bis zu einer wunderschönen, wenngleich ein wenig heruntergekommen wirkenden Jugendstilvilla. Eine lange mit Efeu überwucherte Freitreppe führt zum Eingang hinauf. An der Tür erwartet mich ein älterer Mann in blauer Livree.

»Guten Abend«, sagt er zu mir.

»Hallo ... Ich möchte zu Ofelia«, antworte ich schüchtern.

»Sie erwartet Sie schon. Ich bringe Sie hin.« Er begleitet mich zur Rückseite des Hauses, wo ein paar Stufen nach unten in ein Kellergeschoss führen.

Eigentlich hätte ich erwartet, Musik zu hören. Stattdessen sind nur erregte Stimmen zu vernehmen. »Ich begreife nicht, was du dir dabei gedacht hast! Eine Fremde hierher einzuladen! Was zum Henker ist denn bloß mit euch allen los?« Das ist

Vincent. Die Enttäuschung über seine Freundin scheint genauso groß zu sein wie sein Misstrauen mir gegenüber.

»Sie ist anders«, sagt Ofelia.

»Na, jedenfalls ist eure Freundin jetzt da.« Hätte Vincent mich nicht angekündigt, hätte ich mich wahrscheinlich vor Verlegenheit wieder verdrückt. Wo ich auch hinkomme, scheine ich eine Menge Durcheinander zu verursachen.

»Hallo«, sage ich, setze mich in eine Ecke und hoffe, dass sie meine Anwesenheit gleich wieder vergessen.

»Hallo, Scarlett!« Mikael begrüßt mich mit einem strahlenden Lächeln und küsst mich auf die Wange. Ich erröte.

Dagon sitzt am Schlagzeug, mit der unvermeidlichen verkehrt herum aufgesetzten Kappe auf den wasserstoffblonden Haaren, die er zu zwei Wikingerzöpfen zusammengebunden hat.

Ofelia setzt sich neben mich, sie hält einen matt glänzenden Instrumentenkoffer in den Händen.

»Das Intro von dem neuen Song überzeugt mich nicht. Ich würde die Basssequenz einen Halbton höher setzen«, sagt Mikael.

»Ich finde es genau richtig so, wie es ist.«

»Ist das dein letztes Wort, Vincent?«

»Ich finde Mikaels Vorschlag gut«, mischt sich Dagon ein. »Mit seiner Änderung würde man mit mehr Drive zum Chorus kommen.«

»Aber ich bin der Sänger. In letzter Zeit habe ich ein bisschen zu oft euren Forderungen nachgeben müssen.«

Die Spannung in der Luft ist beinahe mit Händen

greifbar. Ihre Unruhe steckt mich an. Ich bewege die Beine, um etwas von dieser Nervosität abzubauen, ich kann einfach nicht still dasitzen.

Ofelia macht mir ein Zeichen, und wir wechseln auf eine Holzbank im Hintergrund des Raumes. Sie öffnet den Kasten und holt eine sehr alt aussehende, glänzende Violine mit geradezu sinnlichen Kurven heraus.

»Du spielst Geige?«, frage ich sie.

Als einzige Antwort beginnt sie, das Instrument zu stimmen, dabei lässt sie den Bogen anmutig über die vier Saiten gleiten.

»Warum spielst du nicht bei den Dead Stones mit? Die Violine würde sich gut in ihre Songs einfügen.«

»Ich spiele für mich selbst, um nicht zu vergessen ...«

»Lässt du das endlich? So kann ich mich nicht konzentrieren. Dieses Gewinsel von deinem Instrument hat uns jetzt gerade noch gefehlt!«, fährt sie Vincent an.

Ofelia wirft ihm einen wütenden Blick zu, und ich beobachte, wie sie über die Treppe nach oben verschwindet. Vincent ist wirklich unerträglich. Ich werfe ihm ebenfalls einen giftigen Blick zu und folge ihr.

Verwirrt schaue ich mich um. Ich kann sie nirgendwo entdecken. Nach einer Weile ertönt eine sehnsüchtige Melodie aus einem Winkel im Park. Sie führt mich zu Ofelia.

Mit tränenverschleierten Augen erschafft sie eine Sinfonie aus tiefmelancholischen Klängen. *In ihrer Vergangenheit muss etwas Schreckliches passiert sein*, flüstert mir eine innere Stimme zu. Etwas, das sie durch den leichten Fluss der Musik zu kanalisieren vermag.

Umrahmt vom grünen Blätterwerk des Parks, mit dem Bogen, der in ihren Händen herumwirbelt und dem feinen Spitzenstoff, der ihre schmalen Handgelenke schmückt, erscheint Ofelia von einer geradezu erschreckenden Schönheit.

»Danke für die Einladung … Ich wollte dir nur sagen, dass ich weder dein noch Mikaels Vertrauen je missbrauchen werde.«

»Ich weiß.« Ofelia wirkt, als wäre sie weit entfernt, aber trotz ihrer äußerlich kühlen Art ist ihre Sanftmut deutlich zu spüren. *Wie kann sie nur mit jemandem wie Vincent zusammen sein?*

Auf einmal verstummt die Musik. Sie sieht mich durchdringend an: »Hast du dich je gefragt, warum sich die Menschen so von einem sturmbewegten Meer angezogen fühlen? Oder von Gewittern, die dich bis ins Innerste die Gewalt der Natur spüren lassen?«

Ich finde keine Antwort darauf.

»Vincent ist so. Ein stürmischer, wilder Ozean. Das Brüllen der Wellen, der heftige Wind – es raubt dir den Atem, aber gleichzeitig lässt es dich so lebendig fühlen.«

Zum zweiten Mal bemächtigt sie sich meiner Gedanken. Sie und Mikael sind einander ähnlich, und vielleicht ist Vincent ja das komplette Gegenteil von beiden, aber zugleich auch die passende Ergänzung.

60

Ich sitze auf dem Lenker des Fahrrads und versuche das Gleichgewicht zu halten, indem ich mich an Mikaels Schultern festklammere.

»Du bist viel zu hübsch, du lenkst mich von der Straße ab.«

»Nur hübsch? Nicht wunderschön?«

»Wenn wir jetzt einen Unfall bauen, ist das allein deine Schuld!«

»Ach was, Unfall, dafür bist du doch viel zu vorsichtig.«

Er bremst ganz plötzlich, und wenn er mich nicht festgehalten hätte, wäre ich kopfüber heruntergefallen.

»Hey, bist du jetzt komplett durchgeknallt?«

»War ich nicht gerade noch *viel zu vorsichtig*?«

Ruckartig befreie ich mich aus seinem Griff und laufe über die Wiese. Er verfolgt mich, packt mich, und wir rollen über das vom Abendtau feuchte Gras. Er landet auf mir, und für einen Moment spüre ich, wie sein muskulöser Körper sich gegen meinen presst. Er streicht mir über die Haare und führt eine Strähne an den Mund. Ein Kuss.

Bitte, bleib jetzt so liegen, denke ich. Aber er ist schon aufgestanden und läuft in Richtung Fahrrad.

»Hast du Lust, in einem Pub im Zentrum mit mir etwas trinken zu gehen?«, fragt er. »Es ist sehr nett dort und … urig.«

»Es erschreckt mich, wie du dieses *urig* betont hast! Was muss ich mir denn darunter vorstellen?«

»Grabsteine, Skelette und Fledermäuse.«

»Mmh, meine größte Leidenschaft.«

Ich informiere meine Mutter mit einem Blitzanruf. Ich sage ihr, ich würde bei Genziana bleiben, um mich dort auf den mündlichen Test in Biologie vorzubereiten. Diesmal stellt sie mir keine Fragen. Vielleicht funktioniert Mikaels Einfluss auch auf Distanz?

»Was für eine freundliche Atmosphäre«, bemerke ich ironisch, als wir die Bar betreten. Es gibt wirklich Grabsteine! Und auch Skelette und Fledermäuse. Das *Blue Velvet* ist eingerichtet wie die Krypta aus einem Horrorroman.

Wir suchen uns einen abgelegenen Tisch im Schatten eines Keltenkreuzes. Eine schwarz gekleidete Kellnerin mit einem Piercing an der Unterlippe kommt, um unsere Bestellung aufzunehmen.

»Ein Bier, bitte.« Nicht, dass ich das besonders gern mag, wahrscheinlich ist das nur ein blöder Versuch, erwachsener zu wirken.

»Und einen Fruchtcocktail«, sagt Mikael dagegen.

»Mit oder ohne Alkohol?«, fragt die Kellnerin.

»Ohne Alkohol, bitte.«

»Wie bitte?«, frage ich, als wir wieder allein sind. »Sind die Helden der Rockmusik nicht alle schön und verrucht?«

Er lacht laut auf. Ich habe ihn noch nie so viel lachen sehen wie an diesem Tag.

»Ich versuche, ein *straightes* Leben zu führen.« Dieses Wort habe ich schon eine ganze Weile nicht mehr gehört. Es erinnert mich an die Punkbewegung der New Yorker Szene, über die ich mal eine Dokumentation auf MTV gesehen habe. Tätowierte und provozierend gekleidete Jugendliche, die aber jede Form von Drogen ablehnen.

»Ich rauche und trinke nicht. Und natürlich habe ich auch noch nie Drogen genommen. Bis du gekommen bist ... meine ganz persönliche Droge. Ich würde gern aufhören, aber das kann ich nicht.« Ohne nachzudenken, gebe ich ihm einen Klaps auf den Arm.

»Wenn dein Laster die Frauen sind, muss ich dich dann vor der Kellnerin beschützen?«

»Nein, danke, wenn sie zudringlich wird, geb ich dir mit einem Pfiff Bescheid.«

Ich werfe ihm einen vernichtenden Blick zu, aber er lacht weiter.

Zwei Schluck Bier genügen, und mir wird schwindelig. Oder vielleicht liegt es an seiner Anwesenheit. Jedenfalls lockert sich meine Zunge, und ich erzähle drauflos, von Cremona, von meinen früheren Freunden, von Oma Evelyn und von Mama und Papa, die nur noch streiten. Ich bin so vertieft in diese Geständnisse, dass ich ihm sogar mein kleines Geheimnis offenbare: Sally, die Sternenkugel.

»Es ist schön, dir zuzuhören, wenn du von deiner Familie erzählst.« Seine Stimme klingt leicht brüchig. Vielleicht hätte ich besser geschwiegen. Ich habe zwar meine Probleme, aber immerhin habe ich eine Familie.

»Vincent ...«, fährt er dann fort, »... ist ein Halbdämon. Er verfügt über eine außergewöhnliche Kraft und einen sicheren Instinkt. Seine Aufgabe ist es, mir als meine rechte Hand zur Seite zu stehen. Manchmal gewinnt allerdings sein rebellischer Charakter die Oberhand, und es ist nicht immer einfach, mit ihm umzugehen.«

»Er hasst mich.«

»Nein, er hasst dich nicht. Er hat nur ... Angst.«

»Angst ... Vincent?«

»Er kennt mich gut und weiß, dass ich immer ein äußerst integrer Wächter gewesen bin, einer, der Distanz zu menschlichen Wesen hält und zu Gefühlen, die einem den Verstand trüben könnten.«

»Aber warum *muss* er an deiner Seite sein?«

»Wir unterliegen sehr strengen Hierarchien und Regeln. Ich muss zugeben, die Beziehung zu ihm ist kompliziert, es gab da ein Ereignis, das alles noch schwieriger gemacht hat ... Aber das ist lange her.«

Ich bemerke, dass die Tische neben uns jetzt mit lauter Mädchen besetzt sind. Sie starren Mikael an und kichern und lachen dabei. Sie stoßen sich mit den Ellenbogen an, und ab und zu kann ich eine etwas lautere Bemerkung verstehen, bei der ich am liebsten im Boden versinken möchte. Was macht Mikael hier mit mir, wenn er doch jedes Mädchen haben könnte, angefangen mit denen, die hier sitzen und ihn anstarren?

Er nimmt meine Hände, schließt die Augen, und sofort durchströmt mich eine angenehme Wärme. Sie schließt ein ganzes Universum an Farben und Düften ein, und dort mittendrin schwebt mein Bild. Aber das bin nicht wirklich ich ... Oder besser gesagt, nicht das Mädchen, das mir jeden Morgen aus dem Spiegel entgegenblickt. Was ich hier sehe, ist ein faszinierendes Mädchen mit einem eigenartigen Leuchten im Gesicht. Der Leberfleck über der Oberlippe ist ein magnetischer Anziehungspunkt. Die Augen schimmern verführerisch wie Perlen.

Mikael lässt meine Hände wieder los, und einen Moment lang bin ich sprachlos.

»Siehst du mich etwa so?«

»Du *bist* so, Scarlett.«

»Am liebsten hätte ich dein Herz nie wieder verlassen.«

Ein Ruck durchfährt ihn, und er wendet den Blick zur Tür: »Jetzt gehen wir besser.«

Ende des magischen Moments! Die Tür zwischen uns hat sich wieder geschlossen.

61

Der Mond leuchtet uns den Weg. Mikael schiebt stumm mein Fahrrad neben uns her. Ich schaue hinunter auf meine Schuhspitzen.

Dann kann ich meine Gefühle nicht länger zurückhalten. »Ich möchte dir so nah sein, dass wir eins werden«, flüstere ich. »Du hast Angst, ich könnte mich erschrecken, aber du bist doch derjenige, der am liebsten davonlaufen möchte.«

Mikael lässt das Fahrrad los, es fällt mit einem dumpfen Knall zu Boden.

Jetzt ist er ganz nah an meinem Mund. Seine Augen sind wie verwandelt, noch heller als sonst, beinahe wie in jener Nacht in der Bibliothek.

»Mein Blut enthält ein sehr gefährliches Gift. Ich … könnte dir wehtun. Und ich würde sterben, wenn das passieren sollte. Wenn ich die Kontrolle verlieren sollte …«

Ein Schauder durchfährt mich, aber nicht allein wegen der kühlen Nachtluft.

Er starrt mich einen Augenblick lang an, dann öffnet er seine Jacke und umarmt mich fest. Ich spüre die Muskeln seines Brustkorbs durch den dünnen Stoff des T-Shirts. Unsere Lippen sind ganz nah beieinander. Aber sie berühren sich nicht.

»Deine Mutter wird sich Sorgen machen.«

Er zieht die Jacke aus und legte sie mir um die Schultern. Wir gehen schweigend weiter. In einem ausreichenden Sicherheitsabstand zum Haus bleiben wir stehen. Meine Mutter könnte aufgeblieben sein, um auf mich zu warten.

»Ich möchte gern, dass du das hier bei dir trägst.« Ich halte ihm meinen Glücksbringer hin und lasse ihn zart in seine Hand gleiten.

»Das kann ich nicht annehmen. Den hattest du schon als kleines Mädchen.«

»Bitte ... Er wird dich beschützen, und in diesem kleinen Sternenhimmel wirst du finden, was du suchst.«

Er küsst meine Hand und sieht mir fest in die Augen: »Bis morgen, Scarlett.«

»Ist das ein Versprechen?«

»Ja, das ist es.«

Das Lächeln auf meinem Gesicht verschwindet, als ich die Silhouette meiner Mutter am Fenster erkenne.

»Hältst du das für die richtige Zeit, um nach Hause zu kommen?«, geht sie auf mich los, sobald ich durch die Tür komme.

»Ich hab doch gesagt, dass ich mich auf den Test vorbereiten muss.«

»Du bist seit dem frühen Nachmittag aus dem Haus. Verkauf mich doch nicht für dumm! In letzter Zeit machst du ein wenig zu oft, was du willst.«

»Und was ist mit dir? Mein bester Freund ist gestorben, und du hattest nicht ein Wort des Trostes für mich!«

»Du ziehst dich doch immer gleich zurück und igelst dich ein, sobald ich dich frage, was los ist!«

»Ich ... ziehe mich zurück? Ich versuche bloß, in diesem Chaos zu überleben! Du und Papa, ihr streitet euch doch nur noch. Du denkst nur an dich und diesen blöden Salon, den du aufgeben musstest!« Das hatte ich eigentlich gar nicht sagen wollen, aber jetzt ist es zu spät. Simona hat Tränen in den Augen.

»Geh sofort in dein Zimmer!«, sagt sie mit bebender Stimme.

Manchmal bin ich gut mit Worten. Gut darin, die Menschen zu verletzen, die ich liebe. Ich bleibe auf halber Treppe stehen. Am liebsten würde ich zurücklaufen und sie umarmen und um Verzeihung bitten.

Aber es geht nicht.

62

Ja?«

»Hallo, Scarlett, ich bin's, entschuldige die Störung.«

»Du störst mich doch nicht, Cat.«

»Was machst du gerade?«

»Na, rate mal! Ich versuche für die Physikarbeit zu lernen. Aber ich kapiere rein gar nichts ...«

»Ich hätte dich auch nicht gestört, wenn es nicht wichtig wäre.«

»Was ist denn passiert? Also, deiner Stimme nach zu urteilen ...«

»Das glaubst du nie! Es geht um Umberto. Ich weiß, ich habe immer total abgestritten, dass er mich interessiert, aber ...«

»Keine Sorge, wir haben es sowieso alle gemerkt.«

»Ich habe eben schon mit Genziana telefoniert. Wenn ich dich zuerst angerufen hätte, hätte sie mich umgebracht. Sie versucht schon seit einer Ewigkeit, mich zu verkuppeln.«

»Was ist passiert?«, dränge ich sie. Seit sie den Namen Umberto erwähnt hat, habe ich ein ungutes Gefühl.

»Wo soll ich anfangen?«

»Von vorne natürlich!«

»Also, heute bin ich wegen der Mathenachhilfe zu ihm gegangen. Übrigens, danke! Wenn du nicht gewesen wärst … Aber zurück zu Umberto. Erst schien alles so zu laufen wie immer, und dann hat er mir auf einmal lauter Komplimente gemacht. Er hat gesagt, dass ich wunderschöne Augen habe und dass ich so süß wie Honig bin. Kannst du dir das vorstellen? So etwas hat noch nie jemand zu mir gesagt!«

Nur gut, dass es kein Videoanruf ist, sonst würde sie sehen, wie ich das Gesicht verziehe. Was bezweckt Umberto damit?

»Er hat meine Hand berührt und mich gebeten, den Haarreif abzunehmen. Ich habe nur gestottert: ›Wa-warum?‹ Aber dann habe ich ihn abgenommen. Er hat mir ganz tief in die Augen geschaut, und eine Sekunde später waren seine Lippen auf meinen. Das hätte ich nie erwartet! Es kam alles so plötzlich … Ich dachte, er interessiert sich gar nicht für mich.«

Ich schweige. Genau das ist das Problem. Es ging alles viel zu schnell, bis gestern war Umberto noch überhaupt nicht an ihr interessiert. In der Nacht des Konzerts hat er mir seine Liebe erklärt, hat versucht, mich zu küssen. Und er hat geschworen, Mikaels Geheimnisse aufzudecken. Wenn er wüsste …

»Warum sagst du denn nichts? Freust du dich nicht für mich?«, fragt sie enttäuscht.

»Ja, ja … Ich freue mich … wirklich. Aber versuch dich nicht zu sehr in ihn zu verlieben, Jungs sind wankelmütig.«

»Waaas? Mein Lebenstraum ist gerade Wirklichkeit geworden, und du sagst mir, ich soll mich nicht zu sehr in ihn verlieben? Du bist nicht zufällig eifersüchtig, oder?«

»Ach, woher denn! Ich hab dich einfach gern und möchte nicht, dass du hinterher leidest.«

»Na toll! Gott sei Dank hat sich Genziana viel einfühlsamer gezeigt. Dann einen schönen Abend noch.« Sie unterbricht das Gespräch, ohne dass ich noch etwas sagen kann.

Umberto hat sich in letzter Zeit stark verändert. Er hat abgenommen, und in seinen Augen ist dieses seltsame Funkeln. Erst kann er sich nicht damit abfinden, dass ich mich mit Mikael treffe, und dann macht er meiner Freundin falsche Hoffnungen. Aber damit kommt er nicht durch.

63

Mit zusammengekniffenen Augen visiere ich meine Beute an. *The Chihuahua is back!* Umberto steht mit einigen Freunden vor den Automaten und unterhält sich.

»Ich muss mit dir reden«, spreche ich ihn an, ohne auf die überheblichen Blicke der anderen zu achten.

»Okay, okay, ich gehöre ganz dir.«

Wir stellen uns ein wenig abseits, und ich richte den Finger auf ihn. »Caterina ist meine Freundin, und ich lasse nicht zu, dass du ihr wehtust.«

»Du bist wunderschön, wenn du wütend wirst«, sagt er mit diesem Lächeln, das mir einmal so gefallen hat. Aber jetzt kommt mir beim Anblick der Grübchen links und rechts von seinem Mund nur die Galle hoch.

»Ich bin nicht wunderschön! Und ich bin nicht bloß wütend, ich bin fuchsteufelswild!«

»Hör mal, Scarlett, reden wir doch Klartext. Wenn Caterina leidet, ist das einzig und allein deine Schuld …«

»Wie bitte?«

»Ich bin verrückt nach dir, verstehst du? Ich schlafe nicht, ich esse nicht mehr. Ich denke nur noch an dich.«

Ich reiße die Augen auf. Dann wende ich mich zum Gehen, aber er packt mich am Arm. Genau wie am Abend des Konzerts.

»Lass mich los!«

»Ich lass dich nicht eher los, bis du mir zugehört hast. Du musst aufhören, dich mit Mikael zu treffen. Der ist nichts für dich. Er wird dein Herz in tausend Stücke reißen. Wenn du dich nicht mehr mit ihm triffst, breche ich die Geschichte mit Caterina ab. Ansonsten wird unsere gemeinsame Freundin eine herbe Enttäuschung erleben, aber vorher werde ich noch ein bisschen mit ihr spielen ...«

Meine Hand bewegt sich wie von selbst, ich will ihm eine Ohrfeige verpassen, aber er greift sofort zu, packt meine beiden Handgelenke und mustert mich erregt. »Das tue ich doch nur für dich, Scarlett. Verstehst du? Mikael ist nicht der Richtige für dich. Vergiss ihn, und niemand wird leiden.«

Ich befreie mich mit einem Ruck und laufe verwirrt davon.

Die Anspannung wegen der Physikarbeit kann die aufgestaute Wut in mir nicht dämpfen. Ich kann mich nicht konzentrieren. Ich muss immer wieder an Umbertos Worte denken und kann es nicht fassen, wie sehr er sich verändert hat. Kann einen die Liebe so weit bringen, dass man jemandem wehtut?

Er sagt, es sei nur zu meinem Besten, aber wenn ich wirklich einen Fehler mache, möchte ich allein die Konsequenzen dafür tragen.

Zwei Stunden sind um, und ich habe nur fünf Aufgaben von acht geschafft.

»Scarlett? Entschuldige bitte wegen gestern.« Caterinas Stimme holt mich wieder mit beiden Beinen auf die Erde zurück. »Ich weiß, ich habe mich wie eine Idiotin aufgeführt. Es ist nur, dass Umberto mir so viel bedeutet. Ich verrate dir jetzt etwas, das nicht einmal Genziana weiß: Ich habe mich in ihn verliebt, als ich ihn zum ersten Mal gesehen habe. Du bist für mich eine ganz besondere Freundin, deshalb wollte ich diese wunderbare Neuigkeit mit dir teilen. Und als du so zögerlich reagiert hast, haben mich tausend Zweifel befallen.«

»Mach dir keine Sorgen.« Ich zwinge mich zu einem Lächeln.

Ich kann ihr nicht sagen, was ich weiß. Aber ich kann auch nicht zulassen, dass Umberto mit ihren Gefühlen spielt.

»Das gestern war gar kein richtiger Kuss. Eher ein ganz kleiner, flüchtiger Kuss. Aber für mich war es der erste!« Sie wird rot wie eine Tomate. »Das ist so schön!«

Ich weiß nicht, wie ich mich verhalten soll. Wenn wenigstens Edoardo hier wäre ... Bestimmt hätte er mir den richtigen Rat gegeben. Er fehlt mir so.

64

Entschuldigen Sie die Störung, ich müsste mit Ofelia reden. Es dauert nur einen Moment.«

Ich muss mich einfach jemandem anvertrauen. Als der Unterricht vorbei war, hatte ich nur den einen Wunsch, Mikael zu umarmen, aber da Umberto sich an meine Fersen geheftet und mich ständig von Weitem überwacht hat, konnte ich mich nur davonschleichen.

»Du bist Scarlett, nicht?«, fragt die Haushälterin der Villa Montebello.

Ich nicke. Woher weiß sie meinen Namen?

»Fräulein Ofelia ist wie üblich verschwunden. Wahrscheinlich ist sie im Park. Du kannst dort nachschauen, wenn du willst, ich bereite gerade das Mittagessen vor.«

Ich spüre, dass ich Ofelia vertrauen kann. Sie ist die Einzige, die mir einen neutralen Rat geben kann. Langsam gehe ich den Weg entlang, der fast gewaltsam durch zwei Kletterrosenhecken gebahnt zu sein scheint. Ich würde sie gern blühen sehen und mich in ihrem Duft verlieren.

»Ofelia?«, rufe ich.

Der Pflanzenwuchs wird dichter. Durch die herbstlich gelichteten Zweige sieht man nur Ausschnitte des bleigrauen Himmels, wodurch eine düstere Atmosphäre entsteht, die mich frösteln lässt.

»Was machst du hier?«

Ich fahre zusammen.

»Entschuldige, ich wollte dich nicht erschrecken!« Die Stimme kommt von oben. Ofelia sitzt auf dem obersten Ast eines hohen Baums.

»Wie bist du da hinaufgekommen?«

Als Antwort zuckt sie nur mit den Schultern und beißt in den Apfel in ihrer Hand. Ihre schlanken Beine baumeln leicht hin und her. Sie sieht aus wie eine Fee aus dem Bilderbuch.

»Ich wollte dich nicht stören. Aber ich brauche einen Rat ...«

»Schieß los.«

Ihre direkte Art gefällt mir. Sie redet nicht gern um den heißen Brei, aber trotzdem verliert sie nie diese Sanftheit, die sie ausmacht.

Das Schweigen wird von einem unkontrollierten Knurren meines Magens gebrochen. Oops! Das klingt wie das Brüllen eines Bären, der aus dem Winterschlaf erwacht ist.

»Du hast noch nicht zu Mittag gegessen?«

Ich brauche nicht zu antworten. Der Bär übernimmt wieder das Wort!

Überraschend flink hüpft Ofelia von einem Ast zum anderen, bis sie sich neben mir hinuntergleiten lässt. »Komm mit.«

Das trockene Laub zerfällt knisternd unter meinen Füßen, während sie durch die Luft zu schweben scheint.

In der Villa gehen wir einen langen Flur mit einem Marmorboden entlang. An den Wänden hängen Bilder in schweren vergoldeten Rahmen, darunter stehen purpurrote Polstersessel aus Samt mit geschnitzten Holzlehnen, und an der Decke hängt ein imposanter schwarzer Kristalllüster, von dem ein violett gefärbtes Licht ausgeht. Eine lange Treppe führt in die oberen Stockwerke.

Die Haushälterin kommt zu uns.

»Arianna, kannst du bitte den Tisch im Salon decken? Scarlett ist mein Gast.«

»Im Salon, Fräulein Ofelia?« Die Frau wirkt überrascht.

»Ja.«

Ich bleibe fasziniert vor einem großen Ölgemälde stehen, auf dem eine Dame in kostbaren Damastgewändern zu sehen ist, das Gesicht ein vollkommenes Oval mit langgezogenen violetten Augen. Sie sieht Ofelia unglaublich ähnlich. Wären da nicht die Kleider aus dem neunzehnten Jahrhundert und die Patina, die die Zeit auf dem Gemälde hinterlassen hat … würde ich glauben, sie sei es.

»Es ist wunderschön, ihr gleicht einander wie ein Ei dem anderen.«

»Ich glaube, wenn ich dir jetzt sagen würde, dass ich es wirklich bin, müsste ich dir zu viel erklären.« Auf ihrem Gesicht erscheint ein schiefes Lächeln.

Die Haushälterin steht plötzlich hinter uns. »Das Mittagessen ist bereit.«

Wir erreichen einen Salon, in dessen Mitte ein Tisch mit einer weißen Decke steht, die bis zum Fußboden reicht. Darauf sehe ich Kristallgläser, Silberbesteck und feines Porzellan.

Verlegen schaue ich auf meinen Teller, auf dem

ein seltsamer grüner Pudding in einer rötlichen Soße schwimmt.

»Gemüseflan an Blaubeersoße.«

»Ach so. Einen Augenblick habe ich gedacht, es sei vielleicht ein Pistazienpudding.« Es nimmt mehr Zeit in Anspruch, mich zu entscheiden, welche Gabel ich benutzen soll, als den Teller leer zu machen. Hoffentlich ist das nächste Gericht nahrhafter!

Die Hausangestellte stellt mir einen Teller mit drei (genau: drei!) gefüllten Nudeln hin. Der Geschmack ist seltsam süßsauer, unwillkürlich verziehe ich das Gesicht.

»Schmecken sie dir nicht?« Ofelia entgeht wirklich nichts.

»Nein, es ist nur, weil sie ein bisschen … seltsam schmecken. Was ist das?« *Unbekannte Objekte der dritten Art*, beantworte ich mir meine Frage selbst.

»Das sind Ravioli mit einer Füllung aus Ricotta, Spinat und Pinienkernen. In Honigsoße«, antwortet mir Ofelia vom anderen Ende des Tisches. Sie ist so unendlich weit weg!!

Mir fällt auf, dass sie noch nichts angerührt hat. Dafür hat das, was ich gegessen habe, das Grummeln in meinem Magen kaum besänftigt.

Ein köstlicher Duft eilt dem dritten Gang voraus: eine große Scheibe blutig gebratenes Fleisch. Diesmal serviert Arianna uns beiden.

Misstrauisch betrachte ich den Teller. Es wirkt auf mich, als hätte ich eine Leiche vor mir! Ich versuche, ein Stück abzuschneiden, aber dabei empfinde ich Ekel.

Im Gegensatz zu mir scheint Ofelia mit Genuss ihr Steak zu essen, das sie mit kleinen Schlucken

Rotwein begleitet. Erst jetzt bemerke ich, dass ich die Gläser verwechselt habe. Das kleine war für Wein und das große für Wasser.

Um meinen Magen zu beruhigen, fische ich vom Teller ein undefinierbares Zeug, das neben dem Fleisch liegt, und stecke es in den Mund.

»Nein!« Ofelia lacht laut auf. »Das ist nur Dekoration … und wird nicht mitgegessen.«

Rot vor Verlegenheit spucke ich es aus. »Entschuldige bitte … ich bin so was … nicht gewöhnt. Isst du immer so? Ich meine mit allem Drum und Dran, mit Hausangestellten, drei verschiedenen Gläsern und Silberbesteck?«

»Ehrlich gesagt, nein.« Jetzt kann sie ein glasklares Lachen nicht zurückhalten. Sie muss sich einen Scherz mit mir erlaubt haben. Ich spiele die beleidigte Leberwurst, aber gleich darauf muss ich ebenfalls lachen.

»Willst du sehen, wo ich normalerweise esse?«

»Ja, bitte! Bring mich möglichst weit weg von diesem toten Fleisch!«

»Wieso, lebt das Fleisch, das du sonst isst, etwa noch?«

»Natürlich nicht, aber es trieft nicht vor Blut …«

Sie führt mich in einen kleinen Raum mit einem Fußboden im Schachbrettmuster. Die Wände sind mit Regalen zugepflastert, die vor Büchern, DVDs und alten Videokassetten überquellen. Dazwischen hängt ein Dolby-Surround-System. Den Mittelpunkt des Zimmers bildet eine Chaiselongue mit vielen bunten Kissen in verschiedensten Formen und Größen. Ein riesiger Flachbildschirm blickt uns stumm vom anderen Ende des Zimmers entgegen.

»Willkommen in meinem kleinen Reich.« Stolz zeigt Ofelia mir ihre Sammlung von Horrorfilmen, die eine ganze Wand ausfüllt. »Normalerweise esse ich hier, ich sitze dann auf dem Boden und sehe mir dabei einen Film an. Ich hasse es, mich an den Tisch zu setzen.« Das haben wir gemeinsam.

Mir fällt wieder ein, warum ich gekommen bin.

Ich erzähle Ofelia alles: von Umbertos Erpressung, von Caterina, warum ich Mikael nach dem Unterricht ausgewichen bin und wie schlecht es mir jetzt geht.

Sie setzt sich auf einen Puff und sucht meine Augen: »Im Leben kannst du dich von Schuldgefühlen, von Angst oder Vernunft leiten lassen, du kannst der Wut oder dem Stolz folgen. Aber eines Tages, früher oder später, wirst du es bereuen. Der einzige Weg, nie etwas zu bereuen, ist seinem Herzen zu folgen. Sicher, es kann dich zu Verrücktheiten verleiten wie zum Beispiel, mit jemandem zusammen zu sein, von dem du dich vernünftigerweise fernhalten solltest. Aber wenn eine Berührung, ein Wort, eine Zärtlichkeit dieser Person ein so heftiges Gefühl in dir auslösen, dass du Angst hast zu sterben, dann würde ich diesen Weg wählen. Das Leben. Denn das Leben ist in dieser Berührung, in diesem Blick, in dieser Empfindung …« Während sie das sagt, bewegt sie langsam die Hände, und die wunderschönen antiken Armreifen an ihren Handgelenken klirren.

Mit Tränen in den Augen laufe ich auf sie zu und umarme sie heftig. Ofelia bleibt dabei steif, unbeholfen.

»He, ganz ruhig.«

»Danke«, sage ich leise.

»Weißt du, als ich vor einer Ewigkeit Vincent kennengelernt habe, da war ich so ängstlich, dass ich mich jedem Gefühl verschlossen habe, das musst du mir glauben. Wir haben beide viel durchgemacht, vielleicht haben wir uns deswegen erkannt. Wir haben einander erwählt.«

»Es stimmt, Liebe bedeutet, dass man einander erwählt, ohne Rücksicht auf die Vernunft …«

Ein trauriger Schleier trübt ihre wunderschönen violetten Augen. »Es war richtig von dir, mich zu besuchen.«

»Ich hoffe nur, dass du meinetwegen keine Probleme mit Vincent bekommst.«

»Ich habe dir doch gesagt, ich folge meinem Instinkt, ohne an die Folgen zu denken.«

Ofelia nimmt einen ihrer versilberten Armreifen ab und reicht ihn mir. »Der ist für dich.«

»Er ist toll, aber … Das kann ich nicht annehmen.«

Sie sagt nichts, sondern sieht mich nur eindringlich an.

Ich streife ihn über und nehme einen meiner Amethystohrhänger ab. Der Stein ist genauso violett wie ihre schimmernden Augen.

»Dann hat jede von uns einen. Heute habe ich mich gefühlt, als fehlte mir eine Hälfte, aber dank dir fühle ich mich jetzt wieder als Ganzes. Jetzt weiß ich, was ich tun muss …«

Ofelia legt sofort den Ohrring an, der trotz ihrer vielen Piercings ins Auge fällt. »Du gehst jetzt besser. Vincent kann jeden Augenblick hier sein.«

Die kalte Luft peitscht mein Gesicht. Auf dem Rückweg denke ich an Mikael. Ich möchte ihn ganz fest umarmen. Und ich schwöre mir bei allem, was mir heilig ist, dass ich mich nicht mehr von Erpressungen und Ängsten beeinflussen lasse. Oder es zumindest versuchen werde …

65

Streik! Die Schüler der dreizehnten Klasse haben sich zu kleinen, lärmenden Gruppen zusammengeschlossen und versperren den Jüngeren entschlossen den Weg. »Wir lassen nicht zu, dass man unsere Privatsphäre mit Füßen tritt«, sagt ein langhaariger Typ.

»Es gibt ein entsprechendes Gesetz, das uns schützt«, stimmt ihm ein anderer zu.

»Aber sie tun das doch nur zu unserem Schutz! Nach allem, was passiert ist, kann man sich nicht einmal mehr in der Schule sicher fühlen!«, mischt sich Caterina ein.

»Ja, das wollen sie dir einreden. Es wird aber auch im Park und in der Schulmensa Videokameras geben; so können sie uns überwachen. Dann werden sie genauso wissen, wenn wir mal eine rauchen.«

»Außerdem hast du doch sicher kein Problem damit, wenn der Unterricht jetzt ausfällt«, fügt der Langhaarige hinzu.

»Also, ich bestimmt nicht! Ich habe nichts für Geschichte gelernt«, sagt Genziana.

»Lasst mich durch …« Wir drehen uns gleichzeitig um. Livio scheint in Schwierigkeiten zu stecken. Ein paar Jungs halten ihn am Arm fest.

Ich gehe dazwischen. »Was ist hier los?«

»Dieser Streber will unbedingt zum Unterricht«, antwortet einer der Rabauken.

Livios Gesicht ist gerötet, und er stottert: »D-die lassen mich nicht rein.«

»Lasst ihn in Ruhe! Ihr seid doch hier, um eure Meinung zu verteidigen, nicht um sie anderen aufzuzwingen.«

»Scarlett?« Mikaels Stimme.

Seine Anwesenheit genügt, und die Gruppe löst sich unverzüglich auf.

Livio ist nicht mehr da. Ich sehe, wie er im Flur verschwindet.

Mikael macht ein finsteres Gesicht und hat die Hand an seinem Anhänger, während er sich umschaut.

»Ist irgendetwas nicht in Ordnung?«, frage ich.

»Hier sind zu viele Leute …« Ich folge ihm an einen etwas ruhigeren Platz. »Was ist passiert?«, fragt er.

»Das war einer aus meiner Klasse … Sie wollten ihn nicht durchlassen. Er ist wie ich erst dieses Jahr hierhergezogen und sehr schüchtern.«

»Ich hatte dir doch gesagt, du sollst auf dich aufpassen, stattdessen gehst du los und verteidigst einen, der sich nicht einmal die Mühe macht, sich bei dir zu bedanken!« Er schaut sich immer noch unruhig um. »Lass uns von hier verschwinden.«

Ich nicke. Wir gehen in Richtung Motorrad.

»Hast du Lust, mit mir an einen ganz besonderen Ort zu fahren?«

Etwas, das mit »uns beiden« und »einem besonderen Ort« zu tun hat – das klingt, als sollte ich mir diese Gelegenheit nicht entgehen lassen. »Jaaa!«, antworte ich begeistert.

Jemand rempelt Mikael an. Umberto! Die beiden sehen einander feindselig an. Demonstrativ hake ich mich bei Mikael unter und werfe Umberto einen unmissverständlichen Blick zu.

Die Straße rast unter uns hinweg. Das Motorrad brüllt wie eine Naturgewalt. Ich umarme Mikael fest, der Wind spielt mit meinen Haaren, und die Sonne hat eine ungewöhnliche Kraft für diese Jahreszeit. Er hat mir nicht sagen wollen, wohin er mich bringt, aber die Straßenschilder verraten ihn. Florenz.

Etwa vierzig Minuten später stehen wir auf der Piazza della Signoria.

Mikael ist schöner als je zuvor. Seine Züge sind genauso vollkommen wie die der Statuen, die uns hier umgeben. Ich kann nicht umhin, die königliche Haltung und die Kraft von Perseus zu bewundern, der das Haupt der Medusa triumphierend hochhält. Dann sehe ich Mikael an und stelle mir vor, wie er mit gezücktem Schwert gegen einen Dämon kämpft.

Da fällt mir auf, dass sich eine kleine Gruppe Touristen mehr für meinen Begleiter interessiert als für die Statuen in der Loggia. Auf ihn sind mehr Augen gerichtet als auf die Kopie von Michelangelos David, die nur wenige Schritte von uns entfernt ist.

»Ich bin so glücklich, mit dir hier zu sein.«

»Ich auch. Obwohl solche Extratouren nicht gerade das sind, was man von einem untadeligen Wächter erwartet. Weißt du was? Meine Rolle hat mich immer so erfüllt, dass ich nie eine Regel übertreten habe. Selbstkontrolle ist eine Form von äußerst starker Macht, aber ... Es ist, als würdest du einen Schalter umlegen und deine Gefühle ausschalten.« Er streicht mir eine Haarsträhne aus dem Gesicht, und mir läuft ein Schauer über den Rücken. »Du hast sie wieder eingeschaltet«, flüstert er.

Mikael nimmt meine Hand, und ich lege den Kopf an seine Schulter. Wir sehen aus wie all die anderen Paare, die einen romantischen Ausflug in eine der schönsten Städte der Welt machen.

Es gibt so vieles, was ich ihm gern sagen würde ... Aber ich schweige.

Wir stehen auf dem Ponte Vecchio mit seinen alten Steinen und den Läden der Goldschmiede, die mit Holzplanken über dem Arno abgestützt sind. Das Wasser strömt mächtig unter uns hindurch, genauso reißend wie der Strudel der Gefühle, die in mir toben.

»Ich möchte dir einen Song vorspielen. Sag mir, was du davon hältst.« Er holt den iPod heraus und setzt mir zärtlich die Kopfhörer auf.

Der Text ist in Englisch. Er handelt von einem Mädchen, dessen Augen wie Sterne leuchten und das von einem anderen Planeten kommt. Der Held des Songs verliebt sich rettungslos und würde sein Leben für das Mädchen geben. Aber ihre Welten sind zu verschieden und um zusammen sein zu können, müssen sie Regeln verletzen.

Als das Lied abbricht, habe ich Tränen in den Augen.

Ich sehe ihn an. Die Spannung steht ihm ins Gesicht geschrieben. Seine Augenbrauen bilden einen vollkommenen Bogen, der den reinen Blick seiner Eisaugen einrahmt. Die vollen Lippen sind leicht geöffnet und lassen das Weiß der Zähne durchschimmern.

Ich bekomme weiche Knie. »Es ist wunderschön … atemberaubend. Der Stil erinnert an die Dead Stones, aber die Stimme … Sie geht so tief, als würde sie direkt zum Herzen sprechen.«

»Ich habe den Song gestern Abend aufgenommen, aber er ist noch nicht fertig. Meine Stimme klingt nicht so durchdringend wie die von Vincent, und es fehlen noch die Tonspuren der anderen Instrumente. Ich habe ihn in einem Atemzug geschrieben und dabei an dich gedacht … Du solltest ihn vorab hören. Er heißt *Girl from the Stars*. Wir werden ihn bei dem Konzert am Ersten Mai spielen.«

Aber dann … bin ich ja wirklich das Mädchen, dessen Augen leuchten wie Sterne!

Er lächelt. Ich mache einen Schritt auf ihn zu. Sanft fährt er über den Leberfleck an meiner Lippe und hebt dann mit seinen Fingern mein Kinn an. Er beugt sich über mich. Ich schließe die Augen und öffne leicht die Lippen.

»Entschuldigt! Könntet ihr ein Foto von uns machen?« Zwei Touristen in bunten Regenmänteln und komischen Kopfbedeckungen halten uns eine Kamera hin. Sie umarmen einander und sagen: »Cheese!« Der idyllische Moment ist vorüber.

Mikael starrt auf das Wasser, das unter uns hindurchfließt. Plötzlich ist er wieder ganz melancholisch.

»Wie geht es aus?«, frage ich ihn.

»Das weiß ich noch nicht. Vielleicht opfert er sich,

damit das Mädchen, das er liebt, ein friedliches Leben führen kann. Vielleicht wird sie in Zukunft hin und wieder an ihn denken.«

»Wie kannst du nur so etwas sagen! *Sie* zieht bei Weitem ein chaotisches Leben an seiner Seite einer unausgefüllten Ruhe vor!«

»Scarlett, das Leben ist kein Märchen. Die beiden sind so verschieden, sie kommen aus so gegensätzlichen Welten, und jeder Tag, den sie zusammenbleiben … erhöht die Gefahren.«

Die Sonne ist hinter Wolken verschwunden, die Luft ist kühl geworden. Ich gehe los, um Mikael und diesen Worten, die mir wehtun, zu entkommen.

Dieses Mal bin ich so wütend, dass ich es schaffe, den Helm selbst zu schließen.

Mikael beschleunigt bis zum Anschlag, und das Motorrad frisst die Kilometer der Straße unter uns.

Seltsamerweise habe ich keine Angst. Ich weiß, wenn ich mit ihm zusammen bin, kann mir nichts Böses widerfahren, selbst wenn mein Knie in jeder Kurve nur einen Zentimeter über dem Asphalt ist. Auch wenn er sich zwischen den Autos hindurchschlängelt und dabei keine Anstalten macht, langsamer zu werden.

Ich weine lautlos.

Die Straße, so grau wie meine Augen, nimmt meine Tränen auf.

Dann gewinnt mein Zorn die Oberhand. »Das Mädchen von den Sternen würde auf ein ganzes Leben verzichten, nur um ihn zu umarmen!«, schreie ich. »Das Mädchen von den Sternen will keine Angst mehr haben, es will leben. Und Leben heißt Lieben«, flüstere ich dann.

Ofelias Armreif glitzert an meinem Handgelenk.

Mikael sagt nichts, aber allmählich durchdringt mich ein Gefühl der Wärme. Ich treibe durch ein gedämpftes Universum, im Hintergrund ertönt *Girl from the Stars*, und mein Bild schwebt zwischen den Sternen. Mikael gestattet mir noch einmal einen Blick in sein Herz. Er kann zwar mit Worten versuchen, mich von sich zu entfernen, aber seine Seele lügt nicht.

Girl from the Stars, take me away from all this darkness, Mädchen von den Sternen, bring mich weg aus all dieser Dunkelheit. Seine Stimme klingt melodisch und tief. Noch nie hat mir jemand etwas so Schönes gewidmet, ich hätte so gern, dass es auch auf der Bühne von ihm gesungen wird.

Und einen Moment lang sind wir auf der menschenleeren Straße eins.

66

»Hallo?« Marcos helle Kinderstimme. »Scarlett, es ist für dich!« Er bringt mir das schnurlose Telefon. »Dein Freund ist dran«, meint er und streckt mir die Zunge raus.

Ich versuche, ihn zu kneifen, aber er entgleitet mir flink wie ein Goldfisch.

»Ja?«

»Leg nicht gleich auf. Ich habe dir etwas Wichtiges zu sagen.« Umberto klingt aufgeregt.

»Ich dachte, ich hätte mich klar genug ausgedrückt …«

»Ich habe Beweise, dass Mikael ein Geheimnis verbirgt. Seine Eltern sind nicht bei einem Flugzeugunglück umgekommen. Er hat alle angelogen.«

Ich bin sprachlos. Das glaube ich nicht. Mikael hätte mich in einer so wichtigen Angelegenheit niemals belogen.

»Wir sehen uns in einer halben Stunde im *Infierno*.«

Ich muss einfach wissen, was er herausgefunden hat. »Okay«, mehr bringe ich nicht heraus.

Ich habe eine schlimme Vorahnung. Sobald ich aufgelegt habe, stürmt Angst auf mich ein wie eine Schar von dunklen Gewitterwolken. Aber ich werde mich meiner Angst stellen. Und Umberto. Ich werde mich mit ihm treffen, und zwar in genau dem Klub, der eine Wende in meinem Leben eingeleitet hat.

Ich werde ihm nicht erlauben, sich zwischen mich und denjenigen zu stellen, den ich liebe.

Mikael hat mich so oft verteidigt, heute werde ich ihn beschützen. Vielleicht sind seine Geheimnisse in Gefahr. Vielleicht geht es um Wahrheiten, die so bestürzend sind, dass sie das Gleichgewicht der ganzen Welt erschüttern könnten. Seit *jener* Nacht habe ich jedes Mal, wenn ich nach unten auf den Boden schaue, Angst, dass eine Krallenhand aus dem Erdreich schießen könnte, um mich zu packen.

Ich sollte mich besser beeilen, wenn ich nicht zu spät kommen möchte.

Mama ist in der Küche damit beschäftigt, den Vorratsschrank zu putzen. Sie versucht, ihre Zeit bestmöglich auszufüllen, jeden Tag denkt sie sich etwas Neues aus, nur um etwas zu tun zu haben.

»Ciao, Ma, ich geh noch mal weg. Ich muss zu einer Freundin, mir die Unterlagen für den Philosophiekurs zurückholen.«

»Um diese Uhrzeit?«

»Ja … Bis vor Kurzem war er noch in meiner Klasse. Ich hatte ihm einige Fotokopien geborgt, und die brauche ich jetzt unbedingt.«

»Hast du nicht gerade gesagt, du gehst zu einer Freundin?« Ausgerechnet jetzt, wo ich es eilig habe, muss Simona mich ins Gebet nehmen.

»Das stimmt. Er hat die Unterlagen zu meiner Freundin gebracht, weil er weiß, dass ich nicht gern zu Jungs nach Hause gehe.«

»Da muss ich dir allerdings recht geben. Zieh dich warm an, draußen ist es kalt.«

»Das reicht schon so, das Sweatshirt ist gefüttert.«

»Kommt nicht infrage. Sonst wirst du wieder krank wie beim letzten Mal.«

»Ach, Ma!« Nicht mal die großen Hundeaugen funktionieren.

»Wenn du noch mal rauswillst, dann geh und zieh dir was an!«

Widerspruch ist zwecklos. Ich ziehe den grauen zweireihigen Mantel an, der mir bis zu den Knien reicht, und laufe noch mal schnell nach oben. Ich leere meine Schublade aus und schmeiße alles in der Gegend herum. Schal, Handschuhe und Mütze. Jetzt bin ich sogar für den sibirischen Winter gerüstet.

Ich wusste es. Es ist spät geworden. Und dann habe ich auch noch die Kette vergessen, um mein Fahrrad abzuschließen.

Umberto sitzt etwas abseits in einer Ecke des Klubs, vor ihm auf dem Tisch steht ein halbvolles Glas Bier.

»Entschuldige die Verspätung«, keuche ich völlig außer Atem.

Er schaut mich überrascht an. »Hallo Scarlett, ich hatte nicht erwartet, dich hier zu treffen.«

Er muss sich mit dem Bier sein Gehirn weggesoffen haben. Wenigstens klingt er deutlich besser gelaunt als am Telefon.

»Darf ich mich zu dir setzen?«

»Aber sicher, hier, nimm Platz.«

»Also, was wolltest du mir erzählen?«

Verwirrt schaut er mich an.

»Hallo, Erde an Umberto?! Mikael und sein Geheimnis! Erinnerst du dich jetzt?«

»Offen gestanden nicht. Ich verstehe überhaupt nicht, wovon du sprichst.«

»Jetzt ist wirklich der falsche Moment, um mich auf den Arm zu nehmen!«, möchte ich ihn am liebsten anschreien. Aber irgendetwas stimmt nicht mit seinem Gesicht. Es wirkt so leer, wie abwesend.

»Du hast nicht zufällig zu viel getrunken? Gut, ich habe mich verspätet, aber wie viele davon hast du dir in der Zwischenzeit reingezogen?«, frage ich und zeige auf sein Bier.

»Also, ehrlich gesagt ist es mein erstes. Was meinst du damit, du hast dich verspätet? Warst du mit jemandem verabredet?«

Plötzlich schießt mir ein Gedanke durch den Kopf. Ich schaue mich um. Dann springe auf und sage: »Entschuldige mich mal kurz.« Damit bin ich auch schon auf dem Weg zum Barmann. Es ist derselbe nette Typ, der Ofelia und mir beim Konzert einen ausgegeben hat.

»Hallo! Darf ich dich was fragen?«

»Nur zu.«

»Siehst du meinen Freund dort hinten? Hast du gesehen, ob er mit jemandem geredet hat, ehe ich gekommen bin?«

»Na klar! Mit dem Bassisten der Dead Stones.«

Ich fühle, wie die Welt um mich zusammenbricht.

Vielleicht hat Mikael sich ja in Umbertos Kopf geschlichen, um seine Erinnerungen durcheinanderzubringen. Er hat mir gesagt, dass es nicht bei allen gleich gut funktioniert, aber dass bestimmte Gedanken ihn erreichen, wenn sie besonders intensiv sind. Hat er mitbekommen, dass Umberto ihm nachspioniert hat?

Ein Schauer läuft mir den Rücken hinunter. Ich kann nicht glauben, dass er so etwas getan hat. Das würde ja bedeuten, dass er mich angelogen hat! Und dass er Erinnerungen manipuliert, unser wichtigstes Gut.

Mir bleibt die Luft weg, ich muss hier raus.

Der Himmel ist genauso düster wie meine Gedanken.

67

Mein Körper ist erschöpft, aber mein Verstand hört nicht auf zu arbeiten. Das Bett ist vom vielen Hin- und Herwälzen schon ganz zerwühlt, das Fenster zieht mich magisch an wie eine Fata Morgana in der Wüste. Ich habe das dringende Bedürfnis, den bedrückenden Wänden meines Zimmers zu entkommen. Daher schlüpfe ich jetzt in mein Katzensweatshirt. Vielleicht hilft mir ja die kalte Luft da draußen, ruhiger zu werden.

Ich klettere über das Fensterbrett hinaus und setze mich auf das abschüssige Vordach. Der verlassene Turm erhebt sich in der Ferne vor mir. Auch er wirkt irgendwie traurig.

In Gedanken konzentriere ich mich auf Mikael und rufe ihn. Ich weiß, dass er mich hören kann. Er *muss* mich hören. Obwohl ich vor Kälte zittere, rühre ich mich nicht vom Fleck. Wenn er in der Nacht in der Bibliothek meine Angst wahrnehmen und zu meiner Rettung herbeieilen konnte, dann kann er vielleicht auch jetzt spüren, dass ich erfriere und dass ich mich nicht von hier fortbewege, bis er bei mir ist.

Die Nacht ist feucht und eisig, ich spüre, wie meine Lippen kalt werden, die Zehen an den Füßen sind trotz der dicken Socken ganz klamm geworden.

Sein Schatten zeichnet sich unter mir im runden Lichtschein einer Straßenlaterne ab.

Ein wenig steif laufe ich zu ihm in den Hof hinunter.

Ich verberge meine tränengefüllten Augen unter der Kapuze. Wir setzen uns auf die Schaukeln. Wie oft habe ich mir diese Szene vorgestellt. Aber nicht so, nicht in diesem Zustand.

Ich beschließe, das Schweigen zu brechen.

»Wie konntest du nur?«

»Ich *musste* es tun.«

Er versucht gar nicht erst, es abzustreiten, aber ich kann mich über seine Ehrlichkeit nicht freuen. Ich hätte mir gewünscht, dass eine tiefere Wahrheit dahintersteckte, die nicht so wehtut.

»Das Gleichgewicht zwischen der Welt der Menschen und der Dämonen muss geschützt werden. Das ist Teil des Paktes. Umberto wurde gefährlich. Er hätte Probleme bekommen, wenn er seine merkwürdigen Nachforschungen weiter betrieben hätte.«

»Was denn für Probleme? Hättest du dich wieder in ein Monster mit Fledermausflügeln verwandelt und seine Seele ausgesaugt?« Aus mir spricht die blanke Wut.

»Du bist ungerecht. Du weißt doch, dass ich einem Menschen niemals etwas antun würde. Ich bin ein Wächter. Ich bin hier, um euch zu beschützen.« Ich spüre seinen Blick auf mir, aber ich weiche ihm aus.

»Und so schützt du uns?«, fahre ich ihn an. »Du hast Umberto vom ersten Augenblick an gehasst.«

»Ich habe ihn *nie* gehasst. Was ich heute getan habe, diente einer höheren Sache. Ich darf meine Kräfte nicht für persönliche Zwecke einsetzen, damit würde ich selbst den Pakt brechen und müsste mich einem Urteil und einer Strafe stellen. Ich habe dir doch erklärt, dass es unumstößliche Regeln gibt, was die Beziehung zwischen den beiden Welten betrifft.«

»Trotzdem hast du das schon mal getan, da bin ich mir ganz sicher. Und zwar bei Vanzi, an jenem Morgen in der Schule. Du hast ihn davon überzeugt, dass ich aus gutem Grund zu spät gekommen bin. Da hast du auch deine Kräfte eingesetzt, oder?«

»Das stimmt so nicht. Damals habe ich nur meine Überzeugungskraft eingesetzt. Vielleicht ist sie etwas ausgeprägter als bei einem Menschen, das kann schon sein. Aber es ist bloß ein Teil meiner persönlichen Eigenschaften.«

»Das verstehe ich nicht ...«

»Wenn ich meine Kräfte einsetze, dann bedeutet das, dass ich in den natürlichen Ablauf des Lebens der Menschen eingreife, und bei Umberto konnte ich nicht anders. Ich habe die Erinnerungen an das gelöscht, was er herausgefunden hatte, um ihm das Leben zu retten und dich zu beschützen, Scarlett. Edoardo ist tot, du wurdest angegriffen. Begreifst du denn nicht, dass das hier kein Spiel ist?«

»Ich weiß selbst, dass das kein Spiel ist, aber ich stecke doch schon mittendrin! Ich habe Edoardo Gerechtigkeit versprochen und werde nicht aufhören, zu versuchen, Licht in das Rätsel um seinen Tod zu bringen, ob dir das jetzt passt oder nicht.«

»Ich hatte dich gebeten, damit aufzuhören.«

»Und wenn nicht? Was wirst du dann tun? Auch meine Erinnerungen löschen? Dann hättest du ein Problem weniger.«

»So etwas würde ich niemals tun, und das weißt

du auch. Ich habe mein Dasein in deine Hände gelegt, als ich beschlossen habe, dich zu retten. Du bedeutest jetzt alles für mich …«

»Ich weiß nicht mehr, was ich glauben soll. Erinnerungen sind unser wertvollstes Gut. Sie gehören nur uns selbst, sie definieren uns als das, was wir sind, und keiner kann sie uns nehmen. Umberto hat vielleicht einen Fehler gemacht, aber eine solche Strafe hat er nicht verdient.«

»Versteh doch, es war keine Bestrafung! Umberto ist das Opfer in einem viel größeren Krieg, einem Krieg, den ich seit Langem kämpfe. Einem Krieg gegen die Dunkelheit.«

Ein Regentropfen auf meiner Hand. Auch der Himmel möchte weinen.

Mikael steht auf. Er steht jetzt direkt vor mir. Nach dem, was passiert ist, kann ich ihm nicht mehr in die Augen sehen.

»Was ich dir jetzt sage, ist eines der Geheimnisse, die ich am strengsten beschützen müsste. Aber ich will dir beweisen, dass ich dir vertraue, Scarlett.«

Ich antworte nicht, sondern beschränke mich darauf aufzuschauen, obwohl ich weiß, dass ich seinem Blick nicht lange standhalten kann.

»Umberto hat in den Zeitungsarchiven nachgeforscht, die in der historischen Bibliothek der Stadt aufbewahrt werden. Er hat herausgefunden, dass in den letzten achtzehn Jahren kein Lancieri bei einem Flugzeugunglück umgekommen ist. Und nicht nur das. Er hat in der Villa Montebello Ofelias Dienstboten mit Fragen gelöchert, um Informationen über das Waisenhaus zu erhalten, aus dem sie adoptiert wurde.«

»Und wie hätten diese Informationen über eure Familien euch in Gefahr bringen können?«

»Keiner von uns hat eine Familie. Und früher oder später hätte Umberto das in seinem Zorn oder seiner Eifersucht herausgefunden.«

»Wie ist das möglich?«

»Ich habe dich angelogen, Scarlett. Aber ich habe es zu deinem Besten getan.«

»Zu meinem Besten? Alle sagen immer, es sei nur zu meinem Besten. Dabei will ich bloß die Wahrheit wissen!«

»Die Wahrheit ist manchmal viel zu unglaubwürdig oder zu schmerzhaft, als dass man sie akzeptieren könnte.«

Ich schlucke meine Bitterkeit hinunter. Das stimmt, die Wahrheit schmerzt. Als ich eben erfahren musste, dass er mich angelogen hat, hat mich das getroffen wie ein Stich ins Herz.

»Alle Legenden haben einen wahren Ursprung. Hast du jemals von der Sage von Persephone gehört? Eine wunderschöne Frau, die von einem Dämon entführt wurde, der sich in sie verliebt hatte und sie dann in die Unterwelt brachte. Das ist so: Manchmal kommt es vor, dass ein Dämon den Pakt bricht und eine Frau raubt … Dann kommt es zu dem schlimmsten Fluch. Die Frau stirbt, wenn sie der Frucht aus dieser widernatürlichen Vereinigung das Leben schenkt, und der Dämon muss zusehen, wie nun sein schlimmster Feind das Licht der Welt erblickt.«

»Was bedeutet das?«

»Das Schicksal des Kindes ist vorbestimmt: Es wird ein Wächter. In seinen Adern fließt sowohl

Menschen- wie auch Dämonenblut, die ständig miteinander in Konflikt geraten.«

»Willst du mir damit sagen, dass du der Sohn eines …« Ich kann den Satz nicht zu Ende bringen.

»Ich wollte dich nicht zu sehr erschrecken und habe daher die Geschichte meiner Herkunft im Dunkeln gelassen. Als ich dir gesagt habe, dass ein Teil meines Blutes dämonisch ist, war das nicht nur im übertragenen Sinn gemeint. Ich habe meine Mutter niemals kennengelernt. Es liegt in meiner Natur, dass ich mich keiner der beiden Welten zugehörig fühle, von denen ich ein Teil bin. Mir war schon immer bewusst, dass ich anders bin und eine Bürde in mir trage. Wir Wächter werden als Einzelgänger geboren und sind dazu verdammt, unser ganzes Leben allein zu bleiben.«

Es regnet heftig. Der Wind peitscht die Tropfen in stürmischen Böen.

Ich zittere.

Mikael hat sein Innerstes vor mir entblößt und mit mir die verborgensten Geheimnisse seines Wesens geteilt, aber dennoch fühle ich nichts als Kälte.

»Es tut mir leid, aber ich kann dir nicht mehr vertrauen.« Mein Schluchzen zerreißt die Stille. »Ich möchte nicht immer befürchten müssen, dass … jedes Mal, wenn ein Problem auftaucht … du dich einmischst und die Menschen dazu bringst, das zu tun, was du möchtest. Oder dass du die Erinnerungen von jemandem auslöschst, wenn du dich bedroht fühlst.«

Mikael ist triefnass, unaufhörlich prasselt der Regen auf seine Schultern. Sein Gesicht ist undurchdringlich.

»Du hast recht, so bist du nun einmal, das ist dein Wesen. Vielleicht bin ich einfach nicht stark genug, das zu ertragen. Wer weiß, wie viele Lügen du mir noch erzählt hast …«

Ich muss schwer schlucken. Dann schaue ich ihn an. Ich schäme mich meiner Tränen nicht. »Ich weiß jetzt nicht mehr, wer du bist. Ich habe an uns beide geglaubt, aber … Vielleicht war es auch nur ein schöner Traum. Ich wollte nicht daraus erwachen, aber jetzt habe ich die Augen geöffnet.«

Vielleicht weint auch Mikael. Oder es ist nur der Regen. Als er endlich etwas sagt, verrät seine Stimme keine Gefühle. »Ich will nur dein Bestes. Wenn du mich darum bittest, aus deinem Leben zu verschwinden, werde ich im gleichen Moment fort sein.«

Eine Pause, die eine Ewigkeit zu dauern scheint. Vielleicht ist es auch nur der unendlich tiefe Abgrund zwischen uns.

»Ja … bitte …« Ich senke die Lider. Und mache eine Pause, um mein letztes bisschen Kraft zu mobilisieren. »Aber keine Sorge, dein Geheimnis ist bei mir sicher.« Ein leise dahingehauchtes Flüstern im tosenden Gewitter. Als ich wieder hochschaue, ist Mikael nicht mehr da.

Er ist im Regen verschwunden in ebendem Moment, als ich dieses verfluchte Wörtchen *Ja* ausgesprochen habe. Vom Schmerz überwältigt sinke ich zu Boden.

68

Ich öffne die Augen. Mein Kissen ist noch feucht von den Tränen. Ich werfe einen Blick auf den Wecker, dabei sehe ich auf dem Nachttisch zu meiner Überraschung Sally liegen. Ich erinnere mich an den Abend, als ich sie Mikael geschenkt habe und dazu ein kleines Stück meines Herzens. Er hat sie mir zurückgegeben. Das letzte Band zwischen uns … ist nun zerrissen.

Ich stehe auf, schmerzbetäubt, und ziehe mich mechanisch an. Dabei fällt mir das T-Shirt mit den Einhörnern in die Hände. Wieder eine mit Mikael verbundene Erinnerung: Das hatte ich an, als ich mich zum ersten Mal in der Abstellkammer versteckt habe und beim Klang seiner Stimme zusammengezuckt bin.

Wie kann ich nur hoffen, ihn jemals zu vergessen?

Ich rede mir ein, dass die Zeit alle Wunden heilt. Jetzt muss ich stark sein und nur die ersten Tage überstehen. Danach wird es besser.

Ich gehe in die Küche. »Stimmt etwas nicht, Scarlett? Du siehst schrecklich aus …« Meine Mutter mustert mich besorgt.

»Nein, es ist nichts Schlimmes. Ich konnte heute Nacht bloß nicht schlafen.«

Sally liegt wieder in meiner Hosentasche. Jetzt ist sie nicht mehr das Geschenk meiner Großmutter, sondern etwas, das Mikael bei sich getragen und mir zurückgegeben hat.

»Wegen des Gewitters?«

»Ich glaube schon.«

Ich starre auf meine Schüssel mit Milch, rühre lustlos das Müsli um. Mein Magen ist wie zugeschnürt, und ich bringe keinen Bissen herunter. Am liebsten würde ich einschlafen, alles ausblenden und ein paar Monate später wieder aufwachen. Doch würde das genügen? Ich bezweifle es.

»Willst du nichts essen?«

»Ich habe keinen Hunger.«

»Du solltest dich dazu zwingen. Das Frühstück ist die wichtigste Mahlzeit des Tages, ohne Zucker kann das Gehirn nicht arbeiten.«

Genau das möchte ich ja verhindern! Auch heute muss mir meine Mutter unbedingt sagen, was ich zu tun habe. Im Grunde ist das ja auch ganz normal, für sie hat sich nichts geändert. Nur für mich scheint eine Welt zusammengebrochen zu sein. Von meinen Träumen ist nur ein Scherbenhaufen übrig geblieben.

»Und Papa?«, frage ich, um das Thema zu wechseln.

»Der ist früh aus dem Haus … wie immer.« Sie fängt an, das Kochfeld zu putzen. Ich fand eigentlich, dass es schon vorher glänzte.

69

Der Himmel verbreitet ein weißes, gleichförmiges Licht.

»Es wird bald schneien«, sagt Genziana.

Ich reiße mich aus meinen Gedanken und zwinge mich zu einem Lächeln. Caterina liegt auf dem Sofa mit dem grafisch gemusterten Bezug im Retrolook und redet ununterbrochen, aber ich habe den Faden verloren.

Die orangefarbene Lavalampe auf dem Beistelltisch scheint gleich zur Decke abheben zu wollen.

Genzianas kleine Wohnung wirkt sehr gemütlich und ist im Stil der Siebziger eingerichtet. Aus einem Foto in einem gelben Rahmen lächelt uns ihre Mutter entgegen. Sie trägt Schlaghosen und eine Bluse mit Blumenmuster. Mutter und Tochter gleichen einander tatsächlich wie ein Ei dem anderen: dieselben schmalen grünen Augen, Sommersprossen über das ganze Gesicht und die gleiche rote Mähne.

Ich frage mich, ob seit ihrem Tod hier nichts verändert wurde und sie all die Dinge, die diese Wohnung so schön bunt machen, noch selbst ausgesucht hat.

»Hast du die Gewürzkräuter mit nach Hause genommen?«, fragt Caterina.

»Nur die empfindlichsten. Ich hatte Angst, dass sie bei der Kälte eingehen würden.« Das Zimmer ist nicht sehr groß, ein bunter Perlenvorhang trennt die Kochnische ab. »Möchtet ihr einen Kräutertee?«

»Sehr gern! Heute will mir einfach nicht warm werden ... Das wird wohl an diesem scheußlichen Wetter liegen!« In Wirklichkeit spüre ich diese Kälte in mir, seit ich Mikael aus meinem Leben verbannt habe.

Genziana stellt den Wasserkessel auf den Herd und holt aus kleinen Glasgefäßen einige getrocknete Blätter. Auf den Etiketten lese ich: Melisse, Minze. Ich gehe ans Fenster zurück und schaue hinaus. Ein paar Schneeflocken schweben herab.

»Der erste Schnee des Jahres!«, schreit Caterina begeistert.

»Wünsch dir was«, sagt Genziana, während sie mit dem Geschirr klappert.

Mir kommt bloß ein Wunsch in den Sinn. Schnell verjage ich ihn wieder und setze mich zu Caterina auf das Sofa.

»Umberto hat aufgehört, sich so komisch zu verhalten. Und da heißt es immer, Frauen sind launisch. Was soll man dann erst über die Männer sagen? Erst ignoriert er mich und läuft meiner besten Freundin hinterher ... Oops! Also, ich wollte sagen ... *einer* meiner besten Freundinnen ...«

»Das habe ich gehört!«, zieht Genziana sie auf.

»... dann ist er plötzlich wie ausgewechselt, tut so, als hätte er sich bis über beide Ohren in mich verliebt und löchert mich mit Fragen. Und schließlich ist er von einem Tag auf den anderen wieder der Freund von vorher. Höflich, aber distanziert!«

Genziana kommt mit einem Tablett mit drei dampfenden Tassen und Gewürzplätzchen zu uns. Sie setzt es auf dem Beistelltisch ab, wirft ein großes Kissen auf den Boden und hockt sich darauf.

»Hast du jetzt erst herausgefunden, dass Männer seltsame Wesen sind? Aber du weißt doch, Angriff ist die beste Verteidigung: Deswegen werfen sie uns *ihre* Fehler vor.«

»Und du, wie kommst du damit klar?«, frage ich Cat.

»Ach, ehrlich gesagt ganz gut. Sein plötzliches Interesse für mich hat mich eher verwirrt, auch weil ich nicht begriffen habe, was er wirklich bezweckt hat. Jetzt bin ich viel ruhiger. Zumindest hatte ich meinen ersten Kuss. Es ist immer sehr peinlich, wenn man zugeben muss, dass man noch nicht …«

Mikael und ich haben uns nie geküsst. Und dabei habe ich mir so oft vorgestellt, wie das wohl wäre.

»Alles in Ordnung mit dir, Scarlett?«

Die Zehn-Millionen-Dollar-Frage. Die Frage, die mir in letzter Zeit alle stellen. *Geht es dir gut? Du wirkst so merkwürdig. Wo bist du nur mit deinen Gedanken?*

Nein! Nein, es geht mir gar nicht gut. Ich kann mir Mikael einfach nicht aus dem Kopf schlagen. Er fehlt mir wahnsinnig, als ob man einen Teil von mir entfernt hätte. Eine Wunde, die nicht aufhört zu bluten, eine furchtbare Leere, die nichts zu füllen vermag.

Und jetzt bin ich mir gar nicht mehr so sicher, ob ich die richtige Entscheidung getroffen habe.

»Ja … Alles in Ordnung. Ich habe bloß versucht, herauszufinden, woraus du dieses Gebräu gemischt hast.« Ich trinke einen Schluck Tee, damit meine

Lüge glaubwürdiger wird. Oh, ich bin gut im Lügen geworden, das muss man sagen. Eine ganz natürliche Entwicklung, da die anderen einfach nicht aufhören, Fragen zu stellen, und es jedes Mal zu sehr wehtut, in mich hineinzuhorchen.

Black fehlt mir auch. Ich bin nicht mehr in die Abstellkammer gegangen, aus Angst, ich könnte …

»Und Mikael? Ich will dich ja nicht zwingen, darüber zu reden, aber vielleicht würde es dir helfen.« Das kam von Genziana.

»Mikael … Vielleicht waren wir beide einfach zu verschieden. Unsere Wege haben sich getrennt.«

»Ihr wart so ein schönes Paar!«, zwitschert Caterina und fängt sich damit gleich einen Ellenbogenstoß von Genziana ein.

Ich stehe auf und gehe mit der Tasse in der Hand ans Fenster.

Vor ein paar Tagen hat mich die Zini am Ende des Unterrichts beiseitegenommen. »Scarlett, ich sehe, dass du in letzter Zeit nicht ganz bei der Sache bist. Deine Leistungen haben stark nachgelassen, und du scheinst dich auch deinen Freundinnen gegenüber abweisend zu verhalten. Hast du Probleme zu Hause?«, hat sie mich gefragt. Ihre grünen Augen schienen direkt in meine Seele zu blicken.

»Nein, das heißt … doch. Es gibt schon den einen oder anderen Streit bei mir zu Hause. Ich werde versuchen, mich besser zu konzentrieren. Und mich anstrengen, um das nachzuholen, was …«

»Darum geht es nicht. Es ist nur so, wenn du mit jemandem reden möchtest, kannst du auf mich zählen.«

Da konnte ich meine Tränen nicht mehr zurückhalten und bin weggerannt, damit der Rest der Klasse das nicht mitbekam.

Mikael hatte recht, ich bin wirklich leicht zu durchschauen. Schon wieder *er* …

»Ich vermisse das Gefühl, verliebt zu sein. Man schwebt die ganze Zeit auf Wolken«, seufzt Genziana.

»Mir geht es eigentlich ganz gut. Jetzt, wo Umberto wieder nur noch ein Freund ist, habe ich mein Gleichgewicht wiedergefunden. Kein Herzklopfen mehr und keine offenen Haare, weil sie ihm so besser gefallen. Ich liebe meinen Haarreif!«

Das fröhliche Geplapper meiner Freundinnen wird zu einem fernen Rauschen im Hintergrund.

Mikael. Und wenn er recht hatte? Wenn ich nur zu feige bin? Liebe erfordert Mut, und ich war nicht tapfer genug. Wenn ich an den menschlichen Teil von ihm denke, stelle ich mir vor, dass er blutet.

Ich habe ihm die Tür vor der Nase zugeschlagen, während er bis zuletzt nur versucht hat, mich zu beschützen.

Girl from the Stars, das Lied, das er mir gewidmet hat.

»Wie geht es aus?«, habe ich ihn auf dem Ponte Vecchio gefragt, unter uns die Fluten des Arno.

»Das weiß ich noch nicht. Vielleicht opfert er sich, damit das Mädchen, das er liebt, ein friedliches Leben führen kann. Vielleicht wird sie in Zukunft hin und wieder an ihn denken.«

Ein Stich ins Herz. Soll das wirklich das Ende sein? Und ich war es, die diese Entscheidung getroffen hat.

»Scarlett, bist du da?«

Ich zucke zusammen und denke mir schon die nächste Lüge aus.

70

Heute ist der Vanzi schlecht drauf … Also ich meine, noch schlechter als sonst«, sagt Cat.

»Meiner Meinung nach braucht er eine Frau«, erwidert Genziana.

»Vielleicht hat er ja auch eine Xanthippe geheiratet und ist deshalb ständig so gereizt! Stell dir das mal vor: Der Menschenfresser ist zu Hause folgsam wie ein Lämmchen!«

»Nein, der als Lämmchen, das geht gar nicht«, seufze ich.

Der Schülerstrom hat mich zum Ausgang getrieben, aber dort drehe ich mich um, weil irgendetwas Unerklärliches meine Aufmerksamkeit erregt hat. Ein undefinierbares Gefühl.

Ich erkenne sie sofort wieder. Rotkäppchen, das Mädchen, dem ich an dem Tag im Park vor der Bibliothek begegnet bin, als man Edoardos Leiche gefunden hat. Dieses irische Gesicht, die Sommersprossen, die Stupsnase. Sie sieht aus wie eine Elfe, die sich zwischen einem Haufen Schüler versteckt. Sie ist noch im Gebäude, etwa zwanzig Meter von mir entfernt.

Uns trennen jede Menge Schulrucksäcke, chaotisches Stimmengewirr und eine Masse ungeduldiger Schüler, die es eilig haben, nach Hause zu kommen.

Ich muss mit ihr reden! Sie könnte an jenem Tag etwas gesehen haben.

»Entschuldigt, Mädels, wir sehen uns morgen.« Ich mache kehrt und versuche, mir den Rückweg ins Gebäude freizukämpfen.

»Aber wo will sie denn jetzt hin?«, höre ich hinter mir.

Ich habe keine Zeit für Erklärungen.

Es ist nicht gerade leicht, gegen einen Strom von Schülern zu schwimmen, die nur eines wollen: sich nach Hause verdrücken! »Entschuldigung ... Oh, tut mir leid«, sage ich bei jedem Schritt.

Das Elfenmädchen kneift die Augen zusammen, hat sie mich etwa wiedererkannt?

Ich sehe, wie sie sich auf dem Absatz umdreht und die Stufen zu den Klassenräumen hinaufläuft.

Ein Ellenbogencheck, dann trifft mich die harte Ecke eines Rucksacks voller Bücher genau an der Schulter. »Pass doch auf, wo du hinläufst!«, motzt mich jemand an. Dabei weiß ich sehr genau, wo ich hinlaufe. Ich muss sie erreichen, ehe sie wie beim letzten Mal wieder verschwindet.

Ich schlüpfe aus den Trägern meines Rucksacks, der mich bei meinen Bewegungen behindert, halte ihn vorne an mich gepresst und benutze ihn als Rammbock. Ich entschuldige mich fortwährend und schaue dabei die Schüler gar nicht mehr an, die ich anrempele.

Dann komme ich zur Haupttreppe. Ich sehe sie. Sie hat die Hand am Treppengeländer und ist zwei Absätze über mir.

Davon lasse ich mich nicht entmutigen, ich nehme wie immer zwei Stufen auf einmal.

Plötzlich sehe ich sie nicht mehr.

Sie muss irgendwo im zweiten Stock sein. Ich biege also in den inzwischen menschenleeren Flur ein und schaue in jedes offen stehende Klassenzimmer.

Ein Rascheln erregt meine Aufmerksamkeit. Zehn F. Da ist sie, der rote Umhang ist unverkennbar. Sie kniet zwischen den Bankreihen. Versucht sie etwa, sich zu verstecken?

»Entschuldige«, spreche ich sie an.

Keine Antwort.

Ich komme näher. »Entschuldige?«, wiederhole ich. Vorsichtig berühre ich sie am Arm.

Sie zuckt zusammen und steht hastig auf, dann schaut sie mich an. Ihre Augen! Sie wirken seltsam leer. Das Mädchen scheint mich nicht zu erkennen.

»Erinnerst du dich an mich?«

»Nein. Sollte ich?«

»Der Tag im Park. Als man den Bibliothekar gefunden hat …«

»Ich wüsste nicht … An so etwas erinnere ich mich nicht. Du musst mich mit jemandem verwechselt haben.«

»Ich irre mich nicht, du bist es! Du hast mir gesagt, dass du etwas gehört hättest … Schreie …«

»Hör mal, ich weiß wirklich nicht, wovon du redest!«

»Und warum bist du dann weggelaufen, als ich dich am Ausgang gesehen habe?«

»Weggelaufen, ich? Ich hatte nur mein Federmäppchen vergessen. Zum Glück ist es mir noch rechtzeitig eingefallen, also bin ich zurückgegangen und habe es mir geholt.«

Ein Schauer läuft mir den Rücken hinab.

Ich erkenne diesen Blick wieder, es ist genau der gleiche wie bei Umberto an jenem Tag, als Mikael seine Erinnerungen gelöscht hatte. Nein! Mikael hat damit nichts zu tun, da bin ich mir sicher. Es muss eine andere Erklärung geben.

»Also dann, ciao«, sagt sie.

Sie lässt mich zwischen den leeren Bänken der Klasse stehen. Allein mit meinen Gedanken.

71

Heute versucht sich Simona mal wieder als Amateurpsychologin.

»Die beste Methode, schlimme Gedanken zu verjagen, ist, sich einfach mal selbst etwas Gutes zu tun. Ein neuer Haarschnitt und eine neue Tönung können zwar keine Probleme lösen, aber sie heben die Laune«, hat sie gesagt, als sie mich dabei ertappt hat, wie ich über meine Bücher gebeugt vor mich hin geträumt habe.

»Ich muss lernen! Morgen schreiben wir eine Arbeit!«

»Du siehst nicht aus, als würdest du lernen.«

»Zumindest versuche ich es.«

»Du kommst jetzt mit, danach wirst du dich bei mir bedanken.«

Na toll. Erst zwingt sie einem ihre Entscheidungen auf, und hinterher verlangt sie auch noch, dass man sich dafür bedankt.

»Ich habe keine Lust, andere Leute an meinem Kopf rumhantieren zu lassen.« In dem herrscht sowieso schon genügend Durcheinander.

Trotzdem sitze ich jetzt hier vor dem großen Spiegel, in dem ich mich selbst sehe, außerdem unzählige Haarpflegeprodukte, Poster mit den neuesten Frisuren und meine Mutter, die sich von der Chefin des Salons höchstpersönlich die Kopfhaut massieren lässt.

Ich habe bloß die Auszubildende abbekommen. Sie kämmt mir energisch die nassen Haare durch. »Also, wollen wir schneiden?«

»Nein, danke.«

»Deine Mama hat aber gesagt, du möchtest einen neuen Schnitt.«

»Ach ja? Das ist immer noch mein Kopf. Du kannst höchstens ein bisschen die Spitzen kürzen.«

Sie schnauft. Ihre Kiefer malmen auf höchst ordinäre Weise auf einem Kaugummi herum. »Wie soll ich neue Schnitte lernen, wenn niemand mir etwas zutraut?«

»Das ist keine Frage des Vertrauens, glaub mir. Aber meine Mutter hat mich dazu gezwungen, hierherzukommen. Sie sagt, das hebt die Laune.«

»Damit hat sie aber wirklich recht! Meine verlangt jeden Sonntag von mir, dass ich ihr die Haare lege.«

Mama ist ganz in ihrem Element. Sie hat den Platz neben mir und plaudert ganz freundlich mit der Friseurin über die neuesten Trends.

»Simona, was hältst du von einem asymmetrischen Schnitt, der von einer violetten Tönung akzentuiert wird?«

»Vielleicht ist das nichts mehr in meinem Alter …«

Ach was! Sie möchte sich nur bitten lassen …

»Nein, das wird ja gar keine richtige Tönung, nur so ein Schimmer. Ich denke, das würde dir ganz toll stehen.«

»Na gut, wenn du das sagst. Die Strähnchen kann ich allmählich nicht mehr sehen.«

»Und du, Scarlett? Hast du dir überlegt, was für einen Schnitt du möchtest?«

»Nein, die lässt mich nichts machen. Da ist ihre Mutter eindeutig aufgeschlossener«, murrt die Auszubildende in meinem Rücken leise. Als ob ich sie nicht hören könnte!

Meine Mutter kann gleichzeitig ein Klatschmagazin durchblättern, Anekdoten über ihre früheren Kunden erzählen und sogar mit dem Mädchen, das sich an meinen Haaren zu schaffen macht, ein paar witzige Bemerkungen über mich austauschen.

»Deine Mutter ist nett.«

Ich seufze tief. Darauf antworte ich lieber nicht.

»Einmal hatte ich eine fünfzigjährige Dame bei mir, die ihr übliches Schwarz satthatte: Sie wollte strahlender aussehen, meinte sie. Ich habe ihr zu einem hellen Braunton geraten, aber sie bestand auf Platinblond.«

»Nein! Hast du ihr gesagt, dass sie am nächsten Morgen beim Blick in den Spiegel einen Schock kriegen würde?«

»Sicher. Ich habe ihr auch gesagt, dass ihr Mann sie nicht mehr wiedererkennen würde. Ein paar Stunden später war sie so blond, wie sie es gewünscht hatte, und weißt du, was sie dann ganz frech zu mir gesagt hat? ›Das ist mir zu hell, ich weiß nicht, ob ich mich so auf die Straße traue.‹ Und dann hat sie mich gezwungen, sie hellbraun zu färben, genau, wie ich es ihr vorher vorgeschlagen hatte.«

Sie lachen gemeinsam. Wenn Simona doch bloß auch zu Hause so wäre.

Eine Stunde später habe ich eine so bombenfest sitzende Frisur wie eine Puppe, Kopfschmerzen und eine Mutter mit violetten Haaren.

72

»Hallo, Oma, wie geht es dir?«

»*I'm fine*. Also für mein Alter, meine ich damit. Erzähl mir lieber was von dir. Letzten Sonntag hast du dich so abwesend angehört ... Bedrückt dich etwas? Probleme verschwinden nicht, nur weil man nicht darüber spricht.« Oma Evelyn redet in ihrem ganz persönlichen Kauderwelsch aus Italienisch und Englisch, je nachdem, was in ihren Ohren besser klingt. Wenigstens hat sie heute nicht wieder einen von ihren *full-immersion*-Tagen, an denen sie mich zwingt, nur Englisch mit ihr zu reden. *»Think English«*, sagt sie dann immer. Zurzeit kostet es mich schon genug Kraft, in meiner Muttersprache zu denken.

»Das Problem ist, dass ich eine Entscheidung getroffen habe ... von der ich annahm, sie sei richtig. Aber je mehr Zeit vergeht, desto mehr frage ich mich, ob sie das tatsächlich war.« Ich halte den Hörer zwischen Schulter und Ohr geklemmt und streichele mit beiden Händen meine einäugige Giraffe.

»Wir kommen auf diese Welt wie Schauspieler, die bei der wichtigsten Szene im Stück ohne Probe ins kalte Wasser geworfen werden. Die Generalprobe ist das Leben selbst. Da ist es ganz normal, wenn man sich irrt … aber aus Fehlern lernt man.«

Mir gefällt die Vorstellung, dass ich eine Schauspielerin bin. Ich gebe die Julia, meine Haare sind zu einem langen blonden Zopf geflochten. Vom Balkon aus spreche ich in Versen zu meinem Geliebten. Und dann schlage ich ihm beim ersten Problem die Tür vor der Nase zu und sage ihm, er soll sich nicht mehr blicken lassen. Oh mein Gott, was habe ich getan!

»Ich bin zu impulsiv. Ich habe alles verdorben«, denke ich laut.

»*It's never too late*. Wenn man einen Fehler wiedergutmachen will, muss man es bloß ehrlich wollen. Wenn ich nicht dreimal geheiratet hätte, dann hätte ich Giulio niemals kennengelernt … Und dann würde es auch meine geliebte Enkeltochter nicht geben. Du musst nur fest daran glauben, Scarlett. *Your life is in your hands*.«

Das stimmt. Ich habe wirklich mein Leben selbst in der Hand.

Jetzt ist Schluss mit dem Selbstmitleid! *Wenn dir wirklich etwas an Mikael liegt, dann zeig es ihm.* Vielleicht kann er mir ja verzeihen. Und nicht nur er … Ich habe noch gar nicht mit Ofelia gesprochen. Sie ist Mikael einfach zu ähnlich: Ihr zu begegnen tat mir weh. Deshalb habe ich mich darauf beschränkt, sie jeden Tag nur aus der Entfernung zu grüßen. Bis sie sich nicht mehr auf meinen Wegen hat blicken lassen.

»Danke, Oma. Du bist wie ein Leuchtturm für mich …«

»Ein Leuchtturm?«

»Ja. Ich habe das Gefühl, dass mein Leben wie ein Sturm ist, und Himmel und Meer sind ein einziger schwarzer Fleck. Und dann kommst du …«

»Endlich ist mein biblisches Alter mal zu etwas nütze.«

»Du bist doch gar nicht so alt!«

»Ach, dafür liebe ich dich … Und was ist mit deinem Bruder?«

»Na ja, Marco und ich verbringen nicht so viel Zeit zusammen. Bei dem ganzen Schulstress, den vielen Gedanken, die mich quälen und allem …«

»Hast du mich gerufen?«

»Hier ist er schon, Oma, du weißt ja, dem entgeht nichts. Soll ich ihn dir mal geben?« Bevor ich ihm den Hörer reiche, zische ich ihm noch zu: »Spion!«

»Hallo, Oma! Scarlett ist gemein. Nie macht sie was mit mir!«

»Das stimmt gar nicht!«, versuche ich mich zu verteidigen.

»Doch, das stimmt. Du bist gemein. Und wenn ich in ihr Zimmer gehe, Oma, dann schickt sie mich immer weg.«

Ich versuche, ihm den Hörer abzunehmen. »Das ist nicht meine Schuld! Er kommt nur immer im falschen Moment.«

Doch er hat gar nicht so unrecht. In letzter Zeit verbringe ich meine Nachmittage meist allein in meinem Zimmer, nur der iPod leistet mir dabei Gesellschaft. Manchmal muss ich dann weinen. Oder ich denke daran, wie nah Mikael und ich uns gekommen waren, an den Duft seiner Haut, das Leuchten in seinen Augen.

Er fehlt mir so. Vielleicht sondere ich mich deswegen so von meiner Familie ab. Ich fahre jeden gleich an, der versucht, sich mir zu nähern.

»Hier, nimm«, sagt der Kleine und gibt mir das Telefon zurück.

»Scarlett, du bist für ihn ein Vorbild. Versuch das nicht zu vergessen.«

»Du hast recht, er hat mit meinen Problemen nichts zu tun. Und das mit Mama und Papa ist schon schlimm genug für ihn …«

»Streiten sie immer noch so oft?«

»Das ist noch milde ausgedrückt … Aber sag bitte nicht, dass ich dir das verraten habe. Jetzt muss ich aber los. Ich geb dir einen Kuss, Oma.«

»Und einen Kuss zurück, *my little heart*.«

73

Im Kino ist es dunkel. Erstaunlich, wie lebendig die Gestalten wirken, die sich über die Leinwand bewegen, und das nur dank der Brillen, die man am Eingang ausgeteilt hat. Ich habe noch nie einen 3D-Film gesehen. Am Anfang wurde mir ein wenig übel, aber dann habe ich mich daran gewöhnt. Caterina und Genziana lachen sich kringelig, während wir die Abenteuer einer Tierbande verfolgen, die sich für Menschen halten.

Auch Marco hat sich jedes Mal fast weggeschmissen vor Lachen, wenn im Fernsehen Trailer von dem Film gesendet wurden. Sein Lieblingstier ist die kurzsichtige Fledermaus: Ständig knallt sie beim Fliegen irgendwo gegen und sorgt für unendliches Chaos.

»Gehst du mit mir ins Kino, Scarlett?«, hat er mich mit seinen großen Hundeaugen angebettelt. Ich war gerade dabei, von meinem Platz am Fenster den Baum zu betrachten, der mir so ähnlich ist. Der mit den hoch erhobenen Ästen, der so aussieht, als ob er sich ergeben wollte. Noch nie habe ich mich so sehr wie er gefühlt wie in diesem Moment. Ich möchte um das kämpfen, was ich verloren habe, aber ich traue mich nicht. Meine Angst, dass Mikael nichts mehr von mir wissen will, hält mich davon ab, den ersten Schritt zu tun.

Wenn du mich darum bittest, aus deinem Leben zu verschwinden, werde ich im gleichen Moment fort sein. Und ich habe in meiner Angst und Wut einfach Ja gesagt.

Wie lang ist das jetzt her? Ein paar Wochen? Monate? Ich weiß es nicht, mir ist jedes Zeitgefühl abhandengekommen. Ich habe versucht, diesen Tag aus meinem Kalender zu löschen. Aber es schmerzt immer noch so stark, als wäre es gestern gewesen.

Ich werde mit Marco in diesen Film gehen. In letzter Zeit habe ich ihn zu oft enttäuscht, bin nicht auf seine kleinen Versuche eingegangen, meine Aufmerksamkeit zu erlangen, weil ich so in meine eigenen Probleme versunken war. Ich bin aber nicht absichtlich in *seinen* Film gegangen, die anderen haben mich buchstäblich mitgeschleppt. Sie versuchen mit allen Mitteln, mich aufzuheitern, auch wenn das schwer nach *Mission impossible* klingt.

Ich hab's! Ich werde Marco nichts erzählen und nächsten Sonntag mit ihm ins Kino gehen. Mit den 3D-Brillen wird er sicher wahnsinnig viel Spaß haben.

»Oh nein!«, schreit ein Junge in der Reihe vor mir. Er lehnt sich zur Seite, wie um der bösen Eule auszuweichen, die die kurzsichtige Fledermaus verfolgt.

»Hey, du! Wir haben dich hierhergeschleppt, um dich abzulenken, aber ich habe dich noch kein Mal lachen hören!« Genziana stößt mich mit dem Ellenbogen an, und ich versuche, mehr bei der Sache zu sein. Los, setz dich gerade hin und Augen nach vorn!

Auch Spaß zu haben scheint inzwischen nur noch eine Pflichtübung zu sein.

Um ihnen den Gefallen zu tun, versuche ich ein nicht gerade überzeugendes Lachen. Also wirklich, Scarlett, streng dich etwas mehr an!

»Das war toll! Ich möchte auch so eine süße Fledermaus haben!«, sagt Caterina, sobald der Abspann läuft.

»Du hast recht, die war wirklich niedlich!«

»Hallo!« Eine Männerstimme hinter uns. Es ist Tommaso, Caterinas Bruder. Ich habe ihn schon länger nicht mehr getroffen, er sieht noch attraktiver aus als beim letzten Mal. Bei ihm ist ein Junge in seinem Alter.

»Was machst du denn hier? Ist das nicht nur was für kleine Kinder?«, zieht ihn Caterina auf.

»Mädchen stehen nun mal auf dumme kleine Tierchen«, erwidert Tommaso mit einem anzüglichen Lächeln.

»Ach, du bist unverbesserlich! Du kommst also hierher, um Mädels abzuschleppen?«

»Hallo, Scarlett. Ich muss meiner Schwester sagen, dass sie dich öfter zu uns nach Hause einladen soll. Als ich in eurer Jahrgangsstufe war, hatten die Lehrer es immer schrecklich mit Gruppenarbeit: Gibt es das bei euch nicht?«

»Weißt du was? Erst letzte Woche haben wir so etwas gemacht, als du in der Uni warst. Was denkst du denn? Ich lade meine Freundinnen doch nur zu mir nach Hause ein, wenn ich sicher bin, dass du nicht da bist«, zischt Cat ihn an.

»Wollen wir endlich gehen?«, fragt Genziana, die diesmal nicht im Mittelpunkt steht.

»Wohin?«, fragt Tommaso nach.

»Zu Gegè, der macht die beste Pizza in der Stadt.«

»Zu diesem Blödmann? Wir könnten doch auch ins *Blue Velvet* gehen.«

Caterina und Genziana schauen mich beide an. Sie wissen, dass das eins von Mikaels Stammlokalen ist, auch wenn ich ihnen keine Einzelheiten erzählt habe.

»Das kommt nicht infrage, ich habe Hunger! Macht, was ihr wollt, aber wir gehen zu Gegè.« Bei solchen Gelegenheiten bewundere ich einfach Genzianas Coolness.

»Was meinst du, Francesco, wollen wir die Mädels begleiten?«

»Ich denke, das ließe sich einrichten.«

Plötzlich fällt mir ein, dass ich während der Vorstellung das Handy ausgeschaltet hatte. Ich schalte es wieder ein und stelle überrascht fest, dass es endlos piept.

»So viele SMS! Du bist aber gefragt, Scarlett!«

»Das sind keine SMS … Das sind Benachrichtigungen über verpasste Anrufe.« Papa hat die ganze Zeit versucht, mich zu erreichen! Das verstehe ich nicht, er ruft mich sonst nie an … Es muss etwas passiert sein. Meine Hand zittert, als ich versuche, ihn zurückzurufen.

Keine Antwort.

»Los, Scarlett, gehen wir. Du kannst es ja später noch mal versuchen.«

Zum Glück liegt Gegès Pizzeria, wo man Pizzastücke auf die Hand kaufen kann, gleich um die Ecke. Es ist tierisch kalt!

Die Hitze des Holzkohleofens und der Duft der

frisch gebackenen Pizza wecken meine Lebensgeister wieder.

»Für mich mindestens zwei Stücke. Natürlich mit Artischocken, und dann ... hmm ...« Genziana ist unentschlossen.

»Jetzt mach schon, erst drängst du dich vor, und dann brauchst du ewig!«, beklagt sich Caterina.

Ich versuche erneut, meinen Vater anzurufen. Vergeblich.

Während ich in meine Pizza Margherita beiße, setze ich mich auf einen Hocker vor die alten Kinoplakate, mit denen das Lokal dekoriert ist. *Denn sie wissen nicht, was sie tun.* James Dean starrt mich mit einem Blick an, der zwischen Zärtlichkeit und Melancholie schwankt.

Derselbe Ausdruck wie bei Mikael.

Derselbe Ausdruck wie bei unserer letzten Begegnung.

Das Handy klingelt in meiner Tasche. Es ist Papa.

»Hallo?«

»Hör mal, Scarlett, versprich mir bitte, dass du jetzt ganz ruhig bleibst ...«

»Was ist passiert? Geht es dir gut? Geht es euch allen gut?«

»Schatz, du müsstest zu uns ins Krankenhaus kommen.«

»Ins Krankenhaus? Sag mir, was passiert ist!«

»Ich bitte dich, darüber möchte ich nicht am Telefon sprechen. Komm lieber her.«

»Ist was mit Mama?«

»Nein, Mama geht es gut.«

»Oh, mein Gott ... Marco? Ist Marco was passiert?«

Schweigen am anderen Ende der Leitung.

Die Pizza rutscht mir aus der Hand. Rote Tomatensoße breitet sich auf dem Boden aus.

»Es hat einen Unfall gegeben ...«

Ich bringe kein Wort heraus. Bin wie gelähmt.

»Scarlett! Was ist los? Alles in Ordnung?« Viele Stimmen reden auf mich ein.

»Ich muss ganz schnell ins Krankenhaus«, bringe ich gerade noch unter Schluchzern heraus.

»Ganz ruhig, ich hab das Auto ganz in der Nähe geparkt. Gehen wir«, schlägt Tommaso vor.

»Wir kommen mit.« Genziana packt mich am Arm und führt mich zum Ausgang.

74

Hastig betrete ich das Krankenhaus.

»Scarlett, warte auf uns!« Ich achte nicht auf Genziana.

Ich pralle gegen eine Krankenschwester. »Hey, pass doch auf!«

Am Empfang muss ich mich gewaltsam zurückhalten, um nicht loszuschreien. »Marco Castoldi, das ist mein Bruder, er ist hier eingeliefert worden.«

»Einen Augenblick, ich muss nachsehen. Wann wurde er eingeliefert?«

»Beeilen Sie sich doch bitte!« Meine Beine geben nach.

Meine Freundinnen stützen mich. »Alles wird gut, bleib ruhig.«

»Es tut mir leid, junge Frau. Hier habe ich nichts. Versuchen Sie es bei der Notaufnahme.«

Ich muss ihn sofort finden, ich muss mich vergewissern, dass es ihm gut geht.

Vor der Notaufnahme warten eine Menge Leute. Ein Mädchen weint in den Armen seiner Mutter.

»Bleib hier, ich geh fragen.«

»Beeil dich, Genziana, bitte.«

Einen Moment später kommt sie schon wieder zurück. »Chirurgie, dritter Stock.«

»Was, *Chirurgie*?!«

An den Aufzügen steht wieder eine Schlange. Ich kann nicht mehr warten, ich renne die Treppe hinauf, nehme immer zwei Stufen auf einmal. Als ich im dritten Stock ankomme, bin ich völlig außer Puste. Ich haste durch die Glastür und erkenne gleich Mama und Papa am Ende des Ganges. Sie sitzt auf einer Bank und hat den Kopf in den Händen vergraben. Die Haare bedecken ihr Gesicht. Er steht neben ihr, lehnt mit den Schultern an der Wand und starrt mit leerem Blick vor sich hin.

»Papa!«, schreie ich.

»Schatz …« Er läuft mir entgegen und umarmt mich.

»Was ist passiert?«, frage ich unter Tränen.

»Scarlett, setz dich doch erst einmal.«

»Ich will mich aber nicht setzen!«

»Jetzt mach doch nicht alles noch schwerer.« Seine großen blauen Augen sind gerötet, über sein Gesicht ziehen sich Falten, die mir vorher noch nie aufgefallen sind. Er wirkt schlagartig um Jahre gealtert. »Es war vor unserem Haus … Fahrerflucht …« Er verstummt.

Alles dreht sich. Wenn mich Genziana nicht von hinten stützen würde, wäre ich vielleicht hingefallen. Sie schiebt mich zu der Bank, wo ich mich neben meine Mutter setze.

»Er wollte dich überraschen … Er wollte lernen, ohne Stützräder mit dem Fahrrad zu fahren. Erinnerst du dich, dass du ihm gesagt hast, er wäre mittlerweile alt genug dafür? Jeden Nachmittag hat er geübt, ohne dass du etwas davon mitbekommen hast, er wollte, dass du stolz auf ihn bist.« Simona spricht ganz leise und mit zitternder Stimme, ohne aufzusehen, ihr Gesicht ist immer noch in ihren Händen verborgen.

»Aber ich bin doch *immer* stolz auf ihn!«

»Er hat gesagt, wenn er richtig Rad fahren kann, würdet ihr zusammen zu dem verlassenen Turm fahren.«

Das stimmt. Immer wieder hat er mich gedrängt, mit ihm einen Ausflug dorthin zu machen, aber ich habe ihm jedes Mal gesagt, das würde ich erst tun, wenn er Rad fahren könnte. »Du bist doch viel zu alt für Stützräder, meinst du nicht?«, habe ich ihn aufgezogen. Ich habe ihm gesagt, er wäre ein Angsthase. Aber das hatte ich doch nicht ernst gemeint!

Wenn ich ihn heute in den Film mit der kurzsichtigen Fledermaus mitgenommen hätte, dann wäre ihm nichts passiert.

Cat streichelt mir über die Haare. »Es wird alles gut«, flüstert sie.

Es *muss* alles gut werden. Wenn ihm etwas zustößt … Wenn ich ihn verlieren sollte, weil ich nur an mich gedacht habe, drehe ich durch vor Schmerz.

»Wo ist er jetzt?«

»Im OP. Seit mehr als einer Stunde.«

Papa läuft auf und ab. Das Echo seiner Schritte hallt durch den Gang.

»Wie konnte das passieren? Warum ausgerechnet er?«

»Er war allein draußen. Dein Vater und ich haben gestritten. Du warst nicht da … Was sind wir für eine tolle Familie!« Sie bricht schluchzend ab.

Papa legt einen Arm um sie, aber sie schüttelt ihn mit einer brüsken Bewegung ab.

So bleiben wir jeder für sich allein, wie Schiffbrüchige auf dem weiten Ozean der eigenen Unzulänglichkeiten. Jeder trägt schwer an der Last seiner Schuldgefühle. Jeder kämpft mit seinen eigenen Gespenstern.

Nach einer Weile, die mir wie eine Ewigkeit erscheint, kommt eine Schwester aus dem OP. »Der Oberarzt ist in wenigen Minuten bei Ihnen.«

Ein großer Mann mit breiten Schultern nähert sich uns, der grüne Mundschutz hängt noch vor seinem Gesicht. »Sind Sie die Eltern?«

Sie nicken.

»Wir haben alles getan, was wir konnten …«

»Er kommt doch durch, nicht wahr, Herr Doktor? Sagen Sie mir, dass Marco außer Gefahr ist!« In Mamas Stimme liegt die pure Verzweiflung.

»Die innere Blutung ist gestoppt. Doch der Kleine hat ein schweres Schädeltrauma erlitten. Sie müssen jetzt stark sein …«

»Was heißt das? Warum müssen wir stark sein? Ich möchte meinen Sohn sehen!« Mama springt auf.

»Im Moment ist das nicht möglich. Wir bereiten gerade das Zimmer für ihn vor. Einer von Ihnen darf diese Nacht bei ihm bleiben. Der Junge liegt im Koma, und sein Zustand ist ernst. Jetzt können wir nur noch abwarten … und hoffen.«

»Er wird doch wieder aufwachen, nicht wahr?«, frage ich.

»Er ist ein kräftiger Junge. Ich rate Ihnen allen, jetzt erst einmal nach Hause zu gehen und sich ein wenig auszuruhen. Marco hat hier alles, was er braucht. Sobald es Neuigkeiten gibt, werden wir Sie anrufen.«

»Ich gehe nirgendwohin!«, sagt meine Mutter.

Der Oberarzt nickt Papa zu. Eine Krankenschwester bringt ein Glas Wasser. »Bitte, trinken Sie das. Danach fühlen Sie sich besser.«

Ich schluchze weiter vor mich hin, meine Schuldgefühle bohren sich schmerzhaft wie Scherben in meine Haut.

75

Wie viele Tage sind inzwischen vergangen? Im Krankenhaus scheint man in einer völlig anderen, sich endlos ausdehnenden Zeit zu leben. Selbst eine einzelne Minute kann eine Ewigkeit dauern, wenn man auf etwas wartet, das nicht geschieht. Ich möchte, dass Marco die Augen aufmacht. Jetzt!

Ich möchte, dass er mich ansieht und mich mit seinem hellen Stimmchen begrüßt.

Aber er bewegt sich nicht, er wirkt, als sei er in einen schweren Schlaf versunken. Von seinen Armen hängen dünne Schläuche herunter. Fühlt er Schmerzen? Er hat Spritzen immer gehasst.

»Sobald es dir wieder gut geht, nehme ich dich ins Kino mit. Du hattest recht, der Trickfilm mit der kurzsichtigen Fledermaus ist toll. Du musst bald gesund werden, denn er wird nur noch wenige Tage im Kino laufen, sonst müssen wir warten, bis die DVD herauskommt.«

Ich warte, dass er mir antwortet, aber … keine Reaktion. Ich streichele seine Hand und beginne zu singen:

Kleine freche Sonne, scheine und trockne meinen Schmerz.

Das Lied, das ich immer für ihn gesungen habe, als er noch kleiner war und sich vor dem Einschlafen fürchtete.

Ich werd auch wieder glücklich lächeln, komm nur aus den Wolken, dann wein ich auch nicht mehr.

Das Lied, das er für mich gesungen hat, als es mir schlecht ging.

Kleine freche Sonne, lächle und wärme mir das Herz.

Ich dachte, ich hätte schon all meine Tränen verbraucht. Aber jetzt rollen sie wieder herunter und brennen heiß auf meiner Haut.

»Du bist doch schon ein großer Junge. Du kümmerst dich um mich, nicht umgekehrt ... Wenn ich in meinem Zimmer verschwunden bin, um zu weinen, bist du immer unter einem Vorwand gekommen, um mich wieder aufzubauen. Und das könnte ich jetzt wirklich brauchen, weißt du? Bitte, wach auf. Lass mich nicht allein.«

Ich fühle mich so nutzlos. Trotz aller Liebe, die ich für ihn empfinde, kann ich nichts tun. Außer Warten und Beten.

Ich würde alles dafür geben, an seiner Stelle zu sein ... Eigentlich müsste ich an diese Schläuche angeschlossen in dem Krankenhausbett liegen. Ich bin schuld, dass er hier liegt!

Meine Achtlosigkeit ist schuld.

Mein Egoismus ist schuld.

All die Male, die ich nur an mich selbst und meine eigenen Probleme gedacht habe, sind schuld.

Er wollte mich überraschen. Mir zeigen, dass er fähig ist, seine Ängste zu besiegen. Letztes Weihnachten haben wir ihm ein neues, leuchtend rotes

Fahrrad geschenkt. Er hat es zärtlich berührt, hat es poliert, aber dann hat er nie den Mut gefunden, ohne Stützräder zu fahren. Wie oft habe ich ihn deswegen aufgezogen!

Dabei bin ich diejenige, die nicht genug Mut hat. Ich bin sogar unfähig, meine Gefühle zu leben. Ich habe alle enttäuscht …

»Scarlett, ich bin da.« Die Stimme meiner Mutter hinter mir. »Geh bitte nach Hause. Du musst dich dringend ein wenig ausruhen. Um vier kommt Papa, um mich abzulösen, und er wird dann die ganze Nacht bleiben.«

»Nein, ich rühre mich hier nicht weg.«

»Es hilft niemandem, wenn du so stur bist. So wirst du noch krank. Außerdem hast du das Brötchen, das ich dir dagelassen habe, nicht einmal angerührt.«

»Ich habe keinen Hunger. Ich muss hierbleiben. Falls er aufwacht …«

»Falls er aufwachen sollte, rufe ich dich sofort an. Und ich werde ihm sagen, dass du ihn in der ganzen Zeit keinen Augenblick allein gelassen hast.«

»Aber wenn ich nach Hause gehe, ist es noch schlimmer, begreifst du das nicht? Gestern Nacht war es die Hölle, von ihm getrennt zu sein. Ich bin wohl tausend Mal aufgestanden, um in sein Zimmer zu gehen, in der Hoffnung, dass ich ihn in seinem Bett finde, seinen Atem höre. Und dann ist mir eingefallen, dass er hier ist, und ich bin in Tränen ausgebrochen.«

Mama streichelt mich. Wie lange haben wir uns nicht mehr wirklich berührt!

»Ich weiß, es ist schwer. Ich verdanke es nur den

Tropfen, die mir der Arzt gegeben hat, wenn ich zwischendurch ein paar Stunden schlafen kann. Wir müssen jetzt stark sein. Für Marco. Denk daran, wir sind eine Familie.«

Ich verberge mein Gesicht in ihrem Schoß und umarme sie heftig. »Ich wünschte, das Ganze wäre nur ein böser Traum«, flüstere ich.

»Geh und iss etwas, tu es für deine ewig nervende Mutter.«

Ich muss lächeln. »Okay, aber in der Bar hier unten.«

»Kannst du bitte Oma anrufen? Heute Morgen war ich etwas grob zu ihr. Es ist nur, wenn ich über Marco rede …«

»Das übernehme ich.« Ich werfe noch einmal einen Blick auf unser kleines schlafendes Dornröschen. Dann beuge ich mich hinunter und küsse ihn auf die verbundene Stirn. In einem Märchen wäre er bei meiner Berührung aufgewacht.

76

»Bitte, erlaub mir, dass ich heute Nacht im Krankenhaus bleibe! Du bist müde, und es ist besser, wenn du heute Abend bei Mama bleibst.«

»Ich weiß nicht, ob das eine so gute Idee ist …«

»Natürlich ist das eine gute Idee! Morgen früh löst du mich ab, und ich verschwinde ohne lange Diskussionen.«

»Na gut, aber nur, weil deine Mutter mich braucht.« Er küsst mich auf die Wange. Dann nimmt er seinen Mantel und verlässt das Zimmer.

Simona hatte am Nachmittag einen Schwächeanfall. Ihre Nerven haben die Anspannung nicht mehr mitgemacht. Sie hat geschluchzt und geschrien, sie wollte ihren kleinen Jungen zurück. Sie hat sogar versucht, ihn wachzurütteln. Die Krankenschwestern mussten ihr ein Beruhigungsmittel geben, jetzt braucht sie dringend Ruhe.

Ich blicke hinaus auf die Landschaft, auf der anderen Seite des Fensters. Die Nacht ist so dunkel wie nie. Im Zimmer steht eine kleine Liege, aber keiner von uns hat sie bis jetzt benutzt. Ich setze mich auf den üblichen Stuhl, obwohl mein Rücken mörderisch schmerzt. Vielleicht ist das meine Methode, mich zu bestrafen.

Mit dem Verband um den Kopf und all diesen Schläuchen sieht mein Bruder noch kleiner und verletzlicher aus als je zuvor. »Marcolino, weißt du eigentlich, dass wir uns wirklich Sorgen um dich machen? Schlag die Augen auf, jetzt sag mir schon, dass ich dich nicht so nennen soll.«

Er bewegt sich nicht.

»Ich werde dich zu dem verlassenen Turm bringen, ich bringe dich hin, wo immer du willst ...« Wenn es einen Gott gibt, möchte ich, dass er meine Gebete erhört.

Die Ärzte haben gesagt, je länger Marco in diesem Zustand verharrt, desto schwieriger wird das Aufwachen und dass es Komplikationen geben könnte.

Nimm doch mich! Er hat das alles nicht verdient, er ist doch noch ein Kind! Er sollte an nichts denken müssen außer ans Spielen und daran, jeden Tag die Wunder dieser Welt zu entdecken.

Ich lasse den Kopf hängen.

»Bitte ...«, sage ich unter Tränen.

Eine Hand in meinen Haaren. Ein sanftes Streicheln.

Ich schaue auf. Mikael steht vor mir.

Die Tür ist geschlossen, wie kurz zuvor. Ich frage mich nicht, wie er hier hereingekommen ist.

Das hier ist kein Traum.

Ich stehe mit zitternden Beinen auf. »Es ist alles meine Schuld«, bringe ich schluchzend hervor. »Hätte ich mich mehr um ihn gekümmert, wäre das nicht passiert. Ich vernachlässige ihn seit Wochen.«

Mikaels Augen sind ganz hell. Sie bringen Licht in

das Dunkel, das seit Tagen mein Herz fest umklammert hält. Er wirkt nicht wie ein Dämon, eher wie ein tröstender Engel.

Wieder streichelt mich seine weiche Hand und wischt mir die Tränen ab.

»Er hatte mich gebeten, mit ihm ins Kino zu gehen … Bitte, Mikael, sag mir, dass er nicht sterben wird. Wenn ihm etwas zustößt, würde ich …«

»Weine nicht, ich bin hier, um dir zu helfen. Es wird alles gut.«

»Danke, dass du gekommen bist. Du weißt immer, wenn ich es wirklich brauche, dass mich jemand in den Arm nimmt. Du hast mir so gefehlt …«

»Ich war immer bei dir. Ich habe dich still aus der Entfernung beobachtet.«

»Es war ein Fehler, dass ich dich gebeten habe, mich in Ruhe zu lassen. Ohne dich habe ich mich gefühlt, als würde ich sterben. Oder vielleicht *bin* ich sogar gestorben und habe es nicht bemerkt. Ich liebe meinen Bruder. Er ist mein kleiner Frosch …«

Die Gedanken sprudeln ungeordnet und heftig aus mir heraus.

Mikael umfängt mich mit seinen Armen, ich kann einfach nicht aufhören zu weinen. Ich atme den Duft seiner Haut ein.

Er befreit sich sanft aus meiner Umarmung und hilft mir, mich zu setzen. Dann geht er vor mir in die Knie, sieht mir intensiv in die Augen.

Als wollte er in meinem Herzen lesen.

Er führt meine Hand an die Lippen und küsst sie. Dann steht er auf, und einen Moment lang befürchte ich, dass er jetzt geht. Aber stattdessen stellt er sich neben meinen Bruder.

Er senkt langsam die Hände, eine liegt jetzt auf Marcos Stirn und die andere auf seiner Brust.

Darauf schließt er die Augen, und ein blaues Licht überträgt sich von seinen Händen auf den Körper meines Bruders.

Ich halte den Atem an. Mikaels Gesichtszüge verzerren sich. Er scheint großen Schmerz zu empfinden und zugleich grenzenloses Mitgefühl.

Mich erfüllt eine tiefe Wärme, und ich empfinde keine Angst mehr.

Allmählich wird das blaue Licht schwächer, bis es schließlich ganz verschwindet.

Mikael ist blass, er taumelt auf unsicheren Beinen einen Schritt zurück, als hätte er eine ungeheure Anstrengung hinter sich gebracht. Ich begreife zwar nicht, was passiert ist, aber ich ahne, dass dies ein heiliger Moment war.

Jetzt sehe ich alles wie durch einen Schleier. Die Luft wirkt, als hätten tausend Kerzen gebrannt und wären alle gleichzeitig erloschen.

»Scarlett?« Die helle Kinderstimme meines Bruders.

Mein Herz schlägt mir bis zum Hals. Eine Welle des Glücks überschwemmt mich, so heftig, dass es mir den Atem raubt.

»Marco! Du bist wieder da … hier bei uns!« Und ich umarme ihn. Ich küsse ihn auf die Wangen, ich bade ihn in meinen Tränen.

»Warum weinst du?«, fragt er.

»Weil ich glücklich bin. Ich hab dich so lieb, Marco.«

»Ich dich doch auch, aber lass das … ich bin doch kein Mädchen!«

Ich lache und weine gleichzeitig. Noch einmal sage ich ihm, wie gern ich ihn habe, dann drehe ich mich um und will Mikael danken.

Er ist nicht mehr da.

Ich laufe zum Fenster. Dort ist nur die Nacht. Aber sie ist nicht mehr ganz so dunkel.

»Ich liebe dich«, sage ich leise.

77

Papa und ich stehen auf dem Gang, der zu Marcos Zimmer führt. Mama ist bei ihm, sie liest ihm ein Märchen vor, was sie, soweit ich weiß, noch nie getan hat.

»Die Ärzte sprechen von einem Wunder. Marco ist außer Gefahr, und wenn man bedenkt, dass er bis gestern … Sie haben zugegeben, dass sie uns nicht bis in alle Einzelheiten erklärt haben, wie ernst seine Lage war. Ich glaube, sie haben so etwas nicht erwartet.«

»Ein Wunder«, sage ich leise. Das verdanke ich Mikael. Er hat das Leben meines Bruders gerettet und mir meins zurückgegeben. Dank ihm habe ich eine zweite Chance als ältere Schwester bekommen. Sobald er aus dem Krankenhaus kommt, werde ich mit dem kleinen Frosch ins Kino gehen. Ich werde ihm beim Fahrradfahren zusehen und ihn zu dem verlassenen Turm begleiten.

»Meine Kleine, du kannst jetzt nach Hause gehen. Das war eine lange Nacht. Wir werden jetzt langsam wieder zu unserem normalen Leben zurückkehren.« Papa gibt mir einen liebevollen Klaps auf die Wange.

»Wann können wir ihn nach Hause mitnehmen?«

»Das wird noch ein paar Tage dauern. Sie müssen noch einige Untersuchungen durchführen.«

Ich trete in die Tür. »Tschüs, kleiner Frosch. Wir sehen uns später. Du bist ja in guten Händen.«

Ich zwinkere ihm zu, er streckt mir seine Arme entgegen.

Ich laufe zu ihm und umarme ihn ganz fest. »Du hast mir gefehlt«, flüstere ich.

»Du bist jetzt so lieb zu mir. Ich muss öfter krank werden.«

»Wag das ja nicht!«

»Bringst du mir auch ein Geschenk mit? Mama und Papa haben mir einen neuen Dinosaurier mitgebracht.«

»Jetzt übertreib es mal nicht.« Ich lächle ihn an, meine Mundwinkel ziehen sich nach oben wie schon lange nicht mehr.

Ich gehe den Gang entlang und verabschiede mich von den Krankenschwestern, den Ärzten, den Patienten, einfach von jedem, dem ich begegne. Die werden mich für verrückt halten, aber das ist mir egal. Ich bin zu glücklich und voller Dankbarkeit für Mikael.

Endlich kann ich ihn vollkommen verstehen. Und wenn man bedenkt, dass ausgerechnet ich ihn beschuldigt habe, er würde seine Kräfte missbrauchen, um den natürlichen Lauf der Dinge zu verändern, aber dann nicht gezögert habe, ihn zu bitten, das Leben meines Bruders zu retten. Zwar nicht mit Worten, aber mit der Qual, die aus jedem Winkel meines Herzens hervorsprudelte.

Mikael *musste* Umbertos Erinnerungen auslöschen, um das Geheimnis der Parallelwelt zu bewahren. Um seiner Pflicht als Wächter gerecht zu werden, um unsere Liebe zu beschützen. Wie ungerecht ich gewesen bin! Ausgerechnet als er mir seine menschlichste Seite enthüllt hat, indem er mir von seiner tiefen Einsamkeit und seinen Gefühlen erzählt hat, habe ich ihn von mir gestoßen.

Ich hoffe nur, dass er bereit sein wird, mir zu verzeihen.

»Der Weg zur Erkenntnis führt manchmal durch Schmerzen. So ist das mit dem Erwachsenwerden.« Ich denke an den Tag zurück, als Edoardo mir diesen Satz aus einer seiner alten Schwarten vorgelesen hat.

Ich werde nach dem Buch suchen.

Es passt perfekt auf meine gegenwärtige Situation. Die Trennung von Mikael ist schmerzhaft gewesen, aber sie hat mir erlaubt, über meine Fehler nachzudenken.

Ich werde dem Jungen, den ich liebe, zeigen, wie ich mich verändert habe. Ich bin bereit, ihn so zu akzeptieren, wie er ist … Ich will ihm eine Stütze sein, ihm durch die Kraft meines Gefühls seine Aufgabe erleichtern.

Beim Auswickeln einer Praline habe ich einmal einen Zettel mit einem Spruch gefunden, der mir in diesem Augenblick idiotisch vorkam: »Abstand ist wie der Wind, die kleinen Flammen löscht er aus, doch die großen facht er an.« Erst jetzt begreife ich seine Bedeutung.

Girl from the Stars muss einen anderen Schluss bekommen!

78

Willkommen zurück, Scarlett! Im Namen der ganzen Klasse. Ich weiß, du hast eine schwere Zeit hinter dir, aber du kannst auf die Hilfe und Unterstützung von uns allen zählen.« Die Zini ist sichtlich bewegt. Sie lächelt.

Mein erstes Erscheinen in der Klasse nach so vielen Tagen Abwesenheit wird von langanhaltendem Beifall begleitet.

Caterina reicht mir einen Stapel Blätter. »Ich habe dir meine Notizen kopiert. Sie sind nach Fächern geordnet, so kannst du schnell wieder alles aufholen.«

»Danke«, flüstere ich verlegen. Ich bin so viel Aufmerksamkeit nicht gewöhnt. Verläuft mein Leben endlich in den richtigen Bahnen? Vielleicht hat ja in mir eine Veränderung stattgefunden und die Welt da draußen hat es bemerkt.

Nach den Renovierungsarbeiten wurde die Bibliothek wieder geöffnet. »Du wirst dich bestimmt freuen zu hören, dass sie jetzt Edoardos Namen trägt, zum Gedenken an ihn. Es hat eine kleine Feier gegeben, bei der man an seine große Liebe zu Büchern erinnert hat. Seine Frau war auch da. Sie ist wunderschön, aber so traurige Augen wie ihre habe ich noch nie gesehen«, fährt Cat fort.

Ich erinnere mich an diesen traurigen Blick. Er hat sich in meinen Kopf eingebrannt.

Ich betrachte die Welt draußen vor dem Fenster und stelle fest, dass der Winter nur noch eine vage Erinnerung ist. In letzter Zeit hatte ich weder Zeit noch Lust, um das zu bemerken. Der Frühling setzt hier und da schon seine ersten schwachen Vorzeichen.

Ich nutze die Pause, um bei Black vorbeizuschauen. Als ich die Tür öffne, fürchte ich schon, dass er mich nicht mehr erkennt, aber er läuft mir miauend entgegen.

»Wie groß du geworden bist! Wenn ich dir auf der Straße begegnet wäre, hätte ich dich nicht wiedererkannt.«

Er antwortet mir mit einem Miau und streicht bettelnd nach Zärtlichkeiten um meine Beine. Als ich ihn auf den Arm nehme, schnurrt er wie ein kleiner Motor. Von Mikael keine Spur.

»Tut mir leid, Black, ich gehe dein Herrchen suchen. Ich muss unbedingt mit ihm reden.«

Zum ersten Mal werde ich zu der Statue der Frau mit der Taube gehen, um ihn zu finden.

Ich verlasse den Raum, laufe mit großen Schritten den Flur entlang und stehe plötzlich vor Ofelia.

Sobald sie mich sieht, schaut sie weg. Sie ist wunderschön wie immer, aber blasser als sonst. Ihre scharlachroten Lippen heben sich von ihrem Gesicht ab wie Blutstropfen im Schnee.

»Ofelia, warte. Ich muss mit dir reden.«

Sie läuft vor mir davon.

»Verzeih mir, ich hatte Angst …«

Sie bleibt stehen, ballt die Hände zu Fäusten.

Kurz darauf dreht sie sich zu mir um. »Ich hätte dich nicht für so egoistisch gehalten«, sagt sie. Ein Hauch von Traurigkeit verschleiert ihren Blick.

»Ich weiß, dass ich Fehler gemacht habe …«

Sie lässt mich nicht ausreden.

»Zuerst hast du Mikael verurteilt. Du hast nicht berücksichtigt, welche Pflichten ihm sein Wesen auferlegt. Du hast ihm die Tür vor der Nase zugeschlagen, als er dir sein Herz auf einem Silbertablett serviert hat. Und dann …«, ihre Lippen zittern wie Rosenblätter im Wind, »… hast du nicht gezögert, ihn um Hilfe zu bitten, ohne auch nur einen Augenblick darüber nachzudenken, welche schrecklichen Folgen das haben könnte.«

»Was für Folgen? Wovon redest du?«

»Sollte Mikael oder Vincent etwas zustoßen, werde ich dich direkt dafür verantwortlich machen. Ich habe nie eine Familie gehabt, die beiden sind alles für mich. Begreifst du das?«

So habe ich sie noch nie erlebt. Sonst ist sie immer so distanziert wie ein ätherisches Wesen von einem anderen Stern, aber heute ist sie erfüllt von endlosem Schmerz und Wut.

»Bitte, erklär mir doch, was passiert ist. Wenn ich dich so reden höre, bekomme ich Angst.«

Sie senkt den Kopf, und ihre Haare fallen wie ein schwarzer Vorhang vor ihre Augen.

Sie scheint ihre Ruhe, ihre äußere Distanziertheit wiederzufinden.

»Mikael und Vincent hatten eine äußerst heftige Auseinandersetzung.«

»Meinetwegen?«

»Du hast alte Erinnerungen in ihnen geweckt, die

zu schmerzlich sind, als dass sie einfach beiseitegewischt werden könnten.«

»Erklär mir das, Ofelia, ich habe ein Recht darauf, es zu erfahren. Hasst Vincent mich deswegen?« Ohne groß nachzudenken, packe ich sie am Handgelenk. Sie befreit sich aus meinem Griff und durchbohrt mich mit ihren Augen. »Vincent hasst dich nicht. Jedenfalls geht es nicht darum. Vor ein paar Jahren hatte er sich in ein Mädchen verliebt …«

»Sprich weiter«, dränge ich sie.

»Mikael hat ihm schwere Vorwürfe deswegen gemacht. Er hat ihn an seine Pflichten erinnert und ihn dazu gebracht, sie aufzugeben. Zu ihrem Besten, hat er gesagt. Um sie nicht Gefahren auszusetzen, die für ein menschliches Wesen zu viel sind. Das hat er zumindest geglaubt.«

Ich bekomme eine Gänsehaut, weil ich ahne, was sie mir gleich erzählen wird.

»Wenig später ist das Mädchen unter mysteriösen Umständen gestorben. Vincent hat seitdem immer wieder darüber nachdenken müssen, dass er sie vielleicht hätte beschützen können, wenn er mit ihr zusammengeblieben wäre.«

»Und er macht Mikael für das Geschehene verantwortlich …«, sage ich leise. Jetzt ist auf einmal alles schrecklich klar.

»Vincent hat geschworen, er würde sich nie wieder verlieben. Dann kam ich.« Ihre violetten Augen durchbohren mich. »Mikael hat jedes Gesetz gebrochen, um dir zur Seite zu stehen, und jetzt droht uns allen, dass wir die Folgen tragen müssen. Wegen deiner Leichtfertigkeit sind wir alle in Gefahr. Verstehst du wirklich nicht, wie ernst die Situation ist?«

Ich schweige. Ich begreife den Sinn ihrer Worte nicht bis ins Letzte, obwohl mir Mikael erklärt hat, dass in der Welt der Dämonen eherne Gesetze herrschen und dass er auf keinen Fall seine Kräfte für persönliche Zwecke einsetzen darf. Und meinem Bruder das Leben zu retten gehört sicher nicht zu den Aufgaben eines Wächters.

Ich muss alles wissen!

Ich liebe ihn.

Mikael ist die Luft, die ich atme, mein Herz schlägt im Takt seines Namens. Er ist die große Liebe, auf die ich mein ganzes Leben gewartet habe.

»Ich liebe Mikael und hätte ihn um nichts auf der Welt in Gefahr bringen wollen. Ich habe nichts von ihm verlangt. Er hat mich weinen sehen und …«

»Das ist, als hättest du ihn darum gebeten. Mikael würde sein Leben für dich geben, und das weißt du.«

»Bitte, Ofelia, ich muss mehr wissen.«

Die Klingel zum Pausenende unterbricht unser Gespräch.

Was soll das heißen, dass wegen meiner Leichtfertigkeit jetzt alle in Gefahr sind?

Ohne dass ich diese Frage stelle, bekomme ich schon die Antwort: »Du kannst das nicht verstehen. Jetzt bete nur, dass alles gut geht, denn sonst bekommst du es mit mir zu tun.«

Ich stürze mich in Ofelias Schmerz und packe sie am Arm: »Bitte komm nach Unterrichtsschluss in die Bibliothek. Ich muss unbedingt mit dir reden, muss dir unbedingt etwas erklären.«

79

Kritisch sehe ich mir an, was aus der Bibliothek geworden ist. Die Bände sind anders angeordnet. Die cremefarbenen Holzregale, an die ich gewöhnt war, wurden durch kalte graue Metallregale ersetzt. Wenn Edoardo *seine* Bibliothek so radikal verändert sehen würde, wäre er sicher wütend. Er hatte seine ganz eigene Methode, die sich in langen Jahren treuer Dienste entwickelt hatte.

Ganz zu schweigen von der neuen Bibliothekarin! Eine Frau mit einer Krächzstimme, einem gestrengen Äußeren und zudem so steif, als hätte sie einen Besen verschluckt.

Der Raum ist leer bis auf sie und Livio, der mit einem aufgeschlagenen Buch vor sich an einem Tisch ganz hinten sitzt. Die spiegelnden Gläser seiner Brille verwehren mir den Blick in seine Augen. Er wirkt in Gedanken verloren. So wie es aussieht, konnte er es genau wie ich nicht erwarten, dass die Bibliothek wieder geöffnet wurde.

Ich bemerke, dass die historischen Bände auf zwei mit schweren weinroten Decken geschmückten Tischen aus Nussbaumholz gestapelt wurden. Die Bibliothekarin erklärt mir, es müsse erst eine Inventarliste erstellt werden, dann würden sie im oberen

Stockwerk unter Glas ausgestellt. Für die wunderschönen Bücherschränke aus dem Kloster wird wohl kein Platz mehr sein. Edoardo hatte recht: Die Sucht nach Fortschritt löscht jede Spur der Vergangenheit aus.

Mehrere Kameras überwachen misstrauisch den ganzen Raum.

Ich höre ein Telefon klingeln, und die Bibliothekarin entfernt sich, um abzunehmen. Das ist meine große Chance.

Ich möchte mir das Buch mit dem purpurroten Einband und den Goldverzierungen ausleihen. Ich werde es in einer Nacht durchlesen und dann wieder dort hinlegen, wo ich es gefunden habe; niemand wird sein Fehlen bemerken. Für mich bedeutete dieses Buch den Beginn einer Wende. Es ist ein Symbol für den Weg, der mich verändert hat. Ich bin vielleicht kein besserer Mensch geworden, aber zumindest mutiger.

Die Stimme der mürrischen Bibliothekarin dringt schwach von ihrem Platz zu mir. Sie telefoniert immer noch.

Das ist der Moment.

Ich passe auf, dass mich keiner bemerkt, bewege mich im Zickzack zwischen den Regalen. Dann verstecke ich mich hinter dem Tisch und lasse die Augen suchend über die Titel gleiten.

Hoffentlich habe ich Glück. Wenn das Buch im mittleren Stapel gelandet ist, wird es schwer sein, es zu finden, und mir bleibt sehr wenig Zeit …

Da ist es! Unter einem Stapel vergilbter Bände.

Kniend versuche ich, die anderen etwas anzuheben, und ziehe es darunter hervor. Als ich die erste

Seite aufschlage, erkenne ich die Zeilen wieder, die Edoardo mir an jenem Morgen vorgelesen hat.

»Der Weg zur Erkenntnis führt manchmal durch Schmerzen.«

Und wenige Zeilen darunter: »Aber wenn du mutig und treu deinen Weg verfolgst, wirst du kommen, wohin du willst.« Meine Augen füllen sich mit Tränen, und einen Moment lang kommt es mir so vor, als würde Edoardos Stimme durch den Raum hallen.

Ich drücke das Buch an die Brust und streiche zärtlich über meine Hosentasche, in der sich die Fliege befindet, die mir mein Freund geschenkt hat.

Oh, nein! Die Stimme der Bibliothekarin ist näher gekommen. Sie redet mit einem Jungen.

Reglos verharre ich in meinem Versteck.

Das Buch rutscht mir aus der Hand. Zum Glück fällt es auf meine Knie und macht keinen Lärm, aber dabei öffnet es sich in der Mitte.

Mein Blick fällt auf eine schwarze Seite, dicker als die anderen und mit seltsamen Symbolen bedeckt, die irgendwie esoterisch aussehen. Außer einem keltischen Kreuz, das ich schon in manchen Kirchen gesehen habe, erkenne ich nichts wieder.

Ich fahre mit den Fingern darüber und finde eine rote Lasche, die verhindert, dass ich die Seiten umblättere. Von einer unbezähmbaren Neugier getrieben hebe ich sie vorsichtig an.

Überrascht stelle ich fest, dass die zweite Hälfte dieses Buches nur das Behältnis für ein anderes, viel kleineres und dem Anschein nach viel älteres ist. Das ist unheimlich.

Das geheimnisvolle Büchlein scheint aus einem

unbearbeiteten Leder zu sein. So glatt, dass es beinahe ... an menschliche Haut erinnert!

Ich reiße die Augen weit auf.

Der Hohlraum, in dem das geheimnisvolle Büchlein steckte, wurde aus den Seiten des ursprünglichen Buches herausgeschnitten, von denen nur die Ränder stehen geblieben sind. Ein geniales Versteck. Von außen sieht es aus wie jeder andere Band.

Um das Buch ist ein fünfzackiger Stern gemalt, aus Gold wie all die anderen esoterischen Zeichen. Jeder Zacken ist mit einer Lasche verbunden, diesmal in Schwarz, die verhindern, dass es herausrutscht.

Warum wurde es mit einem so ausgeklügelten System versteckt?

Mein Herz schlägt plötzlich rasend schnell, und von einem wahnsinnigen Adrenalinkick getrieben gewinnt die Neugierde in mir die Oberhand.

Ich öffne ein Siegel nach dem anderen. Bei jedem öffnenden *Klick* verschlägt es mir den Atem. Wie lange dieses kleine, wertvolle Kunstwerk wohl schon in dem Trägerbuch verborgen liegt?

Feierlich nehme ich es heraus, und unverzüglich blendet mich ein gleißendes Licht, sodass ich gezwungen bin, die Augen zu schließen. Das Leder des Einbandes scheint sich unter meinen Fingern zu bewegen, zum Leben zu erwachen.

Ich schreie.

Entsetzt lasse ich es zu Boden fallen und krieche keuchend auf dem kalten Marmorboden ein paar Meter weiter.

Als ich die Augen wieder öffne, bemerke ich auf der anderen Seite des Tisches eine eindrucksvolle

Gestalt. Sie keucht wie ein blindwütiger Stier. Die Kapuze ist hochgezogen und überschattet das Gesicht, aus dem zwei rote Raubtieraugen funkeln.

Gleich daneben liegt der regungslose Körper der Bibliothekarin. Sie scheint ohnmächtig geworden zu sein.

Ich erkenne die Silhouette des Angreifers wieder, der an jenem Abend in der Bibliothek versucht hat, mich zu töten.

Die Gestalt legt die Entfernung zwischen uns im Bruchteil einer Sekunde zurück und packt mich am Kragen meines T-Shirts.

»Fass sie nicht an!« Ofelia. Sie starrt das Ungeheuer mit finsterem Blick an.

»Niiicht! Lauf weg!«, schreie ich.

Die gesichtslose Gestalt schleudert mich zu Boden. Ich spüre keinen Schmerz: Die Angst lässt jedes andere Gefühl in mir verstummen.

Jemand wird uns retten, versuche ich mir einzureden. Es ist mitten am Tag, und die Kameras sind vierundzwanzig Stunden am Tag mit einem Überwachungszentrum verbunden.

Ich schaue hoch. Sie sind alle außer Betrieb, verbrannt. Aus ihnen quillt noch Rauch.

Ein schrecklicher Gestank verpestet die Luft. Diesmal, nachdem ich diverse Biologieexperimente hinter mir habe, erkenne ich ihn.

Schwefel.

Das Ungeheuer nähert sich Ofelia.

»Nimm das Buch!«, schreit sie.

Ich gehorche und umklammere es trotz meines Ekels. Das Leder des Umschlags scheint zu pulsieren.

»Du darfst nicht zulassen, dass …« Ofelia kann den Satz nicht beenden, da hat das Ungeheuer sie schon an der Kehle gepackt, hebt sie mühelos hoch und wirft sie wie eine Lumpenpuppe einige Meter weit durch die Luft.

Vor meinen staunenden Augen verwandelt sich Ofelias Körper noch im Flug.

Als sie auf dem Boden aufkommt, ist sie eine wunderschöne schwarze Pantherin. Sie brüllt und sieht mich an. Dann läuft sie davon.

Das Ungeheuer steht jetzt wieder mir gegenüber. Mir bleibt keine Zeit, mich über das zu wundern, was ich gesehen habe. Die Kapuze ist nach hinten gerutscht. Jetzt zeigt sich die Bestie in ihrer wahren Gestalt.

»Ich kann es nicht glauben … DU?«

Seine Hand krallt sich um meine Kehle. Dunkelheit.

80

Kälte. Undurchdringliches Halbdunkel. Dieses Wesen …

Sobald es mich berührt hatte, bin ich in einen dunklen Schlaf versunken. Einen todesähnlichen Schlaf. Aber ich bin wieder daraus erwacht.

Ich sehe mich um. Ein Raum mit alten Ziegelmauern, die sich nach oben hin verjüngen.

Eine alte Treppe, an der der Zahn der Zeit und die Holzwürmer genagt haben. Sie führt zur Spitze dessen, was ein Turm zu sein scheint.

Das muss *mein* Turm sein … Ich habe das angefangene Bild nie beendet.

Unter Schmerzen stehe ich auf. In einer dunklen Ecke materialisieren sich zwei rote Augen.

Ich kann nicht glauben, dass ausgerechnet *er* es ist.

»Was hast du mit mir vor?« Meine Stimme klingt kläglich.

Das Ungeheuer macht einen Schritt nach vorn. Bis auf die blutunterlaufenen Augen hat es nichts mehr von dem mächtigen Wesen, das mich angegriffen hat. Es hat wieder die normale Gestalt des Jungen angenommen, den ich nur zu gut kenne. Obwohl das Schüchterne, Unbeholfene an ihm einer solchen

Grausamkeit und Entschlossenheit gewichen ist, dass seine Augen nicht mehr wiederzuerkennen sind.

»Du weißt gar nicht, wie nützlich du mir gewesen bist, kleine Scarlett«, zischt er.

Livio.

Der Mitschüler, den ich für unsicher und zurückhaltend hielt. Livio mit seinen T-Shirts mit den witzig-makabren Sprüchen, der Junge, der nie mit jemandem redete und sich immer in der Bibliothek aufhielt.

»*Du* hast ihn umgebracht, richtig?« Meine Lippen zittern.

»Frag mich nicht, was du sowieso schon weißt.« Blanke Verachtung.

»Was bist du?«

»Ein Geschöpf der Hölle. Ein Dämon. Wenn es dir lieber ist, der Teufel. Nenn mich, wie du willst. Angst, Grauen, Tod. Und dank dir werde ich ein neues Zeitalter einleiten.«

Er umkreist mich wie ein Geier, der darauf lauert, meine erbärmlichen Überreste zu zerfleischen.

Er bereitet etwas vor, eine Art Ritual. Mit weißer Kreide zeichnet er unbekannte Zeichen auf den Fußboden, rund um einen Kreis in der Mitte des Raumes.

Ich weine leise. »Wie konntest du ihn nur töten …«

»Ich hasse jeden, der mir die Zusammenarbeit verweigert.«

Ich weiß, was aus ihm werden kann. Ich habe gesehen, in welches Ungeheuer er sich verwandelt, wenn seine wahre Natur die Oberhand gewinnt.

Ich fühle mich verloren. Selbst das Atmen fällt mir schwer.

»Was ist das für ein Buch? Es wirkte … so lebendig.«

»Dass ich mich unter den Menschen verstecken musste, hat mich gesprächiger werden lassen.« Seine Grabesstimme lässt mich erschauern. »Außerdem hast du mir einen unschätzbaren Dienst erwiesen, Scarlett. Ich werde also deine Neugier befriedigen, bevor ich dich umbringe.«

Bevor ich dich umbringe, das klingt unerbittlich. Etwas Unvermeidliches, viel zu Endgültiges für ein sechzehnjähriges Mädchen. Und ich will nicht sterben. Nicht jetzt, wo ich meinen Bruder wiederhabe. Nicht jetzt, wo ich begriffen habe, was es heißt, jemanden wirklich zu lieben.

Er spricht so gelassen, als ginge es um ein mathematisches Problem. »Das *Buch der Siegel* ging vor sehr langer Zeit verloren. Es wurde in der Welt der Menschen aufbewahrt und an einem geweihten Ort durch heilige Zeichen geschützt, die es unsichtbar machten. Unerreichbar für einen Dämon.«

»Aber was ist denn so bedeutend an diesem Buch, dass man dafür sogar tötet?«

»Seine Macht ist grenzenlos. Wer es besitzt, ist in der Lage, die Regeln umzustürzen, die uns der Pakt zwischen Menschen und Dämonen auferlegt, jener Pakt aus einer Zeit, als noch Schamanen und weise Priester über die Welt herrschten, als die Wahre Geschichte geschrieben wurde.«

Mikael hatte mir von diesem Pakt erzählt.

»Niemand wusste, wo es war, bis dieses Kloster in eine Schule umgewandelt wurde. Die heiligen Siegel wurden zerstört. Es blieben nur noch die seines Trägerbuchs … Eine richtige Folter war das, Scarlett.

Ich spürte, dass es in der Nähe war, aber ich konnte nicht genau erkennen, wo. Doch vor allem konnte ich es nicht aus seinem Futteral nehmen.«

»Ein Dämon darf etwas Heiliges nicht entweihen.«

»Das hast du ja für mich erledigt, du kleine Schnüfflerin. Und dafür werde ich dir ewig dankbar sein.« Ein tiefes spöttisches Lachen entsteigt seiner Kehle.

Ich weiche langsam in Richtung der verriegelten Tür zurück. Er dreht sich nicht einmal um: »Ich an deiner Stelle würde das nicht versuchen. Mach nicht alles noch schlimmer. Wenn du mir keine unnötigen Probleme bereitest, wirst du sterben, ohne lange zu leiden. Anfangs wird es ein wenig wehtun, das gebe ich zu. Aber dann wirst du in einen tiefen ruhigen Schlaf sinken. Das ist nichts im Vergleich zu dem ewigen Todeskampf, der die gesamte Menschheit erwartet, wenn die Dämonen sich endlich auf der Erde frei bewegen dürfen.«

Ich erstarre. Mir wird schwindelig.

»Dazu fehlt nur noch ein kleines Opfer. Das letzte Ritual, um die Pforten der Hölle weit aufzureißen. *Dein* Ritual.«

Er kommt näher. Die roten Augen pulsieren mit einer todbringenden Glut. Dann fährt er fort: »Man braucht das Blut einer unschuldigen Seele, um das Tor zu öffnen, das die beiden Welten voneinander trennt. Jedes Tor wird von einem Wächter und diesen melodramatischen Halbdämonen, die ihm zur Seite stehen, bewacht. In dieser Gegend ist es dein Mikael. Ich glaube, er wird glücklich sein, wenn er erfährt, dass ich gerade *dein* Blut vergossen habe, um den Countdown zum Ende einzuleiten.«

Er packt mich am Arm, hebt mich hoch wie eine Feder. Ich wehre mich, versuche ihn zu kratzen, nehme meine letzten Kräfte zusammen, um zu schreien.

Das bringt ihn nicht aus der Ruhe. Er legt mir einen Finger auf die Stirn, und ich werde zu einer willenlosen Marionette. Jetzt kann ich weder Arme noch Beine bewegen.

In der Mitte dieses Kreises bin ich das Opferlamm. Der Dämon, der in Livio steckt, sieht mich verächtlich an. Das *Buch der Siegel* in seinen Händen. Krallen anstelle von Nägeln, Hauer anstelle von Zähnen.

Plötzlich zerspringt eines der Fenster mit einem Knall zu einem Haufen Glasscherben. Die schwarze Pantherin setzt mit einem Sprung hinein, ein Regen aus Kristall begleitet sie.

Ich möchte schreien und weit weglaufen, aber nicht einmal mein Mund gehorcht mir. Warum bist du hierhergekommen, Ofelia?

81

Regungslos, unfähig, meinem Körper den Willen meiner Seele aufzuzwingen, beobachte ich die schreckliche Szene, die sich vor meinen Augen abspielt. Die schwarze Pantherin, in die sich meine Freundin mit den violetten Augen verwandelt hat, blutet.

»Was glaubtest du hier zu erreichen?« Livio scheint der Kampf überhaupt nichts ausgemacht zu haben. »Indem du allein hierhergekommen bist, hast du dein eigenes Todesurteil unterzeichnet.«

Seine Kraft ist ungeheuer, unermesslich. Er überragt sie, seine Augen sind zwei pulsierende Abgründe. Die Sehnen an seinem Hals treten hervor wie Drahtseile. Ein verzerrtes Grinsen lässt sein Gesicht unmenschlich wirken.

Er braucht nur einen Arm zu heben, und die Pantherin fliegt gegen die Wand. Von einer Staubwolke umhüllt versucht sie wieder aufzustehen.

Ein zweiter Wink, und der Dämon schleudert sie an die gegenüberliegende Wand. Die Ziegel bröckeln. Als der Staub sich verzieht, sehe ich Ofelias Körper auf dem Boden liegen. Sie hat wieder ihre menschliche Gestalt angenommen, und ein blutiges Rinnsal läuft ihr aus dem Mund.

Ich möchte schreien, mich auf ihn stürzen. Dann würde ich wenigstens kämpfend sterben. Stattdessen bin ich in einer kraftlosen Hülle gefangen.

Meine Muskeln reagieren nicht. Nur die Tränen strömen aus meinen Augen und ziehen Spuren über mein Gesicht.

Angst.

Ohnmacht.

Livio geht zu Ofelias leblosem Körper, um ihr den Todesstoß zu versetzen.

»Nein!«, schreie ich innerlich.

Die schwere Tür des Turms explodiert buchstäblich.

Holzspäne und Metallteile fliegen umher.

Mikael und Vincent stürmen in den Raum.

Mikaels Augen sind so hell wie in der Nacht, als er mich gerettet hat. Die von Vincent sind tiefschwarz und glänzen, Raubvogelaugen.

Sie umkreisen Livio.

Ein Blick auf Ofelias reglosen Körper, und Vincent greift als Erster wütend an: »Du hast es gewagt, sie anzufassen!«, ruft er und stürzt sich wie eine Furie auf den Dämon.

Der Zusammenprall ist verheerend. Livios Füße, die er wie Haken in den Boden rammt, hinterlassen Spuren im Stein. Als er beiseitetritt, ist auf dem Boden ein dunkler Fleck, wie von verbranntem Öl.

Der Dämon reagiert mit einem von oben nach unten geführten Hieb, der Vincent am Halsansatz trifft. Eine blutrote Wunde zerreißt die schneeweiße Haut des schwarzäugigen jungen Mannes, er fällt auf die Knie und krümmt sich. Er senkt den Kopf, aber nur für einen Augenblick. Ein finsterer Lichtschein umgibt ihn nun und hüllt ihn ein. Seine Muskeln pulsieren, die gespannten Adern scheinen platzen zu wollen.

Er hebt den Kopf. Die düstere Aura zeichnet ein Paar Rabenflügel um ihn. Die Haare, die einen Teil seines Gesichts verdecken, wirken wie glänzende, messerscharfe Federn, aus den Händen wachsen ihm Krallen.

»Ich sehe, wir haben einen Halbdämon der Rache unter uns«, sagt Livio.

Wenn Vincent sonst eine Aura der Unruhe und des Geheimnisvollen umgibt, dann wirkt er jetzt furchterregend. Dennoch hat er seine düstere Schönheit nicht verloren. Er nimmt Anlauf, und mit einer schnellen Bewegung reißt er Livio die Beine weg. Der Dämon stürzt zu Boden, dass die Grundfeste des Turmes erzittern.

Mikael ist in eine blaue Aura eingehüllt. Das Gesicht ist in einer scheinbar schmerzhaften Konzentration verzerrt. Zwischen den schmalgliedrigen Fingern hält er nun eine Energiekugel, die er auf den noch am Boden liegenden Livio schleudert.

Die Ziegelsteine um ihn herum zerbröckeln bei dem Aufprall. Eine einzige Staubwolke. Wenn Mikael ihn nicht getötet hat, muss er ihn ganz sicher verletzt haben. Es folgt eine lange Stille.

Als die Staubwolke verfliegt, ist Livio nicht mehr dort. Er steht hinter Mikael! Er packt ihn an der Kehle und versucht, ihn zu erwürgen. Er ist noch größer geworden, und seine Züge haben alles Menschliche verloren. Nichts an ihm, an diesem bestialischen Gesicht erinnert an den Jungen, den ich kannte. Roter Rauch dringt zwischen den Hauern hervor, die an die Stelle seiner Zähne getreten sind. Die Haare werden kürzer, seine Haut wird schuppig, dunkelbraun. Auf der Stirn sind ihm spitze, verdrehte Hörner gewachsen.

Mikael windet sich, die blaue Aura leuchtet immer stärker.

Feine schwarze zugespitzte Federn lösen sich von Vincents Händen und treffen wie ein Stachelregen den Rücken des Dämons, aber sie schaffen es nicht, seine neue Panzerhaut zu durchdringen.

Ich kann meine Finger bewegen! Die Zeit vergeht, der Zauber, der mich gelähmt hat, löst sich. Mein Wille erwacht allmählich wieder. Es muss mir gelingen, meine Beine zu bewegen, damit ich diesen magischen Kreis verlassen kann.

Wenn ich doch nur das Buch zurückholen könnte! Der Dämon hält es fest in seiner linken Hand, während er kämpft. Eine Hand genügt ihm, um seine beiden Gegner in ernste Bedrängnis zu bringen.

Mikaels Haut verfärbt sich bläulich, der Griff um seinen Hals wird immer enger. Er fletscht die Zähne, und von seinem Rücken erheben sich jetzt mächtig die Fledermausflügel. Durch die Wucht seiner Verwandlung lockert das Ungeheuer den Griff.

Mikael steht auf. Er befreit sich von den Überresten seines T-Shirts. Seine Muskeln sehen aus wie in Stein gemeißelt. Ein Netz aus erhabenen Adern überzieht seinen Körper und verleiht ihm das wilde Aussehen eines Raubtiers. Er ist von einer brutalen Schönheit.

Der kräftige Schlag seiner Flügel zerzaust meine Haare und wirbelt Schuttwolken auf. Ich klappere schnell mit den Lidern, um den Staub loszuwerden.

Allmählich erlange ich wieder die Kontrolle über meinen Körper. Vorsichtig bewege ich die Beine, bis ich mich an den Rand des magischen Kreises geschleppt habe. Das kostet mich ungeheure Kraft.

Ich kann die Linie nicht übertreten, sie ist glühend heiß! Sie verbrennt die Haut wie ein unsichtbares Feuer.

»Darkroven, ich hätte wissen müssen, dass du es bist. Du hast überall Spuren deiner Anwesenheit hinterlassen. Du hast dich nicht im Mindesten darum gesorgt, die Hinweise zu verbergen, deine Arroganz ist grenzenlos.«

»Ihr seid stärker geworden seit unserer letzten Begegnung. Aber nicht stark genug, um euch mir entgegenstellen zu können. Geht aus dem Weg! Lasst mich das Ritual vollenden, oder ihr werdet sterben.«

Als einzige Reaktion darauf stürzt sich Mikael wie eine Furie auf den Dämon, packt ihn mit eisenhartem Griff und umklammert ihn, bis er ihn zu Boden gerissen hat. Die Beine des Ungeheuers biegen sich in einem unnatürlichen Winkel. Sie scheinen kurz davor zu brechen. *Knacks!* Die Knochen bröckeln. Es knirscht mehrmals. Die Oberschenkel bedecken sich mit stacheligen Haaren. Anstelle der Füße erscheint ein Paar Hufe, und die Beine verwandeln sich in Tierläufe. Das Ungeheuer schlägt seine Krallen in Mikaels Brust und hinterlässt dort tiefe Kratzer, die sofort vernarben.

Da geht Vincent auf den Dämon los und verpasst ihm eine Reihe von Geraden ins Gesicht. Dann eine Drehung des Oberkörpers, er spannt den linken Arm und versetzt dem anderen einen Hieb von unten nach oben, der den Kopf des Monsters so heftig gegen die Mauer knallen lässt, dass die Steine zerbröckeln.

Ofelia hustet inmitten einer Staubwolke. Sie hat das Bewusstsein wiedererlangt. Als sie versucht sich auf die Arme zu stützen, um aufzustehen, versagen sie ihr den Dienst. Sie ist zu schwach.

»Ofelia!« Endlich habe ich meine Stimme wieder. Mein Schrei erregt Mikaels und Vincents Aufmerksamkeit. Einen Augenblick sind sie abgelenkt. Und der Augenblick ist verhängnisvoll.

Die Luft brennt plötzlich, und ohne dass ich begreife, woher die Schläge kommen, sehe ich, dass ihre Körper wie Marionetten mit durchgeschnittenen Fäden an die gegenüberliegende Wand fliegen. Risse tun sich in der Mauer auf wie Spinnennetze.

Umgeben von einem gleißend hellen roten Licht bewegt das Ungeheuer wie ein Puppenspieler die Arme, und auf jeden seiner Befehle werden die beiden von einer Wand an die andere geschleudert.

Der Raum ist wie eine Vision der Hölle. Es wirkt wie während eines Bombenangriffs. Dumpfes Dröhnen. Herabfallende Trümmer. Staub.

Ich huste. Meine Augen umarmen zärtlich Mikaels Silhouette. Es gelingt ihm nicht, dem Wirbel der Schläge zu entkommen, die auf ihn eindreschen.

»Neein!«

Das *Buch der Siegel* liegt im Schutt auf dem Boden. Der Dämon hat es fallen lassen. Ich bemerke, wie Ofelia sich mit zusammengebissenen Zähnen auf den Ellenbogen über den Boden vorwärtsschleppt, um es an sich zu bringen.

Darkrovens Lachen erfüllt die Luft. Eine unheilvolle Drohung, die das Trommelfell zerreißt.

Ofelia holt das Buch. Sie drückt es an ihre Brust und schleppt sich zu mir.

»Sie werden nicht mehr lange durchhalten. Vincent hat sich von seiner Wut leiten lassen und dadurch sinnlos Kraft verloren. Es ist ihnen nicht gelungen, ihren Angriff zu koordinieren … Sie haben nicht begriffen, dass Darkroven zunächst nur mit ihnen gespielt hat, um ihre Fähigkeiten auszutesten.« Ofelias Gesicht ist geschwollen. An den Lippen klebt getrocknetes Blut. Verzweiflung trübt ihre Stimme.

Kann denn wirklich alles verloren sein?

82

Wie lange dauert diese Qual jetzt schon? Mikael und Vincent versuchen aufzustehen, werden aber immer wieder von den Kraftwellen niedergestreckt, die Darkroven ihnen entgegenschleudert.

Werde ich hilflos dabei zusehen müssen, wie der Mann, den ich liebe, getötet wird und wie Ofelias strahlend violette Augen für immer verlöschen? Wird mein Opfer jenes Tor öffnen, sodass die Dämonen in unsere Welt eindringen können? Was wird dann aus meinem Bruder und seinen Träumen? Aus Mama, Papa und Oma Evelyn … Und was wird aus meinen Mitschülern, Genziana, Caterina?

Ich zittere heftig, meine Zähne klappern. Ein unheilvolles Geräusch, in meinen Ohren klingt es wie der Countdown bis zum bitteren Ende.

Ofelia sieht mich an. Sie streckt eine Hand aus und durchbricht mit ihrem Arm den magischen Kreis. Anscheinend kann ich ihn zwar nicht verlassen, aber kein Zauber verhindert, dass jemand eindringen kann.

Sie umklammert meine Hand. In ihrer anderen hält sie das *Buch der Siegel*, fest entschlossen, es bis zum Tod zu verteidigen.

»Hab keine Angst ... Ich werde nicht zulassen, dass dir auch nur ein Haar gekrümmt wird«, verspricht sie mir. Tränen verschleiern ihre violetten Augen. »Sollte Darkroven Mikael und Vincent wirklich besiegen, werde ich dich in einen ewigen Schlaf versetzen. Du wirst nichts spüren. Du wirst einfach die Augen schließen, und der ganze Schmerz wird vorbei sein.« Sie schluchzt heftig. »Ich wünschte, ich hätte mehr Macht, aber das ist alles, wozu ich imstande bin.«

Ich führe ihre Hand an mein Gesicht. »Das ist schon in Ordnung so. Du hast alles getan, was in deiner Macht stand. Ich allein bin schuld, dass das Buch befreit wurde.«

Ein Teil des Daches bricht ein und stürzt auf die blutenden Körper von Mikael und Vincent.

»Oh nein! Die Trümmer hätten Darkroven treffen sollen, jetzt, wo er nicht mehr das *Buch der Siegel* hat, um ihn zu beschützen. Stattdessen ...« Ofelia bringt kaum mehr als ein Flüstern heraus.

Ich schüttele diese lähmende Furcht ab. Die Wut besiegt meine Angst. Dann schreie ich so laut, dass mir meine Stimmbänder wehtun: »Vergesst, was zwischen euch steht! Ihr müsst vereint kämpfen! Nur so haben wir eine Chance.«

Darkroven sieht mich verächtlich an. »Ihr habt schon lange keine Chance mehr. Die Zeit ist vorbei für solch lächerliche Hoffnungen, von denen ihr Menschen euch nährt.« Seine Stimme klingt hohl und düster.

Als ich mich wieder zu den beiden anderen umdrehe, liegen dort nur noch Trümmer, und sie sind verschwunden.

Ich entdecke sie auf einer anderen Seite des Raumes. Mikael stützt Vincent, tiefe Wunden und oberflächliche Schnitte überziehen beide Körper. Die blaue Aura ist nur noch ein schwacher Schein.

»Vertrau mir«, höre ich ihn sagen.

Vincent nickt. Er beißt die Zähne zusammen. Dann richtet er sich auf, auch wenn es ihn Mühe kostet, und Entschlossenheit kehrt in seinen Blick zurück. Sie zerfetzen sich die Handgelenke. Beißen in ihr eigenes Fleisch auf der Suche nach Blut. Dann vereinen sie ihre Handgelenke in einer Verbrüderungsgeste. Explosionsartig wird neue Energie aus ihren Auren freigesetzt.

Blaue und schwarze Energie mischen sich in einem einzigen Strom, der den ganzen Raum erfüllt.

Jedes einzelne Molekül scheint unter der mächtigen Kraft ihrer Vereinigung zu zittern. Die Luft verdichtet sich. Darkrovens Bewegungen werden langsamer. Blitze zucken durch den Raum. Plötzlich entlädt sich die gesamte Energie in einem einzigen Punkt. Eine schwarzblaue Lichtwolke stürzt auf den Boden ein und öffnet zu Füßen der Höllenkreatur einen gierigen Abgrund.

Schlagartig verschwindet jede Arroganz aus den Augen der Bestie.

Ein Wirbelsturm kommt über sie und saugt sie ein. Tausende von Krallen scheinen sie zu zerfetzen, bis sie in einem Tornado von unmenschlichen Schreien verschwindet.

Schwefelgestank.

Der Abgrund scheint noch nicht genug zu haben. Tiefe Risse breiten sich rasch in einem weit verzweigten Muster über den Boden aus.

Ganz hinten in meiner Kehle spüre ich einen metallischen Geschmack. Mein Blick trübt sich. Das Adrenalin in mir hat sich erschöpft, und mein Bewusstsein reicht nur noch für einen kurzen Moment.

»Mikael …«

Dunkelheit umfängt mich.

83

Scarlett?«

Ich tauche aus meiner Betäubung auf.

»Scarlett, wach auf.«

Das Stimmchen, eine kleine helle Kinderstimme, reißt mich aus meinem Dämmerzustand.

Wo … bin ich?

Etwas Weiches umgibt mich. Der Schaukelstuhl voller Plüschtiere. Um mich herum das vertraute Dämmerlicht meines Schlafzimmers, und vor mir steht ein kleiner Engel. Es ist Marco, immer noch mit einem Verband um den Kopf, aber er hat ein lebhaftes Lächeln auf seinen Lippen.

Er umarmt mich. »Schlafmütze!«, jubiliert er.

»Was machst du denn hier?«

»Ich habe denen eine Lüge erzählt. Ich wollte einfach nicht mehr in diesem grässlichen Krankenhaus bleiben. Da war es sooo langweilig! Also habe ich gesagt, dass heute dein Geburtstag ist …«

»Aber ich habe doch erst im April Geburtstag …«

»Ja, ich weiß. Ich hab doch gesagt, dass ich eine Lüge erzählt habe. Mama und Papa haben einen Zettel unterschrieben, und jetzt bin ich frei.«

Ich kitzele ihn und nehme ihn hoch auf meine Knie. »Du kleiner Schwindler! Du hast mich benutzt, um früher nach Hause zu kommen!« Ich überhäufe ihn mit Küssen, und dann müssen wir beide lachen.

Marco spielt mit meinen Haaren. Er wickelt sich Strähnen um die kleinen Finger und kuschelt sich dann an meine Brust. »Als ich nicht aufwachen konnte, war da ein Freund, der mich immer besuchen kam.«

»Wirklich?«

»Ja. Manchmal habe ich ganz weit weg deine Stimme und die von Mama und Papa gehört. Ich habe gewusst, dass ihr euch Sorgen um mich macht, aber ich konnte die Augen nicht aufmachen. Es war dunkel, und ich hatte so viel Angst.«

Während ich ihm dabei zuhöre, wie er Dinge erklärt, die so viel größer sind als er, bekomme ich eine Gänsehaut. Er ist ein ganz besonderer Junge. Wenn ich daran denke, dass ich ihn beinahe verloren hätte …

»Mein Freund hatte blaue Augen, so blau wie der Himmel, wenn die Sonne scheint. Er kam mich besuchen und hat mir Gesellschaft geleistet.«

»Und was hat er dir gesagt?«

»Dass ich keine Angst haben soll. Dass er mich nicht allein lässt und dass mir nichts geschehen wird.«

Mikael … Also hat er mich weiter beschützt und die Menschen, die ich liebe. Ganz im Stillen, ohne einen Dank dafür zu erwarten. Er hat meinen Wunsch respektiert und ist aus meinem Leben verschwunden, wie ich es von ihm verlangt hatte, aber er hat niemals aufgehört, über mich zu wachen.

Eine kleine Träne rinnt über meine Wange.

»Du musst nicht mehr weinen, es geht mir doch jetzt gut!«

Ich fahre ihm mit meiner Fingerspitze über die Nase. Ich kann ihm doch nicht sagen, dass ich auch aus einem anderen Grund weine. Die Erinnerungen kommen wieder an die Oberfläche.

Der Dämon. Der Kampf. Mikael, Vincent und Ofelia in Gefahr. Und dann der Abgrund, der sich im Boden aufgetan hat.

Ich sehe Ofelia wieder neben mir, wie sie zittert. Die Risse, die alles zu verschlingen drohen.

Ich muss ohnmächtig geworden sein. Was ist bloß aus den anderen geworden? Und wenn sie zusammen mit Livio hinabgerissen wurden? Nein! Das war nicht Livio ... Ich kann nicht glauben, dass das alles wirklich geschehen ist. Doch die Erinnerung daran hat sich wie Dornen in mein Fleisch gebohrt.

»Mein Freund hatte eine Kette, die sah genauso aus wie deine.«

Ich schüttele meine Gedanken ab. Als ich mir an den Halsansatz greife, ertaste ich dort die Glieder eines dünnen Kettchens. Ich stehe auf, meinen Bruder auf dem Arm. Er hat abgenommen, der kleine Frosch.

Im Spiegel begegne ich Marcos Blick. Ich schrecke zusammen. Seine Augen sind viel heller, seit er aus dem Koma erwacht ist. Da bin ich mir ganz sicher. Die grauen Zwischentöne sind verschwunden, und jetzt erstrahlen sie in einem neuen hellblauen Licht, so hell wie Eis, wie die von ...

Ich schlucke laut.

An meinem Hals glänzt eine schmale Silberkette, an der ein Anhänger in Form von Fledermausflügeln hängt. Er sieht genauso aus wie der von Mikael, nur kleiner. Ich lege meine Finger fest um ihn, streichele zärtlich darüber und beobachte mich im Spiegel dabei, wie ich ihn küsse.

Mikael, wo bist du?

84

Scarlett, du weißt gar nicht, was du alles verpasst hast!« Caterina klingt begeistert.

»Wo bist du denn gestern abgeblieben? In der Schule gehen merkwürdige Dinge vor«, mischt sich Laura ein.

»Ich erzähle es ihr.« Genzianas Ton duldet keinen Widerspruch. »Ein mysteriöser Kurzschluss hat alle Überwachungskameras in der Schule auf einmal durchschmoren lassen. Als wären sie geschmolzen! Dann hat man die neue Bibliothekarin ohnmächtig aufgefunden, sie erinnerte sich an nichts mehr ...«

Sie hat dasselbe Schicksal erlitten wie Rotkäppchen. Livio muss ihre letzten Erinnerungen gelöscht haben, als er sie in tiefe Bewusstlosigkeit versetzte.

»Jetzt bin ich dran!« Caterina übernimmt das Wort. »Livio hat sich von der Schule abgemeldet.« Als ich seinen Namen höre, zucke ich zusammen. »Kannst du dir das vorstellen? So kurz vor Ende des Schuljahres! Also, ich meine, die paar Monate hätte er wohl noch durchhalten können. Die Schule hat einen Brief von seinen Eltern erhalten. Schade, dass du heute zu spät gekommen bist, zu Unterrichtsbeginn wurde über nichts anderes geredet. Aber du sagst ja gar nichts!«

»Das sind zu viele Neuigkeiten auf einmal, Mädels. Ich muss erst einmal zu Atem kommen.«

Ein Wächter muss sich darum gekümmert haben, Livios Abwesenheit zu erklären. Die Beschützer des Gleichgewichts, so wie Mikael, sorgen dafür, die Existenz der Parallelwelt, die unterhalb der Erdoberfläche liegt, vor den Menschen geheim zu halten.

»Guten Morgen, Herrschaften. Ich habe mir gedacht, wir sollten den Frühling, der dieses Jahr so lange hat auf sich warten lassen, mit einer schönen Stegreifaufgabe willkommen heißen. Erstes Thema: *Der Klimawandel im neuen Jahrtausend*. Darüber können Sie sich nach Lust und Laune auslassen.« Vanzi runzelt seine Menschenfresseraugenbrauen. Nach allem, was ich erlebt habe, jagt er mir nicht mehr so viel Angst ein. Er schreibt die anderen Themen an die Tafel und spricht sie währenddessen laut mit. Der übliche unangekündigte Montagmorgenaufsatz.

Die Schule geht ihren geregelten Gang, die Welt dreht sich weiter. Niemand ahnt, was wegen meiner Neugierde alles hätte passieren können.

Edoardo muss das *Buch der Siegel* gefunden haben. Möglicherweise an ebendem Tag, als er mir diesen Satz daraus vorgelesen hat. Vielleicht wurde er umgebracht, weil er sich weigerte, es aus seinem Trägerbuch zu nehmen und Darkroven zu übergeben. »Ich hasse jeden, die mir die Zusammenarbeit verweigert ...«

Ich möchte Daniela, seine Frau, noch einmal besuchen. Dabei werde ich Edoardos Fliege umbinden und sie fragen, ob sie wieder angefangen hat zu fotografieren.

Nach Schulschluss laufe ich in den Abstellraum. Black ist allein und hungrig, das heißt, dass Mikael nicht vorbeigeschaut hat.

Da kommt mir eine Idee.

»Mach die Augen zu!«

»Hast du eine Überraschung für mich?«

Die Sonne umschmeichelt die frischen grünen Triebe. Zart duftende Blüten zaubern erste farbige Tupfer in den Garten hinter dem Haus.

Ich lege Marco das schwarze Fellknäuel in die Arme. *Miau.*

»Ein Kätzchen! Das habe ich mir schon so lange gewünscht!« Er läuft ins Haus. Black hüpft in seinen Armen auf und ab und sieht dabei zunehmend besorgt aus.

»Nicht so heftig! Das ist kein Spielzeug!«

Ich folge ihm in die Küche.

»Bitte, darf ich ihn behalten?«, fragt er Mama und macht wieder seine großen Hundeaugen.

»Aber …«

»Ich werde auch ganz brav sein und mich um ihn kümmern.«

»Na gut.« Simona wirft mir zwar einen grimmigen Blick zu, aber so richtig wütend scheint sie nicht zu sein. Gleich darauf streichelt sie auch schon Black, der laut nach Futter miaut.

Seit dem Unfall scheinen meine Eltern zu dem harmonischen Verhältnis von früher zurückgefunden zu haben. Papa geht zwar wieder arbeiten, aber er bemüht sich, abends früher nach Hause zu kommen.

Wenn man alles zu verlieren droht, begreift man, was wirklich wichtig ist.

Mikael … Für mich bist du so wichtig. Was ist mit dir?

In der Schule hat man weder Ofelia noch Vincent gesehen. Ich würde mich so gern bei ihnen bedanken.

Das Mädchen mit den violetten Augen kann sich also in einen majestätischen schwarzen Panther verwandeln. Ich habe gehört, wie Darkroven Vincent einen »Halbdämon der Rache« genannt hat. Ich begreife zwar nicht ganz, was das bedeuten soll, aber ich könnte schwören, dass die Aura um seinen Körper aussah wie ein gigantischer Rabe.

Ich schnappe mir mein Fahrrad und mache mich auf zur Villa Montebello. Dabei muss ich die Augen zusammenkneifen, um sie vor der gleißenden Sonne zu schützen.

Eine letzte Steigung noch.

Das Tor ist offen. Ich lasse das Fahrrad einfach auf den Kies fallen und klingele, noch völlig außer Atem.

Als die Haushälterin die Tür öffnet, überfalle ich sie gleich mit meiner gespannten Frage: »Ist Ofelia da?«

»Nein. Fräulein Ofelia musste verreisen.« Menschen gelingt es nicht so gut, ihre Gefühle zu verbergen. Sie ist sichtlich besorgt, und ihre Stimme klingt angespannt. Am liebsten möchte ich sie anflehen, mir doch zu sagen, ob sie etwas weiß, aber ich traue mich nicht weiterzufragen.

Auf dem Rückweg überrollt mich eine Welle niederschmetternder Traurigkeit. Mit den letzten Lichtstrahlen scheint der Sonnenuntergang auch ein weiteres Stückchen Hoffnung mit sich zu nehmen.

85

Ich streichele die Kette mit den Fledermausflügeln und versuche, daraus die nötige Kraft zu ziehen, um in dieser chaotischen Zeit weiterzumachen. Mikael fehlt mir wahnsinnig.

Ich spüre das Bedürfnis, mich in seinen Augen zu verlieren, über die weiche Haut seiner Hände zu fahren. Die Narben auf seinem Rücken zu küssen.

Ich wünsche mir sehnlichst eine Umarmung von ihm, ich möchte ihn um Verzeihung bitten, für alles, was ich ihm angetan habe. Wenn ich Fehler gemacht habe, dann nur aus Angst!

Genziana und Lorenzo sind endlich zusammen. »Seit einem Jahr habt ihr Katz und Maus miteinander gespielt!«, hat Caterina ausgerufen. Sie sind ein schönes Paar. Sie haben zwar nicht aufgehört, gegeneinander zu sticheln, aber sie sind süß und hängen immer zusammen.

Umberto hat sich mit einer Mitschülerin eingelassen, die ihm laut Rehauge schon seit einer Ewigkeit hinterherlief. Dennoch wirft er mir immer noch vielsagende Blicke zu, und ich tue, als würde ich es nicht merken.

Die ganze Schule spricht nur noch von dem Konzert am Ersten Mai, das demnächst stattfinden wird. Mehr oder weniger bekannte Bands werden im Zentrum von Siena zu einem großen Event zusammenkommen. Mikael hatte mir davon erzählt …

Ein Tag ist für mich wie der andere, und meine einzige Ablenkung ist die Zeit, die ich mit Marco verbringe.

Ich berühre das Bild an der Wand. Es hängt ein wenig schief, ich bin nicht sehr gut darin, Nägel einzuschlagen. Aber es war mir wichtig, es sofort, nachdem ich es vollendet hatte, gegenüber von meinem Bett aufzuhängen. Ich wollte, dass es das Erste ist, was ich morgens sehe, wenn ich die Augen öffne, und das Letzte am Abend vor dem Einschlafen.

Mein Gemälde. Endlich konnte ich es beenden. Darauf ist der alte Turm zu sehen, der auf der Anhöhe gegenüber von unserem Haus aufragt. Er wird von einem scheuen Mond unter einem wunderbaren Sternenhimmel beleuchtet. Zwei winzige Gestalten verharren in einer Umarmung in seinem Schatten.

So will ich mich an ihn erinnern … wie in jener Nacht, in der ich mit Mikael zusammen war. Die Nacht, in der wir uns zum ersten Mal unsere Liebe erklärt haben.

In Wirklichkeit ist mein geliebter Turm jetzt halb zerfallen. Verwundet, melancholisch. Wenn ich ihn betrachte, erfüllt mich das mit Unruhe.

Schmerzliche Erinnerungen werden wach. Der Dämon und sein böses Ritual verfolgen mich oft in meinen Träumen.

»Darf ich reinkommen?«

»Na klar, kleiner Frosch.«

»Ich kann nicht schlafen.«

Ich hole meine Sternenkugel aus der Hosentasche. Der Moment ist gekommen, wo sie den Besitzer wechseln soll. »Komm mal her«, sage ich zu Marco.

Wir setzen uns auf mein Bett, und in feierlichem Ton erzähle ich ihm von den Fähigkeiten meines Glücksbringers, genau wie Oma Evelyn es bei mir gemacht hat, als ich sechs Jahre alt war.

»›Wenn es dir schlecht geht oder wenn du traurig bist, drück diese Kugel ganz fest. Das ist dann so, als würdest du die Sterne berühren, das ist dein ganz persönlicher Himmel in Griffweite, der alles viel klarer erscheinen lässt.‹ Diese Worte hat mir unsere Großmutter geschenkt, als ich in deinem Alter war. Das hier ist ein mächtiger Talisman.«

»Was bedeutet ›Talisman‹?«

»Das ist ein Gegenstand, der dich beschützt, wenn du ihn brauchst.«

»Dann hat er also Zauberkräfte!«

»Genauso ist es. Und je mehr du an ihn glaubst, desto größer wird seine Kraft.«

Ich habe ihm nicht gesagt, dass ich die Kugel Sally genannt habe, denn ich finde, er sollte für seinen Glücksbringer einen eigenen Namen aussuchen.

Die Sternenkugel hat erst mir und dann für eine kurze Weile Mikael gehört. Sie ist mit unseren Träumen und Wünschen durchdrungen. Aber Marco braucht sie jetzt dringender als ich: Er ist am Beginn seines Lebenswegs und muss noch viele Antworten finden.

Black kommt ins Zimmer. Er reibt sich an meinen Beinen und hüpft aufs Bett. Wenn Mama das sehen würde …

»Toby!«

»Was?«

»Er heißt Toby, mein Sternenball heißt Toby! Wir beide gehen jetzt schlafen. Gute Nacht, Scarlett.«

»Gute Nacht, kleiner Frosch.« Ich verpasse ihm einen Kuss auf den Kopf.

Dann lasse ich mich aufs Bett sinken. Black legt sich auf meinen Bauch, und unter seinem leisen Schnurren finde ich meine Ruhe wieder.

86

Wir treffen uns dann um zwei auf der Piazza del Campo.«

»Weißt du, wie viele Leute dort sein werden? Da kannst du genauso gut sagen, dass wir uns gar nicht treffen!«

»Okay, dann eben vor dem Brunnen. Sagst du es Laura und Genziana?«

»Ja, gut. Ich sage Genziana Bescheid, die gibt es dann an Laura weiter. Außerdem kommt sie bestimmt mit Lorenzo, und der wird Pietro mitbringen.«

»Bis später.«

»Nein, warte! Du hast mir noch nicht gesagt, was du anziehst.«

»Darüber habe ich noch nicht nachgedacht.«

Sobald ich den Hörer auflege, macht sich Sehnsucht in mir breit. Ich erinnere mich an das erste Mal, dass ich die Dead Stones gesehen habe. Ich hatte so schreckliche Klamotten an! Aber Mikael hat mich trotzdem bemerkt.

Ich hatte mich eigentlich entschieden, das Konzert am Ersten Mai ausfallen zu lassen. Wieder einmal aus Angst.

Mikael war dieser Auftritt sehr wichtig, er hat mir

schon vor Monaten davon erzählt. Aber jetzt ist er verschwunden. Allein bei dem Gedanken, dass ich dieses Konzert erleben soll, ohne dass er dort ist, stürzt mich in tiefe Melancholie.

Ich hatte also beschlossen, darauf zu verzichten, aber beim Aufwachen habe ich meine Meinung geändert. Dank Edoardo. Ich habe heute Nacht von ihm geträumt. Er trug eine gelbe Fliege mit großen grünen Punkten. »Erwachsen werden bedeutet Fehler machen. Aber man darf sich nicht davor fürchten zu leben«, sagte er. Seine Worte hallen noch in meinem Kopf wider. Der Zeitpunkt ist gekommen, das Versprechen einzulösen, das ich mir selbst gegeben habe: Nie wieder werde ich aus Angst darauf verzichten, zu leben.

Black schläft im Schaukelstuhl. Er sieht aus wie eines meiner Stofftiere. Inzwischen hat er sich mit der einäugigen Giraffe angefreundet und trägt sie manchmal im Maul spazieren.

»Bist du fertig?« Mama taucht hinter mir auf.

»Noch nicht. Ich weiß einfach nicht, was ich anziehen soll.«

»Du bist auch in deinen üblichen Sachen sehr hübsch.«

»Danke«, sage ich nicht sehr überzeugt.

»Na ja, um ehrlich zu sein, deine Haare sehen aus wie nach einem Flugzeugabsturz, das Übrige ist okay. Aber zum Glück gibt es da Abhilfe: Deine Mutter war früher mal Friseurin, erinnerst du dich?«

Das lasse ich mir nicht zweimal sagen. Lächelnd setze ich mich an meinen Schreibtisch. Meine Mutter verlässt den Raum und kehrt gleich darauf mit einem Beautycase zurück, das alles Notwendige enthält. Beim Haarebürsten massiert sie sanft und zugleich energisch meine Kopfhaut. Es ist lange her, dass sie sich mit meiner Mähne befasst hat. Das war unser Ritual, als ich ein kleines Mädchen war. Erst jetzt merke ich, wie sehr es mir gefehlt hat.

»Hast du mal etwas von Matteo gehört?« Ihre Frage überrascht mich. Also hat sie doch mitbekommen, dass sich in Cremona etwas zwischen uns angebahnt hatte.

»Ehrlich gesagt nein. Also ... Ich wünsche ihm nur das Beste ... wie auch Manuela. Aber ich spüre, dass wir mittlerweile nichts mehr gemeinsam haben.«

Während Black auf meinen Knien schnurrt und der Föhn rauscht, unterhalten wir uns über dieses und jenes. Ich erzähle ihr von Genziana und von Caterina.

»Und was ist mit der Liebe?«, fragt sie dann.

Ich drehe mich um und erhasche ihr verschwörerisches Lächeln. Sie hat schon wieder eine andere Haarfarbe. Jetzt sind sie schwarz, mit einigen pinkfarbenen Strähnen.

»Die Liebe? Liebe bedeutet, nie mehr Angst zu haben ...«

Ich werde zu dem Konzert gehen, und wenn Mikael nicht dort ist, werde ich alle Gefühle auch für ihn mitleben.

»Das wär's.« Sie hält mir einen Spiegel hin. Meine zerzausten Haare haben sich in eine wundervoll glatt fallende Mähne verwandelt.

Ich springe auf. *Miauu*. Black schlüpft wie ein geölter Blitz durch die Tür. Wir lachen beide laut.

»Danke«, sage ich zu ihr. »Manchmal bist du als Mutter gar nicht so übel.«

87

Staub auf deinen Worten. Staub auf meinen Lidern, die es müde sind, dich zu suchen.

Mit diesen Worten verlassen die Typen von »Amnesie erwacht um Mitternacht« die Bühne. Applaus brandet auf.

Hier in einer Ecke der Piazza auf dem Bürgersteig sitzend fühle ich mich allein inmitten der bunten Menge, zwischen Gruppen von Goths, Emos, ein paar Punks mit zerlöcherten Shirts und Jugendlichen in Jeans und T-Shirt. Vor mir zieht eine bunte bewegte Welt vorüber. Ich bleibe sitzen. Des Mittelpunkts beraubt, um den mein Leben kreiste: Mikael.

Die Großbildleinwand zeigt Bilder aus dem Publikum. Jungs und Mädchen, die auf und ab hüpfen und Sprechchöre anstimmen. Eine Blondine, die auf den Schultern ihres Freundes hockt, wirft eine rote Rose auf die Bühne und winkt in Richtung Kamera.

Meine Freunde, die ganz in meiner Nähe sind, scheinen meine geistige Abwesenheit nicht zu bemerken. Dafür bin ich ihnen dankbar, ich muss jetzt ein wenig für mich sein.

Genziana und Lorenzo tauschen Zärtlichkeiten aus, dann Knüffe und Ellenbogenstöße. Sie lachen, entfernen sich voneinander, um sich von Neuem zu suchen. Caterina redet ununterbrochen mit Laura. Sie schauen jedem hübschen Jungen nach, der ihnen unterkommt.

Ich verberge mein Gesicht zwischen den Knien.

Eine langgezogene Note ertönt, verstärkt durch die Lautsprecher. Ein klagender, leidenschaftlicher Ton.

Eine Violine. Das Intro für einen Song, dessen Melodie so zerbrechlich wie Glas ist.

Ich blicke hoch.

Und schaue direkt in die Augen Ofelias, die in Großaufnahme auf dem Riesenbildschirm zu sehen sind. Sie sind schwarz umrandet, in den Klängen versunken.

Der Ohrhänger mit dem Amethyst glitzert durch ihre Haare. Sie trägt eine Spitzenbluse mit einem Stehkragen, der von einem schwarzen Satinband zusammengehalten wird. Dazu einen Rock mit einem hohen Seitenschlitz, Netzstrümpfe und Bikerstiefel.

Der Bildausschnitt zeigt jetzt die gesamte Bühne. Meine Hoffnung zerbricht, dass auch Mikael und Vincent dort sein könnten. Hinter ihr steht nur ein noch unbesetztes Schlagzeug.

Vielleicht handelt es sich um ein Solostück Ofelias zum Gedenken an die beiden.

Ich bleibe mit angehaltenem Atem sitzen, streichle den antiken Armreif, der an meinem Handgelenk glitzert, und lasse mich von der beschwörenden Klage einhüllen, die die Virtuosität des Mädchens mit den violetten Augen hervorbringt.

Es dauert viel zu kurz.

Das Ende des Songs geht im donnernden Applaus des Publikums unter.

Die Pause danach dauert eine gefühlte Ewigkeit. Dann hört man einen Trommelwirbel, der immer lauter wird.

Instinktiv stehe ich auf. Wieder bietet die Großbildleinwand einen Blick auf das Publikum. Von hier aus kann ich die Bühne nicht sehen, deshalb bahne ich mir einen Weg durch die Menge.

Das rhythmische Pulsieren des Basses. Ein fesselnder, drängender Lauf wie die Steilkurven einer Achterbahn.

Diese Stimme. So tief und einschmeichelnd wie der aufsteigende Duft von Weihrauch. *Seine* Stimme.

»Verzeihung«, schreie ich. Ich höre nicht auf die Flüche der Jugendlichen, die ich wegstoße. Ein wütendes Gitarrenriff kündigt den Beginn des Chorus an: *Girl from the stars, take me away from all this darkness.*

Ich schiebe mich weiter vor, benutze die Ellenbogen, die Augen habe ich starr vor mich gerichtet.

Girl from the stars, love won't tear us apart. Mädchen von den Sternen, die Liebe wird uns nicht trennen.

We will find a way, regardless of what they say, wir finden einen Weg, egal, was sie sagen.

Mikael, der zum ersten Mal den Part des Leadsängers übernimmt, singt das Lied, das er für mich geschrieben hat.

Neben ihm steht Vincent, bearbeitet die Gitarre heftig mit der linken Hand und stimmt mit seiner schneidenden Stimme in die Refrains ein. Bei jeder Bewegung werden die Tätowierungen lebendig, wie Schatten, die das Mondlicht im Wald wirft.

Ein berührender Einsatz der Violine. Die Luft zittert, und als die Kamera Mikaels Eisaugen einfängt, fürchte ich, dass ich sterbe.

Aus der ersten Reihe, die Hände um die Absperrung geklammert, verfolge ich den Song, der mir nie aus dem Kopf gegangen ist.

I don't know about forever, all I want is to lose myself in you, ich weiß nicht, ob es für immer ist, ich will nur eins, mich in dir verlieren.

We will steal time to the stars in the sky, wir werden den Sternen am Himmel die Zeit stehlen.

Für die beiden Protagonisten wurde ein neues Ende geschrieben.

Tränen so süß wie Honig.

Ich betrachte Mikael, als wollte ich ihn in meinem Kopf malen und dieses Bild für immer in mir behalten. Er trägt schwarze enganliegende Hosen und ein nachtblaues T-Shirt. Um den Hals einen violetten Seidenschal. Den kenne ich doch! Ich habe ihn damals bei Black zurückgelassen, damit er sich nicht so einsam fühlt. Und dann habe ich ihn nicht mehr in der Abstellkammer gefunden …

Er sieht mich an wie bei unserer ersten Begegnung beim Konzert in der Schule. Mir wird bewusst, dass ich nie aufgehört habe, ihn zu lieben.

Ofelia lächelt mir zu. Vincent kneift die Augen zusammen, er scheint mich zu beobachten. In seinem Blick keine Spur von Hass.

Am Ende des Songs tobt das Publikum so heftig, dass die gesamte Piazza zu beben scheint.

»Dead Stones, Dead Stones!« Laute Sprechchöre.

Mikael verlässt die Bühne. Die Kamera folgt ihm. Er kommt auf mich zu, mein Herz setzt aus. Einen Moment lang vergesse ich sogar das Atmen.

In einer Umarmung hebt er mich hoch und trägt mich auf die andere Seite der Absperrung. Der Riesenbildschirm fängt unser Bild ein, aber es ist so, als gäbe es nur mich und ihn.

Ich versinke in seinen Augen. Helle Himmelsfragmente voller Kraft und Melancholie.

Er streicht mir über die Haare. »Du hast mir gefehlt«, sagt er leise. Ich stütze mich mit den Handflächen gegen seine Brust.

Seine vollen Lippen öffnen sich leicht.

Ich gehe auf die Zehenspitzen und schließe die Augen.

Ein Kuss so zart wie der Flug von tausend Schmetterlingen mit Silberflügeln.

Ein Kuss so wild wie das Meer, das sich am Ufer bricht.

Ein Kuss so süß wie die Blütenblätter einer Wildrose.

Wir werden den Sternen am Himmel die Zeit stehlen.

Vielleicht ist es Liebe.
Vielleicht ist es Leidenschaft.
Vielleicht ist es Schicksal.

Kirsten Miller
NICHTS IST ENDLICH
Aus dem amerikanischen
Englisch von
Sandra Knuffinke,
Jessika Komina
464 Seiten
ISBN 978-3-8339-0040-2

Stell dir vor, du glaubst, dass du schon mal gelebt hast. Stell dir vor, du hast Visionen von einem Jungen, der in einem früheren Leben deine große Liebe war. Stell dir vor, du denkst, dass dieser Junge jetzt wieder lebt. Was würdest du tun?
Für die 17-jährige Haven ist die Antwort klar: Sie muss diesen Jungen unbedingt finden! Hin- und hergerissen zwischen Leidenschaft und Zweifeln lässt Haven sich auf eine schicksalhafte und sehr gefährliche Affäre ein …

Baumhaus Verlag

Licht und Schatten, Gut und Böse ...

Jennifer Murgia
ENGELSSTERN
Aus dem amerikanischen
Englisch von
Karen Witthuhn
304 Seiten
ISBN 978-3-8339-0046-4

Die 17-jährige Teagan ist alles andere als ein normales Mädchen. Furchtbare Albträume begleiten sie seit ihrer Kindheit. In ihrem Zimmer hausen bedrohliche Schatten. Manchmal hört sie ein Rascheln wie von Flügeln. Und dann wieder spürt sie eine schützende, lichte Wärme.

Eines Tages wird ihr ganzes Leben auf den Kopf gestellt: Ihr Schutzengel Garreth kommt auf die Erde, um ihr ihre Bestimmung mitzuteilen. Er trägt den Stern ihres Lebens auf seiner Handfläche – den Engelsstern ...

Baumhaus Verlag